Tod im Schatten der Burg
Die Sau ist tot

Jule Heck

edition winterwork

Bibliografische Informationen der Deutschen Nationalbibliothek: Die Deutsche Nationalbibliothek verzeichnet diese Publikation in der Deutschen Nationalbibliografie. Detaillierte bibliografische Daten im Internet über http://www.d-nb.de abrufbar.

Impressum

Jule Heck
»Tod im Schatten der Burg – Die Sau ist tot«
www.edition-winterwork.de

Satz: edition winterwork
Umschlag: Atelier am Markt, Wolf Becker, Münzenberg
Bildnachweis:
http://de.123rf.com/profile_isselee'>isselee
Lektorat: Birgit Rentz
Druck und Bindung: winterwork Borsdorf

ISBN 978-3-86468-827-0

Tod im Schatten der Burg

Die Sau ist tot

Ein Münzenberg-Krimi von Jule Heck

edition winterwork

Dieses Buch ist ein Kriminalroman. Die Personen und Begebenheiten sind frei erfunden. Ähnlichkeiten mit lebenden oder verstorbenen Personen sind rein zufällig und von mir nicht beabsichtigt.

Mein besonderer Dank gilt meiner Familie, meinen Freunden und allen, die mich bei der Entstehung des Buches unterstützt haben.

Gewidmet ist das Buch meinem Dackel Amy und Meister Schredder.

Prolog

Früher als gewöhnlich verließ Irene Thorwald den Frauenstammtisch in Trais. Sie wollte zeitig zu Hause sein. Die letzten beiden Male hatte sie ein merkwürdiges Gefühl beschlichen, als sie nach der wöchentlich stattfindenden Turnstunde heimgekommen war. Gern hätte sie sich noch mit ihren Freundinnen am Stammtisch ausgetauscht, wie sie das jeden Dienstag nach dem Sport tat. Doch heute verabschiedete sie sich unter dem Vorwand, sie habe Magenschmerzen und fühle sich nicht wohl. Die Freundinnen wünschten ihr gute Besserung und bedauerten, dass sie schon gehen müsse. Ihr selbst tat es auch leid, denn es gefiel ihr in dieser „Weiberrunde“.

Nachdem sie mit ihrem Ehemann Erwin in das kleine Wetterauer Örtchen Trais – ein Stadtteil von Münzenberg – gezogen war, hatte man sie herzlich aufgenommen und ihr die Eingewöhnung leicht gemacht. Mittlerweile besuchte sie regelmäßig die Turnstunde und traf sich auch außerhalb dieser Veranstaltung mit den Frauen zum Frühstück, zum Wandern, zu Ausflügen mit dem Fahrrad in die nähere Umgebung oder zu einem Besuch im Kino Traumstern in Lich. Erwin hatte angeboten, während ihrer Abendtermine zu Hause zu bleiben, um die Stunden, bis ihre beiden Kinder Konrad und Konstanze ins Bett gehen mussten, gemeinsam mit ihnen zu verbringen.

Als sich Irene der Villa näherte, die sie jetzt seit fünf Jahren mit ihrer Familie bewohnte, waren alle Fenster dunkel. Sie schloss die Haustür auf, schaltete in der geräumigen Wohndiele das Licht ein und legte ihre Jacke ab. Nacheinander warf sie einen Blick in die beiden Kinderzimmer und stellte fest, dass Konrad und Konstanze in ihren Betten lagen und schliefen. Sie ging weiter bis zum Ende des Ganges. Aus dem Büro ihres Mannes drangen undefinierbare Geräusche.

Irene klopfte gegen das Teakholz der Bürotür, erhielt jedoch keine Antwort. Leise drückte sie die Klinke herunter und öffnete die Tür. Der Raum war abgedunkelt. Erwin saß mit dem Rücken zu ihr vor seinem Computer. Auf ihre zögerliche Begrüßung reagierte er nicht. Er stierte auf den Bildschirm. Irene betrat das Büro und erstarrte, als sie erkannte, womit sich ihr Mann beschäftigte.

Sie machte ihm eine fürchterliche Szene, tobte und weinte, während er ihr versicherte, dass so etwas nie wieder vorkomme. Er sei versehentlich auf die Internetseite gelangt und habe sich die Inhalte rein informativ angesehen.

Doch irgendetwas störte Irene an seiner Aussage – sie glaubte ihm nicht.

In den nächsten Wochen belauerte sich das Ehepaar gegenseitig. Sie schlichen umeinander wie zwei wilde Tiere auf der Suche nach Beute.

Schließlich hielt Irene es nicht mehr aus und suchte einen Psychologen auf. Der nahm sich nicht nur geduldig ihrer Sorgen an, sondern riet ihr, ihren Mann zu einem Therapeuten zu schicken. Als sie Erwin darauf ansprach, lehnte er jedoch ab. Er beteuerte, dass er keine Probleme habe und sie sich das nur einbilde.

Nach einer Weile kehrte zwischen den Eheleuten Ruhe ein. Irene fiel nichts Außergewöhnliches mehr auf – bis zu einem Abend im Herbst, als die Turnstunde überraschend ausfiel und sie bereits nach wenigen Minuten in die Villa zurückkehrte.

Noch in der gleichen Nacht verließ Irene Thorwald mit Konstanze fluchtartig das Haus. Wenige Minuten später prallte ihr Wagen mit überhöhter Geschwindigkeit gegen einen Pfeiler der Autobahnbrücke, die über die A 5 zwischen Griedel und Butzbach führte. Irene war sofort tot.

Konstanze lag, wie durch ein Wunder unverletzt, im Fußraum des Wagens zwischen der Rückbank und den Vordersitzen. Ihre rechte Hand krampfte sich um eine Computer-Diskette, die sie nicht mehr losließ.

Kapitel 1

Die große, schlanke Frau mit dem platinblonden Kurzhaarschnitt ließ ihren Blick über das weitläufige Grundstück schweifen. Wohlgefällig betrachtete sie die Blumenrabatten und die Anordnung der Büsche und Bäume. Eigens für den fünfzigsten Geburtstag ihres Mannes hatte sie den Garten neu gestalten lassen.

Mit Grauen erinnerte sie sich an den Sturm im Juni, der das Grundstück verwüstet und ausgerissene Büsche, umgefallene Bäume, zerbrochene Blumenkübel sowie zertrümmerte Gartenmöbel zurückgelassen hatte.

Die Neugestaltung war ihr gelungen. Nicht nur die Gartenanlage war beeindruckend, auch das Rahmenprogramm und das Catering – das Buffet war voller Köstlichkeiten – ließen nichts zu wünschen übrig. Ein besonderes Highlight war der Champagnerbrunnen auf der weitläufigen Terrasse. So etwas hatten die Traiser vermutlich noch nicht gesehen.

In diesem Moment brachten die Jagdhornbläser ihrem Jagdgenossen, Erwin Thorwald, ein Geburtstagsständchen.

Susanne lächelte. Das hatte sie mal wieder perfekt hinbekommen. Im Organisieren war sie nicht zu übertreffen. Sie war sich sicher, dass die zahlreichen, honorigen Gäste von der Geburtstagsparty ihres Mannes mehr als beeindruckt waren.

Für ein paar Sekunden hefteten sich ihre Augen auf die beiden Rundtürme der mittelalterlichen

Burganlage, die sie von ihrer Terrasse aus über den Baumwipfeln sehen konnte. Als sie das erste Mal hierhergekommen war, hatte sie sich sofort in diesen Anblick verliebt. Wann immer sie Trost suchte oder nachdenken musste, kam sie an diese Stelle und betrachtete das Bild, das sich ihr bot.

Sie schaute über die Gästeschar und suchte ihren Mann. Ihr Blick blieb schließlich an der jeweils breiten Statur ihres Ehemannes und seines nicht minder schwergewichtigen Schwagers hängen. Die beiden Männer standen auf dem unteren Rasenstück mit einem Glas Champagner in der Hand und unterhielten sich angeregt. Was die zwei wohl schon wieder zu besprechen hatten?

Sie war nun seit fünf Jahren mit Erwin verheiratet. Für sie war es die erste Ehe, für Erwin, der seine Frau Irene auf tragische Weise verloren hatte, bereits die zweite. Mit seinen Kindern Konrad und Konstanze, die beide studierten, verstand sie sich bestens.

Eigentlich hatte sie keinen Grund zu klagen. Ihr ging es gut. Sie war in das wunderschöne Haus in den kleinen, beschaulichen Münzenberger Stadtteil Trais gezogen, hatte sich schnell eingelebt und Freunde gefunden. Die Traiser waren ein aufgeschlossenes und sehr feierfreudiges und liebenswertes Völkchen. Man hatte ihr die Eingewöhnung leicht gemacht und sie herzlich aufgenommen. Sie unterstützte ihren Mann in der Geschäftsführung seiner in Lich ansässigen Firma, in der auch viele Münzenberger Bürgerinnen und Bürger arbeiteten. Dennoch vermisste sie etwas. Etwas, das unter Eheleuten ganz normal sein sollte und das sie doch nicht von ihrem Mann bekam. Dieses gewisse Etwas musste sie sich bei Olaf, dem Fahrer ihres Mannes, holen. Mittlerweile hatte sie sich daran gewöhnt und machte das Beste aus der Situation. Denn eines wollte sie ganz gewiss nicht: wieder dorthin zurückkehren, woher sie gekommen war.

Susanne ärgerte sich darüber, dass ihr Mann eine Unterhaltung führte, während man ihm ein Ständchen brachte. Das war ungehörig und respektlos gegenüber seinen Jagdgenossen.

In diesem Moment trat Olaf an ihre Seite und lenkte sie von ihren Gedanken ab. „Hallo, meine Schöne“, hauchte der Hüne mit dem polierten Glatzkopf so leise, dass ihn niemand hören konnte. Begierig ließ er seinen Blick von Susannes flachem Busen bis hin zu ihrem Schoß gleiten. Bei diesem Anblick wurde ihm ganz heiß.

„Lass das! Du sollst mich nicht in der Gegenwart anderer ansprechen“, raunzte sie den Mann an. „Wir sehen uns später.“ Den lüsternen Blick ihres Liebhabers ignorierend, fauchte sie: „Geh jetzt!“

„Bis dann!“ Olaf entfernte sich.

„Hörst du, was die für dich spielen?“, fragte Fred Breitwieser seinen Schwager Erwin Thorwald, den Inhaber der Firma Thorwald, Metzgereibedarf, aus Lich.

„Was meinst du?“ Irritiert sah Erwin Fred an, den er in seiner Firma als Vertriebsleiter beschäftigte.

„Na, die spielen ‚Die Sau ist tot‘. Ist das nicht witzig?“ Fred amüsierte sich köstlich über die Doppeldeutigkeit des Ständchens.

„Sei vorsichtig, mein Lieber“, zischte Thorwald, wohl wissend, dass Fred manchmal den gebührenden Respekt ihm gegenüber vermissen ließ.

„War ja nicht böse gemeint“, versuchte Fred den Exmann seiner verstorbenen Schwester zu besänftigen. Er wollte auf keinen Fall Ärger mit ihm haben, denn er wusste, was es bedeutete, wenn man mit Thorwald aneinandergeriet.

„Schon gut, was stört es eine alte deutsche Eiche, wenn sich eine Wildsau an ihr reibt“, gab Erwin bissig zurück. Was bildete sich dieser aufgeblasene Kerl eigentlich ein? Alles, was sein Schwager Fred war, hatte er ihm, Erwin Thorwald, zu verdanken. Er war es gewesen, der den Bruder seiner ersten Frau in seiner Firma aufgenommen hatte, nachdem der einen betrügerischen Bankrott in seiner Butzbacher Firma eingeleitet und damit mehrere Hundert Menschen arbeitslos gemacht hatte.

„He, krieg dich wieder ein. War doch nicht so gemeint. Außerdem habe ich noch ein schönes Geburtstagsgeschenk für dich.“

Ein verschwörerischer Unterton in Breitwiesers Stimme ließ Thorwald aufhorchen.

„Ich hätte da etwas ganz Besonderes für dich.“

Erwin wusste genau, was Fred meinte. Dem ehrenwerten Thorwald lief bei dem Gehörten das Wasser im Mund zusammen. Er schwieg eine Weile und blickte über die Gästeschar im Garten hinweg. Seine glänzenden Augen blieben an den Türmen im Hintergrund hängen.

„Was ist, gefällt dir mein Geschenk nicht?“, fragte Fred, irritiert über die lange Pause.

„Was soll der Spaß kosten?“, knurrte Thorwald.

„Mit zehntausend Euro bist du dabei. Alles andere ist Verhandlungssache.“

„Zehntausend Euro? Bist du des Wahnsinns?“

„Du weißt genau, dass diese Ware sehr rar ist in unserer Gegend. Außerdem kannst du es dir doch leisten.“

„Was ich mir leisten kann oder nicht, geht dich gar nichts an“, gab Thorwald barsch zurück. „Woher kommt die Ware?“

„Der Hagere hat sie mir angeboten. Er hat mal für dich gearbeitet, bis er krank geworden ist.“

„Du meinst doch nicht etwa dieses Arschloch, das monatelang krank gespielt und sich dann noch mit einer fetten Abfindung aus dem Staub gemacht hat?“

„Genau den.“

„Du bist verrückt!“ Thorwald war sprachlos über so viel Dreistigkeit. „Der müsste mir die Ware auf dem Goldteller präsentieren, so, wie der mich ausgenommen hat. Ich kam mir vor wie ’ne Weihnachtsgans.“

„Überleg dir das Angebot.“ Mit diesen Worten ließ Fred seinen Schwager stehen und gesellte sich zu seinen Kollegen, die in unmittelbarer Nähe an einem Bistrotisch standen und ein kühles Licher Pils tranken. Fred Breitwieser war davon überzeugt, dass Erwin den Köder geschluckt hatte.

Juliane Landmann, die Redakteurin der hiesigen Presse, saß auf der Terrasse von Erwin Thorwalds wunderschönem Anwesen in Trais und beobachtete das Geschehen. Die Sonne schien von einem strahlend blauen Himmel und unterstrich die Atmosphäre aus

Geld, Macht und Ansehen des Jubilars auf eine angenehme Art.

Normalerweise fühlte sie sich unwohl auf solchen Partys. Ihr ging das Getue der Schickeria mit ihren Umarmungen und Küsschen links und rechts auf die Nerven. Auf diesem Fest begegnete ihr jedoch eine seltsame Mischung aus stinknormalen Bürgern, Mitarbeitern des Jubilars und den oberen Zehntausend aus der Umgebung – Menschen, die zu einem solchen Geburtstag eingeladen werden mussten. Neben den vielen Freunden aus Trais waren der Landrat und der Bürgermeister gekommen, ebenso Vorstände von Banken, der Industrie- und Handelskammer und, nicht zu vergessen, die Kreislandwirte aus den umliegenden Kreisen. Auch der Pfarrer war unter den Gästen. Sogar der Landtagspräsident hatte es sich nicht nehmen lassen, das Geburtstagskind mit seiner Anwesenheit zu beglücken und ihm im Namen der Partei Glück- und Segenswünsche zu überbringen.

Bei den Reden zu runden Geburtstagen, Jubiläen und Beerdigungen wurde immer am meisten gelogen, dachte Juliane. Doch was sie zu Beginn der Feierlichkeiten über Erwin Thorwald gehört hatte, stimmte mit dem überein, was sie im Vorfeld im Rahmen ihrer Tätigkeit als Lokalreporterin recherchiert hatte.

Erwin Thorwald hatte als junger Mann die marode Firma für Metzgereibedarf in Lich von seinem Onkel geerbt und diese innerhalb kürzester Zeit zu einem florierenden Unternehmen aufgebaut. Er hatte vielen Menschen aus der Region Arbeit gegeben. Auch denen, die sonst auf dem Arbeitsmarkt keine

Stelle mehr fanden, gab er eine Chance. Er war ein großzügiger Mensch, unterstützte seine Heimatgemeinde mit Geldspenden und ging regelmäßig zur Kirche. Er blieb keiner Feier fern und benahm sich trotz seines Reichtums ganz normal. Erwin war beliebt bei den Traisern. Man schätzte seine Meinung und holte sich gern Rat bei ihm. Seine Tür stand für jedermann offen.

Juliane erinnerte sich, dass seine erste Frau vor einigen Jahren an den Folgen eines schweren Autounfalls gestorben war und Erwin Thorwald mit zwei halbwüchsigen Kindern zurückgelassen hatte. Es war nie bis ins Detail geklärt worden, wie es zu dem tragischen Unfall an der Autobahnbrücke auf der B 488 zwischen Butzbach und Griedel hatte kommen können. An dem Auto von Irene Thorwald waren selbst nach eingehender Untersuchung durch die Polizei keinerlei Schäden festgestellt worden, die das Geschehen hätten verursacht haben können. Auch ein anderes Fahrzeug war nicht an dem Unfallhergang beteiligt gewesen. Man hatte damals gemunkelt, dass Irene mit Absicht gegen den Brückenpfeiler gefahren sei, um sich das Leben zu nehmen. Doch niemand konnte sich erklären, warum die gut aussehende Mutter von zwei kleinen Kindern und geliebte Ehefrau von Erwin Thorwald sich das Leben hätte nehmen wollen.

Nach monatelangen Spekulationen waren die Stimmen schließlich verstummt und man hatte die Tote in Frieden ruhen lassen. Auch um Konstanze, die Tochter des Paares, die den Unfall unbeschadet überlebt hatte, zu schonen.

Erwin hatte sich nach dem Tod seiner Frau liebevoll um seine beiden Kinder gekümmert. Nach zwei Jahren hatte er die kaufmännische Leiterin seiner Firma, Susanne Schuhmann-Beck geheiratet – eine tüchtige Person. Die zehn Jahre jüngere Frau aus dem Osten mit dem Doppelnamen war das genaue Gegenteil von Irene: groß und dünn, mit einem flachen Hintern und einer Handvoll Busen. Ihre platinblonden Haare trug sie kurz geschnitten wie ein Junge, was das freche Aussehen unterstrich, das ihr die Lücke zwischen den zwei vorderen oberen Schneidezähnen verlieh.

Auf den ersten Blick schien die Frau streng und unnahbar zu sein. Die Mitarbeiter behandelten sie mit großem Respekt. Doch in Wirklichkeit war Susanne Thorwald, die nach der Eheschließung ihren Doppelnamen gegen den Familiennamen ihres Mannes eingetauscht hatte, eine liebevolle und gutmütige Frau, die sich rührend um die zwei Halbwaisen Konrad und Konstanze kümmerte.

Susanne liebte Kinder, konnte aber selbst keine bekommen. Deshalb war sie dem Schicksal dankbar, dass sie über Umwege doch noch zur „Mutter" geworden war. Sie liebte ihre Stiefkinder und umsorgte sie, als wären es ihre eigenen.

Juliane hatte schon mehrfach mit Susanne Thorwald zu tun gehabt und pflegte nach der anfänglichen Abneigung gegen die Frau einen freundschaftlichen Umgang mit ihr. So war sie auch von ihr zu der Geburtstagsparty eingeladen und gebeten worden, etwas über Erwin Thorwald zu schreiben.

Juliane wurde in ihren Gedanken unterbrochen, als der Traiser Ortsvorsteher sie ansprach: „Hallo, Juliane, was machst du hier so allein?"

Juliane blickte in das freundliche Gesicht des heimlichen Bürgermeisters von Trais. Sie kannte den engagierten Kommunalpolitiker seit ihrer Jugendzeit, in der sie oft zu Partys hierhergekommen war, und erinnerte sich gern an die ausgelassene Fröhlichkeit, mit der sie in den siebziger Jahren zu der Musik von den Bee Gees getanzt hatten.

„Hallo, Herr Ortsvorsteher!", neckte Juliane ihren Jugendfreund Martin Gruber. „Ich habe gerade etwas vor mich hingeträumt."

„Das gibt es heute nicht", erwiderte er schmunzelnd. „Komm, lass uns tanzen. Ich habe schon die passende Musik bestellt."

„Du, später gern. Aber lass mich noch ein Weilchen hier sitzen. Ich genieße gerade die schöne Atmosphäre und mache mir so meine Gedanken über den Artikel, den ich schreiben soll."

Bevor Martin etwas erwidern konnte, betrat Konstanze Thorwald, die Tochter des Hauses, die Terrasse. Trotz des warmen Wetters trug sie zu ihren weiten Leinenhosen eine Bluse mit langen Ärmeln. Für eine junge Frau war sie auffallend unmodisch gekleidet. Ihre langen braunen Haare trug sie zu einem Pferdeschwanz gebunden, der ihrem ungeschminkten Gesicht ein strenges Aussehen verlieh. Im Grunde war Konstanze recht hübsch, doch man konnte den Eindruck gewinnen, dass sie genau das vor ihren Mitmenschen verbergen wollte.

Susanne eilte auf ihre Stieftochter zu und begrüßte sie mit einer innigen Umarmung, die von der jungen Frau ebenso herzlich erwidert wurde.

„Hallo, mein Schatz. Wie war die Fahrt? Hast du Hunger? Willst du was Kühles trinken? Oder möchtest du erst deinem Vater gratulieren?"

Auch Erwin Thorwald hatte seine Tochter entdeckt und kam mit großen Schritten auf die Terrasse. „Hallo, Konstanze. Da bist du ja! Ich dachte schon, du wolltest deinen alten Vater an seinem Geburtstag versetzen."

Konstanze blieb auf Abstand, streckte ihm aber die Hand zum Gruß entgegen. Auffallend kühl gratulierte sie ihrem Vater zum Geburtstag, die guten Wünsche für sein weiteres Leben blieben aus.

Interessiert beobachtete Juliane die Szene. Die ablehnende Haltung Konstanze Thorwalds war dem Anlass nicht angemessen, die Abneigung der jungen Frau gegenüber dem Vater deutlich zu spüren.

Der Jubilar ignorierte das Verhalten seiner Tochter. „Du bist sicherlich müde von der langen Fahrt, mein Kind. Komm erst mal richtig an. Wir reden dann später." Mit diesen Worten drehte er sich um, verließ die Terrasse und gesellte sich zu einem Gast des Wetteraukreises.

Wenige Sekunden später betrat ein junger Mann die Terrasse. Ohne ihn zu kennen, wusste Juliane, dass es sich bei dem neuen Gast um Konrad Thorwald handeln musste – Konstanzes Bruder. Er sah aus wie die jüngere Ausgabe seines Vaters: groß, etwas mollig, mit einem runden Gesicht, dem ein Schnurbart das Aussehen von „Onkel Otto" verlieh, dem Liebling mehrerer

Generationen junger Fernsehzuschauer des Hessischen Rundfunks.

Auch Susanne und Konstanze hatten Konrad entdeckt.

Beim Anblick ihres Bruders nahm Konstanzes Gesicht eine ungewöhnliche Blässe an, es wirkte wie zu einer starren Maske eingefroren.

„Hallo, Schwesterherz, schön, dich zu sehen." Konrad war im Begriff, seine Schwester in die Arme zu schließen. Doch die beugte zögernd den Oberkörper vor und ließ sich ganz offensichtlich nur widerwillig umarmen. Konrad blickte sie erstaunt an, so als könne er sich ihre Reaktion nicht erklären.

„Seit wann hast du denn diesen fürchterlichen Schnurrbart? Mach den weg. Ich will das nicht!", warf die junge Frau ihrem Bruder an den Kopf. Dann hastete sie durch die offene Terrassentür in das Innere des Hauses und ließ Susanne und Konrad, die sich verwundert ansahen, zurück.

„Komm, Konrad, ich stelle dir eine paar wichtige Leute vor." Susanne versuchte, von der peinlichen Situation abzulenken, indem sie ihn mit sich zog und geschickt das Thema wechselte. Eine Bemerkung lag ihr aber auf der Zunge: „Weißt du, dass du mit dem Schnurrbart aussiehst wie dein Vater in jungen Jahren? – Steht dir gut!" Sie sah ihn prüfend an. „Ich verstehe gar nicht, was Konstanze hat."

Juliane und Martin sahen sich verwundert an.

„Hier scheint etwas nicht in Ordnung zu sein", äußerte sich Martin. „So habe ich die noch nie zusammen erlebt."

„Mir ist die Lust aufs Tanzen vergangen. Sei nicht böse, Martin, aber ich gehe jetzt besser." Juliane verabschiedete sich von ihren Gastgebern mit dem Versprechen, einen schönen Artikel über Erwin Thorwald zu schreiben.

Während sie über Münzenberg nach Gambach fuhr, um sich im Biergarten der Bürgerhausgaststätte mit ihrem Mann Walter auf ein Kristallweizen zu treffen, ging ihr die Szene, die sich ihr auf der Terrasse der Familie Thorwald geboten hatte, nicht aus dem Sinn. Tage später würde etwas geschehen, das Juliane an den Vorfall erinnern und ihr die Augen über den hoch angesehenen Erwin Thorwald öffnen würde.

Es war spät am Abend. Susanne Thorwald schloss die Terrassentüren, ging ins Schlafzimmer und legte sich zu ihrem Mann ins Bett.

„Vielen Dank für das tolle Fest", sagte dieser. „Du bist wirklich eine Meisterin der Organisation. Davon werden noch Generationen sprechen." Er beugte sich zu ihr herüber, drückte ihr einen Kuss auf den Mund und murmelte: „Schlaf gut und träum was Schönes."

So endete seit drei Jahren jeder Abend. Erwin war nie ein guter Liebhaber gewesen, aber am Anfang ihrer Ehe hatten sie zumindest regelmäßig miteinander geschlafen. Ganz plötzlich jedoch schien er das Interesse an ihr verloren zu haben. Ohne eine Erklärung hatte er sich von ihr abgewandt. Immer wieder hatte sie vorsichtig versucht, die Sprache auf sein sonderbares Verhalten zu bringen, aber ohne Erfolg.

Erwin benahm sich ihr gegenüber stets anständig. In der Firma arbeiteten sie sehr erfolgreich zusammen. Er lobte sie und brachte ihr abwechselnd Blumen und kleine Geschenke von seinen Reisen mit. Zudem war er ein liebevoller und verständnisvoller Vater, der seine Kinder bei ihren Vorhaben unterstützte. So weit war alles in Ordnung – bis auf die Tatsache, dass er sie körperlich nicht mehr begehrte. Ob er krank war oder gar impotent? Er hätte doch mit ihr darüber reden können.

Und was hatte Konstanzes merkwürdiges Verhalten zu bedeuten? Ihre plötzliche Abneigung gegenüber ihrem Vater und die sonderbare Reaktion auf das veränderte Aussehen ihres Bruders konnte sich Susanne nicht erklären. Konrad und Konstanze waren immer ein Herz und eine Seele gewesen, was sollte also ein Schnurrbart, der vorher nicht da gewesen war, daran ändern?

Mit einem Seufzer drehte sich Susanne auf die Seite und versuchte zu schlafen.

Erwin konnte nicht einschlafen. Er dachte an das Angebot seines Schwagers. Morgen musste er mit Fred reden, denn er verspürte einen ungeheuerlichen Druck, den er befriedigen musste.

Kapitel 2

Julianes Woche begann mit zwei Ereignissen, die ihr Leben entscheidend beeinflussen sollten.

Am Montagmorgen war sie wie jeden Morgen mit ihrer besten Freundin Amelie Werner zum Walken verabredet. Ihre Appenzeller Sennenhündin begleitete sie. Sie konnten nun wieder den gewohnten Weg durch das Feld nehmen. Die Brücke über den Mühlengraben in Ober-Hörgern hatte nach dem Sturm im Juni nicht saniert werden können und war abgerissen worden. Eine Behelfsbrücke ermöglichte nun den Fußgängern das Überqueren des Mühlengrabens. So folgten die beiden Freundinnen der Hündin Amiga über die steinerne Brücke durch das Feld nach Ober-Hörgern, durchquerten den kleinsten Stadtteil von Münzenberg und gingen am Wasserhäuschen vorbei zurück ins Brückfeld nach Gambach. Auf dem Weg tauschten die Freundinnen Neuigkeiten und Wissenswertes aus.

„Wie war es denn gestern auf Thorwalds Party?“, wollte Amelie wissen. Sie war ein sehr neugieriger Mensch, was Juliane jedoch gewöhnlich nicht störte. Nur wenn ihr die Fragerei der Freundin zu viel wurde, bremste Juliane sie aus.

„Ach, eigentlich ganz nett. Die Traiser haben die Party recht gut aufgemischt.“

„Und was gab es zu essen?“

„Nur vom Feinsten: Kaviar, Champagner und solche Sachen halt.“

„Wie ist es denn bei denen zu Hause?“ Amelie ließ nicht locker.

„Schön. Großes Grundstück, parkähnliche Anlage mit Blick auf die Türme, geschmackvolle Einrichtung …“

„Mensch, Juliane, jetzt lass dir doch nicht alles aus der Nase ziehen!“

Juliane kam das seltsame Ereignis auf der Terrasse in den Sinn. Aber davon wollte sie ihrer Freundin nichts erzählen. Vielleicht hatte es ja gar nichts zu bedeuten und sie bildete sich nur ein, dass da etwas nicht normal gewesen war.

„Wer war denn alles da?“, bohrte Amelie weiter.

„Na ja, die üblichen Leute halt. Der Bürgermeister, der Landrat, sogar der Landtagspräsident, und dann Geschäftsleute, die ich nicht kenne, und jede Menge Traiser. – Der Thorwald scheint bei den Partisanen recht beliebt zu sein“, setzte Juliane noch einen drauf.

„Wieso werden die Traiser eigentlich als Partisanen bezeichnet?“, fragte Amelie.

„Keine Ahnung, wer denen den Namen verpasst hat.“ Juliane hatte genug erzählt. „Und was hast du Neues zu berichten?“, versuchte sie die Freundin abzulenken.

„Stell dir vor, ich habe vielleicht eine Mieterin für die Mühle!“

Damit meinte Amelie die alte Mühle in Ober-Hörgern, die bis vor Kurzem noch von der Familie Wetz bewohnt worden war und an der sie morgens beim Walken vorbeikamen. Im Juni hatte sich der einzige Sohn des Ehepaar Wetz, Sebastian, vom Ostturm der Burg Münzenberg in den Tod gestürzt. Seitdem stand die Mühle leer.

Amelie war Immobilienmaklerin. Der Besitzer der Mühle, Manfred Wetz, von allen Mani genannt, hatte Amelie gebeten, das Gebäude samt Inventar zu vermieten. Er und seine Frau waren nach dem dramatischen Tod ihres Sohnes weggezogen.

„Is ja 'n Ding. Wer will denn das alte Gemäuer mieten?"

„Die Mühle ist zwar alt, aber gut in Schuss. Und sie steht voller wunderschöner alter Schränke und Truhen. Das Zeug ist ein Vermögen wert. Aber Mani will das Zeug nicht haben, und seine Frau kann eh nichts mehr damit anfangen."

„Und wer, bitte schön, hat nun die Absicht, die Mühle zu mieten?"

„So 'ne Tussi aus Frankfurt. Hat sich von ihrem Alten getrennt. Frag mich, was die hier will. Die passt gar nicht hierher."

„Wieso denn nicht? Ist das 'ne Schickimickitussi?"

„Nee, nicht wirklich. Aber die ist zickig bis zum Abwinken und irgendwie nervig. Sie hat ein ganz schön loses Mundwerk, nimmt kein Blatt vorn Mund. Also, mir liegt die nicht."

„Na, daran ist Bernhard ja gewöhnt."

Bernhard Weghaus war der Nachbar der Familie Wetz. Seine Frau Annedore war ebenfalls auf tragische Weise ums Leben gekommen, und vermutlich hatte Sebastian Wetz etwas mit dem Tod seiner Nachbarin zu tun gehabt.

„Da hast du recht. Annedore war ja auch so 'ne Zicke. Hast du eigentlich noch mal was von den Kommissaren gehört?"

„Nee, von denen haben ich schon länger nichts mehr gehört."

„Die ganze Sache ist noch keine zwei Monate her und kein Mensch interessiert sich mehr dafür."

Die beiden Frauen dachten an die schrecklichen Ereignisse im Juni dieses Jahres. Damals war der sechzehnjährige Benjamin Dreiseitel aus Münzenberg über Nacht verschwunden, und er war bis heute nicht wieder aufgetaucht.

„Ist der Mietvertrag denn schon in trockenen Tüchern?" Juliane nahm den Faden wieder auf.

„So gut wie. Die Frau will von Freitag bis Montag dort wohnen, um zu testen, wie es ihr in dem Haus gefällt."

„Und das ist einfach so möglich?"

„Na klar. Was glaubst du, was wir alles für unsere Kunden tun, um unsere Objekte loszuwerden."

„Ist ja irre. Kann ich da auch mal drin wohnen?"

„Wenn du ernsthaft vorhast, die Mühle zu mieten, schon."

„Nee, lass mal, ich bin mit meinem Haus ganz zufrieden. Nachdem nun alle Spuren des Sturmes beseitigt sind, will ich da gar nicht mehr weg."

Den Rest ihres Weges schwiegen die Freundinnen. Juliane musste an die Kommissarin, Cosima von Mittelstedt, denken, die sie während der Ermittlungen im Zusammenhang mit den mysteriösen Todesfällen kennengelernt hatte.

Cosima hatte sich in die alte Mühle und den Blick auf die Burg, den man von dort aus hatte, verliebt. Sie hatte Juliane gegenüber erwähnt, dass sie gern in Ober-Hörgern wohnen würde und sich überlege, ob sie nicht langfristig in den kleinen Ort an der Wetter umziehen solle.

Pünktlich um 9.00 Uhr tauchte Juliane in der Redaktion auf. Ihr Schreibtisch war beladen mit Bergen von Papier. Die Post und Faxe vom Wochenende landeten grundsätzlich bei ihr. Dabei hatte sie sich für heute den Bericht über den fünfzigsten Geburtstag von Erwin Thorwald vorgenommen – der musste schnellstmöglich raus. Ihr Chef würde ihr den Kopf abreißen, wenn sie den Artikel nicht bis um 14.00 Uhr druckreif abgeliefert hatte. Wo war der überhaupt, wunderte sich Juliane. Normalerweise kam er fünf Minuten nach ihrem Eintreffen in ihr Büro und nahm hinter ihrem Stuhl Aufstellung, um ihr irgendwelche Anweisungen zu geben, die sie sowieso nicht befolgte.

Als sich die Tür zu ihrem Büro schließlich öffnete und der Buchhalter erschien, wusste Juliane, dass irgendetwas passiert sein musste. Ullrich Hampel, das Faktotum der Zeitung, verirrte sich nur selten in die Redaktionsräume, und wenn er doch mal auftauchte, dann war klar, dass es ungeheuer wichtig sein musste.

„Guten Morgen, Juliane. Ich habe leider schlechte Nachrichten."

Juliane hatte nicht die geringste Lust auf schlechte Nachrichten, dennoch antwortete sie höflich: „Guten Morgen, Ulli. Was gibt es denn?"

„Der Chef hatte heute Nacht einen Schlaganfall. Er wird für längere Zeit ausfallen."

„Oh, das tut mir leid. Wer wird denn jetzt seinen Job machen?", wollte Juliane wissen. Normalerweise gehörte es sich in einer solchen Situation, sich nach dem Befinden des Erkrankten zu erkundigen, doch das war in der Redaktion nicht üblich. Sie hätte sowieso keine Antwort darauf erhalten.

„Der Neffe vom Chef, Heinz-Willi, wird für eine Weile aushelfen. Er ist schon unterwegs und muss jede Minute eintreffen."

Oh Gott, dachte Juliane, ausgerechnet der verrückte Heinz-Willi!

Kapitel 3

Konstanze Thorwald betrat das Esszimmer der Villa und ließ sich ohne einen Gruß am gedeckten Tisch nieder. Sie hatte schlecht geschlafen und war noch ziemlich müde.

„Guten Morgen, Konstanze“, begrüßte Susanne Thorwald ihre Stieftochter freundlich. „Hast du gut geschlafen?“

Die Frage war überflüssig. Die dunklen Ringe um die sonst so hübschen Augen der jungen Frau wiesen darauf hin, dass sie nicht sehr lange geschlafen haben konnte.

„Geht es dir nicht gut, mein Schatz?“ Die Sorge in Susannes Stimme war echt. Sie mochte ihre Stieftochter sehr. Sie hatte Konstanze, als sie sie als zwölfjähriges Mädchen kennengelernt hatte, sofort in ihr Herz geschlossen. Und umgekehrt war es genauso gewesen. Konstanze hatte Susanne von Anfang an gemocht und sie gleich als ihre Stiefmutter akzeptiert. Die letzten Jahre hatten sie wie Mutter und Tochter miteinander verbracht. Susanne hatte Schulaufgaben mit dem Mädchen gemacht, Vokabeln abgehört oder Mathe geübt. Sie hatte Konstanze zum Voltigieren in die Reithalle nach Münzenberg begleitet oder mit ihr ausgiebige Radtouren durch das Wettertal unternommen. Konstanze konnte stets mit allen Fragen zu ihr kommen. Während der Pubertät hatte ihr Susanne mit viel Nachsicht und Geduld über die kleinen und großen

Wehwehchen hinweggeholfen. Selbst wenn ihr Vater in der Nähe war, bevorzugte das Mädchen die Nähe der Stiefmutter.

Seit einem dreiviertel Jahr studierte Konstanze in Dresden und kam nicht mehr so oft nach Hause, aber sie telefonierten mindestens zweimal pro Woche ausgiebig miteinander. Susanne konnte sich Konstanzes merkwürdiges Benehmen auf der Geburtstagsfeier ihres Vaters nicht erklären. „Willst du mir nicht sagen, was dich bedrückt?"

In diesem Moment kam Erwin Thorwald ins Esszimmer. Er gab seiner Frau einen Kuss auf die Wange. Als er sich zu seiner Tochter hinabbeugte, um ihr einen Kuss aufs Haar zu drücken, wich Konstanze zurück.

„Sag mal, was ist denn mit dir los?" Erwin wunderte sich über die ablehnende Haltung seiner Tochter. Sie war gestern schon so merkwürdig gewesen und hatte sich nach ihrem plötzlichen Abgang nicht mehr sehen lassen. Dabei hatten alle nach ihr gefragt, wollten mit ihr sprechen, um zu erfahren, wie es ihr in Dresden erging.

Erwin setzte sich an seinen Platz am Esstisch und nahm die F.A.Z. zur Hand. Weiber, dachte er nur.

Konstanze stierte vor sich hin. Das Frühstück rührte sie nicht an. In Gedanken versunken begann sie sich an den Unterarmen zu kratzen, so als hätte etwas sie gestochen. Der rechte Ärmel ihres leichten Sommerpullis rutschte hoch und legte lange, rote Kratzspuren frei.

Susanne erschrak, als sie Konstanzes Arm sah. Was hatte das zu bedeuten?

Als Konstanze den Blick ihrer Stiefmutter bemerkte, zog sie den Ärmel wieder herunter und steckte die Arme unter den Tisch. Peinlich berührt sah sie Susanne an.

Erwin bemerkte den Blickkontakt zwischen den beiden. Irgendetwas stimmte hier ganz und gar nicht. „Wollt ihr zwei Hübschen heute nicht mal was gemeinsam unternehmen? Susanne, ich brauche dich nicht unbedingt in der Firma", versuchte Erwin das Eis zu brechen.

„Ja, das wäre toll!", antwortete Susanne. „Was meinst du, Konstanze? Worauf hättest du Lust? Wollen wir 'ne Radtour nach Inheiden machen? Da müsste sowieso mal wieder jemand nach dem Rechten sehen."

Konstanze blickte auf und sah ihre Stiefmutter mit einem von Hass erfüllten Blick an.

„Das halte ich für keine so gute Idee", mischte sich Erwin ein und wandte sich an seine Frau: „Da muss zunächst einmal wieder richtig geputzt werden. Am besten, du schickst erst mal Gretel zum Aufräumen hin."

Gretel war die Haushälterin der Thorwalds, die schon seit Ewigkeiten das Haus in Ordnung hielt und der Familie treu zu Diensten war.

Susanne kam nicht dazu, auf Erwins Einwand zu reagieren, denn in diesem Moment betrat Konrad das Esszimmer.

„Hi, Fans!", begrüßte er seine Familie. Noch im Schlafanzug nahm er neben seiner Schwester Platz und stieß ihr freundschaftlich in die Seite.

„Lass das!", herrschte sie ihn an. Wie von der Tarantel gestochen sprang Konstanze auf und verließ den Raum.

„Was ist denn mit der los? Die war gestern schon so komisch?“ Konrad griff nach einem Brötchen und begann, ausgiebig zu frühstücken.

Erwin sah seine Frau über die Zeitung hinweg stirnrunzelnd an und bedeutete ihr, Konstanze zu folgen.

Susanne klopfte an Konstanzes Tür. Ohne eine Antwort abzuwarten, betrat sie das geräumige, helle, mit großen Terrassentüren versehene Zimmer. Sie stutzte, als sie das Chaos sah. Schubladen und Schranktüren waren aufgerissen. Überall lagen Kleidungsstücke und Schuhe herum. Diese Unordnung passte so gar nicht zu ihrer Stieftochter.

Konstanze war damit beschäftigt, Hosen und Pullover zusammenzuraffen und sie in den auf dem Bett liegenden Koffer zu werfen. Susanne verstand die Welt nicht mehr. Das Kind war doch gerade erst angekommen! Warum wollte sie denn nun schon wieder weg?

„Konstanze, was ist bloß los? Warum packst du?“

„Ich fahre wieder nach Dresden. Ich halte es hier nicht mehr aus.“

„Aber Kind, so kenne ich dich gar nicht. Ist irgendwas passiert? Hat dir jemand was getan?“

Auch jetzt blieb Konstanze Susanne eine Antwort schuldig. Sie ignorierte ihre Stiefmutter und packte weiter.

„Bitte sprich mit mir. Sag mir doch, was los ist! Du weißt, du kannst mit allem zu mir kommen.“

Konstanze klappte den Koffer zu und verschloss ihn. Mit Koffer, Handtasche und Arbeitsmappe bepackt verließ sie das Zimmer.

„Das willst du gar nicht wissen!“, schrie sie ihrer Stiefmutter im Hinausgehen entgegen. Türen knallend verließ sie das Haus.

Wenige Sekunden später hörte Susanne, wie Konstanze mit quietschenden Reifen vom Grundstück fuhr.

Ohne Rücksicht auf die Geschwindigkeitsbegrenzung raste Konstanze durch die kleinen Gassen des Ortes. Auf der Kreisstraße erhöhte sie das Tempo und fuhr, ohne auf den nachfolgenden Verkehr zu achten, wenig später auf die A 45 in Richtung Gießen.

Kapitel 4

Die schwere Mercedes Limousine hielt in der Auffahrt vor der Thorwald-Villa. Das Radio spielte die neuesten Hits. Olaf stieg aus und öffnete seinem Chef die hintere rechte Tür zum Einsteigen. Erwin ließ sich auf den bequemen Polstern im Fond des Wagens nieder, winkte seiner Frau kurz zu und nahm sein iPhone zur Hand. Dass auch sein Fahrer seiner Frau verstohlen zuwinkte, bemerkte er nicht.

Während der Wagen aus Trais kommend in Richtung Muschenheim fuhr, drückte Erwin eine der Kurzwahltasten.

„Breitwieser", meldete sich sein Schwager Sekunden später. „Guten Morgen, Erwin, was gibt es?"

„Ich bin auf dem Weg in die Firma. Komm bitte in einer halben Stunde in mein Büro." Ohne abzuwarten, ob es seinem Gesprächspartner in den Zeitplan passte, drückte Erwin Thorwald die Austaste und widmete sich dem Betrachten der idyllischen Landschaft entlang der Wetter.

Olaf beobachtete seinen Chef im Rückspiegel. Normalerweise telefonierte der oder drückte auf dem iPhone herum, um die ersten Kontakte des Tages herzustellen. Ganz gegen seine Gewohnheit schaute er heute aus dem Fenster. Sein Gesicht zierte ein breites Grinsen.

„Chef, soll ich die Musik leiser machen?"

„Nein, nein, lassen Sie nur." Normalerweise mochte Erwin diese moderne Musik nicht, doch heute lenkte sie ihn von seinen Gedanken ab.

Die Musik wurde plötzlich für eine wichtige Verkehrsmeldung unterbrochen.

„Aufgrund eines schweren Verkehrsunfalls an der Auffahrt Münzenberg in Richtung Gießen muss die A 45 zwischen Münzenberg und dem Gambacher Kreuz voll gesperrt werden. In wenigen Minuten landet der Rettungshubschrauber. Wir bitten die Verkehrsteilnehmer, die A 45 an der Abfahrt Wölfersheim zu verlassen. Die Umleitungsstrecke ist ausgeschildert.“

Die Musik setzte wieder ein.

„Na, da muss es ja wieder ganz schön gekracht haben“, meinte Olaf.

Doch er erhielt keine Antwort. Gedankenverloren schaute Erwin zum Fenster hinaus.

Kapitel 5

„Meine Königin!"
Oh Gott! Heinz-Willi Kuserow, der Neffe des Chefs, betrat Julianes Büro und kam auf sie zugeeilt. Ihm folgte der Buchhalter, Ullrich Hampel, mit betretenem Gesicht.

Juliane war perplex über das plötzliche Auftauchen der beiden. Sie wollte sagen: „Hallo, Willi, hallo Ulli", doch sie brachte nur ein kurzes „Hallo, Wulli" heraus.

Heinz-Willi war entzückt. Seine Königin hatte wirklich einen besonderen Humor. Er drückte Juliane an sich und küsste sie links und rechts auf die Wange.

Juliane wäre am liebsten unter den Schreibtisch gekrochen. Warum musste Willi nur immer so theatralisch sein? „Eh, Willi, schön, dich zu sehen, auch wenn die Umstände nicht so angenehm sind. Wie geht es dir?"

„Wenn ich dich sehe, geht es mir gleich viel besser, meine Königin."

Sie kannte Willi seit ihrer Ausbildung bei einer namhaften Zeitung in Frankfurt. Durch ihn hatte sie auch diesen Job hier bekommen. Mit seiner Sonnenbrille auf dem kahlen Kopf und dem schrägen Outfit ähnelte Heinz-Willi eher einem Partylöwen als einem ernst zu nehmenden Journalisten.

Heinz-Willi, kurz Willi genannt, hatte Juliane schon immer als seine Königin betitelt. „Du kommst aus einer Stadt mit einer Burg. Also bist du eine Königin – meine Königin!", hatte er zu Juliane gesagt, als sie sich vor über zwanzig Jahren kennengelernt hatten. Auch wenn sie sich in den letzten Jahren nicht oft gesehen hatten, hatte er die Anrede nie abgelegt, was mitunter zu witzigen, aber auch peinlichen Situationen führte.

Julianes Telefon klingelte. Man hatte die eingehenden Anrufe ihres Chefs auf ihren Apparat umgeleitet.

„Landmann", meldete sie sich kurz.

„Moin, ist der Chef nicht da?"

„Guten Morgen, nein, leider nicht. Kann ich Ihnen weiterhelfen?"

„Hier ist die Autobahnpolizei. Auf der A 45 an der Auffahrt Münzenberg in Richtung Gießen gab es einen schweren Unfall mit einem Lkw und einem Cabriolet. In Kürze landet der Rettungshubschrauber. Kann einer von der Zeitung vorbeikommen und ein Bild machen?"

So ein Mist! Das war eigentlich die Aufgabe ihres Chefs. Zu Beginn ihrer Tätigkeit hatte Juliane mit ihm eine Abmachung getroffen, dass sie keine Verkehrsunfälle fotografieren müsse.

„Okay, ich schicke jemanden vorbei."

Juliane beendete das Gespräch und wandte sich im gleichen Moment an die Vertretung ihres Chefs.

„Willi, kannst du zur Auffahrt Münzenberg in Richtung Gießen fahren und ein paar Bilder schießen? Da ist was passiert."

„Meine Königin, ich bin gerade erst angekommen und muss mich zunächst mit allem vertraut machen. Du weißt, dass ich länger nicht hier war. Also musst du das wohl selbst machen." Er grinste Juliane verschmitzt an.

Kapitel 6

Es klopfte an der Tür des feudalen Büros im Obergeschoss des Firmengebäudes in Lich. Erwin saß hinter seinem riesigen Schreibtisch und versuchte, sich auf den Inhalt der Akten, die vor ihm auf der Glasplatte lagen, zu konzentrieren. Hinter ihm an der Wand hing das Porträt seines Onkels, dem Gründer der Firma Thorwald, Metzgereibedarf.

„Herein!", rief er laut durch den großen Raum.

„Du wolltest mich sprechen, Erwin." Ohne einen Gruß betrat Fred Breitwieser das Büro seines Schwagers und ging über den weichen Teppich auf Erwin zu. Eigentlich hätte er bereits auf dem Weg zu einem Kundengespräch sein müssen, doch Erwin hatte ihm mit seinem knappen Anruf unmissverständlich zu verstehen gegeben, dass er keine Widerrede und keinen Aufschub des Treffens dulde.

„Setz dich, Fred." Erwins Blick bohrte sich in das Gesicht seines Gegenübers. Es gehörte zu seiner Strategie, die Leute zu verunsichern. Bei Fred gelang ihm dies jedoch nur selten.

„Warst du mit deiner Feier gestern zufrieden, Erwin?"

„Ja, war ganz nett. Susanne hat sich mal wieder selbst übertroffen."

„Also, was willst du? Geht es um dein Geschenk?"

„Du hast es erfasst. Wann kann ich es mir ansehen?"

„Ich rede gleich nachher mit dem Hageren und mache einen Termin mit ihm aus. Wohin soll die Ware geliefert werden?"

„Nach Inheiden. Aber sag ihm gleich, er soll alles so lassen, wie es ist. Du weißt, was ich meine."

„Was soll ich jetzt dem anderen Lieferanten sagen?"

„Dass ich seine Ware nicht mehr benötige."

In seinem Büro griff Fred Breitwieser zum Telefon. Die Nummer, die er anrufen musste, hatte er nicht eingespeichert. Das war auch nicht nötig. Er hatte sie in den letzten drei Jahren so oft gewählt, um für Erwin die Ware anzufordern, dass er sie nachts um drei im Schlaf bei vierzig Grad Fieber hätte auswendig aufsagen können.

„Hallo", meldete sich zaghaft eine Frauenstimme.

„Guten Morgen. Ist Ihr Mann zu sprechen?"

Die Frau hätte am liebsten verneint, aber sie wusste, dass sie keine Chance hatte. Der Mann würde immer wieder anrufen.

„Ja, einen Moment. Ich bringe das Telefon zu ihm."

Fred hörte die Schritte, das Öffnen der Terrassentür und Vogelstimmen aus dem Garten.

„Der Mann ist dran", hörte er die Stimme der Frau.

„Was gibt es, Fred?"

„Wir müssen reden. Es gibt eine Änderung."

„Was soll das heißen?"

„Nicht am Telefon. Ich komme in den nächsten Tagen mal auf ein Bier vorbei. Dann erkläre ich dir alles."

„Wieso kommt Thorwald seit Monaten nicht mehr?"

„Geht nicht. Das musst du verstehen."

„Ihr wollt mich wohl verarschen. Was ist mit meinem Geld?“

„Das kriegst du schon, nur keine Sorge. Außerdem brauche ich ja auch immer was.“

Fred wusste zwar noch nicht, wie er die Summe aufbringen sollte, aber er konnte sicher noch ein bisschen handeln. Notfalls musste sich sein Schwager beteiligen.

Kapitel 7

Fred setzte sich in seinen Firmenwagen und fuhr in Richtung Eberstadt zur A 45. Wegen Erwin würde er zu spät zu einem Kunden kommen. Hoffentlich war damit nicht das lukrative Geschäft geplatzt. Immerhin wollte der Kunde für seine Großschlachterei neue Maschinen bestellen. Da winkte eine schöne Provision.

In der Höhe des Licher Golfplatzes kam ihm ein Krankenwagen mit Blaulicht und Martinshorn entgegen. Nichts Gutes ahnend fuhr Fred weiter. Schon von Weitem sah er die Blaulichter auf der Autobahn. Die Fahrzeuge vor ihm bremsten ab. In der Auffahrt Münzenberg auf die A 45 in Richtung Gießen stand ein Streifenwagen mit Blaulicht. Die Auffahrt war gesperrt.

Plötzlich hörte er ein Dröhnen und Brummen. Gleich darauf sah er, wie sich ein Rettungshubschrauber in die Luft erhob und davonflog.

Er musste weiter über die B 488 zur Anschlussstelle Butzbach, über die A 5 bis zum Gambacher Kreuz und von dort in Richtung Dortmund fahren. Das hatte ihm gerade noch gefehlt. Er war sowieso schon knapp in der Zeit. Er schaltete das Radio ein. Vielleicht erfuhr er, was passiert war.

Er kam nur langsam voran. Alle Fahrzeuge, die auf die Autobahn in Richtung Gießen oder Kassel auffahren wollten, mussten jetzt bis nach Butzbach fahren. Entsprechend voll war die Bundesstraße.

An der Abfahrt links nach Münzenberg sah er ein schweres Motorrad. Er erkannte Susanne, seine Schwägerin, eine leidenschaftliche Motorradfahrerin, die ohne Helm und Jacke mit ihrer Rennmaschine unterwegs war. Sie bog links in Richtung Eberstadt ab. Musste sie heute denn nicht arbeiten?

Susanne war gleich nach dem Anruf aus dem Haus gestürzt und hatte sich ohne Helm und Jacke auf ihre Maschine gesetzt. Mit dem Motorrad würde sie wahrscheinlich schneller vorankommen als mit ihrem Auto. Hoffentlich ließ man sie überhaupt zur Unfallstelle durch. Als sie gerade auf die Kreuzung in Richtung Eberstadt zufuhr, hörte sie ein ungewohntes Geräusch links neben sich. Während sie in die Richtung sah, aus der das Geräusch kam, nahm sie einen Rettungshubschrauber wahr, der soeben aufstieg. Wenig später flog er über ihren Kopf hinweg in Richtung Frankfurt davon. Das hatte nichts Gutes zu bedeuten.

Juliane musste ihr Auto in der Autobahnauffahrt stehen lassen und zu Fuß weitergehen. Die Kamera hing schwer an ihrem Hals. Ihr war heiß und unwohl. Das war ein Job, den sie nicht gern machte. Der Polizist hatte sie darauf hingewiesen, die Rettungskräfte nicht zu behindern und nur Bilder von den Fahrzeugen zu machen.

Das Dröhnen eines Rettungshubschraubers ließ sie zusammenfahren. Der Wind, der durch die Rotorblätter verursacht wurde, wirbelte ihre Haare durcheinander. Auffliegender Staub flog ihr in die Augen, verstopfte ihre Nase und brachte sie augenblicklich zum Husten.

Kaum war der Hubschrauber in Richtung Süden davongeflogen, nahm Juliane hinter sich das Knattern eines Motorrades wahr. Sie drehte sich um und sah eine blonde Frau wild gestikulierend mit dem Polizisten streiten. Kurz darauf wendete die Frau das Motorrad und fuhr in Richtung Lich davon. Am Ort des Geschehens erkannte sie Ottmar Mannhart, den Kreisbrandinspektor. Er schien alles unter Kontrolle zu haben.

Susanne raste zum Krankenhaus in Lich. Direkt vor dem Eingang stellte sie ihr Motorrad ab und eilte zur Anmeldung. Die wartenden Patienten schob sie einfach mit der Erklärung zur Seite, dass es sich hier um einen Notfall handele. Niemand wagte ihr zu widersprechen, auch nicht die junge Frau hinter dem Tresen, die ihr bereitwillig Auskunft gab, wo man schwerverletzte Unfallopfer hinbrachte.

Nachdem sie erfahren hatte, was sie wissen musste, hetzte Susanne durch die langen Flure. Keuchend erreichte sie die Notaufnahme.

Kapitel 8

Konrad Thorwald hatte seinen Vater in der Firma angerufen und ihn informiert, dass es auf der A 45 bei Münzenberg einen Unfall gegeben habe, in den vermutlich seine Schwester Konstanze verwickelt sei.

Nachdem er sich von seinem ersten Schock erholt hatte, fragte Erwin: „Sag mal, Konrad, hast du eine Ahnung, was mit deiner Schwester los ist?"

„Keine Ahnung, Papa. Wir haben letzte Woche noch hin und her gemailt. Da war sie ganz normal."

Erwin hatte daraufhin seinen Freund bei der Autobahnpolizei in Butzbach angerufen und nachgefragt, ob er ihm etwas zu dem Unfall auf der A 45 sagen könne. Doch der Dienststellenleiter konnte ihm nur berichten, dass an dem Unfall ein Cabriolet und ein Lkw beteiligt gewesen seien und es zwei Schwerverletzte und eine Tote gegeben habe. Namen dürfe er ihm bei aller Freundschaft nicht nennen.

„Diese Scheiß-Lkws! Die müsste man alle in die Luft sprengen." Die Wut in seiner Stimme war unüberhörbar.

„Mein lieber Erwin, Vorsicht, es steht noch gar nicht fest, wer den Unfall verursacht hat. Außerdem sind ja auch für deine Firma Lkws auf der Autobahn unterwegs. Aber ich wünsche deiner Tochter gute Besserung. Sicher fährst du jetzt nach Lich ins Krankenhaus."

Eindeutiger konnte der Hinweis nicht sein, dass es sich bei der Toten nicht um seine Tochter handelte.

Jetzt musste er handeln. Ihm war plötzlich klar, was mit Konstanze los war. Der Psychiater seiner Frau hatte ihn damals nach dem Unfall darauf aufmerksam gemacht, dass irgendwann die Erinnerung an das Geschehene zurückkehren würde und Konstanze dann völlig ausrasten könnte. Jetzt schien es so weit zu sein.

Erwin versuchte, seine Frau auf dem Mobiltelefon zu erreichen. Vergeblich. Umgehend ließ er sich von Olaf in seine Villa nach Trais-Münzenberg fahren.

Erstaunt öffnete Gretel die Tür, als die schwere Limousine vor dem Haus vorfuhr. „Haben Sie etwas von Ihrer Frau gehört, Chef?"

„Nee, die geht nicht ans Handy."

„Na, das ist kein Wunder. Das liegt auf dem Esszimmertisch und bimmelt ununterbrochen."

Unwirsch eilte Erwin an Gretel vorbei in Konstanzes Zimmer. Susanne hatte die herumliegenden Kleidungsstücke, die nicht den Weg in Konstanzes Koffer gefunden hatten, bereits wieder in die Schränke und Truhen geräumt. Zunächst öffnete er die Schubladen, in denen Wäsche und Strümpfe lagen, und durchsuchte sie. Nichts. Auch im Kleiderschrank wurde er nicht fündig. Dann machte er sich über den Schreibtisch her, obwohl es unwahrscheinlich war, dass seine Tochter so unvorsichtig wäre, das Gesuchte ausgerechnet hier zu verstecken. Er öffnete Kartons und Kästchen, Dosen und alle möglichen Behältnisse, die als Versteck dienen konnten. Nichts. Wo hatte sie es nur versteckt?

Auch in den wenigen Büchern, die auf ihrem Nachttisch lagen, fand er nichts.

Gretel erschien in der Tür. „Chef, kann ich Ihnen helfen?“

„Nein, Gretel, schon gut. Ich fahre dann wieder. Kein Wort zu meiner Frau. Die regt sich bestimmt schon genug auf.“ Auf seine Haushälterin konnte er sich hundertprozentig verlassen. Die würde ihn nicht verraten.

Ohne Konrad zu bemerken, der ihn die ganze Zeit von der Terrasse aus beobachtet hatte, verließ Erwin das Haus genauso schnell, wie er es betreten hatte.

„Olaf, wir fahren nach Inheiden.“

Irritiert schaute der Angesprochene seinen Chef an. Was wollte der denn jetzt im Ferienhaus der Familie? Wäre es nicht sinnvoller, nach Lich ins Krankenhaus zu fahren? Aber er wagte nicht zu widersprechen. Er musste Erwin Thorwald dankbar sein für den Job.

Zügig hatte Olaf den Wagen über Bellersheim nach Inheiden gelenkt. Die Familie war schon eine ganze Weile nicht mehr in ihrem Sommerhaus gewesen. Als Thorwalds erste Frau Irene noch gelebt hatte, hatten sie jedes Wochenende in dem gemütlich eingerichteten Häuschen am See verbracht. In den letzten Jahren war er jedoch nur selten mit Susanne und den Kindern hierhergekommen. Er hatte es absichtlich vermieden, mit seiner Familie an den Ort zu fahren, an dem er eine Leidenschaft pflegte, die außer ihm niemand verstehen konnte. Nur sein Schwager Fred war eingeweiht, und der hielt aus gutem Grund den Mund.

Erwin stieß die schweren Fensterläden auf und öffnete die großen Fensterflügel. Vom See her kam eine frische Brise, die den Muff im Inneren des Hauses schnell vertrieb. Der Blick auf den See war grandios. Am schönsten waren die Sonnenuntergänge. Erwin seufzte. Für solche Gedanken hatte er jetzt keine Zeit. Er musste finden, wonach er suchte, bevor es die Polizei oder gar Susanne finden würde. Damit wäre seine Karriere, sein ganzes Ansehen dahin. Seine Freunde aus Trais würden ihn nicht mehr mit dem Hintern angucken.

Er ging von Zimmer zu Zimmer und suchte in allen Schränken, hinter den Bildern und den Sofas, in Ecken und Nischen. Aber er fand es nicht. Vielleicht existierte es ja auch gar nicht mehr. Und wenn doch, dann konnte es nur noch in Dresden sein. Konstanze musste es mitgenommen und in ihrer Studentenbude versteckt haben.

Kapitel 9

Juliane hatte mehrere Bilder vom Unfallort gemacht. Ein völlig zerstörtes Cabriolet lag vor der rechten Leitplanke unter dem blauen Autobahnschild mit dem Hinweis zur Abfahrt auf die A 5. Sie konnte nicht erkennen, um welchen Fahrzeugtyp es sich handelte. Der am Unfall beteiligte Lkw lag quer über beide Fahrspuren ein ganzes Stück weiter. Auf der Fahrbahn waren Bremsspuren markiert.

Die Fahrerin des Cabriolets war nach Lich ins Krankenhaus gebracht worden, während die Lenkerin des Lastwagens mit einer weißen Plane abgedeckt neben dem Führerhaus ihres Fahrzeugs lag. Sie hatte den Unfall nicht überlebt. Ihr schwer verletzter Beifahrer war mit dem Hubschrauber nach Frankfurt ins Unfallkrankenhaus gebracht worden.

Am Unfallort wimmelte es von Polizeibeamten, Feuerwehrleuten und Reportern. Männer von der Spurensicherung liefen in weißen Anzügen und Füßlingen zwischen den Wracks umher. Von allen Seiten fotografierten sie die Unfallfahrzeuge. Die Ersthelfer standen in einer Gruppe zusammen und warteten auf den Staatsanwalt, der den Unfallort begutachten und den Leichnam freigeben musste.

Ihr Handy vibrierte. Vorsichtshalber hatte Juliane es vor Betreten der Fahrbahn stumm geschaltet. Sie fand nichts so störend wie ein klingelndes Handy neben einer Leiche.

„Landmann“, meldete sie sich knapp.

„Meine Königin", schnurrte Heinz-Willi Kuserow in ihr Ohr, „wo steckst du? Ich brauche den Bericht über den runden Geburtstag."

„Willi, ich glaube, den Artikel können wir nicht bringen, zumal die Tochter von Erwin Thorwald in den Unfall auf der A 45 verwickelt ist. Sie wurde in die Asklepios-Klinik nach Lich gebracht."

„Na, toll! Dann nehmen wir die Bilder vom Unfall. Kannst du schon was zum Unfallhergang sagen?"

„Nein. Bis jetzt gibt es nur Vermutungen."

„Wie viele Tote?"

„Eine Frau. Aber das ist eine zu viel."

„Aber das ist doch prima. Dann ist wieder 'ne Wohnung frei."

„Du hast echt den Charme eines Betonpfeilers, Willi. Ich komme jetzt gleich in die Redaktion. Tschüss." Sie legte einfach auf. Mit seinem schwarzen Humor ging Willi ihr manchmal tierisch auf den Nerv.

Juliane fuhr zurück in die Redaktion und lieferte die Bilder ab sowie einen kurzen Text. Sie bemerkte. „Ich müsste bei Thorwald anrufen und ihm mitteilen, dass wir den Bericht nicht bringen."

„Ja, mach das, meine Königin." Willi nickte. „Kläre dann auch gleich, ob wir den Bericht überhaupt noch bringen sollen."

„Ich denke, das wird davon abhängen, wie es der Tochter geht."

Im Internet fand Juliane die Telefonnummer der Firma Thorwald, Metzgereibedarf in Lich. Sie wählte die Nummer und wartete geduldig auf das Freizeichen.

Als sich die Zentrale der Firma meldete, stellte sie sich kurz vor und bat darum, den Chef des Hauses sprechen zu dürfen.

„In welcher Angelegenheit?"

„Das möchte ich Herrn Thorwald selbst sagen. Es ist wichtig."

„Moment, ich verbinde Sie mit dem Vorzimmer des Chefs."

Von der Sekretärin des Firmeninhabers erfuhr Juliane, dass dieser außer Haus und nur per Handy erreichbar sei.

„Können Sie mir freundlicherweise seine Handynummer geben? Es geht um den Artikel, den ich über seine Geburtstagsfeier am Sonntag schreiben soll. Dazu muss ich ihn dringend noch etwas fragen", log Juliane. Sie wusste ja nicht, ob die Mitarbeiter von Erwin Thorwald schon von dem Unfall seiner Tochter erfahren hatten.

„Geben Sie mir doch Ihre Handynummer. Dann schicke ich meinem Chef eine SMS. Er wird sich bei Ihnen melden."

„Das ist eine gute Idee. Aber ich muss mich darauf verlassen können, dass er sich wirklich meldet."

„Das können Sie, Frau Landmann. Mein Chef wird Sie umgehend zurückrufen."

Es war bereits fünf vor eins, als Juliane mit dem Auto vom Hof der Zeitungsredaktion fuhr. Sie würde wieder zu spät nach Hause kommen. Gut, dass sie die Haushälterin weiter beschäftigt hatte, nachdem ihr Vater aufgrund seiner Demenz seit Juni im Pflegeheim untergebracht war. So musste sie sich nicht auch noch mit dem Mittagessen beschäftigen.

Sie hörte nicht zu, was die Nachrichtensprecherin sagte. Erst während der Verkehrsnachrichten wurde ihr bewusst, dass sie in ihrem Auto saß und auf dem Weg nach Hause war.

„Die A 45 zwischen der Auffahrt Münzenberg und dem Gambacher Kreuz ist noch immer wegen Bergungsarbeiten nach einem schweren Verkehrsunfall gesperrt. Die Vollsperrung wird voraussichtlich bis heute Abend andauern. Das waren die Verkehrsmeldungen."

Normalerweise endeten mit diesem letzten Satz die Verkehrsnachrichten, doch die Moderatorin gab sich heute nicht damit zufrieden. Als Überleitung zu ihrem nächsten Thema sagte sie zu ihrem Kollegen: „Na ja, besser tot über der Leitplanke als tot überm Gartenzaun, findest du nicht auch?"

Juliane glaubte, sich verhört zu haben. Hatte die Moderatorin das tatsächlich gesagt?

Kapitel 10

Erwin ließ sich nach Lich ins Krankenhaus fahren und eilte zur Notaufnahme. Hier fand er seine Frau, die bereits seit zwei Stunden wie versteinert auf einem Stuhl saß. Bisher hatte man ihr noch nicht mitgeteilt, wie es Konstanze ging.

Die Gedanken um ihre Stieftochter quälten sie. Was war nur mit dem Mädel los? Am Donnerstag hatten sie doch noch miteinander telefoniert, und wie immer war Konstanze aufgeschlossen und mitteilsam gewesen. Sie hatte vom Studium, ihrem Lieblingsprofessor und den Kommilitonen erzählt. In Dresden schien es ihr gut zu gefallen und offensichtlich genoss die junge Frau das Leben fern der Heimat. Sie besuchte nicht nur die Museen und Kulturstätten in und um Dresden, sondern genoss auch das Nachtleben ausführlich. Einen Freund hatte sie allerdings immer noch nicht. Susanne konnte sich nicht erklären, was der Grund für das so plötzliche auffällige Benehmen ihrer Stieftochter war.

„Hast du schon was von Konstanze gehört?" Erwin sah seine Frau besorgt an.

„Nein, nichts. Ich warte hier seit einer Ewigkeit." Susannes Stimme klang verzweifelt.

„Kein Wort zu irgendwem über Konstanzes merkwürdiges Verhalten, klar!" Der Ton in Erwins Stimme war eindeutig. Das war keine Bitte, sondern ein Befehl.

Noch bevor Susanne reagieren konnte, öffneten sich die Flügel der automatischen Tür nach außen. Ein Arzt im weißen Kittel und eine Pflegerin traten auf die Wartenden zu.

„Frau Thorwald, Herr Thorwald, nehme ich an?"

Susanne sprang auf und nickte.

„Ich bin der leitende Oberarzt." Er gab den Eheleuten die Hand.

„Was ist mit unserer Tochter? Wie geht es ihr? Können wir sie sehen?" Susannes Augen hingen flehend an den Lippen des Arztes.

„Sie können gleich zu Ihrer Tochter. Wir haben sie zunächst gründlich untersucht. Sie hatte mehr Glück als Verstand. Außer einer schweren Gehirnerschütterung, Hautabschürfungen und etlichen Prellungen hat sie keine nennenswerten Verletzungen davongetragen. Nicht einmal einen Bruch."

„Gott sei Dank!" Erleichtert sackte Susanne zusammen. Erwin stützte seine Frau und schob sie auf den Stuhl zurück.

„Was passiert nun mit ihr?", wollte der besorgte Vater wissen.

„Wir werden sie noch einige Tage zur Beobachtung hierbehalten. Aufgrund der Untersuchungen können wir zwar ausschließen, dass sie eine Hirnverletzung oder innere Blutungen hat, dennoch halte ich es für angebracht, ihren Gesundheitszustand zu überwachen."

„Bitte tun Sie alles für Konstanze, damit sie keine bleibenden körperlichen Schäden davonträgt." Erwin sprach zu dem Arzt wie zu einem Untergebenen.

„Selbstverständlich, Herr Thorwald. Ich benötige von Ihnen aber noch einige Angaben."

„Welche Angaben?", wollte Susanne wissen.

„Ob Ihre Tochter Medikamente nimmt – hatte sie irgendwelche ansteckende Krankheiten oder Allergien?“, erläuterte die Schwester, die bis jetzt nur stumm dabeigestanden hatte.

„Nein, nichts dergleichen.“

„Susanne, geh du bitte mit dem Oberarzt und der Schwester zu Konstanze. Sage ihnen alles, was sie wissen müssen. Ich gehe zum Professor und komme dann nach.“

Mit dem Professor meinte er den medizinischen Leiter der Klinik, den er, ebenso wie den Stationsarzt der Privatabteilung, aus dem Golfclub kannte und zu dem er regelmäßig Kontakt pflegte. Gestern hatte er ihn noch auf seiner Geburtstagsparty begrüßt.

Der Oberarzt half Susanne auf, stützte sie und führte sie in einen Untersuchungsraum. Konstanze lag weiß wie die Wand in den Kissen. Sie hatte die Augen geschlossen und atmete flach.

„Wir haben ihr etwas zur Beruhigung gegeben. Sie wird jetzt eine Weile schlafen.“

„Hat sie irgendetwas gesagt, als sie eingeliefert wurde?“

„Nein, sie hat einen Schock. Aber wir werden alles tun, damit sie sich bald wieder besser fühlt.“

Mit Tränen in den Augen strich Susanne Konstanze über die Stirn. Das Gesicht des Mädchens war kalt.

Der Oberarzt schaute betreten zu. Er war es zwar gewohnt, Menschen, die zu ihren verunfallten Anverwandten kamen, weinen zu sehen, dennoch war es immer wieder ergreifend, die Hilflosigkeit und Betroffenheit dieser Menschen zu spüren.

„Frau Thorwald, ich möchte Sie ungern in Ihrem Kummer stören. Aber ich muss Sie auf etwas aufmerksam machen." Trotz der Tränen, die der Frau unaufhörlich über die Wangen liefen, konnte er eine gewisse Ausstrahlung erkennen.

Susanne sah den Oberarzt fragend an. „Was meinen Sie?"

Der Arzt zog die Ärmel des weißen Krankenhaushemdes hoch, das man Konstanze angezogen hatte. Er deutete auf die Unterarme der Verletzten.

Susanne erblickte die tiefen Kratzer – rote Spuren auf weißer Haut. Sie zuckte zusammen.

„Ich bin zwar kein Psychologe, aber diese Verletzungen haben einen seelischen Ursprung und nichts mit dem Unfall zu tun. Können Sie sich diese offensichtlich selbst zugefügten Verletzungen Ihrer Tochter erklären?"

„Nein, nicht im Geringsten. Ich habe sie selbst erst heute Morgen an ihrem rechten Arm entdeckt. Ich war total erschrocken. Aber ich habe keine Ahnung, was sie zu bedeuten haben."

„Könnten Sie sich vorstellen, dass Ihre Tochter versucht hat, sich umzubringen? Sie war nicht angeschnallt und ist dem Lkw offensichtlich einfach in die Spur gefahren?"

„Nein, das kann ich mir nicht vorstellen. Konstanze ist eine tolle junge Frau. Sie studiert in Dresden und hat jede Menge Freunde. Warum sollte sie das tun?" Susanne erinnerte sich an Erwins Worte und erzählte nichts von dem seltsamen Verhalten ihrer Tochter nach ihrer Ankunft im Elternhaus. „Können Sie das für sich behalten?"

„Was meinen Sie?"

„Na, die Kratzer am Arm. Ich weiß nicht, was sie zu bedeuten haben, aber ich möchte es herausfinden."

„Das tut mir leid, aber es wird sich nicht vermeiden lassen, darüber zu sprechen. Wir müssen alles, was uns auffällt, genau dokumentieren. Außerdem werden die Polizei und die Staatsanwaltschaft hier auftauchen und Ihre Tochter zu dem Unfallhergang befragen", klärte sie der Arzt freundlich auf. „Nun machen Sie sich mal keine Sorgen. Es wird sich alles aufklären. Wichtig ist doch, dass Ihre Tochter wieder gesund wird. Hilfe wird sie so oder so benötigen." Er hätte die Frau am liebsten in den Arm genommen und sie wie ein kleines Kind getröstet.

„Ich flehe Sie an, sagen Sie meinem Mann nichts!" Wortlos sackte Susanne zu Boden.

Erwin fand seine Frau auf einer Liege im Flur der Notaufnahme wieder.

„Was ist denn hier los?", fragte er die herbeieilende Schwester mit barschem Ton.

„Ihre Frau hatte einen Kreislaufzusammenbruch. War wohl alles ein bisschen viel für sie. Wir haben ihr ein Kreislaufmittel gegeben. Sie können sie jetzt mit nach Hause nehmen."

„Ich möchte bei Konstanze bleiben", protestierte Susanne. „Wenn sie aufwacht, muss doch jemand bei ihr sein!"

„Es kann noch dauern, bis sie aufwacht", meinte die Schwester, „und für Sie ist es besser, wenn Sie jetzt erst mal etwas zur Ruhe kommen."

„Können Sie mich anrufen, wenn mein Kind aufwacht? Bitte, und wenn es mitten in der Nacht ist."

„Natürlich, Frau Thorwald, das verspreche ich Ihnen."

Erwin bat Olaf, die Rennmaschine seiner Frau nach Trais zu fahren, und setzte sich selbst an das Steuer des S-Klasse-Mercedes, um Susanne nach Hause zu bringen. Er fuhr nur selten. Nach dem tödlichen Unfall seiner ersten Frau hatte er einen Fahrer eingestellt. Der Schock hatte zu tief gesessen.

Kapitel 11

Juliane saß mit ihren drei Töchtern beim Essen, als ihr Handy klingelte. „Landmann", meldete sie sich. Die Nummer des Anrufers war unterdrückt.

„Thorwald hier. Frau Landmann, Sie wollten mich sprechen."

„Guten Tag, Herr Thorwald. Es ist mir etwas peinlich, aber ich muss Sie wegen des Artikels anlässlich Ihres Geburtstages sprechen."

„Es ist gut, dass Sie anrufen, Frau Landmann. Ich würde Sie bitten, den Artikel nicht zu veröffentlichen. Es ist etwas Schreckliches passiert."

„Ich weiß. Deshalb melde ich mich ja auch bei Ihnen. Ich war an der Autobahn und habe Bilder von der Unfallstelle gemacht."

„Mein Gott, müssen Sie die unbedingt bringen?"

„Tut mir leid, wenn wir es nicht tun, macht es ein anderer. Die Leser warten doch regelrecht auf so etwas."

„Es ist nicht einfach ‚so etwas', es ist absolut schrecklich!", schrie Thorwald ins Telefon.

„Wie geht es denn Ihrer Tochter?", versuchte Juliane den aufgebrachten Mann zu beruhigen.

„Sie ist glücklicherweise nicht so schwer verletzt und kann in ein paar Tagen das Krankenhaus verlassen. Wissen Sie etwas über den Unfallhergang? Im Krankenhaus konnte man uns noch nichts darüber sagen."

„Nein, ich weiß auch nichts Genaues, und in Spekulationen möchte ich mich nicht ergehen. Deshalb, Herr

Thorwald, verspreche ich Ihnen auch, vorsichtig mit den Informationen umzugehen."

„Na gut, ich nehme an, ich kann es eh nicht verhindern, dass darüber berichtet wird. Den anderen Artikel legen Sie bitte auf Eis – der passt jetzt nicht."

„Ja, natürlich. Ich wünsche Ihrer Tochter gute Besserung, Herr Thorwald." Juliane beendete das Gespräch und setzte sich wieder an den Tisch. „Nun, was habt ihr in dieser Woche vor?", fragte sie ihre Töchter.

„Schwimmen gehen, Rad fahren, Freunde treffen", kam es von den Mädchen.

„Bist du schon aufgeregt wegen Amerika?", wollte Juliane von ihrer Ältesten, Franziska, wissen, die am Ende der Woche zu Gasteltern in die Staaten fliegen würde, um dort für ein Jahr die Highschool zu besuchen.

„Ein bisschen vielleicht. Fährst du noch mal mit mir nach Gießen? Ich bräuchte noch ein paar Klamotten."

„Kannst du die denn nicht in Butzbach kriegen?" Juliane war genervt von den endlosen Shoppingtouren mit Franziska. Sie müsste doch jetzt mal genug zum Anziehen haben.

„Du machst wohl Witze. Was soll ich denn in dem Kaff kaufen?"

„Kannst du dann nicht mal mit 'ner Freundin fahren? Ich habe diese Woche noch so viel zu tun. Und Opa müsste ich auch mal wieder besuchen."

Die Diskussion wurde vom erneuten Klingeln des Telefons unterbrochen. Juliane befürchtete schon, Willi würde sie anrufen, wie es ihr Chef so oft tat.

„Hallo, Frau Landmann", Juliane konnte die Stimme nicht gleich zuordnen, „hier ist Alexander Henneberg."

„Herr Henneberg, welche Überraschung! Ermitteln Sie etwa in Sachen Unfall von heute Morgen?“

„Nee, nee“, Henneberg lachte, „das machen die Kollegen von der Autobahnpolizei. Ich rufe aus einem anderen Grund an.“

„Okay, was kann ich für Sie tun?“

„Oh, da fiele mir schon allerhand ein, aber Spaß beiseite. Haben Sie noch mal irgendetwas von Benjamin Dreiseitel gehört?“

„Da fragen Sie ausgerechnet mich? Sie sind doch die Polizei.“ Juliane vermutete, dass die Frage nur ein Vorwand war, um mit ihr zu sprechen. Sie wusste sehr wohl, dass Kriminalhauptkommissar Henneberg ein Faible für sie hatte.

„Jetzt lassen Sie mal wieder den Ernst rein, meine Liebe. Wir haben heute Mittag eine Besprechung, und da dachte ich mir, es könnte nicht schaden, noch mal nachzuhaken.“

„Sorry, da kann ich Ihnen leider gar nicht weiterhelfen. Von dem Dreiseitel habe ich nichts mehr gehört. Ich weiß nur, dass Frau Dr. Dreiseitel ihren Kassensitz an ihre ehemalige Mitarbeiterin, Frau Dr. Reinheimer, verkaufen will. Dann haben wir in Münzenberg auch wieder eine Ärztin. Und außerdem – aber das haben Sie nicht von mir – gibt es eine Interessentin, die die Mühle mieten will.“

„Liebe Frau Landmann, das ist ja mehr, als ich erwartet habe. Sie sind echt Gold wert.“

Das Geplänkel ging noch eine Weile hin und her, bis es den Kindern zu bunt wurde.

„Mamaaaaa, kannst du jetzt mal aufhören!“

„Ich muss das Gespräch beenden, meine drei unmündigen Kinder steinigen mich sonst. Bis bald mal wieder." Lachend verabschiedete sich Juliane von dem Kommissar. Wenn sie gewusst hätte, wie bald sie wieder Kontakt mit ihm haben würde, hätte sie angefangen, an Wunder zu glauben.

Kapitel 12

Frau Stückrath, die Sekretärin des K 10 der Wetterauer Kriminalpolizei, hatte Kaffee und Kuchen in den Besprechungsraum gestellt. Seit den schrecklichen Todesfällen im Juni in Münzenberg war es in der Wetterau recht ruhig gewesen. Tote beziehungsweise Morde hatte es seitdem nicht mehr gegeben. Die Kommissare waren immer noch mit dem Verschwinden von Benjamin Dreiseitel beschäftigt. Die freie Zeit nutzten sie, um unbearbeitete Dinge zu erledigen. Heute sollte nun eine Abschlussbesprechung im Fall Benjamin Dreiseitel stattfinden.

„Hallo, Stückchen!" Der gut aussehende Kriminalhauptkommissar Henneberg war der Erste, der den Raum betrat. Er war eigentlich immer der Erste – auch mit seinem losen Mundwerk, dem Frau Stückrath ihren Kosenamen „Stückchen" zu verdanken hatte. Aber sie nahm es dem smarten Henneberg nicht übel.

„Hallo, Henne!", begrüßte sie ihn freudestrahlend. Der Kommissar sah heute wieder umwerfend aus. Die passgenauen Designerjeans und das eng taillierte, weiße Hemd unterstrichen seine gut durchtrainierte Figur. Selbst der kleine Bauchansatz störte nicht. Der Mann war einfach ein Sahnestückchen – zum Anbeißen! Schade, dass sie schon verheiratet war, sie hätte ihn gewiss nicht von der Bettkante gewiesen.

Nach und nach erschienen der Polizeidirektor, der ermittelnde Staatsanwalt, zwei weitere Kommissare sowie ein Rechtsmediziner aus Frankfurt und schließlich auch Kriminaloberkommissarin Cosima von Mittelstedt, von ihren Kollegen nur „Co“ genannt. Alexander Henneberg und Cosima von Mittelstedt waren die Hauptermittler in dem Kriminalfall gewesen.

Kriminalhauptkommissar Henneberg fasste den Hergang des Geschehens mit drei Toten und einer vermissten Person im Juni dieses Jahres kurz zusammen, um die Anwesenden auf einen gemeinsamen Stand zu bringen. „Nach Auswertung aller Zeugenaussagen hat Benjamin Dreiseitel seinem Mitschüler, Matthias Beisel aus Butzbach, ein Abführmittel in dessen Trinkflasche geschüttet, was zur Folge hatte, dass der Junge wenige Tage später an Organversagen in der Gießener Uniklinik gestorben ist. Annedore Weghaus aus Ober-Hörgern wurde von Benjamin Dreiseitel und Sebastian Wetz, nachdem sie die Person entkleidet hatten, auf den Holzhaufen vor der Wetterbrücke gelegt. Sebastian hatte die Kleidungsstücke des Opfers und die Tasche bei sich im Zimmer versteckt. Durch ein Feuer am darauf folgenden Tag wurde Frau Weghaus auf dem Holzstoß verbrannt. Anhand der Knochensplitter bzw. eines vollständigen Knochens konnte die Rechtsmedizin eindeutig nachweisen, dass es sich bei der verbrannten Person um Annedore Weghaus gehandelt hat. Ob die Weghaus zu dem Zeitpunkt noch gelebt hat und bei lebendigem Leib verbrannt ist oder ob sie schon tot war, konnte durch die forensische Untersuchung nicht ermittelt werden. Wir konnten auch nicht abschließend klären, warum die beiden das gemacht haben. Hier sind wir auf Spekulationen angewiesen. Tatsache ist, dass Benjamin Dreiseitel spurlos verschwunden ist, und mit ihm sein gelbes Rennrad. Weder er noch sein auffälliges Rad sind irgendwo wieder aufgetaucht. Sebastian Wetz hat sich ein paar Tage später vom Ostturm der Münzenburg in den Tod gestürzt. Da er keinen Abschiedsbrief hinterlassen hat, können wir nur vermuten, warum der Junge den Freitod gewählt hat."

„Danke, Alexander. Was ist denn mit den Eltern von Benjamin? Können wir sicher sein, dass die den Jungen nicht irgendwo versteckt halten, um ihn zu schützen und vor einer langjährigen Haftstrafe zu bewahren?", mischte sich nun der Polizeidirektor ein.

„Die Eltern haben sich getrennt. Frau Dr. Dreiseitel ist in die Nähe von Graz gezogen. Dort kommt ihr Vater her. Laura und Mark, die Zwillinge, besuchen seit Anfang des Monats ein Internat. Die Großeltern leben immer noch in Lich. Und Dr. Dreiseitel arbeitet jetzt in einer JVA in Nordhessen." Cosima hatte nun die Berichterstattung übernommen.

„Wir schicken regelmäßig einen Streifenwagen in Lich vorbei. Bis jetzt konnten wir nichts Auffälliges feststellen", erklärte einer der anderen Kommissare.

„Und was ist mit der Mutter in Graz?", meldete sich nun der Staatsanwalt zu Wort.

„Wir stehen mit den Kollegen in Graz in Verbindung. Die schauen regelmäßig bei der Dame vorbei. Wenn es da eine Verbindung gäbe, hätten wir die schon erkannt. Wir haben alles überprüft: Bankverbindungen, Bekannte und Freunde, Verwandte. Nichts, absolut nichts, was darauf hindeuten könnte, dass Benjamin Kontakt zu seiner Familie hat. Auch der Vater hat uns bis jetzt keinen Anlass gegeben, misstrauisch zu werden."

„Auch sonst gibt es keine Spur von dem Jungen. Keine Anhaltspunkte auf ein Verbrechen, keine Hinweise aus anderen Bundesländern oder dem Ausland. Wir haben alles mobilisiert, was möglich war. Die Umgebung von Münzenberg, die Wetter zwischen Lich und Griedel, die Wälder, sogar die Sandkaut und das Basaltwerk in Gambach wurden abgesucht. Es gibt absolut keine Spur von dem Jungen", vervollständigte Henneberg die Aussage des Kommissars.

„Gibt es denn sonst nichts Neues in diesem Fall?" Der Polizeidirektor verzog ärgerlich die Mundwinkel. Das passte nicht zu der sonst so hohen Aufklärungsrate in seiner Dienststelle. Er hatte sich im Laufe der Zeit eine hervorragende Truppe zusammengestellt.

„Ich habe heute erfahren, dass Frau Dr. Dreiseitel ihren Kassensitz verkaufen will. Ihre ehemalige Mitarbeiterin, Frau Dr. Reinheimer, wird die Praxis übernehmen. Und es gibt eine Interessentin für die leer stehende Mühle in Ober-Hörgern. Frau Wetz ist seit dem Tod ihres Sohnes in der geschlossenen Abteilung der psychiatrischen Klinik in der Licher Straße. Herr Wetz wohnt in Butzbach."

„Gute Arbeit, Kollegen", lobte der Polizeidirektor seine Truppe, auch wenn er nicht vollständig zufrieden war. Aber er musste einsehen, dass alle Möglichkeiten ausgeschöpft waren.

„Konzentrieren wir uns auf unsere sonstige Arbeit. Sobald es auch nur die geringste Spur geben sollte, möchte ich informiert werden. Klar?“ Damit schloss er die Sitzung.

Beim Verlassen des Beratungszimmers rief Frau Stückrath ihrem Chef hinterher: „Alexander, kannst du bitte mal kommen!“

„Was gibt es denn, Stückchen?“

„Eben hat die Kerckhoff-Klinik angerufen. Deine Mutter ist dort eingeliefert worden. Du sollst dich bitte melden.“

„Oh, was ist passiert?“

„Leider weiß ich nichts Genaues.“

„Und was ist mit Erdmann?“

„Wie ich schon gesagt habe, ich weiß es nicht.“

Aufs Höchste alarmiert verließ Henneberg das Polizeipräsidium.

Kapitel 13

Ralf Meermann konnte mehr als zufrieden sein. Seit er in Ruppertsburg bei seinem Onkel angekommen war und für ihn arbeitete, hatte er wieder zu seiner alten Form zurückgefunden. Er hatte eine neue, wenn auch ungewöhnliche Aufgabe, die seinen Tag ausfüllte und ihm eine gewisse Befriedigung gab.

Nach Butzbach wollte er nicht mehr zurück, und mit seiner Familie wollte er auch nichts mehr zu tun haben. Schon nach zwei Monaten hatte ihm sein Onkel Otto das Geschäft überschreiben wollen, ein Bestattungsunternehmen, das in der Umgebung ohne Konkurrenz war. Der Onkel hatte keine Kinder und außer seinem Neffen Ralf keine Verwandten, denen er das Geschäft und den damit erworbenen Reichtum vermachen konnte.

Doch Ralf hatte ihn gebeten, dies jetzt noch nicht zu tun. Er wusste, dass seine Ex-Frau sofort die Hand nach dem neuen Vermögen ausstrecken würde. Er konnte nur hoffen, dass sie sich neu vermählen würde und er damit alle seine Sorgen los wäre.

Heute hatte er nicht viel zu tun. Es war weit und breit niemand gestorben, die Rechnungen waren geschrieben und alle anfallenden Arbeiten erledigt. Sein Onkel, ein Oldtimerfan, war für ein paar Tage mit seiner neuesten Errungenschaft, einem rosaroten Cadillac aus dem Jahr 1957, zu Freunden gefahren. Ralf langweilte sich.

Er ging über den Hof in die Scheune und schaute nach, ob er dort Arbeit fand. Aber hier herrschte eine Ordnung, die vorbildlich war. Er schaute in die Ecken, ob er womöglich doch noch etwas entdeckte, womit sich die Zeit vertreiben ließ. Im hintersten Winkel stieß er auf das gelbe Rennrad, das es ihm ermöglicht hatte, im Juni von Ober-Hörgern nach Ruppertsburg zu fahren. Das hatte er ganz vergessen. Oder hatte er es einfach nur verdrängt, weil er nicht mehr an den Ort zurückkehren wollte, der ihm so viel Ärger beschert hatte? Es war an der Zeit, das Rad zurückzubringen. Irgendjemand musste es ja vermissen.

An dem Sonntagmorgen im Juni, als er das teure Vehikel auf der Brücke über den Mühlengraben in Ober-Hörgern herrenlos vorgefunden hatte, wollte er nur weg. Er hatte das Rad vorsichtig über die Bohlen und die Baken geschoben. Durch die Salzwiesen war er in Richtung Münzenberg davongefahren. Dass er das herrenlose Rad gestohlen hatte, hatte er aus seinem Bewusstsein verdrängt. Schlimmer wäre seine Situation so oder so nicht mehr geworden.

Zwei Tage hatte er gebraucht, um in den Vogelsberg zu gelangen. Er war seit Ewigkeiten nicht mehr Rad gefahren. Auch zu anderen Sportarten war er in den letzten Jahren nicht gekommen. Sein Onkel hatte ihn mit offenen Armen empfangen und sich riesig gefreut, ihn zu sehen. Er hatte ihm die Mitarbeit in seinem Bestattungsunternehmen angeboten und seitdem arbeiteten die zwei sehr gut miteinander. Sie lebten wie Vater und Sohn zusammen, und weil Onkel Otto jetzt mehr Zeit

für sich hatte, konnte dieser sich viel öfter als zuvor seinem Hobby, den Oldtimern, widmen.
Ralf hatte in den letzten Wochen viel von seinem Onkel gelernt. Niemals hätte er sich träumen lassen, dass er mal mit Leichen zu tun haben, geschweige denn sie in einem Sarg zur letzten Ruhe betten würde.

Die meisten Leichen waren ja auch ganz problemlos. Was ihm jedoch stets Übelkeit bereitete, waren die Unfallopfer, die mitunter vom Unfallort oder aus dem Institut für Rechtsmedizin in Frankfurt abgeholt werden mussten. Zweimal hatte er bereits Verstorbene aus ihrem Urlaubsort im Ausland zurückgeholt.

Insgesamt konnte er mit seinem jetzigen Leben zufrieden sein. Und genau deswegen musste er das Rad zurückbringen und einen Schlussstrich unter die Vergangenheit ziehen.

Der als Leichenwagen umgebaute Cadillac Superior stand in der Garage. Für den Transport von Toten war dieses Fahrzeug schon sehr ungewöhnlich. Aber das passte zu seinem Onkel Otto. Solange er sich erinnern konnte, war dieser mit Oldtimern durch die Lande gefahren.

Mit einem feuchten Tuch wischte Ralf den Staub von dem Rad und packte es in den Kombi. Mit seiner ungewöhnlichen Fracht fuhr er nach Münzenberg.

Kapitel 14

Nach der Rückkehr aus der Klinik hatte Susanne sich hingelegt. Sie war kaum fähig, irgendeinen klaren Gedanken zu fassen, bevor sie nicht wusste, was mit Konstanze geschehen war und warum sie einen so schlimmen Unfall verursacht hatte.

Am späten Nachmittag erschienen zwei Beamte von der Autobahnpolizei in der Traiser Villa der Familie Thorwald. Sie brachten die persönlichen Dinge von Konstanze, die sie am Unfallort aufgelesen hatten – ihren Koffer und eine Arbeitsmappe sowie ihre Handtasche. Dabei erfuhr Susanne, was laut ersten Recherchen vorgefallen sein musste. Demnach war ihre Stieftochter für einen Unfall mit Todesfolge verantwortlich. Susanne war erschüttert. Die Angelegenheit würde Befragungen und Ermittlungen durch die Staatsanwaltschaft nach sich ziehen – und mit Sicherheit einen Prozess vor Gericht. Doch bis jetzt war Konstanze noch nicht vernehmungsfähig. Sie hatte einen schweren Schock und reagierte nicht. Die Polizisten berichteten, dass sie das Wrack des Cabriolets abgeschleppt hatten, um es auf mögliche Mängel oder Manipulationen zu untersuchen. Darüber hinaus waren Konstanzes persönliche Dinge auf Spuren von Drogen oder Tabletten untersucht worden.

Susanne brachte das Gepäck zunächst in Konstanzes Zimmer. Und weil ihr die Sache keine Ruhe ließ, öffnete sie den Koffer, in dem sich Hosen, Pullis und

Unterwäsche befanden. Auffallend war, dass Konstanze nur langärmelige Oberteile eingepackt hatte. In der Handtasche konnte sie nichts Außergewöhnliches finden, nicht einmal einen Kamm, geschweige denn Schminkzeug. Die Arbeitsmappe war voll mit DIN-A5-Heften. Zunächst dachte Susanne, es seien Arbeitsunterlagen für die Uni, doch bei näherem Hinsehen stellte sie fest, dass es sich bei den Heften um Tagebücher aus Konstanzes Jugendzeit handeln musste. Wieso hatte sie diese nur eingepackt? Und wo war ihr Laptop?

Eine Diskette fiel zu Boden. Susanne hob sie auf und steckte sie zurück in eines der Hefte. Derart persönliche Dinge gingen sie schließlich nichts an.

Erwin Thorwald war außer sich, als ihm seine Frau beim Abendessen von dem Besuch der Polizei berichtete.

„Ich weiß gar nicht, wieso du dich so aufregst, Papa." Konrad sah seinen Vater fragend an. „Warum hast du denn heute Mittag Konstanzes Zimmer durchsucht? Hast du vielleicht nach Drogen gesucht?"

„Was hast du getan?" Susanne sah ihren Mann erstaunt an.

Erwin hatte es die Sprache verschlagen. Er wusste nicht, wie er den beiden das erklären sollte. Also blieb er stumm und reagierte nicht. Jedoch nahm seine sonst so gesunde Gesichtsfarbe eine tiefrote Färbung an.

Susanne konnte sich diese Reaktion nicht erklären. Erwin, der gewöhnlich so respektvoll, so liebevoll mit seiner Familie umging, war wie ausgewechselt. Seit gestern war nichts mehr in dieser Familie normal, dachte sie. Was hatte sie übersehen? Was war vorgefallen, das das Bild ihrer harmonischen Familie verändert hatte?

Sie zog es vor, nichts von dem Gespräch mit dem Oberarzt zu erzählen, der sie auf die Kratzer an Konstanzes Unterarmen aufmerksam gemacht hatte. Sie wollte erst einmal mit Andrea sprechen, ihrer Freundin aus Jugendtagen, die in Leipzig als Psychotherapeutin arbeitete.

Das Klingeln von Erwins Handy riss sie alle aus ihrer Erstarrung.

„Thorwald", brüllte Erwin ins Telefon.

„Hallo, Erwin, du kannst mir gratulieren. Ich habe in Olpe einen lukrativen Abschluss gemacht", hörte er Freds gut gelaunte Stimme.

„Ja, prima, und sonst?" Er hörte dem Anrufer eine Weile zu, stand dann, ganz offensichtlich aufs Höchste erregt, vom Esstisch auf und eilte in sein Arbeitszimmer am anderen Ende der Villa.

„Was soll ich? Du hast sie wohl nicht alle. Wie komme ich denn dazu, dir Geld zu geben?", schrie Thorwald ins Telefon.

„Lieber Erwin, denk doch nur mal an deine Familie ... an deine liebe Frau", säuselte Fred honigsüß. „Willst du die alle enttäuschen?"

„Okay, ist ja schon gut. Du kriegst das Geld von mir. Aber halt mir den Bosch vom Hals und mach von mir aus, was du willst. Das tust du ja sowieso schon die ganze Zeit."

Wenn das Gespräch von Angesicht zu Angesicht stattgefunden hätte, wäre Erwin nicht verborgen geblieben, dass das Gesicht seines Schwagers innerhalb von Sekunden tief dunkelrot angelaufen war.

Erwin ging zurück ins Esszimmer. Es war leer. Seine Frau und sein Sohn waren gegangen.

Kapitel 15

Als Konstanze erwachte, wusste sie nicht, wo sie sich befand. Über ihrem Bett sah sie nur ein kleines Notlicht. Vor ihren Augen baumelte eine Schnur mit einer Klingel am Ende. In ihrer rechten Hand steckte eine Braunüle, die an einem durchsichtigen Schlauch hing. Sie musste in einem Krankenhaus sein. Vorsichtig drehte sie den Kopf, erst nach links, dann nach rechts. Da war niemand. Sie war ganz allein im Raum. Sie überlegte. Was hatte das zu bedeuten? Sie erinnerte sich nicht daran, wie sie hierhergekommen war.

Wenig später ging die Tür zu ihrem Krankenzimmer auf und eine Schwester trat an ihr Bett. Konstanze schloss die Augen und tat so, als würde sie immer noch schlafen.

Als die Schwester neben ihrem Bett hantierte, öffnete Konstanze die Augen zu einem Schlitz. Sie konnte erkennen, dass gerade ein neuer Beutel mit Infusionsflüssigkeit an den durchsichtigen Schlauch angeschlossen wurde.

Erst als sich die Tür hinter der Schwester wieder geschlossen hatte, öffnete Konstanze die Augen erneut und sah an sich hinab. Vorsichtig tastete sie über ihren Bauch, über ihre Arme. Sie bewegte die Finger und die Fußzehen. Sie konnte alles spüren – auch die Schmerzen. Ihr Kopf brummte.

So sehr sie sich auch anstrengte, sie konnte sich nicht erklären, wie sie hierhergekommen und was vorgefallen war.

Kapitel 16

Der nächste Tag begann mit einem sensationellen Sonnenaufgang über der mittelalterlichen Stauferburg. Die Vögel zwitscherten um die Wette und versprachen einen schönen warmen Tag.

Die Zeitungen waren voll mit Bildern und Berichten über den Unfall auf der A 45 am Vortag.

Heinz-Willi Kuserow hatte dem schrecklichen Ereignis eine ganze Seite in der Lokalzeitung gewidmet. Diese war ursprünglich der Berichterstattung über Erwin Thorwalds Geburtstagsfeier zugedacht gewesen.

Heinz-Willi verstand es, eine Zeitung interessant zu gestalten. Ganz anders als ihr Chef, sinnierte Juliane, die mit einer Tüte Gummibärchen vor ihrem PC an ihrem Schreibtisch in der Redaktion saß. Aufmerksam las sie die Zeilen zwischen den Bildern. Danach war Konstanze Thorwald, deren Name nicht genannt wurde, ohne auf den nachfolgenden Verkehr zu achten auf die Autobahn aufgefahren. Der schwere Lkw, der in diesem Moment die Einfädelspur passierte, hatte nicht mehr ausweichen können.

Das Tragische an der Sache war, dass die Fahrerin des Lastzuges das erste Mal nach Bestehen ihrer Führerscheinprüfung auf dem Bock gesessen hatte. Auf ihrer Jungfernfahrt hatte sie ihr Mann begleitet, dem eine Spedition in Florstadt gehörte. Die Fahrerin war tot, während ihr Mann schwer verletzt im Frankfurter Unfallkrankenhaus lag. Man hatte ihn in ein künstliches Koma versetzt.

Kapitel 17

„Was kommt denn da für ein Hündchen?" Entzückt schlug Stückchen die Hände zusammen, als sie den kleinen Rauhaardackel durch die offen stehende Bürotür flitzen sah. Der Hund fasste die freundliche Ansprache der Sekretärin seines Chefs als Aufforderung auf und hüpfte ihr mit einem Satz auf den Schoß, um ihr sogleich mit seiner feuchten Zunge durch das Gesicht zu fahren.

„Erdmann, aus! Komm sofort da runter!", zischte Henneberg, der gerade in das Büro stürmte, den Rauhaardackel an.

„Ach, lass doch den kleinen, süßen Kerl. Ist das dein Hund?"

„Das ist kein Hund, das ist ein Dackel! Dackel sind eine eigene Spezies", schnaufte der Kommissar genervt. Nur langsam erholte er sich von der Anstrengung, die es ihm bereitet hatte, hinter dem quirligen Tier die Treppe hinaufzuhetzen.

„Wieso bringst du den Hund – äh, ich meine natürlich den Dackel – überhaupt mit hierher?"

„Meine Mutter ist in der Kerckhoff-Klinik und wird da noch eine Weile bleiben. Herzinfarkt. Die Nachbarin hat sie gestern im Garten auf der Blumenrabatte liegend vorgefunden und gleich den Notarzt gerufen. Mit ihrem Herzen steht es nicht zum Besten, und solange sie im Krankenhaus liegt, muss ich mich um Erdmann kümmern." Henne hob wie zur Entschuldigung die Schultern.

Als Erdmann seinen Namen hörte, sprang er Stückchen vom Schoß, lief zu Henne, blieb vor ihm sitzen und schaute ihn von unten herauf mit seinem Dackelblick treu an. Als sein neues Herrchen nicht reagierte, stieß er ihn an und knurrte.

„Oh je, das könnte Komplikationen geben. Co hat doch eine Tierhaarallergie."

Die soeben Genannte tauchte im Türrahmen auf und blickte erstaunt von Henne zu Stückchen.

„Wenn man von der Sonne spricht, geht sie auf." Co lachte ihre Kollegen an.

„Oder: Wenn man den Teufel nennt, kommt er gerennt", erwiderte Henne spöttisch.

Als wollte Erdmann die Aussage seines Herrchens bestätigen, stürzte er sich auf Cosimas nackte, in Flip Flops steckende Füße und hackte ihr in den großen rechten Fußzeh.

„Au, das tut weh, du blöder Hund!", gab sie vor, böse zu sein. Doch beim Anblick des kleinen struppigen Kerls ging ihr das Herz auf.

„Das ist kein Hund, das ist ein Dackel!", kam es unisono von Henne und Stückchen.

„Und wo ist da der Unterschied?", wollte Co wissen.

„Na, Dackel sind keine Hunde. Die sind eine eigene Spezies", wiederholte Stückchen ganz fachmännisch Hennes Aussage.

„Und warum ist der Dackel jetzt hier?" Co legte die Betonung auf das Wort „Dackel". „Ist das ein neuer Kollege?"

Buchhandlung Bindernagel
Wetzlarer Strasse 25
35510 Butzbach
Tel.: 06033-64975
Fax: 06033-72221
www.bindernagel.com

QUITTUNG

Heck, Jule
Tod im Schatten der Burg - Die Sau is
978-3-86468-827-0 12,90

Heck, Jule
Tod im Schatten der Burg
978-3-86468-578-1 12,90

Total: 2 25,80 EUR

Bar: 25,80 EUR

Zurück: 0,00 EUR

Betrag enthält 1,68 EUR MWSt:
7,00% = 1,68
USt-Idnr.: DE216966904
12.01.2015 10:38:05 15-1-3595

Vielen Dank für Ihren Einkauf.

„Lass es dir von Stückchen erklären. Ich geh jetzt mal zum Chef und klär das mit ihm. Drückt mir die Daumen." Henne verließ das Büro.

„Von mir aus kannst du Erdmann auch weiterhin mitbringen. Ich pass auf ihn auf und geh gern mit ihm Gassi", rief ihm seine Perle im Hinausgehen hinterher.

„Ich, äh …", Co musste fürchterlich niesen, „nicht." Schlagartig machte sich ihre Tierhaarallergie bemerkbar.

Kapitel 18

Am frühen Morgen fuhr Susanne ins Krankenhaus. Sie hatte gestern vergeblich auf einen Anruf aus Lich gewartet. An der Eingangspforte erfragte sie Konstanzes Zimmernummer.

Als sie schließlich in das Krankenzimmer trat, fand sie ihre Stieftochter schlafend vor. Ihr Gesicht hatte wieder eine normale Farbe angenommen und sie sah nicht mehr so zerbrechlich aus wie am Vortag.

„Mein Kind ..." Sie strich Konstanze zärtlich über die Wange.

„Hallo, Susanne." Konstanze öffnete die Augen und suchte den Blick ihrer Stiefmutter. „Was ist denn eigentlich passiert? Wieso bin ich im Krankenhaus?"

„Weißt du nicht, dass du einen Unfall hattest?"

Konstanze sah sie mit großen Augen an. „Nein, ich kann mich an nichts erinnern." Tränen schimmerten in ihren schönen Augen. Dadurch erschienen sie noch dunkler, als sie es bereits waren.

Susanne war sich nicht sicher, was sie erzählen durfte. Sie wollte das Kind nicht beunruhigen oder einen neuen Schock bei ihr auslösen. Bevor sie Konstanze über das Unfallgeschehen informieren würde, musste sie erst mit einem Arzt sprechen. „Ich weiß auch nichts Genaues." Susanne war klar, dass sie nicht sehr überzeugend klang. Aber Konstanze schien noch zu geschwächt zu sein, um die Unsicherheit in der Stimme ihrer Stiefmutter zu bemerken.

„Ich bin so müde. Wie lange liege ich denn schon hier?“, fragte sie.

„Seit gestern Mittag.“

„Ich muss mal auf die Toilette.“ Konstanze wollte sich aufrichten, aber sie war zu schwach.

Susanne drückte den Klingelknopf, um eine Schwester zu Hilfe zu holen.

Wenige Sekunden später öffnete sich die Tür und die Schwester, die Konstanze schon am Vortag kurz gesehen hatte, kam herein. Freundlich lächelte sie die Patientin an. „Hallo, da sind wir ja wieder. Haben Sie Durst oder Hunger?“

„Ich weiß nicht. Ich müsste mal auf die Toilette.“

„Na, das ist doch prima.“ Die Schwester schlug die Bettdecke zurück, klappte die Rückenlehne hoch und half Konstanze, sich auf die Bettkante zu setzen. Sie nahm den Beutel mit der klaren Flüssigkeit vom Infusionsständer und hängte ihn mit dem Schlauch über Konstanzes Arm.

„Vorsichtig, Konstanze“, ermahnte sie Susanne.

Die Schwester nahm Konstanze bei den Händen und zog sie langsam vom Bett hoch. Die junge Frau schwankte etwas, setzte aber tapfer einen Fuß vor den anderen und bewegte sich in Richtung der Nasszelle.

Kaum hatte sich die Schiebetür zum Badezimmer hinter der Schwester und Konstanze geschlossen, klopfte es kurz und sofort darauf wurde die Tür geöffnet. Der Oberarzt erschien in der Tür, trat in den Raum und begrüßte Susanne mit einem festen Händedruck.

„Frau Thorwald, geht es Ihnen wieder besser?" Er spielte auf Susannes Kreislaufkollaps am Vortag an.

„Ja, danke, um mich müssen Sie sich nicht kümmern. Konstanze ist Ihre Patientin. Können Sie mir etwas über ihren Zustand sagen?" Susanne sah ihn flehend und hoffnungsvoll zugleich an.

„Körperlich geht es ihr gut. Wenn sie sich ruhig verhält, ist ihre Gehirnerschütterung bald kein Problem mehr. Die Prellungen und Hautabschürfungen werden auch schnell verheilt sein." Er hielt einen Moment inne und fuhr dann fort: „Mir macht jedoch ihr seelischer Zustand Sorgen."

„Was meinen Sie damit, Herr Doktor?"

„Sie hat, so wie es aussieht, eine retrograde Amnesie."

„Was bedeutet das?", fragte Susanne mit sorgenvoller Miene.

„Dass sie sich an nichts erinnern kann. Das kann natürlich mit dem Unfall zusammenhängen, es kann aber auch schon vor dem Unfall durch irgendetwas anderes ausgelöst worden sein."

„Was machen wir jetzt?"

„Wir lassen Ihre Tochter erst mal ganz in Ruhe. Ruhe ist zunächst einmal wichtig. Wir verlegen sie nachher auf die Privatstation und der Chef wird sich persönlich um sie kümmern. Bei uns, da können Sie sicher sein, ist sie in guten Händen."

„Darf Konstanze denn Besuch haben?"

„Nicht so viel. Ich sagte ja schon, Ruhe ist wichtig für Ihre Tochter. Aber natürlich können Sie, Ihr Mann und die Geschwister, falls sie welche hat, zu Besuch kommen. Ihre Familie gibt ihr Vertrauen und Sicherheit. Und das braucht sie jetzt am meisten."

„Wie lange kann denn diese retro…, also dieser Gedächtnisverlust, andauern?"

„Das ist von Patient zu Patient verschieden. Es kann sein, dass sich Ihre Tochter ganz plötzlich an alles erinnert, vielleicht erst in ein paar Tagen, aber es kann auch sein, dass die Erinnerungen an das Geschehene nie wieder zurückkehren. Dieser Fall ist allerdings ziemlich unwahrscheinlich."

Konstanze kam am Arm der Schwester zurück und legte sich wieder ins Bett.

„Alles klar, Konstanze?", fragte sie der Arzt freundlich.

„Hmmm." Sie nickte. „Ich habe Hunger."

„Na, dem können wir abhelfen. Die Schwester wird sich darum kümmern, dass Sie ein leckeres Frühstück bekommen. Ich muss dann auch mal wieder. Frau Thorwald, können Sie bitte kurz mit mir kommen, ich benötige noch ein paar Angaben."

Zusammen mit dem Arzt verließ Susanne das Krankenzimmer. Auf dem Gang griff er nach ihrem Arm.

„Frau Thorwald, ich möchte Sie nicht beunruhigen, und es ist eigentlich auch nicht meine Aufgabe, aber ich muss Sie darauf aufmerksam machen, dass die Polizei Konstanze befragen wird. Schon gestern waren zwei Beamte hier. Ich habe sie wieder weggeschickt und ihnen gesagt, dass meine Patientin noch nicht vernehmungsfähig ist."

„Aber sie kann sich doch an gar nichts erinnern."

„Das habe ich der Polizei bereits mitgeteilt. Ich musste aber versprechen, dass ich sie informiere, sobald Konstanzes Erinnerung zurückkehrt."

„Und was kann ich jetzt tun?" Susanne war sich nicht sicher, was ihr der Arzt eigentlich sagen wollte.

„Sie sollten zunächst einmal einen Anwalt einschalten, um Ihre Tochter zu schützen. Und dann würde ich Ihnen dringend raten, sich an einen Psychologen zu wenden. Ich habe Ihnen ja Konstanzes Arme gezeigt. Das hat gewiss etwas zu bedeuten."

Dass er gestern bereits mit einem ehemaligen Studienfreund gesprochen hatte, der als Psychiater tätig war, erwähnte der Oberarzt nicht. Er wollte nicht der Überbringer schlechter Nachrichten sein. Wer wusste schon, was dem Mädchen widerfahren war.

Kapitel 19

Nachdem Konstanze ausgiebig gefrühstückt hatte, wurde sie auf die Privatstation in den obersten Stock der Klinik verlegt. Von ihrem Zimmer hatte sie einen wunderschönen Ausblick auf die Dächer der historischen Altstadt von Lich. Der Turm des Rathauses ragte aus der Masse der Dächer heraus. Im Hintergrund konnte sie die hohen Türme der Gärtanks der Licher Privatbrauerei erkennen.

Während ihrer Schulzeit hatte sie Englisch sprechende Gäste durch die Brauerei geführt und ihnen die Herstellung des Bieres erklärt. Das hatte ihr großen Spaß gemacht. Am Ende der Führung hatte sie gern mit den Gästen im Hardtberggarten zusammengesessen und ihnen so manche Anekdote erzählt, die sie von den anderen Gästeführern aufgeschnappt hatte. Von dort aus hatte sie die Klinik oben am Berg gesehen und ihren Gästen erzählt, dass in früheren Zeiten die Ärzte der Klinik ihren Patienten zum besseren Einschlafen ein Licher Bier empfohlen hätten.

Nun lag sie in genau dieser Klinik und rätselte, wie sie hierhergekommen war. Was war denn nur in den letzten Tagen passiert? Automatisch kratzte sie sich an ihren Unterarmen und erschrak, als sie Schmerzen spürte. Um die unerklärlichen roten Spuren in ihrem weißen Fleisch zu bedecken, zog sie die Ärmel ihres Nachthemdes, das sie sich mit Susannes Hilfe nach dem Frühstück angezogen hatte, wieder herunter. Sie war so müde und konnte sich nicht konzentrieren. Es wollte ihr einfach nicht einfallen, was passiert war.

Bald darauf schlief sie wieder ein.

Als sich die Tür zum Krankenzimmer in der obersten Etage öffnete, schlief Konstanze immer noch. Den Mann, der an ihr Bett trat und sie betrachtete, bemerkte sie nicht.

„Mach nur keinen Blödsinn, Mädel“, flüsterte der Betrachter beim Anblick der schlafenden Konstanze. „Ich lass mir von dir nicht kaputt machen, was ich mir so mühsam aufgebaut habe. Du hast die letzten Jahre geschwiegen, und so soll es auch bleiben.“ Er sah in den Nachttisch und den Wandschrank, in der Hoffnung, dort zu finden, was er so dringend suchte. Doch vergebens – hier war nichts. Mit einem letzten grimmigen Blick auf die Schlafende verließ er das Zimmer.

„Und wenn ich nachhelfen muss ...“

Kapitel 20

„Mein lieber Freund, ich gehe davon aus, dass du alles tust, um meiner Tochter zu helfen, den fürchterlichen Unfall zu vergessen. Sie hatte es schon schwer genug nach dem Tod ihrer Mutter. Ich möchte nicht, dass sie noch einmal so eine schwere Zeit durchmachen muss. Du verstehst, was ich meine?"

„Natürlich, mein Lieber. Wir behalten sie jetzt eine Weile hier und sorgen dafür, dass sie viel ruht. Wir verabreichen ihr entsprechende Mittel, die sie müde machen und schlafen lassen. Alles ganz harmlos. Aber was soll ich der Polizei sagen? Die wird hier wieder auftauchen."

„Dass die Patientin einfach noch nicht so weit ist. Ich werde mich heute noch an unseren Anwalt wenden."

„Ich darf mich dann verabschieden." Mit diesen Worten ließ der Professor seinen Gesprächspartner stehen und ging in das nächste Krankenzimmer. Ihm hatte die Unterhaltung gar nicht behagt. Er konnte das Mädchen nicht ewig hierbehalten, und ganz sicher würde er auch nichts tun, um seiner Patientin zu schaden. Selbst dann nicht, wenn sein Freund aus dem Golfclub mit einer weiteren großzügigen Spende für das Krankenhaus winken würde. Dieses Mal, das nahm er sich vor, blieb er standhaft.

Kapitel 21

„Olaf, wir fahren heute noch nach Dresden. Ich habe dort etwas Wichtiges zu erledigen.“ Erwin Thorwald ließ sich zu seiner Firma zurückfahren. Dort angekommen, beauftragte er seine Sekretärin, zwei Zimmer für sich und seinen Fahrer für den gleichen Abend im Taschenbergpalais in Dresden zu buchen.

Auf der anderen Seite des Sekretariats lag das Büro seiner Frau. Susanne saß an ihrem Schreibtisch. Die geschmackvolle Raumausstattung stand der in Erwins Büro in nichts nach.

„Hallo, mein Schatz.“ Er ging um ihren Schreibtisch herum und drückte Susanne einen Kuss aufs Haar. „Du warst heute Morgen schon weg. Ich war gerade bei Konstanze, aber sie hat geschlafen.“

„Guten Morgen, Erwin. Ja, ich bin ganz früh bei ihr gewesen. Ich denke, sie wird die Folgen des Unfalls bald überwunden haben und das Krankenhaus verlassen können.“

„Das ist ja schön.“ Trotz dieser erfreulichen Nachricht war Erwins Miene ernst. „Ich spreche gleich mal mit Herrn Dr. Pfeiffer. Da wird sicher noch einiges auf Konstanze zukommen.“

Rechtsanwalt Dr. Pfeiffer war Experte und Sachverständiger für Unfallrecht. Erwin hatte ihn nach dem Unfall seiner ersten Frau Irene mit der Abwicklung des Schadens beauftragt.

„Das befürchte ich auch“, sagte Susanne. „Ich fahre um die Mittagszeit wieder ins Krankenhaus. Soll ich Konstanze etwas von dir ausrichten?“

„Ja, ganz liebe Grüße. Ich werde sie in den nächsten Tagen wieder besuchen. Ich muss heute noch nach Dresden. Kannst du bitte Gretel Bescheid geben, dass sie mir Sachen für zwei Tage einpackt.“

„Was willst du denn in Dresden?“

„Wenn wir Glück haben, können wir dort demnächst mit einer Firma, die Gummibeläge herstellt, zusammenarbeiten. Du weißt doch, dass wir da in letzter Zeit Probleme hatten, weil die Dinger so schnell porös wurden.“

„Und wieso musst du hinfahren? Kann das nicht Fred übernehmen?“

„Die wollen halt mit Schmidt sprechen, und nicht mit Schmidtchen. Passt mir ja auch nicht in den Kram, aber was soll ich machen?“ Erwin war bereits auf dem Weg zur Tür, als er sich noch einmal umdrehte. „Ach, Susanne, hast du einen Schlüssel von Konstanzes Wohnung? Ich könnte dort nach dem Rechten sehen. Sie wird ja jetzt einige Zeit nicht dort hinfahren können.“

„Hängt zu Hause am Schlüsselbrett. Das ist der mit dem runden Kopf und dem blauen Gummiring.“

Erwin ging zu seinem Schwager, dessen Büro sich ein Stockwerk tiefer befand. Ohne anzuklopfen trat er ein. „Fred, ich muss nach Dresden. Ich muss unbedingt dieses Ding finden.“

Fred zuckte mit den Schultern. „Wieso suchst du ausgerechnet jetzt danach?“

„Ich weiß nicht, aber Konstanzes Verhalten ist sehr sonderbar. Die komische Szene am Sonntag auf der Terrasse, ihre fluchtartige Abreise am Montag – und dann der Unfall. Ich befürchte, sie erinnert sich wieder."

„Und wie willst du verhindern, dass dich die Vergangenheit einholt?"

„Das lass nur meine Sorge sein. Ich habe genügend Verbindungen."

Um seinen Schwager nicht zu verärgern, fragte Fred vorsichtig: „Es ist jetzt vielleicht nicht der passende Moment, aber was wird aus dem Angebot des Hageren? Bist du noch an der Ware interessiert?"

„Klar bin ich daran interessiert", gab Erwin gereizt zurück. „Mehr als das! Aber im Moment ist es etwas unpassend. Die Sache muss warten."

„Okay." Fred nickte unwirsch. „Ich rede mit dem Hageren."

Kapitel 22

Konrad Thorwald betrat die Eingangshalle des Krankenhauses. Hier hatte sich alles verändert. Er war nicht mehr hier gewesen, seit seine Mutter vor sieben Jahren an den Folgen ihres Unfalls gestorben war.

Mit dem Fahrstuhl fuhr er in die fünfte Etage der Klinik, wo seine Schwester in einem privaten Einbettzimmer lag. Die Tür stand auf, und er rief Konstanze schon bei ihrem Namen, noch bevor er sie überhaupt auf dem Bett sitzend über ein Tablett mit Essen gebeugt sehen konnte.

„Hallo, Schwesterherz."

„Hallo, Bruderherz", folgte Konstanze ihrem ersten Instinkt. Sie liebte ihren Bruder abgöttisch. Aber als sie aufsah, glaubte sie stattdessen ihren Vater zu sehen. „Geh weg, ich will das nicht!", schrie Konstanze hysterisch. Sie nahm das Tablett und schleuderte es in die Richtung ihres Bruders. Teller, Glas, Besteck und die Reste ihres Essens verteilten sich auf dem Boden.

Erschrocken wich Konrad zurück und wischte sich ein paar Suppennudeln aus dem Schritt. „Konstanze, was ist denn los?" Er machte einen großen Schritt nach vorn und achtete darauf, nicht in die Essensreste zu treten. Am Krankenbett angekommen, legte er seiner Schwester eine Hand auf die Schulter und wollte sie beruhigend an sich drücken. Konstanze schlug nach ihm, traf ihn im Gesicht und an der Brust. Sie schrie, als ginge es um ihr Leben.

Plötzlich wurde Konrad von hinten gepackt und zur Seite geschleudert. Er stürzte gegen den Nachttischschrank und riss dabei eine Tasse und ein paar Medikamente mit sich.

„Was machen Sie mit der Frau?", schrie ihn jemand an. Er spürte Hände, die ihn wieder aufrichteten.

Plötzlich war ein Krach in dem Zimmer, den sich Konrad nicht erklären konnte.

„Aus dem Weg!" Eine Schwester schob ihn zur Seite.

Ein Arzt beugte sich über Konstanze, sprach beruhigende Worte und drückte sie behutsam in die Kissen. „Schwester", rief er, „bereiten Sie Diazepam vor!"

Konrad starrte auf Konstanze, die kreidebleich im Bett vor ihm lag. Er schaute sich im Raum um und sah zu seiner Überraschung zwei Polizeibeamte in Uniform. Was war denn hier los?

„Bitte verlassen Sie jetzt das Zimmer", herrschte der Arzt die Anwesenden an. „Sie sehen doch, dass die Patientin Ruhe braucht."

Konrad trat, gefolgt von den beiden Polizeibeamten, auf den Flur.

„Was haben Sie der Frau getan?"

„Gar nichts. Die Frau ist meine Schwester. Ich wollte sie nur besuchen. Auf einmal ist sie ausgeflippt."

Konrad war noch ganz benommen. Seit Sonntag schien seine Welt aus den Fugen geraten zu sein.

Die Tür ging auf und der Arzt trat auf den Gang.

„Hören Sie, meine Herren", wandte er sich an die Polizeibeamten, „ich habe Ihnen gestern schon gesagt, dass Sie Frau Thorwald nicht sprechen können. Sie haben ja eben mit eigenen Augen gesehen, wie durcheinander sie noch ist. Selbst ihren eigenen Bruder erkennt sie nicht. Sie hat wohl angenommen, dass es sich hier um einen Fremden handelt, der ihr etwas antun will."

„Dann müssen wir uns wohl bei Ihnen entschuldigen. Wir haben die Situation falsch gedeutet", sagte einer der beiden Polizeibeamten zu Konrad.

„Bitte gehen Sie jetzt, meine Herren. Kommen Sie erst wieder, wenn ich Ihnen grünes Licht für eine Befragung gebe. So lange muss auch der Staatsanwalt warten, der Ihnen offensichtlich im Nacken sitzt. – Konrad, dich würde ich gern kurz sprechen. Komm doch bitte mit in mein Büro", wandte sich der Arzt freundlich an den Bruder seiner Patientin. Er kannte den jungen Mann seit seiner Geburt.

Kapitel 23

Henne saß an seinem Schreibtisch. Friedlich schlummernd lag Erdmann zu seinen Füßen. Der Polizeidirektor, selbst Hundebesitzer, hatte dem Wunsch seines Kriminalhauptkommissars entsprochen und ihm erlaubt, den Dackel bis auf Weiteres mit ins Polizeipräsidium zu bringen, vorausgesetzt, Erdmann benahm sich.

Das hatte Henne seinem Chef hoch und heilig versprochen. Über Mittag hatte er konzentriert an einigen Altfällen gearbeitet, die dringend zum Abschluss gebracht werden mussten. Er schloss die letzte Akte. Zufrieden legte er die Hände hinter seinen Kopf und lehnte sich nach hinten.

Seine Gedanken richteten sich wieder auf das gestrige Dienstgespräch. Henne hatte bemerkt, dass sein Chef mit dem Stand des Falles Dreiseitel nicht zufrieden war. Dieser war nicht restlos aufgeklärt und damit auch nicht abgeschlossen. Obwohl sie nichts unversucht gelassen hatten, war der Vermisste nicht gefunden worden.

Irgendetwas störte Henne an den Recherchen. Er hatte ständig das Gefühl, einen wichtigen Hinweis übersehen zu haben. Aber er kam nicht darauf, was es war.

„Du Saudackel, was fällt dir ein? Sieh nur, was du für eine Sauerei angerichtet hast."

Aus dem Nachbarbüro hörte Henne die empörte Stimme seines Kollegen. Er schaute unter den Tisch und stellte fest, dass Erdmann nicht mehr auf seinem Platz lag. Die Empörung galt wohl seinem Rauhaardackel, der sich heimlich davongeschlichen hatte. Er stand auf und ging ins Nachbarzimmer. Hennes verzweifelter Blick richtete sich auf den großen Blumenkübel vor dem Schreibtisch. In der Blumenerde befand sich ein tiefes Loch und der Inhalt dieses Lochs befand sich zweifelsfrei außerhalb des Blumenkübels – der gesamte Fußboden war damit bedeckt. Doch wo war Erdmann?

Kapitel 24

Ralf Meermann hatte das gelbe Rennrad in den für Särge vorgesehenen Kofferraum gelegt. Sicherlich sehr ungewöhnlich, aber passend und praktisch für sein Vorhaben, dachte er. Ohne sich noch lange aufzuhalten, fuhr er nach Gambach zur Stadtverwaltung. Seit seiner Flucht im Juni war er nicht mehr dort gewesen.

Im Hof der Stadtverwaltung traf er auf Martin Weiss-Alles. Ausgerechnet seinem ehemaligen Versicherungsfachmann, der nicht wenig dazu beigetragen hatte, dass er sein Vermögen verloren hatte, musste er hier begegnen. Dieser Vollidiot hatte ihm zu Anlagepapieren geraten – ein Geheimtipp, wie er behauptet hatte, sozusagen Insiderwissen. In seiner Gier hatte Meermann diesem Blender vertraut und einen großen Teil seines Vermögens in diesen Papieren angelegt. Anfangs war es mit der Anlage ja auch bergauf gegangen. Er hatte, davon angespornt, immer mehr nachgekauft, bis das Papier ganz plötzlich ins Bodenlose gefallen war und Ralf Meermann zu einem armen Mann gemacht hatte. Für sein Pech konnte er niemanden außer sich selbst verantwortlich machen. Seine unermessliche Gier nach Reichtum und Ansehen hatte ihm den Schlamassel eingebrockt. Trotzdem hätte er diesem Angeber Weiss-Alles jetzt gern seine aufgedunsene Fresse poliert.

„Eh, Ralf, was machsten du hier?“, laberte ihn dieser in seiner ihm eigenen anbiedernden Art an.

„Das Gleiche kann ich dich fragen, du Vollpfosten“, gab Ralf Meermann unfreundlich zurück.

„Ich arbeit’ seit Anfang August hier. Mach e ABM-Maßnahm.“ Sein südhessischer Dialekt war nicht zu überhören.

„Na, da hast du ja eine schöne Bruchlandung hingelegt. Und mich hast du auch noch mit reingezogen.“ Plötzlich kam die ganze Wut, die er auf diesen Mistkerl hatte, in Ralf Meermann wieder hoch.

„Beruhisch disch. Da biste selber schuld. Du konnst ja de Hals net vollkrieche.“ Martin wurde es jetzt doch etwas mulmig zumute. In den letzten zwei Monaten hatte er schon genug Ärger gehabt. Die Versicherung hatte den Vertrag mit ihm in beiderseitigem Einvernehmen aufgehoben. Seine Agentur in Friedberg hatte er aufgelöst. Außer Schulden besaß Martin nichts mehr, und er konnte froh sein, dass das Arbeitsamt ihm so schnell eine ABM-Maßnahme angeboten hatte.

Wenn seine Freundin Sabine ihn nicht finanziell unterstützen würde, müsste er auf der Straße leben. Er fragte sich nur, wie lange noch. Sabine war eine sehr berechnende Person. Wenn er ihr nicht mehr von Nutzen sein konnte, würde sie ihn verlassen.

Ihm war es sehr unangenehm, ausgerechnet Ralf Meermann hier anzutreffen. Er versucht seine Nervosität herunterzuspielen und sich nichts anmerken zu lassen.

„Was hasten da für ’ne geile Kiste? Bissi ungewöhnlisch für en Leischetransport, he?“ Weiss-Alles deutete auf den großen, kastenförmigen Cadillac Superior.

„Ich arbeite jetzt für ein Bestattungsunternehmen. Der Inhaber ist ein Fan von Oldtimern, wie man unschwer erkennen kann." Meermann dachte nicht daran, diesem Widerling zu verraten, dass das Bestattungsunternehmen seinem Onkel gehörte. Die Aufschrift auf dem Fahrzeug interessierte Weiss-Alles sowieso nicht.

„Also, komm zur Sach. Ich hab noch e bissi was zu dun. Was willsten jetz?"

„Ich wollte ein Rad zurückbringen, das ich gefunden und mir dann mal ausgeliehen habe. Ist jemand da, dem ich es übergeben kann?"

„Außer mir ka Sau, die sinn schon all hem. Kannst mirs abber gebbe. Ich rischts aus und stells so lang in die Garaasch."

„Na, hoffentlich kann ich mich darauf verlassen", monierte Ralf Meermann.

„Kannste, mein Freund, kannste. Isch kann mir hier nichts mehr zuschulde komme lasse, sonst bin isch mein Jobb gleisch widder los."

Martin nahm das gelbe Rad entgegen und stellte es an die Wand in der Garage. Gut, dass er die Kehrmaschine noch nicht reingefahren hatte, denn sonst wäre kein Platz mehr für die Fundsache gewesen. In seiner Aufregung dachte er gar nicht über das Rad nach. Normalerweise hätten bei ihm alle Alarmglocken anschlagen müssen.

In diesem Moment fuhr ein Fahrzeug auf den Hof der Stadtverwaltung und lenkte Martin ab. Die Fahrertür öffnete sich. Eine Frau stieg aus. Auf hohen Pumps stöckelte sie zum Briefkasten und schob einen Umschlag durch den Schlitz. Sie warf einen kurzen Blick auf den schwarzen Wagen, den sie als Leichenwagen identifizierte. Martin Weiss-Alles beachtete sie ebenso wenig wie den Fahrer des ungewöhnlichen Leichentransporters. So schnell, wie sie gekommen war, verschwand die Hochhackige nun wieder vom Hof.

Auch Ralf Meermann hatte die Frau gesehen. Schickes Auto, schicke Klamotten, sicheres Auftreten. Sie war ungemein attraktiv. Vielleicht würde er ja auch bald wieder eine nette Lebensgefährtin finden, schoss es ihm durch den Kopf. Nachdem es mit ihm nun wieder aufwärts ging, war das nicht ausgeschlossen. Er verabschiedete sich von Martin Weiss-Alles und machte sich auf den Weg zurück in den Vogelsberg. Er wollte so schnell wie möglich weg von diesem unliebsamen Ort, diesem ekelhaften Wichtigtuer und den Erinnerungen an sein früheres Leben. Was auch immer jetzt mit dem Rad passierte, es war nicht mehr seine Sache.

Martin ging in die Stadtverwaltung und legte einen Zettel mit der Nachricht, dass heute um 16.00 Uhr von Ralf Meermann ein Sportrad abgeben worden sei, auf den Tresen des Fundbüros. Dann fuhr er die Kehrmaschine in die Garage, verschloss diese ordnungsgemäß und machte sich auf den Heimweg. Schade, dass die Kneipe gegenüber der Stadtverwaltung immer noch geschlossen hatte. Die Wirtin des „Falken“ hatte sich im Juni nach dem Feuertod von Annedore Weghaus, der Geliebten ihres Bruders, entschlossen, die Kneipe für einige Zeit zu schließen. Auf die Mithilfe ihres Bruders konnte sie nicht mehr bauen, denn er hatte vor lauter Kummer die Wetterau verlassen. Er arbeitete jetzt als Bierbrauer für einen Freund im Bayerischen Wald. Sie selbst hatte nach fünf Jahren ununterbrochener Tätigkeit beschlossen, endlich einmal auszuspannen und die schreckliche Geschichte zu vergessen.

Martin gierte nach einem frisch gezapften Licher Pils. Seine Besuche in den Gambacher Kneipen gehörten jedoch der Vergangenheit an – die konnte er sich schon lange nicht mehr leisten. Er musste sich mit Dosenbier vom Discounter begnügen. Davon abgesehen wollte ihn auch niemand mehr sehen. Seit der Geschichte im Juni war er bei seinen Freunden unten durch. Warum hatte er auch nicht das Maul gehalten?

Die Raumpflegerin schloss hinter Martin die Tür ab, öffnete alle Fenster, um frische Luft hereinzulassen, und machte sich an die Arbeit. Gegen 20.00 Uhr war sie fertig und verstaute die Putzutensilien in der Besenkammer. Bevor sie die geöffneten Fenster wieder schloss, überprüfte sie noch einmal die Büros, damit sie sicher war, ja nichts übersehen zu haben. Sie war für ihre Gründlichkeit bekannt. Bei einem abschließenden Blick ins Fundbüro entdeckte sie vor dem Tresen einen Zettel auf dem Fußboden. Sie hob ihn auf, konnte das Geschmiere darauf jedoch nicht entziffern. Achselzuckend zerknüllte sie das Papier und steckte es in die rechte Tasche ihrer Kittelschürze. Die Papierkörbe hatte sie schon zu Beginn ihrer Arbeit geleert, und sie wollte ja nichts zurücklassen.

Kapitel 25

In Dresden angekommen, öffnete Erwin Thorwald die Tür der Zweizimmerwohnung. Er ging direkt ins Wohnzimmer. Es war nicht nötig, Licht anzumachen, denn die Vorhänge vor den bodentiefen Fenstern waren zur Seite gezogen und das Abendlicht genügte ihm. Erwin verschwendete keinen Blick auf den schönen Garten des Hauses.

Er öffnete alle Schränke, Kommoden – eben alles, was nach einem Versteck aussah. Vom Wohnzimmer ging er weiter in die Küche und durchsuchte den kleinen Raum bis in den letzten Winkel. Sogar im Kühlschrank schaute er nach. Auch in der Abstellkammer hinter der Küche konnte er nichts Verdächtiges finden. In der kleinen Diele hatte nur ein Schuhschrank Platz. Außer Sportschuhen ließ sich auch hier nichts entdecken. Das Gesuchte konnte sich, wenn überhaupt, nur noch im gegenüberliegenden Schlafzimmer befinden.

Das Zimmer lag im Dunkeln. Als er den Raum betreten hatte, betätigte er den Lichtschalter und erschrak. Auf dem breiten Bett seiner Tochter lagen zwei ineinander verschlungene Personen.

Der Helligkeit folgten ein weiblicher Entsetzensschrei und das Stöhnen einer männlichen Person.

„Wer sind Sie, was machen Sie hier?“, hörte Erwin den nackten, männlichen Körper sagen.

Entgeistert verließ Erwin das Schlafzimmer und zog die Tür hinter sich zu. Wer waren die zwei? Und was sollte er jetzt tun?

Bevor er den Gedanken zu Ende gedacht hatte, öffnete sich die Schlafzimmertür. Ein junger muskulöser Mann in Boxershorts baute sich bedrohlich vor ihm auf. „Wie kommen Sie in diese Wohnung? Was wollen Sie hier?"

Erwin war kein ängstlicher Mensch, aber er erkannte sofort, dass der junge Mann ihm kräftemäßig haushoch überlegen war. Ruhig antwortete er: „Das frage ich Sie. Was machen Sie in der Wohnung meiner Tochter?"

„Wer ist denn Ihre Tochter?"

„Konstanze, Konstanze Thorwald. Ihr gehört die Wohnung."

Hinter dem jungen Mann erschien eine bildhübsche Asiatin in einem geblümten Kimono. „Ich bin Konstanzes Freundin. Sie hat mir erlaubt, während ihrer Abwesenheit hier zu wohnen. Ich lebe sonst im Studentenheim. Da ist es nicht so schön wie hier."

„Bitte verschwinden Sie augenblicklich aus der Wohnung", forderte Erwin Thorwald die beiden jungen Leute barsch auf. „Sie haben hier nichts zu suchen."

Doch auch als die jungen Leute die Wohnung verlassen hatten und Erwin in aller Ruhe das Schlafzimmer und noch einmal die anderen Räume durchsuchen konnte, fand er nicht das, wonach er so dringend suchte. Wo konnte seine Tochter es nur versteckt haben?

Verärgert und gleichzeitig wütend ging er durch den warmen Sommerabend zurück ins Hotel, setzte sich an die Bar und ließ sich vor lauter Verzweiflung voll-laufen. Seine Frau rief er nicht mehr an. Die Erinnerung an sein Versprechen war wie ausgelöscht.

Kapitel 26

Den ganzen Abend hatte Susanne vergeblich auf Erwins Anruf gewartet. Er rief immer an, wenn er auswärts unterwegs war. Es passte gar nicht zu ihm, sich nicht zu melden. Die plötzliche Abreise nach Dresden und die Frage nach dem Schlüssel von Konstanzes Wohnung hatten sie misstrauisch gemacht. Erwin war noch nie allein in der Wohnung seiner Tochter gewesen.

Sie nahm das Telefon an sich und ging nach draußen auf die Terrasse. Die Luft war angenehm klar und warm. Deutlich konnte sie die Türme der Burg Münzenberg am nachtblauen Himmel erkennen. Es war kurz nach zehn, aber ihre Freundin Andrea in Leipzig konnte sie jederzeit anrufen.

Nach dem vierten Klingeln meldete sich der Anrufbeantworter. Sie sprach Andrea eine Nachricht auf Band und bat sie um Rückruf, egal wie spät es wäre. Susanne musste unbedingt mit der Psychologin reden. Sie hatte so viele Fragen zu Konstanzes merkwürdigem Verhalten.

Die Ausführungen Konrads über das Benehmen seiner Schwester in der Licher Klinik hatten sie erneut beunruhigt. Konrad, normalerweise eine Seele von Mensch, der seine Schwester abgöttisch liebte, war wütend nach Hause gekommen. Die Türe zuknallend hatte er die Villa betreten und sich sofort auf Susanne gestürzt, die, im Wohnzimmer sitzend, als Kummerkasten herhalten musste.

„Stell dir vor, Susanne, Konstanze ist total ausgeflippt, als sie mich gesehen hat. Ich wollte sie einfach nur besuchen. Sie war hysterisch, hat geschrien, ich solle weggehen und ihr nichts tun.“ Er ließ sich auf eines der großen Sofas sinken und schaute seine Stiefmutter verzweifelt an.

„Ich weiß auch nicht, was mit ihr los ist. Die ganze Sache ist mir richtig unheimlich. Ich wollte mit Andrea reden, aber die ist leider nicht da“, klärte Susanne ihn auf.

„Das ist eine gute Idee. Der Professor hat mich übrigens zur Seite genommen und so komische Andeutungen gemacht.“

„Was meinst du?“

„Ich habe das so verstanden, dass er Konstanze nach Gießen in die Psychiatrie verlegen will, wenn so was noch mal vorkommt.“

„Das kann der doch nicht machen!“, rief Susanne empört.

„Und ob der das kann. Wenn für Konstanze Gefahr an Leib und Seele besteht oder wenn sie für andere Menschen zur Gefahr wird, kann er sie einweisen lassen.“

„Das will ich nicht. Konstanze ist doch nicht verrückt!“

Kapitel 27

Gabriela Bosch hatte noch das lustvolle Stöhnen und die spitzen Schreie ihrer Tochter im Ohr, die sich bis vor ein paar Minuten mit dem Fremden vergnügt hatte. Sie schüttelte den Kopf und verließ das Haus, um sich im Garten ein ruhiges Plätzchen zu suchen. Als sie sich ihrem Ruhepol näherte, wie sie den kleinen, mit gemütlichen Gartenmöbeln ausgestatteten Platz hinter der Buchsbaumhecke heimlich nannte, stellte sie fest, dass dieser bereits besetzt war. Sie vernahm die Stimmen von zwei Männern, die zu streiten schienen. Die eine konnte sie eindeutig ihrem Mann Karl zuordnen.

In der Dunkelheit schlich sie auf die Hecke zu. Beim Näherkommen erkannte sie die zweite Stimme als die des Mannes, der seit längerer Zeit in ihr Haus kam und mit ihrer Tochter schlief. Ihr eigener Mann, der Vater ihrer gemeinsamen Tochter Victoria, hatte dem Fremden seine Tochter für viel Geld zum Beischlaf angeboten. Sie selbst wusste nur, dass der Mann etwas mit Karls früherer Arbeitsstelle in Lich zu tun hatte.

„Du musst dich eine Weile von meiner Tochter fernhalten. Sie ist schwanger", hörte Gabriela Karl sagen.

„Was? Von wem denn?", fragte der Fremde erzürnt.

„Na, wahrscheinlich von dir, oder was glaubst du, mit wem es meine Tochter sonst noch treibt?"

„Ich denke, Victoria nimmt die Pille. Wie konnte denn das passieren?"

„Blöde Frage, das musst du ja wohl besser wissen."

„Das darf doch nicht wahr sein! Will sie denn das Kind überhaupt?“, bohrte der Fremde weiter.

„Für ’ne Abtreibung ist es leider schon zu spät. Die blöde Kuh hat mir nichts gesagt. Sie ist schon im vierten Monat, und da macht das doch keiner mehr.“

Vor Schreck war Gabriela wie erstarrt. Sie konnte nicht glauben, was ihr Mann da eben zu dem Fremden gesagt hatte. Ihr war das sonderbare Verhalten ihrer Tochter in der letzten Zeit zwar aufgefallen, doch sie hatte das auf die sexuellen Ausschweifungen zurückgeführt, die ungeahnte Ausmaße angenommen hatten.

„Na, das hast du dir ja fein ausgedacht. Willst du mich jetzt damit erpressen?“

„Nee. Wenn du schlau bist, zahlst du freiwillig.“ Karl Bosch grinste breit. Dass seine Tochter auch ihm fast täglich für seine abartigen Neigungen zur Verfügung stand, verschwieg Karl dem Fremden.

„Scheiße! Wenn das meine Alte rauskriegt, kann ich unter die Brücke ziehen.“ Die Stimme des Fremden zitterte vor Aufregung.

„Sie braucht es ja nicht zu wissen“, beruhigte ihn Karl.

Gabriela hielt sich die Hand vor den Mund. Es war ungeheuerlich, was sie soeben vernommen hatte. Wie sollte das jetzt weitergehen? Wenn ihre Tochter das Kind austragen würde, musste sie ihre Lehre abbrechen. Was sollte denn dann aus ihr werden? Leise schlich sie zurück in Richtung Haus. Sie hatte genug gehört und wollte allein sein.

Gabriela Bosch hatte immer gehofft, dass es ihrer Tochter einmal besser gehen würde als ihr, dass sie arbeiten und sich allein ernähren könnte. Nicht wie sie selbst, die immer nur von ihrem Mann abhängig gewesen war und bis heute nichts Eigenes besaß. Verzweifelt betrat sie das Haus. Sie konnte es nicht länger ertragen, den beiden Männern zuzuhören.

Über eine Stunde saß Gabriela regungslos im dunklen Wohnzimmer und grübelte. Sie glaubte, noch immer die Lustschreie und das Gestöhne aus der ersten Etage zu hören. Verzweifelt presste sie die Hände auf die Ohren. Doch es half nichts.

Ihr Mann war bisher nicht ins Haus zurückgekommen. Vermutlich saß er noch immer mit dem Fremden hinter der Buchsbaumhecke, um zu beraten, was man im Fall der schwangeren Victoria tun könne. Wie ekelhaft, dachte sie.

Nachdem Karl Bosch seinem vermeintlichen Freund klargemacht hatte, dass er für das Kind in Victorias Bauch aufkommen müsse, hatte sich der Mann wütend verabschiedet.

Dem Liebhaber seiner Tochter musste klar sein, dass er keine andere Wahl hatte als zu schweigen. Karl hatte ihm mit einem Vaterschaftstest gedroht.

Dass Karl ebenfalls der Vater des ungeborenen Kindes sein konnte, blieb sein Geheimnis. So ließ sich der arrogante Großkotz besser ausnehmen. Sollte er doch zahlen und ihm ein noch besseres und angenehmeres Leben bescheren.

Karl verließ seinen Platz im Garten und ging, vorbei an einigen Gemüsebeeten, vor das Haus. Als er in Höhe des Spargelbeetes angekommen war, blieb er für einen Moment stehen, schaute zum Himmel hinauf und betrachtete den großen, runden Mond, der die Nacht erhellte. Ohne Vorwarnung blieb Karls Herz stehen. Er fiel rückwärts ins Spargelbeet und blieb dort wie ein gestrandeter Wal liegen. Während ein letzter Seufzer seinen wulstigen Lippen entschlüpfte, waren die Augen blicklos auf den Mond gerichtet.

Nach einer weiteren Stunde in der Dunkelheit ihres Wohnzimmers bemerkte Gabriela Bosch, wie müde sie war, und beschloss, schlafen zu gehen. Ohne einen bestimmten Grund ging sie noch einmal hinaus in den Garten. Instinktiv folgte sie dem Weg vor das Haus, wo sich die Gemüsebeete befanden. Ihr kamen die Worte ihrer Schwiegermutter in den Sinn: „Man hat doch keine Gemüsebeete vor dem Haus! Was sollen denn die Leute denken?“ Doch eben diese Gemüsebeete waren neben dem Haushalt Gabrielas einzige Beschäftigung. Nicht ohne Stolz zog sie hier Spargel, Salat und Tomaten sowie verschiedene Gartenkräuter. Auch Zucchini und Kürbisse, Salatgurken und mehrere Kohlsorten gehörten zu dem reichhaltigen Sortiment.

Auf dem Spargelbeet erkannte sie etwas Großes, Unförmiges. Etwas, das dort eindeutig nicht hingehörte. Es erinnerte sie an einen Felsen – einen Findling. Neugierig näherte sie sich dem unbekannten Etwas. Das helle Licht des Mondes ließ sie den leblosen, auf dem Rücken liegenden Körper ihres Mannes erkennen. Warum lag der in ihrem Spargelbeet?

Gabriela machte sich nicht die Mühe herauszufinden, was mit ihm passiert war. Es interessierte sie gar nicht, ob er noch lebte und vielleicht Hilfe brauchte. Ohne nachzudenken nahm sie das Spargelmesser, das seit Ende Juni unbenutzt in der Erde steckte, und rammte es ihrem Mann in seinen dicken, aufragenden Bauch. Ihr Kopf war vollkommen leer. Sie empfand nichts, ging zurück ins Haus, legte sich ins Bett und schlief sofort ein. Aus Victorias Zimmer war kein Laut zu vernehmen. Sie schien zu schlafen.

Kapitel 28

Susanne war auf der Couch eingeschlafen. Sie hatte keine Lust gehabt, ins Bett zu gehen. Seit Sonntag wollte sie aus einem ihr selbst unerklärlichen Grund das Schlafzimmer nicht mehr mit ihrem Mann teilen.

Das Klingeln des Telefons riss sie aus einem leichten Schlaf.

„Thorwald", hauchte sie in den Hörer.

„Susanne, hier ist Andrea. Ich weiß, es ist schon nach zwölf. Aber du hast gesagt, ich soll anrufen, egal wie spät es ist. Ist was passiert?" Susannes Freundin aus Jugendtagen ratterte wie immer maschinengewehrartig los.

Susanne richtete sich auf. „Hallo, Andrea, schön, dass du noch anrufst. Ich brauche dringend deinen Rat als Psychologin."

„Willst du dich endlich von deinem Mann trennen? Ich habe dir ja immer gesagt, dass mit dem was faul ist."

„Nein, nein. Es geht nicht um Erwin und mich. Es geht um Konstanze."

In der nächsten Viertelstunde erzählte Susanne ihrer Freundin ausführlich, was sich seit Sonntag zugetragen hatte. Sie vergaß nichts, auch nicht, dass Erwin heute ganz plötzlich nach Dresden abgereist war und sie nicht, wie sonst üblich, von unterwegs angerufen hatte.

Andrea erklärte Susanne haarklein, was Konstanzes plötzliche Veränderung bedeuten könnte. „Wer das dem armen Kind angetan hat, vermag ich aus der

Ferne nicht zu sagen. Vielleicht war es jemand aus ihrem Freundeskreis, aber alles deutet eher auf jemanden aus der Familie hin."

Nach dem Gespräch mit ihrer Freundin hielt Susanne nichts mehr davon ab, in Konstanzes Zimmer zu gehen. Sie öffnete die Arbeitsmappe, die sie gestern neben dem Schreibtisch abgestellt hatte, und holte die DIN-A5-Hefte heraus, die, zu einem Päckchen verknotet, neben den Büchern steckten. Susanne öffnete den Knoten und betrachtete die Aufschrift auf der Vorderseite eines jeden Heftes. Wieso trug Konstanze diese Hefte mit sich herum? Die waren uralt, aus Kindertagen, mit einer ordentlichen Handschrift versehen, und zwar so, wie man es früher in der Grundschule gelernt hatte. Sie blätterte die Hefte durch und stieß vereinzelt auf Schwarz-Weiß-Malereien, aus denen sie jedoch nicht schlau wurde. Lauter Strichmännchen, die irgendetwas Komisches machten. Die Schönschreibschrift ihrer Tochter war leicht zu entziffern, dennoch sträubte sich alles in ihr, den Inhalt der Tagebücher zu lesen, die sie hier offensichtlich gefunden hatte. Nun fiel eine Diskette auf den Boden, die sie aufnahm und in eines der Hefte steckte. Eigentlich ging sie das alles nichts an. Sie nahm das Päckchen an sich und ging in ihr Arbeitszimmer. Dort verstaute sie ihren Fund in der Mittelschublade ihres Schreibtisches, die man abschließen konnte. Sie wollte sich die Hefte und die Diskette in den nächsten Tagen genauer ansehen. Gut, dass sie in der Firma noch einen alten PC mit Diskettenlaufwerk stehen hatten. Lediglich die Angst, etwas in den Tagebüchern zu entdecken, was sie nicht wissen sollte, hielt sie noch davon ab, gleich mit dem Lesen zu beginnen.

Erwin wollte sie zunächst nichts von ihrer Entdeckung sagen. Wer wusste, welche Geheimisse sich ihr offenbaren würden. Vielleicht würde sie auch gar nichts finden und die Vermutungen, die ihre Freundin geäußert hatte, lösten sich in Luft auf. Doch in ihrem tiefsten Inneren spürte Susanne, dass sie einem schrecklichen Geheimnis auf der Spur war.

Sie ging hinaus auf die große Terrasse und setzte sich in einen der dort stehenden Rattansessel. Ihr Blick ging unweigerlich zu den Türmen der Burg, die beleuchtet in den Nachthimmel ragten.

Sie musste an Olaf denken. Ihr fehlte seine breite, männliche Brust, an die sie sich nur zu gern anlehnte, seine großen Hände, die, wenn es nötig war, tröstend über ihren Rücken glitten, und die ruhige Art, mit der er sprach und sie in der augenblicklichen Situation wie ein kleines Kind beruhigen würde.

Das Äußere des Hünen mit seinen Muskelpaketen ließ nicht im Mindesten seine liebenswerte und verständnisvolle Art erkennen. Auf andere Menschen wirkte er eher einschüchternd und abweisend. Genau aus diesem Grund hatte ihr Mann Olaf als Fahrer eingestellt. Ihm war nicht nur ein guter Fahrer wichtig, er fühlte sich zudem sicherer mit jemandem an seiner Seite, der ihn notfalls vor anderen schützen könnte.

Susanne liebte Olaf, obwohl er ihr in Stand und Bildung unterlegen war. Er hatte sie in den letzten Jahren über so manche einsame Stunde hinweggetröstet, während Erwin mit Fred zur Jagd gegangen war. Für sie war es nicht nur Sex, der sie an Olaf fesselte. Nein, er gab ihr einen gewissen Halt. Aber sie durfte ihm ihre Liebe nicht gestehen. Das würde sie zu eng an ihn binden, und das wäre nicht gut.

Zu gern hätte sie ihn angerufen und ihm von ihrem Kummer erzählt. Aber das ging nicht. Olaf brauchte seinen Schlaf, damit er seinen Chef tagsüber unfallfrei an die gewünschten Orte bringen konnte.

Kapitel 29

Die Krankenschwester machte ihren Rundgang durch die Krankenzimmer. Die meisten Patienten schliefen. Hier und da musste sie einen Infusionsbeutel austauschen oder eine Schlaftablette verabreichen.

Sie öffnete die Tür von Konstanze Thorwalds Zimmer. Auch diese Patientin schlief. Leise näherte sie sich dem Bett und beugte sich über die junge Frau. Konstanzes Atem ging ruhig und gleichmäßig. Leise verließ die Krankenschwester das Zimmer und setzte ihren Rundgang fort.

Konstanze hörte, wie sich die Tür ihres Zimmers öffnete. Sie schloss die Augen und stellte sich schlafend. Sie bemühte sich, ruhig und gleichmäßig zu atmen und ihre Anspannung zu verbergen. Am liebsten wäre sie unter die Decke gekrochen oder hätte sich hinter den bodenlangen Vorhängen versteckt. Jemand beugte sich über sie. Sie spürte seinen Atem. Ihr Körper war steif wie ein Brett.

Sie wollte in Ruhe gelassen werden, wollte nicht, dass er sich zu ihr unter die Decke legte. Sie wollte nicht, dass er sie anfasste und all diese Dinge mit ihr tat.

Geh weg, flehte sie innerlich. Lass mich in Ruhe!

Endlich entfernte er sich wieder. Aber sie konnte sich nicht entspannen. Vor lauter Angst, er könne wiederkommen und doch noch das mit ihr tun, was sie so sehr hasste, vor dem sie sich ekelte, konnte sie nicht einschlafen. Die Angst schnürte ihr die Kehle zu.

Kapitel 30

Olaf betrat die Bar des Hotels. Vereinzelt befanden sich noch Gäste an den kleinen Tischen und unterhielten sich. Ein Herr saß, den Kopf auf den Tresen gelegt, auf einem Hocker an der Bar. Olaf erkannte in ihm seinen Chef, Erwin Thorwald. Er ging zu ihm und tippte ihm vorsichtig auf die Schulter.

Erwin Thorwald, der offenbar volltrunken war und schlief, neigte sich gefährlich nach links. Olaf erschrak und konnte ihn gerade noch festhalten. Was war denn mit dem los? So hatte er ihn noch nie erlebt. Irgendetwas musste den Mann schwer beschäftigen, denn sonst hätte er nicht so viel getrunken und damit vollkommen die Kontrolle über sich verloren.

„Kennen Sie den Mann?", sprach der Barkeeper ihn an.

„Ja, das ist mein Chef. Hat wohl ein bisschen viel getrunken, wie?" Olaf grinste schief.

„Ein bisschen ist gut. Der säuft Wodka wie Wasser. Sie sollten ihn ins Bett bringen. Allein schafft der das nicht mehr."

„Okay, schreiben Sie alles aufs Zimmer von Herrn Thorwald." Olaf fasste seinen Chef unter die Arme und schleifte ihn geradezu in dessen Zimmer. Hier kamen ihm seine Größe und das jahrelange Training im Fitnessstudio zugute. Nachdem er Erwin Thorwald aufs Bett gelegt hatte, zog er ihm Jacke und Schuhe aus und brachte ihn in eine stabile Seitenlage. Er selbst setzte sich in den Sessel gegenüber dem Bett. Er konnte seinen Chef jetzt nicht allein lassen. Wer wusste, was der in seinem Suff alles anstellen würde. Eine unruhige Nacht in einem unbequemen Sessel mit seinen langen Beinen auf einem Schemel stand ihm bevor.

Er hätte gern mit Susanne telefoniert. Seit Sonntag hatte er kein Wort mehr mit ihr gewechselt. Das stimmte ihn traurig. Er liebte Susanne, obgleich er wusste, dass das Objekt seiner Begierde für ihn unerreichbar war. Er durfte sie anfassen, sie liebkosen, mit ihr schlafen, aber sich offen zu ihr bekennen, das durfte er nicht.

Susanne würde sich nie von ihrem Mann und ihrer Familie trennen. Und er würde der Frau seiner Träume nie den Luxus bieten können, den sie gewohnt war. Seit drei Jahren hatten sie nun eine leidenschaftliche Affäre, ohne dass Susanne ihm ihre Liebe gestanden hätte. Sichtlich genoss sie seine Zuneigung und die Leidenschaft, mit der er sie liebte, aber er war sich nicht sicher, was Susanne für ihn empfand. Zu gern hätte er gewusst, was in ihrem klugen Köpfchen vor sich ging. Er wollte sie aber nicht bedrängen, womöglich würde er sie dann verlieren. Er musste sich mit dem begnügen, was sie ihm zu geben bereit war. Zudem musste er vorsichtig sein, damit sein Chef nicht von der Affäre Wind bekam.

Olaf hatte Thorwald viel zu verdanken. Der Mann hatte ihm eine Chance gegeben, und er hatte sie genutzt. Seit sieben Jahren arbeitet er nun für den Geschäftsmann, der nichts an ihm auszusetzen hatte, weder an seiner Fahrweise noch an seinem Benehmen. Olaf war seinem Chef treu ergeben und verschwiegen bis ins Grab. Nie würde er über das reden, was er während seiner Arbeitszeit beobachtete, auch wenn ihm nicht immer gefiel, was er sah. Wenn er sich mit Thorwald anlegte, würde er wieder dort landen, wo er herkam. Und das wollte er um jeden Preis vermeiden.

Kapitel 31

Amiga saß, sehnsüchtig auf ihr Frauchen wartend, mit ihrer Leine im Maul vor der verschlossenen Haustür. Als Juliane endlich die Tür öffnete, gab Amiga freiwillig die Leine ab, die Juliane nur vorsichtshalber zu ihrer morgendlichen Walkingrunde mitnahm. Ihre Freundin Amelie wartete bereits auf dem Bürgersteig auf das Gespann und begrüßte die Appenzeller Sennenhündin ebenso freundlich, wie sie auch von ihr begrüßt wurde.

Pünktlich wie an jedem Morgen fuhr ihr Nachbar gerade seinen Mercedes ML 300 rückwärts auf seine Einfahrt, damit jeder seinen Reichtum bewundern konnte. Juliane konnte sich ein mitleidiges Grinsen nicht verkneifen.

Schnell verfielen die beiden Frauen in ihren üblichen Walkingschritt und steuerten auf die B 488 zu. Normalerweise kamen ihnen Schulkinder auf ihrem Weg zur Bushaltestelle entgegen und streichelten Amiga, die stets vorauslief, kurz übers Fell. Aber ferienbedingt war der Bürgersteig seit Wochen leer. Plötzlich blieb Amiga am Ende der Brückfeldstraße/Ecke Ernst-Möller-Straße vor einem Grundstück stehen und reckte die Nase schnuppernd in die frische Morgenluft, um gleich darauf in ein wütendes Gebell zu verfallen.

„Amiga, geh weiter und hör auf mit dem Gebell! Du weckst ja alle Kinder auf. Es sind doch Ferien."

Aber Amiga dachte nicht daran, das Bellen einzustellen. Sie fixierte etwas Großes, am Boden Liegendes und bellte es an. Neugierig geworden, schauten Juliane und Amelie über den Zaun auf das Grundstück. Alle anderen Anwohner der Straße hatten in ihren Vorgärten Blumenrabatten angelegt, doch in diesem Vorgarten blickte man auf Gemüsebeete und eine Reihe mit Spargel. Die Spargelzeit war längst vorbei, grünes Spargelkraut war in die Höhe geschossen.

Über dem Spargelbeet lag ein großer, dicker, unförmiger Körper. Juliane glaubte einen Koloss zu sehen. Erst auf den zweiten Blick erkannte sie, dass es sich um einen Menschen handelte – um einen großen, dicken, hässlichen Mann. In seinem Bauch steckte ein langes Messer.

„Um Gottes willen, Juliane, da liegt ein Toter!", schrie Amelie vor Entsetzen. Sie hatte noch nie einen Toten gesehen, geschweige denn jemanden mit einem Messer im Bauch.

Juliane legte Amiga an die Leine und übergab diese an Amelie. Behutsam öffnete sie das Gartentor und betrat das Grundstück. „Bleib du mit Amiga hier", bat sie ihre Freundin, „ich schau mal nach, was da los ist."

Die Rollläden des Hauses waren noch verschlossen. Nichts und niemand rührten sich auf dem Grundstück. Juliane ging auf den rücklings über dem Spargelbeet liegenden Körper zu, beugte sich über die leblose Gestalt und sah in Augen, die blicklos in den Himmel starrten. Die wulstigen, blau angelaufenen Lippen in dem bleichen Gesicht machten Juliane augenblicklich klar, dass für diesen Menschen jede Hilfe zu spät kam.

Sie kannte den Mann nur vom Sehen, wusste nicht, wie er hieß, war sich aber sicher, dass es sich hier um den Besitzer des Grundstückes handelte. Sie richtete sich auf und zuckte mit den Schultern in Richtung Straße. Was sollte sie jetzt tun? Die Polizei holen oder erst die übrigen Hausbewohner wecken? Sie blickte zurück in Richtung Straße, wo Amelie wie erstarrt auf dem Bürgersteig stand. Amiga bellte und jaulte im Wechsel und versuchte am Zaun hochzuspringen. Von dort würde Juliane keine Unterstützung erfahren. Also musste sie selbst handeln. Sie entschied sich dafür, zunächst die Hausbewohner zu informieren und dann die Polizei zu holen.

Kapitel 32

Langsam kam Gabriela zu sich. Sie wusste nicht, wie spät es war. Das Schlafzimmer lag im Dunkeln. Ihr Mann bestand darauf, dass die Rollläden immer vollständig geschlossen waren.

In der Ferne hörte sie die Kirchturmuhr sieben Mal schlagen. So lange hatte sie seit dem Tag ihrer Hochzeit nicht mehr geschlafen – der Tag, an dem sie mit diesem ekelhaften Monster in dieses Haus gezogen war. Als sich ihr Leben in Freiheit zu erfüllen schien und sie Karl nach Deutschland, in das gelobte Land, gefolgt war, war sie überglücklich gewesen. Doch schon in der ersten Nacht in seinem Haus, nach einer kurzen, nur dem Zweck dienenden Trauung, hatte die damals junge Frau gewusst, dass sie von einem Albtraum in den nächsten geraten war.

Karl hatte sie aus einem Land befreit, in dem ein schrecklicher, sinnloser Krieg herrschte. Dieser Krieg hatte ihre ganze Familie vernichtet, hatte ihr alles genommen, was sie – aus ärmlichen Verhältnissen stammend – jemals besessen hatte. Nur ihre Würde hatte sie bis zum Schluss verteidigen können, bis zu jenem Tag, an dem sie in dieses Haus gekommen war.

Sie war in die Hände eines Sexmonsters geraten, das ihre hilflose Situation ausgenutzt und sie seinem Willen unterworfen hatte. Dieses Monster hatte sie zwar vor ihrer Umwelt bewahrt und ihr nach außen hin ein angenehmes Leben verschafft, es hatte ihr aber auch jegliche eigene Meinung versagt und sie mit Schlägen und sexuellen Gewaltakten gequält.

Jeden Tag war sie den perversen Lustspielen ihres Mannes ohne Ausnahme ausgeliefert gewesen. Er hatte sie genommen, wann immer und wie es ihm gerade passte. Dreckig, nach Blut und Schweiß stinkend, war er tagsüber wie nachts über sie hergefallen, ohne Rücksicht darauf, ob er ihr wehtat. Selbst während der Schwangerschaft hatte er sie mit seinen abartigen Gelüsten bedrängt.

Mit Liebe hatte all dies nichts zu tun gehabt. Erst als Karl krank geworden war, an Gewicht zugenommen hatte und damit unbeweglicher geworden war, hatten seine Attacken nachgelassen. Eine ungestörte Nachtruhe war ihr in all den Jahren ihrer Ehe jedoch nie vergönnt gewesen. Immer wieder hatte er sie in der Dunkelheit des Schlafzimmers an den Haaren gepackt und ihr Gesicht in seinen Schoß gedrückt, damit sie seine erregte Männlichkeit befriedigte.

Die Kirchturmuhr hatte längst aufgehört zu schlagen. Doch Gabriela wollte nicht aufstehen. Sie verhielt sich ganz still, damit Karl nichts merkte. Ihr gingen so viele Gedanken durch den Kopf.

Irgendetwas war heute anders. Aber sie kam nicht darauf, was es war. Sie musste an ihren Traum denken, den sie kurz vor dem Aufwachen geträumt hatte. In dem Traum hatten sich der tief sitzende Ekel und die grenzenlose Abscheu vor diesem Monster in einem Wutausbruch entladen, der gleichzeitig das Ende ihrer Qual bedeutet hatte.

Die Haustürklingel riss sie aus ihren Gedanken. Immer und immer wieder erklang der schrille Ton. Gleich würde Karl aufwachen und mit ihr schimpfen, obwohl sie gar nichts für die Ruhestörung am frühen Morgen konnte.

Auf der anderen Seite des Bettes blieb es sonderbar still. Erst jetzt fiel ihr auf, dass das übliche Schnauben und Schmatzen ausgeblieben war. Vorsichtig tastete Gabriela in Richtung ihres Mannes. Doch er war nicht da – ihre Hand tastete ins Leere.

Sie konnte kaum glauben, dass Karl vor ihr aufgestanden war. Ihre Hand fand den Lichtschalter. Erstaunt stellte sie fest, dass das Bett neben ihr gar nicht benutzt worden war. Und jetzt fiel es ihr wie Schuppen von den Augen: Der Traum war gar kein Traum gewesen.

Kapitel 33

Victoria wurde von der Haustürklingel geweckt. Ein kurzer Blick auf den Radiowecker zeigte ihr, dass es gerade mal zehn nach sieben war. Wer besaß die Unverschämtheit, sie so früh am Morgen aus ihrem Schönheitsschlaf zu reißen? Und warum ging ihre Mutter, verdammt noch mal, nicht an die Tür, um dem Störenfried zu öffnen?

Wütend sprang sie aus dem Bett und eilte nach unten. Dem Idioten haue ich eine aufs Maul, dachte sie. Der kann was erleben! Ungehalten riss sie die Tür auf und wollte gerade ihrem Unmut Luft machen, als eine Stimme sie davon abhielt.

„Wohnt hier Herr Bosch?“ Eine Frau im Jogginganzug stand vor der Haustür.

„Steht doch da!“ Victoria deutete auf das Türschild. „Wer willen des um die Uhrzeit wisse?“, fragte sie unfreundlich.

„Ist Frau Bosch auch da? Mein Name ist Juliane Landmann.“

„Die pennt noch. Soll ich se wecke?“

„Das wäre nicht schlecht. Und dann sollten Sie mal einen Blick in Ihren Garten werfen. Genauer gesagt auf das Spargelbeet.“

„Mudder, Vadder“, schrie die junge Frau in Richtung Treppe. „Kommt mal runner, hier is so ’ne Verrückde. Die will was wegen dem Spargelbeet.“ Damit knallte

Victoria die Haustür zu und ließ eine verdutzte Juliane zurück.

Als ihr auf das erneute Klingeln und Klopfen niemand öffnete, zog Juliane ihr Handy aus der Hosentasche und wählte die Mobilnummer von Kriminalhauptkommissar Alexander Henneberg.

Kapitel 34

Alexander hatte kaum geschlafen. Das hatte er Erdmann, dem Rauhaardackel, zu verdanken. Genauer gesagt dem treuen Gefährten seines verstorbenen Vaters, den er aufgrund der plötzlichen Krankheit seiner Mutter noch immer an der Backe hatte.

Obwohl Erdmann in seinem Körbchen vor dem Bett schlafen sollte, schaffte er es immer wieder, die weichen Laken von Alexanders Bett zu erobern und es sich unter der kuscheligen Decke gemütlich zu machen. Dabei schmiegte er sich eng an den warmen Körper seines neuen Herrchens. Sobald sich Alexander auch nur rührte, knurrte dessen tierischer Bettgenosse besitzergreifend und rückte hinter ihm her. Wenn Erdmann dann endlich einmal schlief, schnarchte er so laut, dass es Alexander unmöglich war, entspannt einzuschlafen.

Der Dackel hatte komplett Besitz von ihm ergriffen, er lief ihm ständig und überall hinterher. Nicht einmal auf die Toilette konnte Alexander allein gehen. Und beim Essen bettelte Erdmann so lange, bis Alexander bereitwillig etwas abgab.

Auch tagsüber fand er keine Ruhe vor dem Dackel. Seit Anfang der Woche begleitete Erdmann ihn täglich ins Polizeipräsidium. Hier wurde er stets von allen freundlich begrüßt, obwohl er bereits einigen Blödsinn angestellt hatte. Nur der Nachsicht seiner Kollegen hatte es Alexander zu verdanken, dass sein Chef Erdmann noch nicht des Hauses verwiesen hatte.

Seine treue Seele, Stückchen, die Sekretärin des K 10, kümmerte sich liebevoll um das Tier, ging mit ihm Gassi und bedachte ihn mit so mancher Streicheleinheit. Der Inhalt der Dose mit den Leckerlis hatte schon deutlich abgenommen. Der Dackel war eindeutig verwöhnt und die Erziehung, die er einmal genossen haben musste, längst zum Teufel.

Alexander war hundemüde. Er wollte nicht aufstehen, einfach nur liegen bleiben und den fehlenden Schlaf der letzten Tage nachholen.

Irgendetwas brummte neben seinem Kopf. War das Erdmann?

Alexander drehte seinen Kopf in die Richtung, aus der das Geräusch kam. Sein Handy vibrierte. Er wollte das stumme Klingelzeichen einfach ignorieren, doch das blöde Teil gab nicht auf. Es machte unaufhörlich weiter. Das fortgesetzte Brummen signalisierte ihm, dass ein Notfall eingetreten sein musste, vielleicht ein neuer Mord. Seine kriminalistische Neugier siegte. Er nahm das Gespräch entgegen. „Henneberg", krächzte er in den Hörer.

„Guten Morgen, Herr Henneberg. Hier ist Juliane Landmann. Ich habe Sie doch hoffentlich nicht geweckt?"

Normalerweise hätte er sich über den Anruf gefreut. Juliane war eine attraktive Frau, die er während der Ermittlungen in dem Vermisstenfall des sechzehnjährigen Benjamin Dreiseitel kennengelernt hatte. Doch so früh am Morgen war er noch nicht auf einen Flirt vorbereitet. „Wie spät ist es denn?", fragte er bleiern.

„Viertel nach sieben."

„Und was um Himmels willen ist so wichtig, dass Sie mich um diese Zeit stören? Ist in China ein Sack Reis umgefallen?“

„Nein, schlimmer. Bei uns in der Brückfeldstraße/Ecke Ernst-Möller-Straße liegt einer rücklings im Spargelbeet.“

„Ist er tot?“

„Denke schon. Mit ’nem Messer im Bauch lebt es sich schlecht.“

„Hm, klingt nach Arbeit. Haben Sie schon die Polizei verständigt?“

„Das tue ich ja gerade. Sie sind doch die Polizei, oder haben Sie Ihren Job geschmissen?“ Juliane liebte diese kleinen Scharmützel.

„Sehr witzig. Ich kümmere mich darum. Geben Sie mir bitte die genaue Adresse.“

Juliane gab ihm nicht nur die Adresse, sondern auch noch eine ausführliche Wegbeschreibung.

„Ist ja schon gut, Frau Landmann. Wofür gibt es ein Navi? Ich werde Sie schon finden. Bleiben Sie mal schön am Tatort und passen Sie auf, dass keiner die Leiche klaut. Wir sind gleich da.“

Kapitel 35

Alarmiert durch das erneute Klingeln und Klopfen an der Haustür, war Gabriela schließlich aufgestanden. Im Morgenmantel ging sie nach unten. Sie traf ihre Tochter in der Küche auf einem Stuhl sitzend an.

„Guten Morgen, Victoria."

Ihr Gruß wurde nicht erwidert, stattdessen blökte ihre Tochter: „Gibt es in diesem Haus kein' Kaffee? Seit wann pennt ihr denn so lange?"

„Und seit wann bist du so früh wach?" Gabriela zog die Jalousie hoch.

„Na, bei dem Krach kann man doch nicht schlafen."

„Was ist denn eigentlich los?"

„Da war so 'ne Tussi im Jogginganzug an der Tür. Die wollte irgendwas wegen dem Spargelbeet."

„Wo ist dein Vater?"

„Woher soll ich das denn wissen?", erwiderte Victoria missmutig. „Bin ich neuerdings dem sein Babysitter?"

„Er hat heute Nacht nicht in seinem Bett geschlafen. Das ist noch nie passiert." Während Gabriela mit ihrer Tochter redete, sah sie zum Küchenfenster hinaus, das einen Blick auf die Straße erlaubte. In diesem Moment war noch alles friedlich. Nur die Vögel zwitscherten vor dem Küchenfenster. Ohne Ankündigung und ohne jeglichen Hinweis, dass sich in der nächsten Sekunde alles ändern würde, durchbrach das Heulen eines Martinhorns die Stille. Sekunden später wurde die Straße vor dem Haus der Familie Bosch in blinkendes Blaulicht getaucht.

„Was ist denn bloß los? Was will die Polizei hier?"

Die Erinnerung an die letzte Nacht traf sie wie ein Keulenschlag. Gabriela hatte nicht geträumt. Was sie gesehen und erlebt hatte, war Realität. Sie hatte Karl umgebracht – mit ihrem Spargelmesser! Die plötzliche Erkenntnis, eine Mörderin zu sein, berührte sie jedoch nicht wirklich. Auch wenn sie den Rest ihres Lebens hinter Gittern verbringen musste, konnte dies nicht so schlimm sein wie das Leben an der Seite eines Mannes, der sie und ihre Tochter jahrelang bis aufs Blut gequält hatte.

Ihre Tochter war sechzehn und ebenso hübsch wie sie selbst. Bis vor ein paar Jahren war sie ihr niedliches kleines Mädchen gewesen, ohne die weiblichen Attribute, die nun so aufreizend hervortraten. Seit Victoria die üppigen Formen einer Frau angenommen hatte, hatte Karl seine Tochter mit geilen Blicken verfolgt und sie in Gedanken förmlich ausgezogen. Immer wieder hatte Gabriela versucht, ihr einziges Kind vor den sexuellen Übergriffen des Vaters zu schützen. Leider vergebens. Schon als sie in der Pubertät gewesen war, hatte er Victoria immer wieder auf seinen Schoß gezogen und sie mit seinen wulstigen Händen betatscht. Ihr Flehen, das Kind zu verschonen, war unbeachtet geblieben. Selbst ihre ständig neu formulierten Versprechungen, alles zu tun, um ihn zufriedenzustellen, wenn er dafür die Tochter in Ruhe ließe, hatten nichts gebracht.

Gabriela hatte gelernt, mit der Schmach umzugehen. Doch die Tatsache, dass dieses Monster seine eigene Tochter missbrauchte, ohne dass sie, die Mutter, nur das Geringste dagegen tun konnte, war das Allerschlimmste und Grauenhafteste, was man ihr hatte antun können.
Vollkommen unverständlich war es für Gabriela, dass sich ihre Tochter nicht gegen ihren Vater zur Wehr gesetzt hatte. Im Gegenteil, sie schien ihn manchmal regelrecht ermuntert zu haben, es mit ihr zu treiben. Dafür hatte sie eine finanzielle Gegenleistung verlangt, mit der es ihr möglich gewesen war, sich allerhand Luxusspielzeug zuzulegen. So war Victoria schon bald in den Besitz eines exklusiven Handys, des neuesten PCs, mehrerer schicker Lederhandtaschen und Designerjeans gelangt. Mit dem Roller, den sie sich von den finanziellen Zuwendungen ebenfalls gekauft hatte, war sie zudem mobil und nicht mehr auf das Wohlwollen ihrer Eltern angewiesen, sie irgendwo hinzufahren.
Natürlich war es Gabriela auch bekannt, dass nicht nur Karl sich an der Tochter vergangen hatte, sondern auch dieser Fremde, von dem sie weder den Namen noch das Gesicht kannte. Karl hatte es stets so eingerichtet, dass sie ihn nicht zu sehen bekam, wenn er das Haus betrat. Und seit der letzten Nacht wusste Gabriela, dass ihre Tochter schwanger war. „Die Sau ist tot", kam es plötzlich monoton über ihre Lippen.
Victoria sah ihre Mutter entgeistert an. Was brabbelt die Alte da von einer Sau?, dachte sie.
„Hast du nicht gehört?", schrie Gabriela sie an. „Die Sau ist tot! Mach die Tür auf und lass die Polizei herein!"

Kapitel 36

Seit die junge Frau Juliane die Tür vor der Nase zugeknallt hatte, war es in dem Haus still geblieben. Juliane stand mit Amelie und Amiga auf dem Bürgersteig vor dem Grundstück mit dem Toten im Spargelbeet und wartete auf das Eintreffen der Polizei. Eine Fortsetzung des morgendlichen Walkens konnten sie vergessen.

Mit einem Rattern wurde plötzlich die Jalousie eines der Fenster an der Vorderfront des Hauses hochgezogen.

Ohne Vorwarnung war die Luft plötzlich voll mit Sirenengeheul. Juliane sah, wie sich mehrere Streifenwagen, gefolgt von einem Notarztwagen, über die B 488 auf den Kreisel zubewegten, ihn durchfuhren, um kurz darauf kreuz und quer vor dem Grundstück der Familie – es war die Familie Bosch, wie Juliane erfahren hatte – stehen zu bleiben. Blinkendes Blaulicht blendete sie.

In der Brückfeldstraße/Ecke Ernst-Möller-Straße gab es kein Durchkommen mehr. Einer der Beamten ging die Brückfeldstraße hoch bis zum Kreisel an der Schulstraße und der Ober-Hörgerner Straße. Unterwegs traf er auf Kollegen von dem gemeinsamen Ordnungsbehördenbezirk der Kommunen Butzbach, Münzenberg und Rockenberg, die gerade Kameras in die mobilen Radargeräte einlegten, die sie kurz hinter der Bushaltestelle aufgebaut hatten. Zum Ärger der Anlieger im Brückfeld 4 wurde hier öfter kontrolliert.

„Die könnt ihr wieder abbauen", erklärte der Polizeibeamte. „Ich muss die Straße sperren. Da unten ist was passiert."

Maulend ließen sich die Ordnungshüter aufklären, um gleich darauf ihre Gerätschaften wieder abzubauen.

Ein weiterer Beamter kam auf Juliane zu. Er begrüßte sie mit Namen. Sie kannten sich durch ihre Tätigkeit bei der Zeitung. Erst am Montag hatte sie mit dem Streifenpolizisten gesprochen, als der schwere Unfall auf der A 45 mit Todesfolge passiert war.

„Wo ist denn nun der Tote?", fragte er sogleich.

„Dort liegt er, auf dem Spargelbeet." Juliane zeigte mit der rechten Hand in die Richtung, wo normalerweise das Edelgemüse wuchs.

„Haben Sie irgendetwas angefasst oder verändert?", wollte der Beamte wissen.

„Nee, wirklich nicht."

„Wissen Sie, wer der Tote ist?"

„Offenbar der Hausbesitzer. Er heißt Karl Bosch."

„Gibt es auch eine Familie dazu?"

„Ja, soweit ich weiß, eine Tochter und eine Frau. Aber die machen die Tür nicht auf." Juliane ging wieder zu Amelie auf den Bürgersteig und beobachtete von dort aus stumm das Geschehen.

Mittlerweile hatten mehrere Beamte das Grundstück betreten und den Tatort großräumig mit einem rot-weißen Band abgesperrt. Die Notärztin kniete neben dem Toten. Sie fühlte seinen Puls, leuchtete ihm in die Augen und betastete die Haut an seinen Armen. Dann schüttelte sie in Richtung der Beamten den Kopf. „Exitus."

„Na, dann machen Sie mal Platz. Das ist jetzt mein Fall“, sprach eine große, dunkelhaarige Frau zu der Notärztin. „Ich bin von der Rechtsmedizin aus Gießen.“

„Wo kommen Sie denn so schnell her? Das habe ich ja noch nie erlebt“, sagte die Notärztin, als sie zu der ihr unbekannten Frau aufsah, die ihr auf Anhieb unsympathisch war.

„Dann werden Sie sich daran gewöhnen müssen. Ich bin neu in Gießen“, kam es in einem herablassenden Ton zurück. Die Rechtsmedizinerin schob die Notärztin zur Seite und beugte sich über die Leiche.

Kriminalhauptkommissar Hennebergs BMW hielt hinter den Einsatzfahrzeugen der Butzbacher Polizei. Er winkte Juliane zu.

Erdmann sprang so schnell aus dem Auto, dass Henneberg ihn nicht mehr aufhalten konnte. Ein Abenteuer witternd stürzte der Dackel durch das offen stehende Tor direkt auf den Toten zu. Seine Nase nahm einen interessanten Geruch wahr, der ihm schon lange nicht mehr begegnet war. Schnüffelnd lief er um den großen, am Boden liegenden Körper herum und begann ihn anzubellen. Das Wild war erlegt, sollte das wohl heißen.

„Wer hat denn den Köter hier hereingelassen?“, fauchte die Rechtsmedizinerin energisch.

„Erdmann, gehst du da weg. Komm sofort hierher!“ Zu Alexander Hennebergs Erstaunen gehorchte Erdmann tatsächlich. Dafür bekam er ein dickes Lob. Trotzdem war ihm die Szene außerordentlich peinlich. Für einen Kriminalhauptkommissar war sein Auftreten sehr unprofessionell. Er kannte die Frau, die sich jetzt wieder über den Toten beugte, nicht. Sie musste die Rechtsmedizinerin aus Gießen sein.

„Henneberg, Kriminalhauptkommissar Henneberg", stellte er sich der Frau zerknirscht vor. Sie blickte auf, ignorierte aber seine ausgestreckte Hand. Arrogant sah sie den Kommissar aus dunklen, fast schwarzen Augen an.

„Auf der Heide", kam es knapp aus einem schmalen Mund, der auf jede Menge Ehrgeiz schließen ließ.

„Wieso auf der Heide, ich denke, auf dem Spargelbeet", versuchte Henne die Situation etwas aufzulockern.

„Sehr witzig, Herr Kommissar."

Okay, die Dame verstand keinen Spaß.

„Also, was haben wir hier? Können Sie schon was sagen?"

„Ich gehe davon aus, dass der Tote die ganze Nacht hier gelegen hat. Die blau angelaufenen Lippen und die Farbe der Haut deuten auf Herzversagen hin."

„Und was ist mit dem Messer, das da aus dem Koloss herausragt?"

„Muss postmortal dort hingelangt sein. Es gibt keine Spuren von Blut." Sie sagte das so trocken und unbeteiligt, als ginge es hier nicht um einen Toten, sondern um ein Fahrzeug, das falsch geparkt worden war.

„Hat schon jemand mit den Angehörigen gesprochen?"

„Nein, die reagieren trotz des Krachs und des Menschenauflaufes nicht."

„Oh Gott, hoffentlich gibt es hier nicht noch mehr Tote." Hennes Kollegin, Cosima von Mittelstedt, war soeben eingetroffen und brachte es mal wieder auf den Punkt.

„Hallo, Co."

„Hallo, Henne, hallo, Erdmann." Die Kriminaloberkommissarin beugte sich hinunter zu dem niedlichen Dackel, der wie angewachsen vor den Füßen seines Herrchens saß. Offensichtlich hatte Erdmann den Ernst der Situation erkannt.

„Von Mittelstedt, Kriminaloberkommissarin von Mittelstedt", stellte sich Cosima der Rechtsmedizinerin vor und streckte ihr die Hand zum Gruß entgegen.

„Auf der Heide." Auch dieses Mal übersah sie die zum Gruß ausgestreckte Hand. „Frau Dr. Auf der Heide, um jeglichen Missverständnissen vorzubeugen", setzte sie mit einem Seitenblick auf Kriminalhauptkommissar Henneberg betont kühl hinzu. Sie erklärte Cosima kurz den Sachverhalt und widmete sich dann wieder dem Toten.

„Wir sollten uns mal um die Angehörigen kümmern, Co."

„Was willst du in der Zeit mit Erdmann machen? Den kannst du doch nicht mitnehmen", tadelte Co ihren Kollegen.

„Ich bringe ihn am besten ins Auto." Henne nahm seinen Dackel auf den Arm und ging zum Tor. Hier stieß er auf Juliane, die über den Zaun hinweg die Ermittlungen beobachtete. Inzwischen waren auch die Männer von der Spurensicherung in ihren weißen Schutzanzügen eingetroffen und auf dem Grundstück des Toten wimmelte es von Menschen.

„Werden wir hier noch gebraucht?", fragte Juliane den flotten Kommissar, als der auf sie zutrat.

„Ich denke nicht. Wenn Sie Ihren Namen und Ihre Adresse genannt haben, können Sie gehen. Sie sind uns ja bekannt, Frau Landmann." Henne lachte die attraktive Frau an. Selbst im Jogginganzug sah sie fabelhaft aus. Amiga sprang an Henne hoch. Sie wollte Erdmann begrüßen, der den Annäherungsversuch der Hundedame jedoch nur mit einem leisen Knurren quittierte.

„Na, Henne, bist du schon wieder am Flirten?" Die Kriminaloberkommissarin kam ebenfalls auf Juliane zu. „Hallo, Frau Landmann, schön, Sie zu sehen."

„Hallo, Frau Kommissarin. Dito. Wenn auch unter so tragischen Umständen." Juliane begrüßte Cosima von Mittelstedt mit einem kräftigen Handschlag.

„Kannten Sie den Toten?", wollte diese von Juliane wissen.

„Nicht näher. Nur vom Sehen. Bis heute Morgen wusste ich nicht einmal seinen Namen."

„Und das, obwohl Sie so bekannt sind", witzelte Henne.

„Die meisten Leute kenne ich auch", verteidigte sich Juliane, „die Zugereisten eben weniger."

„Wie lange muss man denn hier gewohnt haben, um ein Einheimischer zu sein?", fragte Co interessiert.

„Lange, sehr lange", machte sich nun Amelie bemerkbar, die während der ganzen Zeit kein Wort herausgebracht hatte.

„Herr Kommissar", rief ein Beamter mit einem Blick auf Henneberg, „können Sie mal kommen?"

Henneberg drückte Juliane seinen Dackel in die Arme, „Hier, halten Sie mal", und betrat das Grundstück.

„Ich geh dann auch mal wieder. Man sieht sich." Co folgte ihrem Kollegen.

Erdmann gebärdete sich wie wild in Julianes Armen und leckte ihr quer durch das Gesicht. Juliane ließ den Rauhaardackel gewähren und lachte nur.

„Komm, Amelie, lass uns heimgehen. Wir können sowieso nichts mehr tun."

„Mir reicht es auch für heute. Ich brauche jetzt erst mal einen starken Kaffee."

Mit dem zappelnden Erdmann auf dem Arm entfernte sich Juliane vom Tatort. Der Kommissar wusste ja, wo sie zu finden war. Vorsichtshalber gab sie aber einem der Beamten Bescheid.

Kapitel 37

Endlich öffnete sich die Haustür und eine Frau im Morgenmantel erschien in der Öffnung. „Die Sau ist tot. Sie können mich mitnehmen", sagte sie und strecke den Kommissaren ihre Arme entgegen.

Henne und Co sahen sich irritiert an.

„Guten Morgen. Sie sind Frau Bosch, nehme ich an. Dürfen wir erst mal reinkommen?", sprach Co die blasse Frau freundlich an.

„Die Sau ist tot. Er hat es nicht besser verdient."

Co nahm Gabriela Bosch am Arm und bugsierte sie vorsichtig in das Innere des Hauses. Henne und zwei Polizeibeamte folgten ihr. In der großen Wohnküche drückte sie die Frau auf einen Stuhl, sah sich nach einem Glas um, füllte es mit Wasser und reichte es der völlig verstörten Person. Sie bat Henne, die Notärztin hereinzuholen. Die Dame des Hauses hatte offensichtlich einen Schock. Henne verdrehte die Augen und verließ die Küche. Den beiden Beamten bedeutete Co mit einem Kopfnicken, dass sie sich im Haus nach weiteren Personen umsehen sollten.

„Frau Bosch, wo ist Ihre Tochter?"

„Die Sau ist tot. Das geschieht ihm recht." Wieder sprach die Ehefrau des Toten mit monotoner Stimme.

„Wen meinen Sie denn, Frau Bosch?"

„Die Sau ist tot." Sonst nichts. Gabriela Bosch starrte ins Leere.

Die Beamten kamen die Treppe herunter.

„Oben ist noch eine Person. Die Tochter. Aber die weigert sich, herunterzukommen."

„Die Sau ist tot", kam es zum wiederholten Mal von Gabriela Bosch.

„Wen meint sie denn nur damit?" Henne und die Ärztin betraten den Raum.

„Schock. Ich gebe ihr eine Spritze. Dann legen wir sie besser hin."

„Ich nehme an, sie meint ihren Mann", stellte Co fest. „Sie hat ihn wohl umgebracht, denn warum sonst will sie, dass wir sie mitnehmen."

„Wir sollten uns die Tochter vornehmen. Wo ist die?"

„Oben." Einer der Beamten deutete mit dem Kopf in Richtung Treppe.

„Sie bleiben bei Frau Bosch. Wir gehen nach oben", befahl Henne dem Beamten.

„Ich bleibe auch hier." Die Notärztin nickte Henne verständnisvoll zu.

Kapitel 38

Von Henne gefolgt ging Co eine schmale Holztreppe hinauf ins Obergeschoss des Einfamilienhauses. Am oberen Ende stand rechts eine Tür offen. Durch diese hindurch sah Juliane ein Doppelbett, dessen eine Seite unbenutzt war, während die Bettdecke auf der anderen Seite ordentlich zurückgeschlagen war.

Aus dem gegenüberliegenden Zimmer war leise Musik zu hören. Co klopfte energisch an das glatte Holz. Obwohl niemand antwortete, drückte sie die Klinke herunter und stieß die Tür langsam auf. Im Gegensatz zur sonst eher einfachen Einrichtung des Hauses glich dieses Zimmer einem Luxustempel. Auf dem breiten Bett mit einem Baldachin lag die Tochter des Hauses in teurer Seidenbettwäsche. Der Boden war mit flauschigen Teppichen bedeckt, auf denen große Kissen herumlagen. Die Musik kam aus einer Stereoanlage, die auf dem wandhohen Regal gegenüber dem Bett eingebaut war. Neben einer Vielzahl von CDs standen Plastikhüllen mit DVDs, die sich die Tochter des Hauses auf dem großen Flachbildschirm an der Fußseite des Bettes anschauen konnte. Henne staunte nicht schlecht über die Einrichtung.

„Guten Morgen. Sind Sie die Tochter des Hauses?“, versuchte Co mit der jungen, auf dem Bett liegenden Frau ins Gespräch zu kommen.

„Claro, oder meine Se, ich würd’ hier sonst liege?“, kam es motzig zurück.

„Verraten Sie uns Ihren Namen?"

„Victoria Bosch. Sechzehn Jahre. Schülerin. Wenn Se's genau wisse wolle."

„Wissen Sie, dass in Ihrem Vorgarten ein Toter liegt? Um es genau zu sagen: Der Tote ist Ihr Vater." Co versuchte, die schlechte Nachricht so schonend wie möglich rüberzubringen.

Die junge Frau sah sie erstaunt an. „Ach nee, was hat er denn gemachd, der Alde?" Von Trauer keine Spur.

„Das wüssten wir auch gern. Aber das werden wir schon herausfinden."

Hennes Laune sank auf den Tiefpunkt. Er konnte verwöhnte Jugendliche wie dieses junge Mädchen mit ihrem arroganten Getue einfach nicht ausstehen. Normalerweise stand man auf und begrüßte die Polizei anständig. Aber die Tochter des Toten zeigte weder Benehmen noch Respekt, geschweige denn eine Spur von Traurigkeit über das plötzliche Ableben ihres Erzeugers und Ernährers.

„Wann haben Sie Ihren Vater das letzte Mal gesehen?"

„Eih, gestern Abend. Da war er aber noch ganz munder."

„Ist Ihnen denn irgendetwas Ungewöhnliches aufgefallen?"

„Nee, der war wie immer gud druff."

„Wie meinen Sie das?", wollte Co wissen, die nur wenig für den hessischen Dialekt der jungen Frau übrig hatte.

„Na, ebbe gud druff."

„Hatte Ihr Vater vielleicht Besuch?", bohrte Co weiter.

„Nee, wer soll denn den schon besuche?“, gab Victoria flapsig zurück. Dass ihr Lover da gewesen war, verschwieg sie. Den brauchte sie noch.

„Können Sie uns nach draußen folgen, um Ihren Vater zu identifizieren?“, mischte sich Henne nun ein.

„Muss dess sein? Von mir aus könne Se den Alde mitnemme und gleich verscharre.“

Cosima war über die Pietätlosigkeit der jungen Frau entsetzt.

„Ja, das muss sein“, übernahm Henneberg das Wort. „Und wenn Sie hier weiter so rumzicken, lasse ich Sie in Handschellen abführen. Haben wir uns verstanden, junge Dame?“ Seine Ansprache war deutlich.

Victoria erhob sich vom Bett, zog sich ihren Bademantel über und folgte den Kommissaren über die Treppe nach unten. Vor der Haustür angekommen, blökte sie sogleich: „Das isser.“

„Sie sollten schon genauer hinschauen. Das können Sie doch von hier aus gar nicht sagen“, intervenierte die Kommissarin.

„Ich kenn kainen, der so fett is wie mein Vadder.“

Da hatte sie wahrscheinlich sogar recht. Der Mann war so dick, dass man ihn kaum mit jemand anderem verwechseln konnte.

„Ich würde Sie trotzdem bitten, näher an den Toten heranzutreten“, forderte Henneberg sie erneut auf und schubste sie in Richtung Spargelbeet.

Zögernd ging Victoria weiter.

Außer zwei Streifenbeamten von der Butzbacher Polizei und der Rechtsmedizinerin befand sich niemand mehr auf dem Grundstück. Die Spurensicherung hatte ihre Arbeit bereits beendet. Die vielen Einsatzwagen waren von der Straße verschwunden. Auf dem gegenüberliegenden Bürgersteig waren dafür umso mehr Neugierige eingetroffen, die dem Geschehen aus der Ferne folgten.

„War der Staatsanwalt schon hier?", fragte Henneberg Frau Dr. Auf der Heide.

„Nein, der müsste aber gleich eintreffen. Wir haben außerdem keine Eile. Es gibt Probleme mit dem Abtransport der Leiche."

„Inwiefern?", wollte Henneberg wissen, der befriedigt feststellte, dass das Messer aus dem Bauch des Toten entfernt worden war. Victoria musste das nicht unbedingt sehen.

„Na, haben Sie schon mal so einen dicken Toten abtransportiert? Für den bräuchte man einen Extrasarg."

„Fordern Sie doch die Hilfe der Feuerwehr oder des THW an", meinte Henne lakonisch.

„Das haben wir schon längst, Sie Schlaumeier", belehrte ihn Frau Dr. Auf der Heide.

„Victoria", sprach Co die Tochter von Karl Bosch an, „ist das Ihr Vater?"

Victoria nickte stumm, drehte sich um und verschwand ins Haus.

„Na, scheint ihr doch nicht so ganz egal zu sein", stellte Co fest. „Ich geh noch mal rein und schau nach Frau Bosch. Kommst du mit, Henne?", wandte sie sich im Gehen an ihren Kollegen.

„Nee, ich glaube, ich muss mal meinen Dackel suchen."

„Der is bei Frau Landmann, soll ich Ihne sache“, mischte sich einer der Beamten ein, „Sie wüsste schon wo.“ Er schmunzelte. „Und es geb ach en Kaffee, wenn Se en hole.“

„Na, da ist er ja gut aufgehoben. – Ich komme mit, Co.“

Er folgte der Kommissarin ins Haus, wo sie Gabriela Bosch auf dem Sofa sitzend vorfanden. Ihre Tochter saß vollkommen unbeteiligt neben ihr.

„Geht es Ihnen wieder besser, Frau Bosch?“

Die Frau war immer noch blass wie die Wand, schien sich aber gefangen zu haben. Um die Augen der Witwe glaubte Henne leicht grün und bläulich schimmernde Flecken zu entdecken.

„Ja, ja, geht schon.“

„Sollen wir jemanden benachrichtigen?“

„Nein. Und was passiert jetzt? Wie geht das weiter hier?“ Gabriela Bosch sprach klar und mit einem eindeutigen Akzent, der ihre Herkunft aus einem Teil des ehemaligen Jugoslawiens vermuten ließ.

„Sobald der Staatsanwalt hier war, werden wir den Leichnam Ihres Mannes in die Rechtsmedizin nach Gießen bringen lassen. Dort wird seine genaue Todesursache festgestellt werden.“

„Aber ich habe ihn doch umgebracht. Ich habe ihn erstochen“, erklärte sie.

„Der Stich mit dem Messer war nicht ursächlich verantwortlich für das Ableben Ihres Mannes. Der Tod muss schon vorher durch etwas anderes eingetreten sein. Aber das wird die Rechtsmedizin herausfinden“, klärte Henne die Witwe auf.

„Ach so." Gabriela Bosch klang enttäuscht. „Nehmen Sie mich nicht mit?"

„Im Moment haben wir keine Veranlassung dazu. Würden Sie uns denn noch ein paar Fragen beantworten?"

Die Frau des Toten nickte stumm, während ihr eine Träne über die Wange lief. Henne tat die Frau leid. Er glaubte nicht, eine Mörderin vor sich zu haben. Bei der Frau handelte es sich eher um ein Opfer, wie ihm seine langjährige Erfahrung sagte. Entsprechend stellte er seine Fragen.

„Frau Bosch, hatte Ihr Mann Feinde? Gab es jemanden, der Grund gehabt haben könnte, ihn umzubringen?"

Gabriela Bosch schüttelte stumm den Kopf.

„Ist in den letzten Tagen oder gestern irgendetwas Ungewöhnliches passiert?"

Wieder schüttelte die Frau den Kopf. Sie traute sich nicht, den Kommissaren von Victorias Liebhaber zu erzählen. Erst musste sie mit ihrer Tochter sprechen.

Henne sah Co an.

Co nickte. Hier konnten sie im Moment nichts mehr ausrichten.

„Frau Bosch", wandte sich Henne an die Frau, „wir lassen Sie jetzt allein. Bitte bleiben Sie in den nächsten Tagen im Ort und halten sich zu unserer Verfügung. Wir werden Sie mit Sicherheit noch mal befragen müssen. Das gilt auch für Sie, Victoria." Henne warf Victoria einen aufmunternden Blick zu. „Und wann können wir meinen Mann begraben?"

Gabriela Bosch sagte nicht ‚beerdigen', wie es normalerweise üblich gewesen wäre. Die Trauer um den

Toten schien bei den Hinterbliebenen nicht sonderlich groß zu sein, folgerte Co. „Sobald wir etwas Näheres wissen, informieren wir Sie."

Die Kommissare verabschiedeten sich, gaben den beiden Beamten noch entsprechende Anweisungen bezüglich des Abtransportes des Toten und gingen zu ihren Autos. Frau Dr. Auf der Heide hatte ebenfalls das Feld geräumt. Nur die Neugierigen auf der anderen Straßenseite klebten noch wie Kaugummi auf ihren Beobachterposten.

„Ich fahre jetzt zu Frau Landmann, meinen Dackel holen. Kommst du mit?" Henne sah Co fragend an.

„Brauchst du einen Anstandswauwau?" Co lachte über ihren eigenen Witz.

„Bist du doof! Also, was ist jetzt? Da gibt's auch Kaffee."

„Okay, überredet."

Kapitel 39

Es war bereits 9.00 Uhr, als Erwin Thorwald langsam zu sich kam.

Bei der ersten Regung seines Chefs stand Olaf auf und verließ leise das Zimmer. Er wollte ihm die peinliche Situation ersparen, festzustellen, dass sein Fahrer die ganze Nacht auf einem unbequemen Sessel ausgeharrt hatte, um auf ihn aufzupassen. Olaf musste Thorwald nicht beweisen, wie loyal er war. Das wusste der auch so.

Eine halbe Stunde später trafen sich die beiden beim Frühstück.

„Nachdem wir uns gestärkt haben, fahren wir zurück", war das Einzige, was Erwin Thorwald hervorbrachte. Er war sichtlich angeschlagen.

Schweigend nahmen die beiden Männer ihr Frühstück ein. Nach einer Weile ließ Thorwald die Hälfte der Speisen, die er sich auf seinen Teller gefüllt hatte, liegen und eilte nach draußen. So schlecht war ihm schon lange nicht mehr gewesen. Als sein Handy klingelte, fiel ihm ein, dass er gestern seine Frau gar nicht mehr angerufen hatte. So etwas war ihm noch nie passiert.

„Thorwald", brummt er ins Telefon.

„Hallo, Schwager, was geht?", hörte er Fred Breitwieser sagen.

„Was soll schon gehen? Nichts geht. Was willst du?"

Fred berichtete von seinem gestrigen Abend und dem Gespräch mit Karl Bosch. „Ich komme als Vater nicht in Frage, ich habe die Kleine schon ewig nicht mehr angerührt. Das hast du verbockt, du Idiot."

Thorwald hatte das Gefühl, dass sich auf einmal alle gegen ihn verschworen hatten – erst seine Tochter, jetzt auch noch die Kleine.

„Was will sie denn?"

„Keine Ahnung. Die hat mir ja nichts gesagt. Die Information habe ich nur von dem Dicken. Und der will natürlich Kohle sehen – für die Kleine und für das Kind. Was machen wir denn jetzt?"

„Ich mach gar nix. Du gibst ihr Geld und sagst ihr, dass sie die Klappe halten soll."

„Und wo soll ich das Geld hernehmen? So gut bezahlst du mich schließlich auch nicht", moserte Fred.

„Hör zu, ich gebe dir Geld und du bringst die Kleine zum Schweigen, egal wie du das machst. Ich will nichts damit zu tun haben. Ist das klar?"

„Okay, ich regele das schon."

Thorwald drückte auf die Austaste des Handys und schüttelte den Kopf. Dieser Idiot machte nichts anderes als Schwierigkeiten.

Kapitel 40

Der frisch aufgebrühte Kaffee verbreitete einen einladenden Duft in der Küche. Juliane stellte Teller und Tassen bereit. Der Kommissar würde sicher bald auftauchen, um seinen Rauhaardackel abzuholen. Durch das Küchenfenster sah sie Erdmann und Amiga auf dem Rasen toben. Das Telefon klingelte. Sie nahm das tragbare Gerät in die Hand und drückte die Taste mit dem grünen Telefonsymbol.

„Hallo, mein Schatz, hast du eine Ahnung, was heute Morgen in der Brückfeldstraße/Ecke Ernst-Möller-Straße los war? Ein Polizist hat mich in der Brückfeldstraße angehalten und mich aufgefordert, durchs Dorf zu fahren." Juliane hörte die besorgte Stimme ihres Mannes.

„Hallo, Walter. Stell dir vor, es gab einen Toten. Karl Bosch lag auf dem Rücken im Spargelbeet."

„Wer bitte schön ist Karl Bosch?" Walter kannte so gut wie niemanden hier in Gambach – mit Ausnahme der Nachbarn. Alle anderen interessierten ihn nicht. Namen konnte er sich sowieso nicht merken.

„Na, das war dieser dicke, hässliche Kerl, der öfter im ‚Falken' an der Theke saß und literweise das Bier in sich hineingekippt hat", erklärte Juliane. Sie und Walter hatten, als das Lokal noch geöffnet hatte, häufiger im „Falken" gegessen oder dort ein Kristallweizen getrunken.

„Ach, der. Hat er sich endlich totgesoffen?"

„Nee, der hatte ein Messer im Bauch!"

„Woher weißt du das schon wieder?“
„Ich hab die Leiche entdeckt?“
„Du bist unmöglich, Juliane.“ Walter lachte.
Es klingelte an der Haustür.
„Ich erzähl dir alles heut’ Abend. Knutsch!“ Juliane drückte auf das rote Telefonsymbol und öffnete die Haustür.
Mit einem strahlenden Lächeln stand Kriminalhauptkommissar Henneberg vor der Tür. Seine weißen Zähne in dem leicht gebräunten Gesicht schienen heute noch weißer zu sein als sonst. Juliane ließ den Kommissar ins Haus und zeigte auf die offen stehende Terrassentür.
„Ihr Hündchen spielt gerade mit Amiga auf dem Rasen.“
Henneberg trat hinaus in den Garten. Erdmann schien ihn nicht vermisst zu haben. Der tobte durch das Gras, flog dabei förmlich durch die Luft und biss Amiga spielerisch in die Hinterbeine. Die beiden drehten eine Runde nach der anderen um den kleinen Ahorn, der in der Mitte des Rasens seinen Platz hatte. Ab und zu blieb Amiga einfach stehen, so dass Erdmann auf sie prallte. Sogleich stürzte sich die Hündin auf den kleinen Rauhaardackel und zeigte ihm warnend die Zähne, was Erdmann nicht im Mindesten beeindruckte. Schnell rannte er in einen anderen Winkel des Gartens, in der Hoffnung, dass Amiga ihm folgen würde.
„Hier sieht ja alles wieder ganz passabel aus nach dem Sturm“, lobte Alexander Henneberg Julianes Garten. Er erinnerte sich noch gut an die Schlammmassen,

die alles bedeckt hatten. Jetzt blühten hier wieder Rosen und die bunte Blütenpracht präsentierte sich äußerst gepflegt. „Der Garten ist ja ein einziges Paradies!"

„Danke." Juliane lächelte stolz. „Es war auch wochenlange harte Arbeit, bis ich alles wieder so hatte wie vor dem Sturm im Juni."

„Hallöchen!", rief Kriminaloberkommissarin von Mittelstedt aus dem Inneren des Hauses. „Jemand da? Ich habe gehört, es gibt hier frischen Kaffee."

Franziska, die als einzige der drei Geschwister schon aufgestanden war, hatte die Kommissarin hereingelassen. Ihre Mutter und der Kommissar hatten die Klingel nicht gehört. Franziska musste schmunzeln.

„Setzen Sie sich doch", forderte Juliane den neuen Gast auf. „Ich hole nur den Kaffee und die Tassen." Mit einer Handbewegung forderte sie die Kommissare auf, sich am Terrassentisch niederzulassen. „Wieso bist du überhaupt schon wach?", wandte sie sich an Franziska.

„Mir tut meine Hand so weh." Das Mädchen hielt seine Rechte direkt vor Julianes Nase.

„Was hast du denn gemacht?" Besorgt betrachtete Juliane die ihr dargebotene Hand.

„Ich bin gestern Abend mit dem Rad hingefallen und habe mich mit der Hand abgestützt. Seitdem tut sie weh."

„Zeig mal." Cosima nahm Franziskas Hand und drückte behutsam auf den Knochen herum.

Das Mädchen verzog schmerzlich sein Gesicht.

„Gebrochen ist nichts. Aber Prellungen tun manchmal mehr weh als ein Bruch", tröstete sie die Unglückliche. „Hast du Voltarensalbe?"

„Und wie ist das passiert?“, unterbrach Juliane die Kommissarin.

„Ach, als ich gestern nach Hause gefahren bin, ist so ein Idiot in der Brückfeldstraße/Ecke Ernst-Möller-Straße einfach losgefahren, ohne auf mich zu achten. Ich konnte gerade noch bremsen, sonst hätte der mich glatt aus dem Sattel gehoben. Und beim Bremsen bin ich dann hingefallen.“

„Ja, und? Hat er angehalten und nach dir gesehen?“, hakte Juliane nach.

„Nee, natürlich nicht. Ich sagte doch, der ist einfach losgefahren.“

Interessiert blickte Kommissar Henneberg zu Franziska. In seinem Kopf klingelten sämtliche Alarmglocken. „Sag mal, Franziska, wo genau war das? Kannst du dich noch an die Uhrzeit erinnern?“

„Es war kurz nach zehn, als ich aus dem Kreisel in die Brückfeldstraße gefahren bin. Und gleich da, wo es rechts in die Erwin-Müller-Straße geht, ist es passiert.“

Henne sah mit hochgezogenen Brauen zunächst zu Co und wandte sich dann wieder Franziska zu. „Weißt du auch, was das für ein Auto war?“

„Ich kenn mich mit Autos nicht so aus, aber das war ein ziemlich großer Wagen, hell, Kombi, mit Gießener Nummer.“

„Hast du vielleicht auch Buchstaben oder Zahlen gesehen?“

„Nee, dafür ging das alles zu schnell. Ich hätt’ den Arsch erwürgen können.“ Franziska schnaubte vor Wut.

An Co gewandt sagte Henne spöttisch: „Da sollten wir doch noch mal bei den trauernden Hinterbliebenen nachfragen, ob dieser ‚Idiot' vielleicht bei ihrer Familie zu Besuch war."

Co schmunzelte, während Juliane ins Haus ging, um die Tassen und den Kaffee zu holen.

Franziska schaute den Kommissar irritiert an. „Um was geht es hier eigentlich? Ist mir vielleicht irgendetwas entgangen?" Fragend blickte sie in die Runde.

„Der Besitzer des unteren Hauses in der Brückfeldstraße/Ecke Ernst-Möller-Straße ist tot."

„Boah eh, ist ja irre! Schon wieder ein Toter. Hier ist ja neuerdings was los. Wer hat den denn umgebracht?"

„Wir wissen ja noch nicht einmal, ob er umgebracht wurde oder ob er eines natürlichen Todes gestorben ist. Das wird die Rechtsmedizin herausfinden", klärte die Kommissarin Franziska auf.

„Wieso ist der eines normalen Todes gestorben? Der hatte doch ein Messer im Bauch", kam es enttäuscht von Juliane, die mit einem Tablett, beladen mit Tassen und einer Kaffeekanne, wieder auf der Terrasse erschienen war.

„Ich muss Sie enttäuschen. An dem Messerstich ist der Mann auf jeden Fall nicht gestorben. Das hat uns schon Frau Dr. Auf der Heide verraten." Henne sprach den Namen der Rechtsmedizinerin spöttisch aus. „Aber das muss nicht heißen, dass er nicht einer anderen ungewöhnlichen Todesart zum Opfer gefallen ist. Das werden wir schon noch rauskriegen."

„Mann, eh, das muss ich gleich mal posten!"

Henneberg hielt das Mädchen zurück. „Franziska, tue uns bitte einen Gefallen und lass das sein! Diese Informationen sind alle noch streng vertraulich."

Franziska setzte sich murrend auf einen der Terrassenstühle.

„Aber nun noch mal zu Ihnen, Frau Landmann. Ist Ihnen denn heute Morgen irgendetwas Ungewöhnliches aufgefallen?"

„Nein, ich hätte den Toten gar nicht bemerkt, wenn sich Amiga nicht so angestellt hätte."

Als Amiga ihren Namen hörte, kam sie angerannt und setzte sich vor ihr Frauchen. Auch Erdmann kam neugierig auf die Terrasse und ließ sich vor Hennes Füßen nieder. Schmachtend blickte er sein Herrchen an. Seine Schnauze war voller Dreck und sein borstiges Fell glänzte vom Schweiß.

„Du siehst wieder aus wie eine Wildsau, Erdmann", tadelte ihn sein Herrchen.

„Ich wäre normalerweise einfach weitergegangen", nahm Juliane den Faden wieder auf. „Wenn nicht gerade Schulferien wären, hätte bestimmt ein Schüler den Toten vor mir entdeckt. Was für eine grauenhafte Vorstellung!" Angewidert verzog sie das Gesicht.

„Wer war eigentlich dieser Ernst Möller, nach dem die Straße benannt ist?" Co sah Juliane fragend an.

„Das war unser Altbürgermeister. Der hat hier dreißig Jahre lang die Gemeinde verwaltet. Ein echtes Schlitzohr. Hat aber viel für die Gemeinde getan."

„Was zum Beispiel?", fragte Co neugierig.

„Na, dem haben wir beispielsweise das Gambacher Kreuz zu verdanken. Das wollten die Butzbacher für sich beanspruchen, obwohl sich die A 5 und die A 45 auf Gambacher Grund kreuzen. Da ist der Ernst nach Wiesbaden gefahren und hat denen im Ministerium mal Bescheid gesagt. Der hat nie aufgegeben. Wenn man den vorne zur Tür rausgeworfen hat, ist der zur Hintertür wieder reingekommen." Juliane schmunzelte.

„Scheint ja ein echtes Original gewesen zu sein. Was macht er heute?", wollte nun Henne wissen.

„Der ist im Ruhestand. Aber ein Original ist er schon", klärte Juliane die beiden Kommissare auf.

„Co, wir sollten dann mal wieder unsere Ermittlungen aufnehmen." Henne stand auf und warf einen Blick auf Erdmann, der gerade Julianes Rosenbeet durchwühlte. „Erdmann, gehst du da weg!", rief er, sprang auf und rannte auf das Beet zu.

Doch Erdmann hatte die Gefahr in Form seines wütenden Herrchens bereits gewittert und rannte davon.

„Der Kerl treibt mich noch in den Wahnsinn!"

Franziska sprang ebenfalls auf und lockte den Dackel an.

„Vielleicht sollten Sie mal mit ihm in die Hundeschule gehen", belehrte ihn Juliane. „Ich kann Ihnen eine gute empfehlen."

„Ich kenne keinen Dackel, der wirklich hört", warf Co ein. „Diese Viecher sind so was von stur!"

„Dackel sind nicht stur, die sind eigenwillig. Das müssen sie auch sein, denn wenn sie in einen Dachsbau gehen, müssen sie selbst entscheiden, was sie tun", klärte Henne Co und Juliane auf.

„Das ist ja interessant.“ Franziska kam mit dem zappelnden Erdmann unterm Arm auf die Terrasse. „Hier ist der Rosenmörder.“ Sie lachte.

„So, du Raubtier.“ Henne nahm Erdmann auf den Arm. „Jetzt geht es wieder an den Tatort. Aber dieses Mal bleibst du im Auto.“

Kapitel 41

Auf dem Weg in die Firma in Lich hielt Susanne Thorwald am Krankenhaus und besuchte Konstanze. Ihre Stieftochter gefiel ihr gar nicht. Sie klagte über starke Kopfschmerzen. An den Unfall konnte sie sich immer noch nicht erinnern und über ihr sonderbares Benehmen während der Geburtstagsfeier ihres Vaters wollte sie nicht sprechen.

„Dein Bruder will dich nachher auch noch besuchen."

„Ich will ihn nicht sehen. Der soll ja nicht hierherkommen!" Konstanze benahm sich wie ein motziges Kleinkind.

„Konstanze, ich verstehe dich nicht. Was hast du denn auf einmal gegen Konrad? Ihr habt euch doch immer so gut verstanden. Ist irgendetwas vorgefallen? Habt ihr euch gestritten?"

„Ich will ihn einfach nicht sehen!" Sie verschränkte die Arme vor ihrer Brust – ein eindeutiges Zeichen der Ablehnung – und drehte sich zur Seite.

Doch Susanne blieb die Träne, die ihrer Stieftochter über das blasse Gesicht lief, nicht verborgen. Ratlos verabschiedete sie sich von der offensichtlich unglücklichen Konstanze. Sie würde ihr so gern helfen. Doch Konstanze musste das auch wollen.

„Frau Thorwald! Schön, Sie zu sehen." Der Oberarzt kam ihr auf dem Gang entgegen.

„Guten Morgen. Sagen Sie, Herr Doktor, ist Konstanzes Reaktion normal? Sie will niemanden sehen. Und sie kann sich nicht an den Unfall erinnern."

„Durchaus. Sie verdrängt einfach, was geschehen ist. Ich befürchte nur, dass wir ihr hier nicht mehr helfen können. Wir können etwas gegen die Kopfschmerzen tun, aber nicht gegen den Gedächtnisverlust."

„Was meinen Sie?"

„Ich habe schon mit Ihrem Mann telefoniert. Es wäre angebracht, wenn wir Ihre Tochter in die Psychiatrie nach Gießen verlegen würden."

Erschrocken sah Susanne den Arzt an. „Um Gottes willen, nein. Das können Sie nicht machen. Konstanze ist doch nicht verrückt!"

„Das hat ja auch niemand behauptet. Aber nach einem schweren Unfall ist eine solche Maßnahme mitunter erforderlich."

„Sie machen jetzt erst mal gar nichts. Ich werde zunächst mit meinem Mann sprechen." Wütend verließ Susanne das Krankenhaus. Erwin hatte sich seit gestern nicht gemeldet, das passte gar nicht zu ihm. Aber mit dem Arzt hatte er offenbar schon gesprochen. Sie verstand die Welt nicht mehr.

Kapitel 42

„Eh Mudder, dass des klar iss, du sachst kein Wort über mein Besuch gestern Abend. Die Bullen denken sonst noch was Falsches."

„Ich weiß gar nicht, wer da war. Ich kenne den Mann ja nicht einmal. Aber das muss aufhören. Du bist schwanger. Du kannst doch nicht so weitermachen mit einem Kind unter dem Herzen."

„Das werden wir noch sehen. Klar iss nur, dass ich Kohle brauch', und die hole ich mir von dene."

„Von wem sprichst du denn?"

„Das musst du gar ned wisse. Ich red mit dene."

„Ich möchte das aber nicht. Hör bitte auf damit. So etwas ist doch nicht normal. Du bist erst sechzehn." Gabriela redete mit ihrem harten Akzent auf Victoria ein.

„Hast du dem Vadder das Messer in den Bauch gestoße?"

„Ja, und es tut mir nicht leid. Er war ein ekelhafter Kerl. Er hat mich geschlagen und gedemütigt, und ich kann nicht verstehen, wie du mit deinem eigenen Vater solche abscheulichen Dinge tun konntest."

„Kein Wort zu de Bulle darübber. Das müsse die gar net wisse. Und was issen schon dabei. Der Alde hat doch gut bezahlt und die annern zwa ach. Odder was glabst du, wo ich die ganze schicke Sache herhab und mir en Roller leiste kann."

„Du bist so abgebrüht, Victoria. Von wem hast du das nur? Du warst so ein liebes Mädchen. So goldig."

In Gabriela breitete sich eiskaltes Entsetzen aus. Sie spürte, dass die Geschichte mit dem Tod ihres Mannes noch lange nicht zu Ende war. Nicht ihre Tochter benötigte Schutz, sondern sie selbst.

Es klingelte an der Haustür. „Das sind bestimmt die Bullen. Halt ja die Klapp. Tu einfach so, als würdste dich an nichts erinnern", forderte Victoria ihre Mutter sehr eindringlich auf.

Kapitel 43

Erwin Thorwald wurde durch das Klingeln seines Mobiltelefons gestört. „Fred Breitwieser", stand auf dem Display – sein Schwager!

„Was gibt es schon wieder?"

„Können wir uns heute Abend auf ein Bier treffen? Wir müssen reden. Es hat sich eine neue Situation ergeben."

„Von mir aus. Lass uns in den ‚Falken' gehen."

„Nee, der ist doch immer noch geschlossen."

„Dann gehen wir in den ‚Adler', zum Issy", war Erwins nächster Vorschlag.

„Nee, geht auch nicht. Da sind mir zu viele Gambacher. Die könnten mithören."

„Also, wo sollen wir uns dann treffen?"

„Wir gehen lieber nach Münzenberg in die ‚Gudd Stub'. Bei dem Wetter können wir draußen sitzen."

„Okay, dann bis später."

Erwin sah zum Fenster des S-Klasse-Mercedes hinaus, der gerade über die A 4 in Richtung Hermsdorfer Kreuz fuhr. Gleich nach dem Frühstück waren er und sein Chauffeur in Richtung Heimat aufgebrochen. Normalerweise arbeitete er während langer Fahrten oder telefonierte mit Kunden. Doch heute fand er keine Ruhe. Zudem brummte sein Kopf. Er hatte gestern eindeutig zu viel Wodka in sich hineingekippt.

Seit seinem Geburtstag am Sonntag war alles schiefgegangen und er war nicht mehr Herr der Lage. Das war ihm noch nie in seinem Leben passiert. Bis jetzt hatte er in jeder noch so brenzligen Situation die Kurve gekriegt. Selbst nach dem Tod seiner ersten Frau hatte er es verstanden, nach außen hin eine perfekte Fassade aufzubauen. Niemand war hinter sein dunkles Geheimnis gekommen. Doch jetzt musste er befürchten, dass seine Tochter von den Erinnerungen ihrer Kindheit eingeholt worden war und sie alles aufdecken würde. Konstanze musste zum Schweigen gebracht werden. Und er würde dringend das Beweisstück sichern, das mit einem Schlag seine gesamte Existenz vernichten konnte.

Kapitel 44

Bürgermeister Fink rief seine Sekretärin zu sich ins Büro. „Haben wir noch genügend Material für die Burgfestspiele? Die Tourismuskommission will wieder einen Stand einrichten."

„Ich geh gleich mal in die Garage. Da muss eh aufgeräumt werden." Mit diesen Worten verließ die Sekretärin das Büro ihres Chefs, nahm den Garagenschlüssel vom Haken und trat auf den Hof.

In der Garage fand sie die Kisten mit den Büchern, Flyern, Kinderbuchführern für die Burg, Taschen und Krüge sowie T-Shirts und Schlüsselanhänger auf dem großen Anhänger, der links neben der Tür geparkt war. Sie wühlte sich durch etliche Kisten und packte die Souvenirs in andere Kisten um, so dass die Mitglieder der Tourismuskommission sie bequem und sicher transportieren konnten, um sie den Besucherströmen am Wochenende anbieten zu können.

Seit Jahren gab es hier einige Ehrenamtliche, die versuchten, den Tourismus in Münzenberg anzukurbeln. Obwohl jedes Jahr dreißigtausend Menschen die Burg Münzenberg besuchten, blieben nur wenige Gäste zum Essen und kaum einer übernachtete in dem kleinen, idyllischen Städtchen. Anhand eines entsprechenden Konzepts hatten die Verantwortlichen bereits kleine Erfolge erzielen können, indem sie mit den Besitzern der Gastronomie- und Beherbergungsbetriebe gesprochen, Flyer entworfen und an verschiedenen Märkten teilgenommen hatten.

Die Sekretärin arbeitete sich durch den gesamten Anhänger. Dabei war es ihr nicht möglich, hinter das ungewöhnliche Lager zu gelangen, denn dort stand ihr ein Fahrrad im Weg. Obwohl es schon eine ganze Weile her war, dass sie nach den Souvenirs gesehen hatte, war sie sich sicher, dass es dort beim letzten Mal nicht gestanden hatte. Bei näherer Betrachtung des gelben Sportrades durchzuckte sie ein schrecklicher Gedanke. Das konnte kein Zufall sein! Im Zusammenhang mit dem vermissten Jungen aus Ober-Hörgern war nach einem gelben Fahrrad gesucht worden. Bei diesem konnte es sich nur um das gesuchte Rad handeln. Aber wie kam es hierher? Wer hatte es hier abgestellt? Und vor allem, wann?

Die Sekretärin verschloss die Garage und ging in das Verwaltungsgebäude zurück. Im Ordnungsamt fragte sie ihre Kollegin, ob und von wem in der letzten Zeit ein gelbes Sportrad abgegeben worden sei.

„Davon ist mir nichts bekannt. Das wäre mir ja wohl aufgefallen“, antwortete die Kollegin vom Ordnungsamt entrüstet.

„Aber es muss doch jemand wissen, wie das Rad in die Garage gekommen ist. So blöd kann keiner sein, so ein Rad entgegenzunehmen, ohne es zu melden. Das ist ganz eindeutig das Rad von dem verschwundenen Jungen!“

„Ich werde mal in der Verwaltung und beim Bauhof rumhorchen, wer das Rad entgegengenommen hat. Wir sollten aber auf jeden Fall die Polizei verständigen.“

„Das soll mal schön der Chef machen. Ich werde ihn gleich informieren.“ Zielstrebig verließ die Sekretärin des Bürgermeisters und zugleich gute Seele der Verwaltung das Ordnungsamt.

Kapitel 45

Am Ende der Brückfeldstraße zur Einmündung in die Ernst-Möller-Straße parkten immer noch zwei Streifenwagen. Auf dem gegenüberliegenden Bürgersteig tummelten sich ein paar Schaulustige. Zu sehen gab es nichts mehr. Der Leichnam von Karl Bosch war mit einem großen, weißen Laken zugedeckt worden.

„Wieso wurde der Tote noch nicht abgeholt?“, wollte Alexander Henneberg von einem der Streifenbeamten wissen.

„Wir warten auf die Feuerwehr. Die muss den Fettsack in einem Tuch abtransportieren. Der passt doch in keinen Sarg.“

„Hat schon jemand die Nachbarn befragt?“, erkundigte sich Henne, ohne auf die Bemerkung des Beamten einzugehen.

„Die haben uns alle freiwillig Auskunft erteilt“, berichtete der Angesprochene. „Dieser Bosch muss ein Ekelpaket ersten Ranges gewesen sein. Er hatte mit allen Nachbarn Ärger, hat mit jedem prozessiert, sich selbst aber an keine Regeln gehalten.“

„Hat jemand in den letzten Tagen oder gestern Abend was Auffälliges gesehen?“

„Nee, ruhig, wie immer. Der kann nicht viele Freunde gehabt haben. Ab und zu hätt’ mal ein großer Mercedes Kombi mit Gießener Nummer vor der Einfahrt gestanden.“

„Gibt’s ein Kennzeichen dazu?“

„Nee, hat angeblich keiner drauf geachtet."
„Wo ist der Kollege?"
„Im Haus, bei der Witwe und der Tochter."
„Haben die Nachbarn auch etwas über die beiden Frauen gesagt?"
„Da wollte keiner so richtig mit der Sprache rausrücken. Die Ehefrau ist keine Deutsche. Sie kommt aus dem ehemaligen Jugoslawien."
„Wie meinen Sie das?"
„Na ja, ich hatte das Gefühl, dass es da schon was zu berichten gibt, aber die haben alle nur so rumgedruckst."
„Gut, dann werde ich mal ins Haus gehen. Wenn meine Kollegin kommt, schicken Sie sie bitte rein."
Im Haus traf Alexander Henneberg auf den zweiten Streifenbeamten. „Sie können gehen. Ich übernehme jetzt. War noch was?"
„Nicht direkt. Die zwei haben gestritten. Dabei hat die Tochter ihre Mutter ziemlich angefahren. Ich konnte aber nicht verstehen, worum es ging."

Als Cosima von Mittelstedt eintraf, befragten sie Mutter und Tochter erneut. Doch die beiden Frauen wussten angeblich gar nichts, hatten nichts bemerkt und nichts gesehen. Alles sei wie immer gewesen.

Merkwürdigerweise konnte sich auch die Witwe auf einmal an gar nichts mehr erinnern. Henne bemerkte die warnenden Blicke, die Victoria ihrer Mutter zuwarf. Für ihn war es eindeutig, dass die Mutter unter Druck stand und nichts mehr sagen würde. Nach fünf Minuten verabschiedeten sich die Kommissare von den trauernden Hinterbliebenen, die so gar nicht traurig zu sein schienen.

Kapitel 46

Die Kollegin vom Ordnungsamt der Stadt Münzenberg betrat das Vorzimmer des Bürgermeisters, woraufhin die Sekretärin mit dem Kopf zur offen stehenden Verbindungstür nickte.

Bürgermeister Fink, der hinter seinem Schreibtisch gesessen und gerade ein Telefonat geführt hatte, trat ins Vorzimmer. Fragend sah er seine Mitarbeiterinnen an.

„Weder in der Verwaltung noch im Bauhof weiß irgendjemand etwas über das gelbe Rad“, sagte die Kollegin vom Ordnungsamt.

„Habt ihr auch den Weiss-Alles befragt? Der war doch in den letzten Tagen hier auf dem Hof beschäftigt.“

„Der hat sich heute Morgen krankgemeldet“, warf die Sekretärin ein.

„Was hat der? Der hat doch gerade erst angefangen, und einen Vorschuss hat der auch schon kassiert.“ Bürgermeister Fink ärgerte sich mal wieder über seine Gutmütigkeit. „Ruf ihn mal zu Hause an und frage nach.“ Kopfschüttelnd sah er seine Sekretärin an.

Diese kam der Aufforderung sogleich nach. „Geht niemand ans Telefon. Der pennt bestimmt noch.“

„Dann fahr hin und klingel ihn raus. Ich muss das jetzt wissen, bevor ich die Polizei informiere. Wir blamieren uns ja sonst bis auf die Knochen.“

Kapitel 47

Henne und Co hatten, soweit sie sie zu Hause angetroffen hatten, die Nachbarn befragt. Alle hatten verächtlich über den Toten gesprochen. Es gab kaum ein Schimpfwort, das in diesem Zusammenhang nicht gefallen war, wobei „Arschloch“ und „Drecksack“ noch der harmloseren Kategorie zugerechnet werden konnten. Nicht ein gutes Wort hatten die Kommissare über den Toten vernommen.

Ausnahmslos jeder, den sie befragten, hatte Mitleid mit der Witwe, die einen schweren Stand gehabt haben musste. Jeder wusste etwas anderes zu berichten.

„Die hat ihr Schläch von dem gekriecht.“

„Die durft ned arbeide.“

„Die hat kei schö Lebbe gehabt. Der hat die immer nur beschimpfd und aageschriee.“

„Isch hab der immer widder Hilf aagebode. Aber die had immer so gedaan, als wär alles in Ordnung. Dabei had die öfter e dungel Sonnebrill uffgehabt.“

„Die konnd dem nix recht mache. Abber selber had der nix gemacht.“

Die Aussagen waren vielfältig und trugen dazu bei, die Frau des Toten zu belasten und sie als Mörderin ihres Mannes in Betracht zu ziehen.

Tochter Victoria wurde als arrogant und unhöflich beschrieben.

Wie üblich rauchte Henneberg eine Zigarette nach der Vernehmung und unterhielt sich auf dem Bürgersteig mit Co.

„Kannst du mir mal sagen, wieso da niemand was unternommen hat?“, fragte Co.

„Was hätten die Nachbarn denn schon tun können? Wenn die Frau nicht will, dass man ihr hilft, sind die anderen machtlos. Und das wusste der Kerl genau“, klärte Henne seine Kollegin auf.

„Wie kann man nur so mit seiner Frau umgehen?“ Co schüttelte angewidert den Kopf. „Das würde ich mir nicht gefallen lassen.“

„Wie ich die Sache einschätze, war die Frau total abhängig von ihrem Mann. Der hat wahrscheinlich alles auf seinen Namen laufen gehabt.“

„Nee, die hätte doch weggehen können. Wie heißt es bei den Bremer Stadtmusikanten sinngemäß: ‚Was Besseres als den Tod findet man überall.‘ So sehe ich das auch.“

„Stell dir das mal nicht so einfach vor.“

„Wieso? Wofür gibt es denn ein Frauenhaus in Friedberg? Da hätte sie doch hingehen können. Man wäre ihr dort bestimmt behilflich gewesen, einen Job zu finden.“

„Ja, und die Frau hätte immer Angst haben müssen, dass der Alte ihr auflauert und sie irgendwann plattmacht.“

„Außer der Polizei und den Ärzten weiß doch keiner, wo das Frauenhaus ist. Wie soll der die denn dann finden?“

„Glaube mir, ich habe bei der Kripo in den vergangenen Jahren genügend negative Erfahrungen gemacht. Wenn einer das rauskriegen will, dann kriegt er es raus.“

Kapitel 48

Die Sekretärin von Bürgermeister Fink klingelte an der Tür von Martin Weiss-Alles. Sie rechnete nicht ernsthaft damit, dass der Mann ihr die Tür öffnen würde. Nach ein paar Minuten versuchte sie es erneut und drückte ein zweites Mal, jetzt länger anhaltend, auf den runden Klingelknopf. Kurz darauf war ein Summen zu hören und die Tür sprang auf. In der dem Eingang gegenüberliegenden Wohnungstür erschien der angeblich kranke Martin Weiss-Alles. Alkoholdunst, rot umrandete Augen und Bartstoppeln ließen auf eine durchzechte Nacht schließen.

„Ach nee, hoher Besuch. Was willsten du hier? Vermisst ihr misch schon?“

„Weißt du was von einem gelben Herrensportrad? Da steht eins in der Garage von der Verwaltung. Wie ist das da hingekommen?“

„Und deswesche weggst du misch?“ Martin Weiss-Alles trat einen Schritt zur Seite und bat die Sekretärin in die Wohnung. „Kannste mir en Kaffee mache? Ich geh mal ins Bad. Vielleischt fällt mir in der Zwischenzeit ja was ein.“ Er ließ die verdutzte Frau einfach stehen und verschwand hinter einer Tür.

In der Wohnung roch es muffig, so, als wäre schon lange nicht mehr gelüftet worden. Zu dem unangenehmen Geruch passten die Unordnung und der Staub auf den Möbeln.

Die Sekretärin ging in die kleine Küche, um Kaffee zu kochen, hielt jedoch erschrocken inne. Die Arbeitsflächen standen voll mit dreckigem Geschirr. Auch in der Spüle stapelten sich ungespülte Teller und Tassen. In der Kanne der Kaffeemaschine befand sich noch ein Rest Kaffee. Nacheinander öffnete sie die Hängeschränke auf der Suche nach einem sauberen Stück Porzellan. Vergeblich. Sie nahm eine der benutzten Tassen aus der Spüle, wusch sie aus und füllte sie mit dem restlichen Kaffee aus der Maschine.

Als er wieder aus dem Bad auftauchte, nahm ihr Martin Weiss-Alles die Tasse aus der Hand. „Igitt, das schmeckt ja wie Pferdepisse!" Angeekelt verzog er das Gesicht.

Ohne darauf zu reagieren drängte die Sekretärin auf eine Antwort. „Ist dir was eingefallen? Ich habe nicht ewig Zeit. Wir müssen die Polizei informieren."

„Wieso das denn?"

„Na, fällt dir zu dem Rad nix ein? Das ist wahrscheinlich das Rad von dem Jungen, der verschwunden ist."

„Ach du Scheiße. Jetzt dämmert's mir widder. Mir iss gestern als net eingefalle, woher isch des Rad kenn. Klar, dess is dem Dreiseitel sei Rad."

„Eben. Also, was weißt du darüber?", bohrte die Sekretärin hartnäckig weiter. „Wo kommt das auf einmal her?"

„Ei, das hat so en Typ gebracht."

„Was denn für ein Typ? Mensch, jetzt lass dir doch nicht alles aus der Nase ziehen. Denk doch mal nach!"

„Ei, ich denk ja schon die ganz Zeit, abber isch kann misch einfach net erinnern."

„Hast du mal wieder zu viel gesoffen?“ Die Frage erübrigte sich. Martin Weiss-Alles war dafür bekannt, dass er schon seit Monaten selbst tagsüber alkoholisiert war. Nur so konnte er offenbar den Verlust seines Geschäftes verkraften und seine Schmach, die ihm seine Aussage bei der Polizei über die Leiche im Astwerk eingebracht hatte. Seitdem war er nirgendwo mehr gern gesehen.

„Wie gesacht, da war gestern so en Typ, der mir das Fahrrad gegebbe hat. Isch hab's dann in die Garasch gestellt und eusch en Zettel geschribbe.“ Auf einmal konnte er sich wieder erinnern. „Abber wer das war, das kann isch dir net sache.“

Der Mann hatte, seit er bei der Stadtverwaltung mit Ralf Meermann zusammengetroffen war, das Bier nur so in sich hineingeschüttet. Die Begegnung mit dem ehemaligen Unternehmer hatte zu viele unangenehme Erinnerungen in ihm geweckt, die er nur im Suff ertragen konnte.

Zu allem Überfluss war seine Freundin Sabine Knall auf Fall aus der gemeinsamen Wohnung ausgezogen. Als er nach Hause gekommen war, hatte er an der Wohnungstür einen Zettel gefunden: „Ich halte es hier nicht mehr aus. Ich habe keinen Bock, dich länger auszuhalten. Sieh zu, wie du zurechtkommst. Ich gehe.“ Sonst nichts. Er hatte den ganzen Abend versucht, sie telefonisch zu erreichen. Vergeblich. Ein Grund mehr, sein Heil im Rausch zu suchen.

Kapitel 49

„Henneberg“, meldete sich Hauptkommissar Alexander Henneberg über die Freisprecheinrichtung seines Dienstwagens. Auf dem Beifahrersitz lag friedlich schlummernd Erdmann. Er hatte sich beim Spielen mit Amiga ausgetobt. Sein Schnarchen ging in ein kurzes Schnaufen über, als das Telefon seines Herrchens klingelte, so als wollte er deutlich machen: „Wer stört denn jetzt schon wieder?“

„Bürgermeister Fink hier. Guten Tag, Herr Hauptkommissar. Ich hoffe, ich störe Sie nicht.“

„Hallo, Herr Fink. Wenn Sie etwas über die Leiche wissen wollen – wir wissen noch gar nichts.“

„Meinen Sie den dicken Bosch? Nee, den hat es mit Sicherheit so hinweggerafft. Ich glaube nicht, dass den einer umgebracht hat. An so jemandem macht sich doch keiner die Finger schmutzig.“

„Ihr Wort in meinem Ohr. Was verschafft mir dann die Ehre Ihres Anrufes?“

„Bei der Verwaltung wurde gestern Mittag ein gelbes Rennrad abgegeben. Es könnte sein, dass es sich hierbei um das Rad von Benjamin Dreiseitel handelt.“

Henneberg zog die Luft tief ein. „Das wäre ja der Hammer! Warum melden Sie sich denn jetzt erst? Ich war den ganzen Vormittag in Gambach.“

„Meine Sekretärin hat es vorhin erst entdeckt. Es hat dann ein Weilchen gedauert, bis wir herausgefunden haben, wer das Rad entgegengenommen hat. Sie werden es nicht glauben, aber es war Martin Weiss-Alles."

„Mein Gott, dieser Typ verfolgt mich in meinen schlimmsten Albträumen. Was hat der denn jetzt schon wieder mit der Sache zu tun?"

„Im Rahmen einer ABM-Maßnahme arbeitet er seit einiger Zeit bei uns. Er behauptet, ein Mann hätte das Rad gestern Mittag abgegeben. Angeblich kann er sich an dessen Namen nicht erinnern. Das können wir nun glauben oder nicht. Tatsache ist, dass der Weiss-Alles so knülle ist, dass er sich an sonst nichts erinnert."

„Gut, vielen Dank für die Info. Ich lasse das Rad abholen. Den Weiss-Alles kralle ich mir aber noch. So leicht kommt der mir nicht davon."

Hauptkommissar Henneberg drückte die Kurzwahltaste seiner Kollegin und informierte sie über den Fund des Fahrrads. „Sei so gut und unterrichte den Chef. Ich lasse das Beweisstück vom Erkennungsdienst abholen."

„Wann willst du denn den Weiss-Alles vernehmen?"

„Wenn ich Bürgermeister Fink richtig verstanden habe, ist der Mann heute nicht zurechnungsfähig. Stückchen soll ihn für morgen früh einbestellen, und zwar nüchtern, andernfalls lassen wir ihn abholen. Das soll sie ihm gleich androhen."

„Okay, ich lasse dann mal feststellen, ob das Rad wirklich dem Vermissten zuzuordnen ist."

Erdmann brummte erneut auf dem Beifahrersitz. Henne strich ihm über den Kopf. „Ist ja schon gut, mein Dicker."

Kapitel 50

Seit dem Vorfall am Montag hatte Konrad seine Schwester nicht mehr besucht. Die unangenehme Erfahrung mit den beiden Polizeibeamten hatte sich in seine Erinnerung eingebrannt und ihm die Lust auf einen weiteren Besuch verdorben. Doch er war es Konstanze schuldig, sie zu trösten. Also wollte er heute einen erneuten Versuch starten, zumal Susanne ihm mitgeteilt hatte, dass sein Vater und der behandelnde Arzt Konstanze in die Psychiatrie nach Gießen verlegen wollten, falls sich ihr Zustand in den nächsten Tagen nicht besserte.

Auf dem Gelände vor der Klinik in Lich fand er keinen Parkplatz. Es war Nachmittag, die Zeit am Tag, wo die meisten Besucher hier erschienen. Minutenlang suchte er in den umliegenden Straßen eine Parkmöglichkeit. Erst ganz am Ende einer Anliegerstraße oberhalb des Krankenhauses fand er vor einer luxuriösen Villa eine Parklücke, die jedoch laut einem Schild nur den Bewohnern der Straße gestattete, hier zu stehen. Doch das war Konrad egal. Er lenkte seinen Audi A 3 rückwärts in die freie Parkbucht und ging eiligen Schrittes durch die Villenstraße zum Krankenhaus.

In der Privatabteilung war es angenehm ruhig. Der lange Flur, der in der Mitte von einer Ruheinsel mit schweren Ledersesseln unterbrochen wurde, hätte ebenso gut zu einem Wellnesshotel gehören können.

Konrad klopfte sacht an die Tür. Er glaubte, ein schüchternes „Herein!“ zu vernehmen. Als er eintrat, sah er Konstanze aufrecht im Bett sitzen. Sie schaute zum Fenster hinaus. Er näherte sich ihrem Bett und blieb einige Schritte davor stehen. Seine Schwester war seltsam still. Konrad war sich nicht sicher, ob sie sein Eintreten bemerkt hatte. Er räusperte sich, um auf sich aufmerksam zu machen.

Nach einer Weile drehte Konstanze den Kopf in Zeitlupentempo in seine Richtung. Ihr Blick blieb an ihm haften. Ein kurzes Aufflackern in ihren Augen signalisierte ihm, dass sie ihn wahrgenommen hatte. Aber sie schwieg und starrte ihn weiter an. Minutenlang verharrte sie so.

„Hallo, Konstanze“, wagte sich Konrad schließlich zu sagen.

Keine Reaktion.

Konrad trat näher an das Bett heran und streichelte ihr über die Haare.

Konstanze hob den Kopf und sah ihn an. In ihrem Blick lagen Zuneigung und Vertrauen. Doch nur für einen Moment. Dann zuckte sie plötzlich zusammen. Ihre Miene verdunkelte sich und sie begann zu schreien und wild um sich zu schlagen. „Geh weg! Du tust mir weh! Ich will das nicht. Lass mich in Ruhe!“

Entsetzt wich Konrad zurück. „Konstanze, beruhige dich. Ich will dir doch gar nichts tun.“ Er ging zunächst rückwärts durch das Zimmer, drehte sich dann um, öffnete die Tür zum Gang und sah sich um. Weit und breit war niemand zu sehen. Obwohl Konstanze immer noch schrie, schien niemand vom Personal aufmerksam geworden zu sein.

„Hallo“, rief Konrad. „Kann mal jemand zu meiner Schwester kommen!“ Dass er nur die Klingel an Konstanzes Bett oder am Zimmereingang hätte bedienen müssen, war ihm in der Schrecksekunde nicht in den Sinn gekommen.

Es dauerte eine Weile, bis endlich eine Schwester auf Konstanzes Schreien aufmerksam wurde und aus dem Stationszimmer geschossen kam.

Kapitel 51

Der Anruf erreichte Erwin Thorwald im Stau. Seit Stunden hingen sein Fahrer und er am Kirchheimer Dreieck in einer Blechlawine fest – ohne Aussicht auf eine baldige Auflösung. Ein Lkw hatte sich beim Wechseln von der A 4 auf die A 5 überschlagen und war quer über alle drei Fahrspuren liegen geblieben. Die Aufräumungsarbeiten konnten sich noch bis in die Abendstunden hinziehen.

„Erwin", hörte er den Stationsarzt der Privatabteilung der Licher Asklepios-Klinik sagen, „wir sollten Konstanze nach Gießen verlegen. Sie hat heute Mittag schon wieder einen Anfall gehabt."

„Was war der Auslöser?", wollte Erwin Thorwald wissen.

„Wie beim letzten Mal dein Sohn. Konrad wollte sie besuchen."

„Es fällt mir schwer, meine Zustimmung zu geben", log Thorwald, ohne mit der Wimper zu zucken, „aber wenn du meinst, dass es so besser wäre, vertraue ich natürlich auf dein Fachwissen."

„Gut, dann werde ich alles Weitere veranlassen. Ich übergebe Konstanze in die Obhut eines erfahrenen Psychiaters. Du wirst sehen, der kann ihr helfen. Sie wird erst einmal ruhiggestellt werden. Ich muss das dann allerdings auch der Polizei mitteilen. Die fragen nämlich ständig nach, ob deine Tochter nun endlich vernehmungsfähig ist."

„Okay, tu das. Gib mir, wenn es so weit ist, Bescheid, wer sie behandelt und ob ich den Arzt kenne." Erwin Thorwald beendete das Gespräch mit dem Stationsarzt. Als er nach vorn sah, bemerkte er, dass Olaf ihn im Rückspiegel beobachtete.

„Chef, ich geh mal ein paar Schritte und sehe nach, ob es was Neues gibt." Olaf wollte nicht den Eindruck erwecken, als würde er seinen Chef bei seinen Telefonaten belauschen. Ihm war die gerade erlebte Situation peinlich gewesen.

Auf der anderen Seite nahm er Anteil an Konstanzes Schicksal. Seit dem tragischen Unglück vor sieben Jahren war er bei Familie Thorwald angestellt und hatte alles, was ihm sein Chef aufgetragen hatte, erledigt – ohne Wenn und Aber. Nie hatte er sich über die ihm aufgetragenen Aufgaben beschwert oder gar über seine Arbeit gesprochen, auch nicht mit Susanne.

Jahrelang hatte er Konstanze zur Schule gefahren und sie von dort auch wieder abgeholt. Sie war ein schüchternes Mädchen gewesen, nicht so keck wie ihre Schulkameradinnen, die er mitunter auch mitgenommen hatte.

Konstanze hatte sein Herz erobert. Er hatte sie lieb gewonnen wie eine eigene Tochter. Was mit ihr in jungen Jahren geschehen war, konnte er nur erahnen. Seine Stellung erlaubte es ihm jedoch nicht, mit jemanden darüber zu sprechen. Er wusste, dass es nicht richtig war zu schweigen. Wenn es stimmte, was er vermutete, hätte er die Polizei in Kenntnis setzen müssen – und sie auf diesem Wege womöglich von ihrem Schicksal erlöst. Er fühlte sich an Konstanzes jetzigem Zustand mitverantwortlich und musste nun tatenlos hinnehmen, dass die junge Frau in die Psychiatrie eingeliefert wurde und dort nicht so schnell wieder herauskam. Thorwalds Verbindungen waren weitreichend, so weitreichend, dass er sogar dort wahrscheinlich einen Verbündeten hatte, der das „Problem Konstanze" in seinem Sinne lösen würde.

Olaf fühlte sich mies. Er musste dringend mit jemandem reden, um sich abzulenken. Er holte sein iPhone aus der Tasche und wählte Susannes Nummer. Besetzt.

„Hallo, mein Schatz", säuselte Erwin ins Telefon „wie geht es dir?"

„Dass du dich überhaupt noch traust anzurufen", empörte sich Susanne. Sie konnte dieses Versäumnis ihres Mannes nicht einschätzen.

„Entschuldige bitte, du hast natürlich recht. Mein Benehmen ist unmöglich und mit nichts zu entschuldigen. Wie kann ich das nur wiedergutmachen? Vor allem nachdem du mir einen so schönen Geburtstag ausgerichtet hast." Erwin war wirklich zerknirscht. Er merkte ja selbst, dass ihm die Situation aus den Händen glitt.

„Wo bist du überhaupt? Ich hatte dich schon am frühen Nachmittag zurückerwartet. Ich brauche noch Unterschriften von dir."

„Wir stehen im Stau am Kirchheimer Dreieck. Schon wieder hat so ein Idiot von Lkw-Fahrer seine Kiste umgeschmissen. Das kann noch dauern, bis wir hier wegkommen." Er hielt inne und blickte aus dem Fenster. Dann fuhr er fort: „Kannst du das nicht allein machen?"

„Nein, mir wäre es lieber, wenn du die Papiere unterschreibst."

Erwin wechselte das Thema. „Ich muss dir was Trauriges mitteilen. Konstanze wird nach Gießen in die Psychiatrie verlegt."

„Nein!", rief Susanne aufgebracht. „Auf keinen Fall! Wir sollten sie heimholen und sie in ihrer gewohnten Umgebung von einem versierten Psychologen behandeln lassen."

„Susanne, sei vernünftig. Die Ärzte wissen am besten, was für das Kind gut ist." Erwins Stimme nahm einen versöhnlichen Ton an.

„Dann bestehe ich darauf, dass sie in ein Sanatorium kommt, wo sie langsam, aber schonend behandelt wird. Ich will nicht, dass man sie mit Tabletten vollstopft. Das löst ihre Probleme nicht." Susanne blieb hartnäckig. Sie wollte nicht, dass man Konstanze durch Medikamente ihrer Sinne beraubte. Sie würde Erwin so lange bearbeiten, bis er zustimmte. Das Blöde war nur, dass sie als Stiefmutter keinerlei Handhabe hatte.

„Ich will sehen, was ich machen kann", sagte Erwin. „Vertraue mir, mein Schatz. Ich will doch auch nur das Beste für das Kind."

Susanne glaubte ihrem Mann, nicht ahnend, dass das Beste für Konstanze für Erwin etwas ganz anderes bedeutete als für sie selbst.

„Wenn ich rechtzeitig zurück bin, treffe ich mich noch mit Fred in der ‚Gudd Stub'. Wenn du willst, kannst du ja nachkommen. Bei dem schönen Wetter können wir draußen unter den Bäumen sitzen und etwas essen. Vielleicht will Georgia ja auch mitkommen?"

Sein Vorschlag, so hoffte er, würde Susanne versöhnlich stimmen.

Georgia war Fred Breitwiesers Frau. Ihre Mutter hatte sie „Georgia“ genannt, weil sie ein Fan von Scarlett O'Hara in dem Film „Vom Winde verweht“ gewesen war. Sie hatte den Schmachtfetzen Hunderte Male angesehen. Bei der Namensgebung ihrer Tochter war sie von ihren Freunden belächelt worden. Im Kindergarten und in der Schule hatte man die kleine Georgia wegen ihres Namens aufgezogen und gehänselt. Niemand, der mit ihr zu tun hatte, war in der Lage gewesen, den Namen richtig auszusprechen. So war aus dem edlen Namen „Georgia“ oft ein simples „Schorcha“ geworden. Doch ihrem Verhalten nach – sie war an Arroganz kaum zu überbieten – hätte Georgia eine Schwester von Scarlett O'Hara sein können.

„Ganz ehrlich, Erwin, große Lust habe ich nicht, meine liebreizende Schwägerin zu treffen. Sie ist nicht einmal zu deinem Geburtstag erschienen und hat es bis heute nicht für notwendig erachtet, sich nach Konstanze zu erkundigen.“

„Du darfst das nicht persönlich nehmen. Die war schon immer so“, versuchte Erwin seine Frau zu besänftigen. Er mochte seine Schwägerin auch nicht sonderlich leiden, aber er legte großen Wert auf Harmonie in der Familie. Im Moment hatte er gerade genug andere Sorgen.

„Okay, ich werde mal sehen, ob die feine Dame überhaupt Zeit für uns hat. Melde dich, wenn du da bist. Mit den Unterschriften wird es ja heute sowieso nichts mehr.“

Kaum hatte Susanne aufgelegt, als ihr Mobiltelefon erneut klingelte. Olaf meldete sich. Sie sprachen eine ganze Weile miteinander. Während Olaf zwischen den Autos auf der A 5 hin und her lief, sah Susanne sorgenvoll aus dem Fenster ihres Büros in Lich auf die kleine Stadt hinunter. Sie hatten sich schon ein paar Tage nicht mehr gesehen und Olaf verspürte eine wahnsinnige Sehnsucht nach seiner Geliebten. Susanne wiederum hätte sich gern an Olafs breite Brust geschmiegt und sich von dem Mann lustvoll verwöhnen lassen. Leider war dies heute nicht möglich.

„Versprich mir bitte", bat Olaf, „dass wir uns in den nächsten Tagen sehen. Ich muss mit dir reden, muss mich jemandem anvertrauen, auch wenn es vielleicht nicht richtig ist und ich dadurch alles aufs Spiel setze."

„Du meine Güte, was ist denn los?"

„Das kann ich dir unmöglich am Telefon sagen. Aber glaube mir, es ist wichtig." Bevor Olaf deutlicher werden konnte, musste er das Gespräch mit Susanne beenden. „Ich glaube, es geht langsam weiter. Die eine Fahrspur scheint geräumt zu sein. Bitte überlege dir, wann wir uns treffen können. Schick mir einfach 'ne SMS", forderte er Susanne auf.

Als die Verbindung beendet war, sackte Susanne, völlig verwirrt über das Gesagte, in ihrem Büro in Lich wie ein Häufchen Elend zusammen. Was war nur los? Wollte Olaf etwa die Verbindung lösen? Hatte er keine Lust mehr auf sie? Jedes Mal, wenn sie auseinandergegangen waren, hatte sie befürchtet, dass es das letzte Mal gewesen sein könnte. Ihr war klar, dass es für sie beide keine gemeinsame Zukunft gab, aber sie wollte das Verhältnis so lange wie möglich am Leben erhalten. Wenn sie zusammenkamen, gab es nur sie. Es war jedes Mal wie eine Explosion – ein Urknall. Um sie herum versank die Welt und ließ sie alles andere vergessen.

Kapitel 52

Der Biergarten der Gaststätte „Gudd Stub“ in Münzenberg war gut besucht. Jeder Tisch unter den großen Linden war besetzt. Als Fred aus dem Auto stieg, schlugen ihm Stimmengewirr und Gläserklingen entgegen. Er hätte einen Tisch reservieren sollen, dachte er ärgerlich. Die Kneipe war beliebt bei Wanderern und Radfahrern und im Sommer bei schönem Wetter oft bis auf den letzten Platz besetzt. Das war nicht nur der Atmosphäre zu verdanken, sondern auch der freundlichen und herzlichen Art von Wirtin Zorka, die ihren Gästen auch eine hervorragende Küche bot. Die leckeren Speisen wurden nicht nur zu einem moderaten Preis angeboten, sondern zudem liebevoll dekoriert serviert.

Zorka, die gerade aus der Eingangstür trat, erblickte Fred. Die Einheimischen, die ihre Gaststätte besuchten, kannte sie alle mit Namen. Und sie duzte ausnahmslos jeden. Auch wenn sie sehr gesprächig war, drängte sie sich ihren Gästen nicht auf. So war sie sowohl bei den Münzenbergern als auch bei den Touristen sehr beliebt.

„Hallo, Fred, wenn du einen Moment Zeit hast – da wird gleich ein Tisch frei. Den kannst du haben. Setz dich so lange an die Theke. Bier und Schnaps kommen gleich.“ Mehrere Teller auf den Armen balancierend, ging sie weiter zu einem Tisch mit hungrigen Gästen, denen beim Anblick der Speisen das Wasser im Mund zusammenlief.

Kurz darauf hielt eine silberne Luxuslimousine direkt vor dem Eingang der Gaststätte. Aus dem Fond stieg Erwin Thorwald. In seinem dunkelgrauen Anzug fiel er zwischen all den bunt und leger gekleideten Gästen deutlich aus dem Rahmen. Suchend ging er durch die Tischreihen. Hier und da grüßte er einen der Gäste mit einem kurzen Kopfnicken.

„Fred sitzt an der Theke, bis ein Tisch frei wird", rief ihm Zorka zu.

„Hallo, Fred, was gibt es so Wichtiges, dass du mich persönlich sprechen willst?", begrüßte er seinen an der Theke sitzenden Schwager mit Handschlag.

„Hallo, Erwin, es gibt gute Neuigkeiten."

„Mach's nicht so spannend. Schieß los!"

„Karl ist tot." Fred schmetterte Erwin die Neuigkeiten entgegen, als hätte er einen Goldschatz in seinem Garten entdeckt.

Erwin war platt. Diese Nachricht musste er erst einmal verdauen. Der Tod seines ehemaligen Angestellten würde zumindest einen Teil seiner Probleme lösen. Mit Karl wären sie nicht so leicht fertiggeworden. Und die Angelegenheit mit dessen Tochter würden sie vermutlich mit Geld aus der Welt schaffen können. „Was ist passiert?", fragte er zögerlich.

In der Zwischenzeit hatte Zorka ihm und Fred ein frisch gezapftes Licher Pils und einen Willi vor die Nase gestellt.

„Prost!" Statt eine Antwort zu geben, erhob Fred sein Glas. „Der Blödmann lag heute Morgen tot im Spargelbeet. Er hatte ein Messer im Bauch."

„Also wurde er umgebracht.“ Das war mehr eine Feststellung als eine Frage. „Du hast hoffentlich nichts damit zu tun.“

Fred hob abwehrend die Hände. „Bist du wahnsinnig? Natürlich nicht! Keine Ahnung, wer den dicken Karl beseitigen wollte.“ Vor lauter Empörung nahm er einen tiefen Schluck von seinem Pils und kippte den Willi hinterher. „Ich bin gestern Abend um kurz nach zehn weg. Da war der noch mopsfidel.“

„Dann versuche, dich mit Victoria zu einigen. Wie gesagt, ich will nicht mit in die Sache hineingezogen werden. Konstanze macht mir schon genug Kummer.“

„Und was ist mit dem Frischfleisch?“

„Hätte ich schon Appetit drauf. Muss aber im Moment auch noch warten.“

„Was muss noch warten?“ Hinter den beiden Männern ertönte die schrille Stimme von Georgia, Freds Frau. Die Rothaarige mit einer dicken Knubbelnase und einem kleinen, zusammengekniffenen Mund steckte in einer knallgrünen Designerjacke und schreiend gelben Hosen.

Mein Gott, dachte Erwin, hat die Frau keinen Spiegel zu Hause? Die sieht ja aus wie ein Papagei! „Hallo, Georgia“, begrüßte er seine Schwägerin. „Wie geht es dir?“ Er hielt ihr seine rechte Wange hin.

Georgia hauchte einen Kuss auf seine stoppelige Haut. Ihrem Mann gab sie einen Kuss auf den Mund. „Mir geht es sehr gut. Stellt euch vor, ich habe ein ‚Whole in one‘ geschafft. Ist das nicht fantastisch?“ Georgia war eine leidenschaftliche Golfspielerin. Die meiste

Zeit verbrachte sie auf dem Golfplatz in Lich. Ihr Ehrgeiz hatte ihr den Titel der Clubmeisterin gesichert, den sie seit Jahren hielt. Wenn sie nicht gerade auf dem Green in Lich ihre Bälle schlug, weilte sie auf irgendeinem Golfplatz rund um den Globus. Sie fand immer irgendjemanden, der sie auf ihren Reisen begleitete. Es gab genügend Frauen, die genau wie sie nicht arbeiten mussten und Freude daran hatten, das Geld ihrer Männer auf den Kopf zu hauen. Fred hielt sie nicht davon ab. Er war froh, wenn seine Frau so oft wie möglich von der Bildfläche verschwand, damit er seine eigenen Leidenschaften ausleben konnte. Die bereiteten ihm auf jeden Fall mehr Spaß, als seine top gestylte, mehrfach geliftete Frau im Arm zu halten. Sorge machte ihm sein immer schneller schwindendes Vermögen. Georgia verschwendete sein Geld über ihr Hobby hinaus für teure Kleider und andere Luxusartikel.

Bevor die Männer antworten konnten, betrat Susanne die Gaststätte. Ihr drehte sich der Magen um, als sie ihre Schwägerin in dem supermodernen, wahrscheinlich sündhaft teuren Outfit erblickte. Mit Georgia verband sie rein gar nichts. An Golf war sie ebenso wenig interessiert wie an den Angebereien über ihre Erfolge und den Berichten über ihre Einkaufsorgien. Georgia konnte ihre Mitmenschen stundenlang mit ausgiebigen Erzählungen über die besten Geschäfte in aller Welt, die neuesten Modetrends und den Erwerb ihrer unzähligen Paar Schuhe und Taschen von namhaften Designern unterhalten.

Obwohl sie die Antwort bereits kannte, konnte sich Susanne nicht verkneifen, ihre Schwägerin zu fragen, warum sie am Sonntag nicht zu Erwins Geburtstagsfeier erschienen war.

„Mit wem hätte ich mich denn da unterhalten sollen, meine Liebe?“ Georgia sprach es nicht aus, dass die Leute ihr zu einfach oder zu blöd waren, obwohl sie genau das meinte. „Außerdem bin ich am Vortag erst aus Mechiko zurückgekommen. Ich habe den Sonntag gebraucht, um mich auszuruhen.“

Obwohl Susanne wusste, dass Georgia „Mexiko“ meinte, stellte sie sich dumm und fragte: „Woher bist du gekommen?“

„Aus Mechiko. Ich war bei Freunden.“

„Du meinst Mexiko?“ Der Spott in Susannes Stimme war unüberhörbar.

„Ja, sage ich doch, Mechiko.“ Georgia betonte das Wort mit einer Ernsthaftigkeit, die keinen Widerspruch duldete.

Susanne schmunzelte und sah Zorka über die Theke hinweg an. Die Wirtin grinste ebenfalls. „Susanne, was kann ich dir Gutes tun?“

„Ich trinke einen Süßgespritzten.“

„Und was willst du trinken?“, richtete Zorka ihre Frage an Georgia, die heute zum ersten Mal Gast in der „Gudd Stub“ war.

„Ich nehme ein Gläschen Champagner“, antwortete die Angesprochene, ohne die Wirtin anzusehen. „Fred, warum duzt die Frau mich? Die kennt mich doch gar nicht. Ich möchte das nicht“, sagte sie im nächsten Atemzug empört zu ihrem Mann.

„Georgia, wir sind hier auf dem Dorf. Da ist das halt so. Mach jetzt bitte keinen Aufstand.“ Fred war die

Situation peinlich. Seine Frau musste immer wieder betonen, dass sie etwas Besseres war.

Zorka stellte Susanne ein geripptes Glas Apfelwein gemischt mit Limonade auf die Theke. Georgia hielt sie einen Piccolo hin. „Sorry, aber Champagner haben wir nicht. Darf es auch Sekt sein, gnädige Frau?“ Sie hatte gehört, was ihr vornehmer Gast gerade von sich gegeben hatte.

„Nein, danke, so was kann man doch nicht ernsthaft trinken. Dann geben Sie mir bitte ein stilles Wasser“, wandte sich Georgia an die Wirtin, auch diesmal, ohne sie anzusehen.

Zorka warf einen Blick in die Runde. „Wenn ihr wollt, könnt ihr euch draußen an den Tisch setzen. Der ist jetzt frei. Wisst ihr schon, was ihr essen wollt?“

Susanne bestellte eine doppelte Portion Handkäse mit Musik. Sie liebte dieses Gericht, das typisch für die Wetterau war. Jahrelang hatte es in Münzenberg eine Käserei gegeben, die den besten Handkäse weit und breit hergestellt hatte und in ganz Deutschland bekannt gewesen war. Leider hatte die Käserei vor Jahren geschlossen, doch der Hüttenberger Handkäse, der stattdessen angeboten wurde, schmeckte auch nicht schlecht.

Erwin und Fred schlossen sich Susannes Bestellung an und orderten darüber hinaus jeder ein weiteres Bier.

„Und was möchten Sie essen, gnädige Frau?“, wandte sich Zorka an Georgia.

„Ich hätte gern ein Filetsteak, zweihundert Gramm schwer, medium gebraten, ohne Knoblauch. Dazu nehme ich einen Salat, aber nur mit Öl und Essig angerichtet, keine Zwiebeln – und auch keine Pommes Frites zum Steak.“

„Darf es auch ein Rumpsteak sein, gnädige Frau? Die Filetsteaks sind leider aus. Wir hatten heute Mittag eine Touristengruppe, die mir die ganzen Filets weggegessen hat." In perfektem Hochdeutsch verhöhnte Zorka ihren Gast.

„Dann nehme ich nur einen Salat." Georgia hatte nicht einmal bemerkt, dass die Wirtin sie auf den Arm nahm.

Zorka grinste. „Selbstverständlich, gnädige Frau." Solche Gäste fanden nur selten ihren Weg in die „Gudd Stub".

Fred war es unangenehm, wie seine Frau sich benahm.

Susanne kotzte innerlich wegen so viel Arroganz.

Gleichzeitig fragte sich Erwin, warum sein Schwager ausgerechnet eine so bescheuerte Frau hatte heiraten müssen. War es eigentlich Absicht, dass sie ihm bis jetzt nicht zu seinem Geburtstag gratuliert hatte? Mangelte es seiner Schwägerin einfach nur an Benehmen oder war sie so egoistisch, dass sie keine Gedanken an ihre Mitmenschen verschwendete?

Die vier wechselten in den Garten und setzten sich an den frei gewordenen Tisch. Alle nahmen ihre Getränke mit – bis auf Georgia. Die dachte gar nicht daran. Sie ließ ihr Wasser auf der Theke stehen. Wofür gab es eine Bedienung?

Angeregt unterhielt sich Susanne mit den beiden Männern über die Firma.

Während die drei fachsimpelten, langweilte sich Georgia ganz offensichtlich. Sie war es gewohnt, im Mittelpunkt zu stehen und über Golf zu reden. Die Rolle der Zuhörerin lag ihr gar nicht.

Nachdem sie etwas in ihrem Salat herumgestochert hatte, verabschiedete sie sich von Susanne und Erwin.

„Kommst du mit, Darling?", fragte sie ihren Mann in gereiztem Ton.

Fred verdrehte die Augen. „Geh nur schon, ich komme bald nach."

Nachdem Georgia den Biergarten verlassen hatte, wurde es ein schöner Abend.

Susanne fühlte sich gut unterhalten. Wenn sie jedoch gewusst hätte, welche Wölfe im Schafspelz ihr gegenübersaßen, hätte sie schnell das Weite gesucht.

„Ich möchte jetzt auch fahren. Kommst du mit?", richtete Susanne wenige Minuten vor 23.00 Uhr das Wort an Erwin. Der Biergarten hatte sich mittlerweile geleert und außer ihrem war nur noch ein Tisch besetzt.

„Olaf holt mich ab. Fahr du nur schon. Ich komme in etwa einer halben Stunde nach."

Mit einem kurzen „Tschüss" verabschiedete sich Susanne von den Männern. Beim Hinausgehen traf sie Makani, die junge Frau aus dem Tattoostudio, das vor einigen Wochen in der Eichergasse in Münzenberg eröffnet hatte. Susanne hatte sich dazu hinreißen lassen, sich Olaf zuliebe ein Tattoo stechen zu lassen. Außerdem gefiel ihr die junge Frau mit dem seltsamen Namen, deren Haut einem Kunstwerk glich. Sie unterhielt sich kurz mit ihr und verließ dann froh gelaunt den Biergarten.

In ihrem Mercedes Cabriolet fuhr sie nach Trais-Münzenberg. Sie genoss die warme Nachtluft, die ihr in dem offenen Wagen um die Ohren wehte. Der Mond stand hoch am Himmel und beleuchtete die Wiesen unterhalb der Reithalle im Kleinen Steinfeld. Von hier bog sie auf die K 160, verlangsamte das Tempo auf die geforderten dreißig Stundenkilometer beim Ortsschild von Trais und fuhr an den alten Fachwerkhäusern vorbei die Wetterstraße entlang. Niemand war zu sehen. Die Uhr des Traiser Kirchturms schlug elf Mal.

Als sie in die geschwungene Einfahrt ihres Anwesens einbog, sah sie die Villa hell erleuchtet. Olaf stand rauchend vor der Tür.

Er öffnete den Schlag und ließ Susanne aussteigen.

„Hallo, Olaf, hast du etwa auf mich gewartet?"

„Nein, habe ich nicht." Olaf wusste, dass Susanne es nicht leiden konnte, wenn man sie abpasste.

„Ich warte darauf, dass ich deinen Mann abholen kann. Morgen fahre ich übrigens nach Gießen zu Neils und Kraft. Die Limousine muss zur Inspektion. Ich warte drauf. Dein Mann braucht mich morgen nicht. Da habe ich ein paar Stunden Zeit. Können wir uns dann treffen? Ich muss wirklich dringend mit dir reden."

„Okay, ich werde sehen, was sich machen lässt, und schick dir 'ne SMS. Ich wollte sowieso Konstanze besuchen. Sie ist heute Nachmittag in die Psychiatrie verlegt worden."

Obwohl Olaf das bereits wusste, ließ er sich nichts anmerken. „Das tut mir leid für Konstanze. Gute Nacht, Susanne." Er sah sie liebevoll an, ging dann aber ohne zu zögern in das Nachbargebäude, in dem man ihm eine kleine Wohnung eingerichtet hatte. Dort wollte er den Anruf seines Chefs abwarten.

Susanne sah Olaf hinterher. Die Sehnsucht nach seinen muskulösen Armen wurde übermächtig. Zu gern wäre sie dem Hünen in seine Wohnung gefolgt, um sich von seinen großen und zarten Händen die immer stärker werdende Traurigkeit vertreiben zu lassen. Der Mann war unglaublich sexy. Alles an ihm strahlte eine unglaubliche Erotik aus, die ihm selbst nicht einmal bewusst war.

Susanne betrat ihr Büro und öffnete die abschließbare Schublade ihres Schreibtisches. Sie wollte endlich einen Blick in die Hefte werfen, die Konstanze, fein säuberlich gestapelt und mit einer Kordel zusammengebunden, in ihrer Arbeitsmappe bei sich gehabt hatte. Vielleicht lag hier der Schlüssel zu Konstanzes plötzlicher Wesensänderung verborgen.

Kapitel 53

Konstanze lag wach im Bett. Alles um sie herum war ruhig. Zu ruhig, keine Geräusche drangen von außerhalb an ihr Ohr. Ein schwacher Lichtschimmer ließ sie die Umrisse der Möbel erkennen. Sie konnte keinen Schlaf finden. Zu viele Gedanken gingen ihr durch den Kopf. Seit zwei Tagen nahm sie die Tabletten, die man ihr täglich in einem Cluster servierte, nicht mehr ein. Sie hatte sie unbemerkt in die Toilette geworfen. Die Folge waren unerträgliche Kopfschmerzen und Ruhe- bzw. Schlaflosigkeit. Dafür konnte sie wieder klar denken. Der Nebel, der sie all die Zeit umhüllt hatte, war verflogen.

Sie konnte sich nicht nur an den Unfall auf der A 45 erinnern, sondern auch an den Tag davor, als sie auf der Geburtstagsfeier ihres Vaters ihrem Bruder Konrad begegnet war. Sein bärtiges Gesicht hatte ihr einen Riesenschreck eingejagt und Erinnerungen geweckt, die sie nie wieder hatte zulassen wollen, die sie seit Jahren im tiefsten Inneren ihrer Seele verschüttet geglaubt hatte und die nun in ihr Bewusstsein gedrungen waren wie ein bösartiges Krebsgeschwür.

All die schrecklichen Ereignisse, die grausamen Bilder vom Tod ihrer Mutter und dem zertrümmerten Auto an der Autobahnbrücke bei Butzbach hatten sie mit einem Schlag wieder eingeholt. Die schlimmste Qual wurde ihr jedoch im Schlaf beschert, den sie fürchtete wie der Teufel das Weihwasser. Das, was sie jahrelang nicht hatte wahrhaben wollen, hatte sich nun in ihren Träumen offenbart. Wie sollte sie mit dieser Schande leben? Wie sollte sie jemals wieder dem Mann, dem sie vertraut hatte, in die Augen sehen? Sie musste hier raus, aus diesem Zimmer, aus dieser Klinik, aus den Klauen der Psychiater – und vor allem aus den Krallen dieses bösartigen Monsters, das es so gut verstand, sich seinen Mitmenschen als der liebe, nette, hilfsbereite Unternehmer zu präsentieren. Der sie hier festhielt, vom Leben trennte. Ihr war klar, was das zu bedeuten hatte. Er wollte sie ausschalten, mundtot machen. Das konnte er nur erreichen, indem man sie für unglaubwürdig hielt, für nicht zurechnungsfähig. Genau das war seine Absicht.

Kapitel 54

Wie ein Wilder raste Erdmann die Treppe in der Polizeidirektion am Grünen Weg in Friedberg hoch. Er wusste, was ihn am Ende der Treppe erwartete.

„Hallo, da ist ja mein Schatz!" Stückchen, die Sekretärin vom K 10, beugte sich zu dem kleinen Dackel herunter und hielt ihm eine Handvoll Leckerlis hin. Erdmann nahm alle auf einmal ins Maul, legte sie vor sich ab und kaute genüsslich nach und nach auf dem Gaumenschmaus herum. Seine braunen Augen unter den langen Wimpern blitzten Stückchen dankbar an.

Henne kam mit hochrotem Kopf in Stückchens Büro. Er war total außer Puste. Seit Wochen hatte er keinen Sport mehr getrieben. Sein Rad stand verstaubt in der Garage. Die sportlose Zeit hatte ihm nicht nur eine peinliche Atemlosigkeit, sondern auch einen kleinen Bauchansatz beschert. Sein tailliertes Hemd spannte deutlich über seiner Leibesmitte.

„Moin, moin", keuchte Henne. „Hast du Erdmann schon wieder etwas zugesteckt? Der wird noch genauso fett wie ich."

„Ach, lass doch den Süßen. Er soll sich wohlfühlen bei uns", beschwichtigte die Sekretärin ihren Chef. Sie sah ihrem kleinen Liebling verzückt beim Fressen zu, so als ob ihr eigenes Kind gerade dabei war, brav seinen Brei aufzuessen. „Du sollst Frau Dr. Auf der Heide anrufen."

„Was will denn die so früh am Morgen?"

„Dir den Bericht der Rechtsmedizin übermitteln."

„Was, die kann wohl hexen!“

„Nee, aber die ganze Nacht durcharbeiten. Ich habe mir schon ein schönes Lamento von der Dame anhören müssen.“

„Hat die keinen Mann zu Hause?“, witzelte Henne.

„Du bist ein alter Chauvi. Raus jetzt mit dir – an die Arbeit!“, entrüstete sich Stückchen mehr aus Spaß.

„Erdmann, komm! Die Arbeit ruft.“

Der Rauhaardackel bewegte sich nicht. Er kehrte seinem Herrchen den Rücken und himmelte Stückchen an in der Hoffnung, noch ein Leckerli abzustauben.

„Lass den Süßen doch bei mir“, bettelte Stückchen.

„Verräter, alles Verräter“, schnaubte Henne belustigt und verließ das Büro, drehte sich aber gleich darauf noch einmal um. „Für wann hast du denn diesen Weiss-Alles bestellt?“

„Wie du befohlen hast, um 9.00 Uhr.“ Stückchen salutierte mit einer strammen Bewegung der rechten Hand an ihre Stirn.

„Sei nicht so frech!“ Der Kommissar lachte. „Das vertrage ich am frühen Morgen noch nicht.“ Damit verließ er endgültig das Büro.

Henne konnte kaum glauben, dass der Bericht tatsächlich schon fertig sein sollte. Er nahm den Hörer in die Hand und drückte die Kurzwahltaste der Rechtsmedizin in Gießen. Schon nach dem ersten Freizeichen wurde abgehoben. „Auf der Heide“, schnarrte eine unsympathische Frauenstimme.

„Guten Morgen, Frau Dr. Auf der Heide. Henneberg hier. Ich sollte mich bei Ihnen melden. Was gibt es denn?“ Die Betonung seiner Stimme lag eindeutig auf dem Titel der Dame.

Ohne den Gruß zu erwidern – Henne hatte es nicht anders erwartet – berichtete ihm Frau Dr. Auf der Heide von der Obduktion der Leiche, die sie am Vortag im Spargelfeld mit einem Messer im Bauch vorgefunden hatten. „Wie ich bereits vermutet hatte, ist der Mann eines natürlichen Todes gestorben. Herzschlag. Das Messer wurde ihm erst nach Eintritt des Todes in den Bauch gestoßen. Der Stich muss mit großer Wucht ausgeführt worden sein. Das Messer hat bis zum Schaft im Bauch gesteckt, und das, obwohl es sehr lang und eher stumpf ist. Ich würde mal sagen, da war jemand ziemlich wütend auf den guten Karl Bosch.“

„Also kein Mord“, konstatierte Henne.

„So ist es. Einen Mord kann ich mit Sicherheit ausschließen. Auch keine Vergiftungssymptome. Der Gute hatte allerdings kurz vor seinem Tod noch Geschlechtsverkehr. Ich habe Spermaspuren gefunden und Schamhaare, die nicht von ihm stammen.“

„Dieser Fettwanst, das gibt es doch gar nicht.“

„Zweifeln Sie etwa an meiner Aussage?“

„Nein, nein, natürlich nicht. Ich frage mich nur, wer es mit so einem hässlichen Typen getrieben haben könnte.“

„Nun, entweder jemand, der es dringend nötig hatte, oder aber jemand, der an Geschmacksverirrung leidet.“ Der Zynismus in Frau Dr. Auf der Heides Stimme ließ sich kaum noch steigern. „Es gibt da aber noch ein paar Besonderheiten“, fuhr sie fort.

„Die da wären?“

„Wenn er nicht einem Herzschlag erlegen wäre, hätte ihn in Kürze seine Fettleber dahingerafft. Er hatte eine schöne Leberzirrhose. Seine Nieren waren auch angegriffen – vom Magen und vom Darm ganz zu schweigen. Der Mann war ein einziges körperliches Wrack."

„Mein Mitleid hält sich in Grenzen. Gute Arbeit, Frau Doktor. Können Sie mir den Bericht baldmöglichst mailen?"

„Ist schon unterwegs."

Henne bedankte sich höflich und beendete das Gespräch. Ein Schauder lief ihm über den Rücken. Die Frau war ihm unheimlich.

Gleich darauf rief er seinen Kollegen beim Erkennungsdienst an und fragte nach dem Fahrrad, das man am Vortag bei der Stadtverwaltung in Gambach abgeholt hatte.

„Da werde ich nicht mehr sehr viele Spuren finden. Jemand hat das Fahrrad gründlich gereinigt. Allerdings kann ich dir sagen, dass es mit Sicherheit, sagen wir zu neunundneunzig Prozent, dem vermissten Jungen gehörte. Die Angaben zu Größe, Name, Farbe sowie das Bild passen genau zu dem Teil."

„Wir versuchen gerade herauszufinden, wer es abgegeben hat. Wenn wir das wissen, finden wir vielleicht auch diesen Benjamin."

„Na, dann viel Glück. Ich melde mich später noch mal."

Kaum hatte er aufgelegt, rief Alexander Henneberg seinen Chef, den Polizeidirektor, an.

„Mein lieber Henne, wie ist der Stand der Dinge?“

„Hallo, Chef. Also der Bosch ist eines natürlichen Todes gestorben. Co und ich informieren nachher die Familie.“ Er erwähnte nicht, dass seine Kollegin noch gar nicht an ihrem Arbeitsplatz erschienen war. „Und es gibt etwas sensationell Neues: Das Rad von dem Dreiseitel ist aufgetaucht.“

„Ist ja ein Ding! Wie das denn?“

Henne erläuterte die Sachlage und versicherte seinem Chef, dass anhand der Angaben das Rad eindeutig dem vermissten Benjamin Dreiseitel zugeordnet werden konnte. „Leider wissen wir nicht, wer es abgegeben hat.“

„Irgendwelche Anhaltspunkte?“

„Nichts Konkretes. Aber wir sind dran.“

„Habt ihr schon die Eltern von diesem Dreiseitel informiert? Sollten die nicht das Rad identifizieren?“

„Nee, das wollte ich erst tun, wenn wir Näheres wissen. Ich will die jetzt nicht unnötig aufregen.“

„Gut, ich verlasse mich ganz auf dich und Co. Ihr seid doch meine Besten.“ Der Polizeidirektor meinte das Lob ernst. Er verstand es durchaus, seine Mitarbeiter zu motivieren, die täglich mit menschlichem Leid und abscheulichen Verbrechen zu tun hatten.

Kapitel 55

„Meine Königin!“ Heinz-Willi Kuserow kam hinter seinem Schreibtisch hervor. Mit ausgebreiteten Armen ging er auf Juliane zu, als sie an diesem Morgen die Redaktion betrat. Er schloss sie in seine Arme und drückte sie sekundenlang an sich.

Juliane nahm den Duft seines angenehm riechenden Rasierwassers wahr. „Hallo, Heinz-Willi.“ Sie erwiderte die Umarmung ihres Interimschefs. Eine Ablehnung hätte ihr Heinz-Willi nie verziehen.

„Meine Königin, hast du heute schon die Schlagzeile gesehen?“

Juliane ahnte Schreckliches. „Ich habe die Zeitung noch gar nicht gelesen.“ Normalerweise warf sie nach dem Walken einen kurzen Blick in das Lokalblatt – ein absolutes Muss, bevor sie das Haus verließ. Doch heute Morgen hatte sie länger als üblich mit Amelie über den Toten und die Ereignisse des Vortages geplaudert, sodass ihr keine Zeit mehr für ihre morgendliche Pflichterfüllung geblieben war.

Heinz-Willi hielt Juliane demonstrativ die Titelseite der Zeitung vors Gesicht.

In großen roten Balken las sie: „Toter im Spargelbeet. Wer hat Gambacher erstochen?“

Juliane überfiel die erste Hitzewallung an diesem Morgen. Immer, wenn sie sich aufregte, brach ihr der Schweiß aus. Sie nahm ihrem Chef die Zeitung aus der Hand und blätterte bis zur Seite elf, der ersten Seite des

Lokalteils, wo sie ihren am Vortag zu Hause verfassten Bericht über den unnatürlichen Tod eines Gambacher Mitbürgers fand. Juliane hatte sich in ihrem Artikel nur an den Fakten orientiert. Was sie jedoch jetzt zu lesen bekam, war ein im Boulevardstil reißerisch aufgemachter Bericht, der mit dem, was sie ihrem Chef per E-Mail übermittelt hatte, nicht die geringste Ähnlichkeit hatte:

„Gestern Morgen um 7.00 Uhr fand eine junge Gambacherin während ihrer Walkingtour Karl B. tot im Spargelbeet seines Gartens in der Brückfeldstraße/ Ecke Ernst-Möller-Straße. Der Mann lag auf dem Rücken. Aus seinem Bauch ragte ein langes Messer, mit dem ihm vermutlich der Todesstoß verpasst worden war. Karl B. muss die ganze Nacht dort gelegen haben, bevor man ihn entdeckte.

Eine große Anzahl Gambacher Bürgerinnen und Bürger hatten sich am Tatort eingefunden, um die Spurensuche der Polizei aus der Nähe zu beobachten.

Stundenlang musste der Leichnam des Ermordeten zugedeckt im Spargelbeet liegen, bis man endlich ein dem Leibesumfang des Toten entsprechendes Behältnis aufgetrieben hatte, mit dem man ihn in die Rechtsmedizin zur Obduktion abtransportieren konnte.

Die Polizei befragte an Ort und Stelle die Witwe und seine Tochter sowie die angrenzenden Nachbarn. Der sechzigjährige Tote hat bis zu seiner Frühverrentung vor einigen Jahren in einer Licher Firma für Metzgereibedarf gearbeitet. Die Nachbarn haben den Mann als zänkisch und unfreundlich beschrieben. Bis

Redaktionsschluss lagen noch keine Ermittlungsergebnisse der Polizei vor."

Unter dem Artikel war ein Bild von Karl Boschs Haus zu sehen.

„Mensch, Willi, dicker konntest du wohl nicht auftragen. Das passt doch gar nicht zu unserem Blatt."

„Dann wird es Zeit, dass wir das ändern."

Zerknirscht gab Juliane ihm die Zeitung zurück. Es ärgerte sie, dass Heinz-Willi ihren Artikel so verfälscht hatte. Sie war nach den schrecklichen Todesfällen im Juni von der Polizei und vielen Lesern für ihre faire Berichterstattung im Fall Dreiseitel gelobt worden. Auch wenn der Junge großen Schaden angerichtet und sich in höchstem Maße mies verhalten und gleichzeitig mehrere Familien ins Unglück gestürzt hatte, verdiente er eine faire Behandlung in der Presse.

„Juliane, beruhige dich!" Heinz-Willi sah ihr die Verärgerung an. „Die Leute wollen das doch so. Das wird auf Dauer unsere Auflage steigern."

„Nee, Heinz-Willi. Die Sache ist schon schlimm genug. Vor allem für die Hinterbliebenen. Glaube mir, ich kenne die Menschen hier. Die wollen so etwas ganz bestimmt nicht. Wenn das der neue Stil unserer Zeitung sein soll, musst du dir eine andere Redakteurin suchen." Juliane schnaubte vor Wut. Besser jetzt klare Verhältnisse schaffen, als sich wochenlang zu ärgern.

„Meine Königin", begann Heinz-Willi erneut, „ich werde es nicht wieder tun. Ich wäre untröstlich, dich zu verlieren." Er meinte es ernst. Es lag nicht in seinem

Interesse, die beste Redakteurin des Verlages zu vergraulen. Sein Onkel würde ihn umbringen. „Kannst du trotzdem deine guten Kontakte zu deinem Kommissar spielen lassen und mal nachhören, was es Neues gibt?“

Juliane nickte nur und setzte sich an ihren Schreibtisch.

Kapitel 56

„Henne hier. Wo steckst du denn, Co?“
„Sorry, habe verpennt. Bin gleich da“, gab Co mit weinerlicher Stimme zur Antwort.

„Ist was, warum heulst du denn?“, fragte Henne seine Kollegin leicht irritiert. Er hatte Co in den zwei Jahren, in denen sie zusammenarbeiteten, noch nie weinen sehen oder mit schlechter Laune erlebt.

„Alles gut, bin nur erkältet. Was gibt es so Wichtiges?“

„Ich wollte dich über den Bericht aus der Rechtsmedizin unterrichten. Bosch ist an einem Herzschlag gestorben. Das Messer hat ihm jemand erst im Nachhinein in den Bauch gerammt, anscheinend mit großer Wut, wie Frau Dr. Auf der Heide sich auszudrücken pflegte.“ Henne äffte die Ärztin nach.

„Ja, alles spricht dafür, dass das seine Frau getan hat“, konstatierte Co jetzt mit klarer Stimme. „Als sie uns die Tür öffnete, hat sie uns die Hände hingehalten und uns aufgefordert, sie mitzunehmen. Also hat sie sich für den Tod ihres Mannes verantwortlich gefühlt. Der Fall liegt klar auf der Hand.“

„Sieht ganz so aus“, bestätigte Henne. „Wir müssen da nachher hin. Im Moment warte ich auf diesen bescheuerten Weiss-Alles. Der war für 9.00 Uhr bestellt, ist aber bis jetzt nicht aufgetaucht.“

„Der wird arbeiten.“

„Glaube ich nicht. Der doch nicht! Aber möglich wäre es.“

„Eben! Frag doch mal bei seinem Arbeitgeber nach, ansonsten schick 'ne Streife hin und lass den Typen abholen."

„Okay, mach ich." Bevor er auflegte, ergänzte Henne: „Melde dich, wenn du da bist." Dann rief er in Richtung der offenen Tür zum Nebenzimmer: „Stückchen, ruf doch mal den Weiss-Alles an. Wenn der sich nicht zu Hause meldet, frag bei der Stadtverwaltung in Gambach nach, ob er zur Arbeit erschienen ist, und zwar pronto."

„Wird erledigt, Chef", kam es aus dem benachbarten Büro zurück.

„Chef, der meldet sich weder zu Hause, noch ist er an seinem Arbeitsplatz erschienen. Soll ich mal 'ne Streife vorbeischicken? Der pennt wahrscheinlich noch", rief ihm Stückchen fünf Minuten später zu.

„Okay, mach das. Wenn sie den Kerl daheim vorfinden, sollen sie ihn gleich hierherbringen." Henne stand in der Tür und suchte das Büro der Sekretärin nach Erdmann ab. Doch keine Spur von ihm.

„Sag mal, Stückchen, hast du in den letzten Minuten meinen Dackel gesehen?"

Stückchen sah unter ihrem Tisch nach, konnte den Gesuchten jedoch nicht entdecken. „Dieser Frechling ist ausgebüchst." Sie schmunzelte.

„Ich ahne Schlimmes." Henne machte sich auf die Suche nach dem Ausreißer. Er ging den Gang entlang und sah in jedes offen stehende Zimmer. Im letzten Büro entdeckte er das Hinterteil seines Rauhaardackels, dessen Kopf in einer großen Ledertasche steckte, die offenbar einen kulinarischen Genuss enthielt. Henne vernahm eindeutige Kau- und Schmatzgeräusche. „Erdmann, was machst du da schon wieder?“ Er näherte sich dem Dackel von hinten und wollte ihn am Schopf packen. Doch der ließ sich nicht beirren und knurrte sein Herrchen an.

„Was ist denn hier los?“, ertönte hinter ihm die Stimme einer Mitarbeiterin. Die Schreibkraft war gerade von der Toilette zurückgekehrt und sah Hennes knackigen Hintern vor sich.

„Kommt ganz darauf an, was du in deiner Tasche hast“, antwortete Henne und richtete sich auf. Er deutete auf Erdmanns eher kräftiges Hinterteil.

„Da ist mein Leberwurstbrot drin“, entrüstete sich die Mitarbeiterin. „Leberwurst mit Thymian von meinem Lieblingsmetzger.“

„Wie, hat man deinen Metzger geschlachtet?“, blödelte Henne.

„Sehr witzig. Hol jetzt deinen Hund da raus und verschwinde mit ihm.“ Henne packte einen sich heftig sträubenden und knurrenden Erdmann beim Schwanz und zog ihn aus der Tasche.

Mit dem wild zappelnden Dackel machte sich Henne auf den Weg in sein Büro. Co wartete bereits auf ihren Kollegen. „Da bist du ja.“

Er nickte. „Bist du bereit? Wir fahren nach Gambach zu Familie Bosch.“

„Ich denke, du wolltest diesen Weiss-Alles vernehmen.“

„Siehst du den hier irgendwo?“, fragte Henne genervt. „Der muss dann eben auf uns warten. Wer zu spät kommt, den bestraft das Leben.“ Vorwitzig grinste er seine Kollegin an.

„Deine Sprüche waren auch schon mal besser. Und was machen wir jetzt mit diesem zappelnden Untier?“ Co deutete auf Erdmann, der den herrlichen Duft von Leberwurst mit Thymian nicht vergessen konnte.

„Mitnehmen.“

„Ach nö, und meine Allergie?“ Ein spontanes Niesen bekräftigte ihre Aussage.

Henne hielt seiner Kollegin die Tür auf und bedeutete ihr mit einem Nicken, das Büro zu verlassen.

Kapitel 57

Der Streifenwagen stand entgegen der Fahrtrichtung halb auf dem Bürgersteig. Die Fahrertür war offen. Ein Polizeibeamter drückte das dritte Mal auf den Klingelknopf, der zu der Wohnung im Erdgeschoss gehörte – dieses Mal lang anhaltend. Dennoch tat sich nichts.

„Der wird noch schlafen. Da können Sie lang klingeln. Wenn der gestern gesoffen hat, kriegen Sie den nicht wach“, hörte er eine weibliche Stimme von der anderen Seite der mannshohen Hecke zum Nachbargrundstück.

„Mist, ich muss diesen Weiss-Alles unbedingt sprechen. Der hat doch ’ne Freundin. Wo kann man die denn erreichen?“

„Keine Ahnung, die wohnt nicht mehr hier. Die hatte die Faxen dicke.“

„Wie komm ich jetzt an den ran?“

„Hiermit.“ Am Eingang des Grundstücks stand nun eine Frau um die vierzig, zu der die Stimme von eben gehörte. „Ich habe einen Schlüssel, falls der Herr sich mal ausschließt.“ Sie reichte ihm den Schlüssel.

„Sie sehen ja“, sagte er ironisch, „dass hier Gefahr im Verzug ist. Vielleicht ist dem Mann was passiert. Da muss man doch mal nachsehen, nicht wahr?“

„Das sehe ich auch so.“ Die Nachbarin folgte dem Beamten ins Innere des Hauses, um sogleich zusammen mit ihm die Wohnung des Gesuchten zu betreten. „Mein Gott, wie das hier stinkt! Das ist ja ekelhaft.“

Angewidert hielt sie sich die Nase zu und atmete durch den Mund. Durch die geschlossenen Rollläden drang weder Licht noch Sauerstoff. Die Luft war erfüllt von Rauch und Alkoholdunst, vermischt mit dem Geruch von Urin und Fäkalien. Der Gestank stand wie eine Wand in der Wohnung.

Der Polizeibeamte tastete nach dem Lichtschalter in der Diele. Von hier aus gingen drei Türen ab, die alle offen standen. Über am Boden liegende Flaschen stolpernd, ging er auf die rechte Tür zu und betätigte den Lichtschalter links neben der Tür. Der Anblick eines zerwühlten Nachtlagers machte ihm klar, dass hier nicht viel auszurichten war. „Bleiben Sie, wo Sie sind", rief er der Frau hinter sich zu, „das hier wollen Sie nicht sehen."

Die Nachbarin jedoch war ihm gefolgt und hatte Martin Weiss-Alles bereits auf dem Boden vor dem Bett entdeckt. Er war nackt. Seine Bartstoppeln ließen darauf schließen, dass er sich mehrere Tage nicht rasiert hatte. Der Geruch und die dunklen Flecken auf dem hellen Teppich führten zu der Annahme, dass er den Weg zur Toilette nicht mehr gefunden hatte.

Der Polizeibeamte tippte den am Boden Liegenden vorsichtig mit dem Fuß an die Schulter und rüttelte leicht an ihm. „Eh, Meister, es ist Zeit aufzustehen!"

Nichts tat sich. Martin Weiss-Alles gab keinen Laut von sich, rollte aber auf den Rücken.

„Der wird doch nicht tot sein?"

Der Polizeibeamte tastete den Hals der „Alkoholleiche" ab und fühlte den Puls, der kaum tastbar war. „Noch ist der Mann nicht tot. Ich fürchte aber, der hat mehr Alkohol im Blut, als gut für ihn ist. Und für Sie wäre es das Beste, wenn Sie nach Hause gehen. Ich komme hier allein klar." Eilig verließ er das Haus, ging zu seinem Dienstfahrzeug und rief einen Krankenwagen.

Das nächste Telefonat galt Frau Stückrath, die der Polizeibeamte davon in Kenntnis setzte, dass Martin Weiss-Alles nicht zur Vernehmung in die Polizeidirektion nach Friedberg kommen könne, sondern ins Krankenhaus eingeliefert werden müsse.

Stückchen erreichte Henne in seinem BMW, den er gerade vom Hof der Polizeidirektion auf den Grünen Weg steuerte. Zerknirscht nahm er die Nachricht von dem alkoholisierten und nicht vernehmungsfähigen Weiss-Alles entgegen, wohl wissend, dass es nun noch länger dauern würde, bis sie herausfanden, was es mit dem Rad und dem Verschwinden des Jungen auf sich hatte.

Anstatt den schnellsten Weg über die B 3 und die A 5 zu nehmen, fuhr er, begleitet von Co und Erdmann, gemächlich über die Kaiserstraße in Richtung Burg und den Berg hinab aus Friedberg hinaus. Er folgte der alten Bundesstraße und bog vor Bad Nauheim nach Schwalheim ab, um durch die Wiesen von Wisselsheim über Steinfurt, Oppershofen, Rockenberg und Griedel nach Gambach zu fahren. Er genoss die idyllische Landschaft des Wettertales, die von warmen Sonnenstrahlen beschienen wurde, und sprach kein Wort.

Co hing ihren eigenen Gedanken nach. Sie sah schweigend aus dem Fenster.

Erdmann lag schnarchend auf dem Rücksitz. Die Leberwurst schien ihm Blähungen zu bereiten, denn ab und zu erfüllte ein unangenehmer Duft das Innere des Wagens.

Kapitel 58

Olaf steuerte die schwere Mercedes Limousine sicher über die A 45 bis zum Gießener Südkreuz. Dort bog er auf den Gießener Ring ab. An der Abfahrt Licher Straße verließ er den Schnellweg und fuhr zur Marburger Straße, wo er wenige Minuten später auf den Hof der Mercedes-Vertretung Neils und Kraft einbog. Er übergab das Fahrzeug einem Meister und machte sich mit einem Smart, den man ihm ersatzweise zur Verfügung gestellt hatte, auf den Weg in die Stadt.

Er hatte sich mit Susanne im Dachcafé verabredet. Hier konnte man auf der Terrasse den herrlichen Sonnenschein genießen und bei einer Tasse Kaffee ungestört eine Zigarette rauchen.

Susanne saß in der hintersten Ecke mit dem Rücken zu ihm. Er erkannte sie an dem unverwechselbaren platinblonden Kurzhaarschnitt. Er nahm sich einen Stuhl und setzte sich mit dem Rücken zur Terrasse neben sie. „Hallo, Susanne." Gern hätte er sie geküsst. Doch in der Öffentlichkeit wagte er es nicht, der Frau seines Chefs zu nahe zu kommen.

„Hallo, Olaf." Susanne sah ihn zärtlich an.

Ihr Blick ließ ihn hoffen, dass sie mehr als nur Zuneigung für ihn empfand. Susanne wusste von seiner Vergangenheit und dennoch hatte sie sich mit ihm eingelassen.

„Du wolltest mir etwas Wichtiges erzählen, Olaf. Du hast mich echt neugierig gemacht."

Olaf begann langsam und zunächst noch etwas unsicher von den ersten Jahren seiner Tätigkeit als Fahrer ihres Mannes zu erzählen. Er wählte seine Worte mit Bedacht, und je länger er redete, umso sicherer wurde sein Redefluss. Obwohl er teilweise nur Andeutungen über das Erlebte machte, konnte sich Susanne ein Bild von dem machen, was er ihr mitteilen wollte. Sie glaubte ihm bedingungslos, denn nach dem, was sie in der vergangenen Nacht in Konstanzes Heften vorgefunden hatte, konnte es keinen Zweifel mehr geben.

„Es tut mir so leid, ich hätte mich schon eher jemandem anvertrauen müssen. Aber ich hatte eine solche Angst, dass ich wieder einmal meinen Job verlieren würde und daher meine Bewährungsauflagen nicht erfüllen könnte." Tiefe Sorgenfalten durchzogen Olafs Gesicht.

Susanne streichelte ihm sanft über die Wange. „Dich trifft keine Schuld."

Kapitel 59

Dr. Mayer saß an seinem Schreibtisch. Er ging die Unterlagen der Patientin durch, die am Vortag aus Lich hierhergebracht worden war. „Retrograde Amnesie" war nach dem Unfall der jungen Frau diagnostiziert worden, einhergehend mit starken Kopfschmerzen und mehreren Wutausbrüchen, bei denen sie ihren eigenen Bruder angegriffen hatte. Komplettiert wurde der vorläufige Befund durch Verletzungen an den Unterarmen, die sich die Patientin selbst zugefügt hatte. Eindeutig ein Hinweis auf ein Borderline-Syndrom. Die behandelnden Ärzte im Licher Krankenhaus hatten es für sinnvoll erachtet, die Patientin zur weiteren Behandlung nach Gießen in die Psychiatrie zu überweisen.

Dr. Mayer wollte sich Konstanze Thorwald heute Morgen ansehen und festlegen, wie die Behandlung erfolgen sollte. Der Nachname der Patientin ließ ihm den Schreck in die Glieder fahren. Er kannte ihre Familie nur zu gut. Die Notiz, die an der Akte klebte, alarmierte ihn auf Höchste. „Bitte dringend Erwin Thorwald anrufen." Unterzeichnet war die Aufforderung von seinem Licher Kollegen.

Für weitere Gedanken blieb ihm keine Zeit.

„Herein!", rief er, als er ein Klopfen an seiner Bürotür vernahm.

Konstanze Thorwald betrat den Raum und blieb abwartend stehen.

Dr. Mayer erhob sich und ging auf sie zu. „Sie sind Konstanze Thorwald“, sprach er seine neue Patientin freundlich an. Er reichte ihr die Hand. Der Arzt ließ sich seine Überraschung bei ihrem Anblick nicht anmerken. Sie war ihrer Mutter, die er vor mehr als sieben Jahren kurzzeitig behandelt hatte, wie aus dem Gesicht geschnitten. Schmerzlich erinnerte er sich an den vergeblichen Versuch, Irene Thorwald zu helfen. Er war damals noch nicht lange im Dienst gewesen, als seine Patientin aus der Klinik verschwand. Kurz darauf war sie an den Folgen eines schweren Unfalls gestorben. Ihre Tochter Konstanze, die mit im Wagen gesessen hatte, hatte den schrecklichen Unfall unbeschadet überlebt – zumindest körperlich.

„Ich bin Dr. Mayer, Ihr behandelnder Arzt. Kommen Sie, setzen Sie sich zu mir.“ Der Psychiater zeigte auf eine Sitzgruppe vor den Fenstern. Von hier aus hatte man einen herrlichen Blick auf die weitläufige, gepflegte Parkanlage mit ihren großen, alten Bäumen, die die weiteren, zur Klinik gehörenden Gebäude im Hintergrund verdeckten.

Dr. Mayer betrachtete die junge Frau, die sich schüchtern in dem beigen Ledersessel ihm gegenüber niederließ. Sie hatte den Blick gesenkt und die Arme vor ihrer Brust verschränkt. Trotz der bereits am frühen Morgen herrschenden Hitze trug seine Patientin ein Shirt mit langen Ärmeln.

„Konstanze – ich darf Sie doch so nennen?“ Ohne eine Zustimmung abzuwarten, sprach der Psychiater in einem ruhigen Ton weiter. Er hatte eine angenehme, Vertrauen erweckende Stimme. „Sie hatten vor wenigen Tagen einen schweren Unfall. Können Sie sich an den Hergang erinnern?"

Ohne ihr Gegenüber anzusehen, zuckte die Angesprochene mit den Schultern und blickte weiter auf den Boden.

„Können Sie sich an das erinnern, was vor dem Unfall passiert ist?"

Energisch schüttelte Konstanze den Kopf – für den Geschmack des Psychiaters etwas zu energisch. Aber er wusste ja, was der jungen Frau als kleines Mädchen widerfahren war. Ihre Mutter hatte sich ihm während ihrer Behandlung anvertraut. Es war nicht seine ärztliche Schweigepflicht gewesen, die ihn damals daran gehindert hatte einzugreifen, sondern eine einmal begangene Dummheit, die es ihm unmöglich gemacht hatte, Irene Thorwald und ihrer Tochter zu helfen. Nun holte ihn die Vergangenheit wieder ein.

„Haben Sie noch Kopfweh?"

Diese Frage beantwortete Konstanze mit einem Nicken.

„Konstanze, Sie sind hier, damit wir Ihnen helfen können. Sie haben einer Einweisung in diese Klinik zugestimmt. Das war sehr vernünftig."

Wieder nickte Konstanze bejahend.

„Ich möchte jetzt nicht weiter in Sie dringen", bei diesen Worten bemerkte der Psychiater ein Zucken, das durch Konstanzes Körper ging, „aber wir werden uns in den nächsten Tagen ausführlich unterhalten müssen, damit ich Ihnen helfen kann."

Konstanze hob den Kopf. In ihren Augen schimmerten Tränen.

„Wir werden Ihnen aber auch Medikamente verabreichen müssen, damit die Kopfschmerzen verschwinden und Sie etwas zur Ruhe kommen."

„Meinen Sie Psychopharmaka?"

„Ja, und Schmerzmittel."

„Das will ich aber nicht. Muss ich die nehmen?"

„Besser wäre es schon. Nach einem solchen Erlebnis wäre es gut für Sie, wenn Sie eine Weile bei uns bleiben und sich von uns helfen lassen."

„Ich will aber keine Tabletten nehmen." Trotzig wie ein Kleinkind sprach sie zu Dr. Mayer.

„Konstanze", versuchte der Arzt seine Patientin zu beruhigen, „die Tabletten sollen nur dazu beitragen, Ihre Stimmung etwas aufzuhellen. Das ist alles. Sie werden nicht davon abhängig. Sobald es Ihnen besser geht, können wir die Medikamente wieder absetzen."

„Reicht es nicht, wenn wir miteinander reden?" Konstanze sah den Arzt flehend an.

„Also gut, wir werden uns heute Mittag ausführlich unterhalten. Je mehr Sie sich mir anvertrauen, desto eher kann ich Ihnen helfen, und vielleicht kommen wir dann ohne Psychopharmaka aus. Die Schmerztabletten sollten Sie aber einnehmen, sonst entwickelt sich aus Ihrem Kopfweh ein dauerhafter Schmerz, und das kann sehr unangenehm werden."

„Darf ich mal zu Hause anrufen? Ich würde gern meiner Mutter Bescheid sagen."

Fragend hob Dr. Mayer die Augenbrauen. „Ja, Sie können Sie gleich von hier aus anrufen. Es wäre aber sinnvoll, wenn Sie in den nächsten Wochen den Kontakt zu

Ihrer Familie einschränken, damit wir Sie ohne äußere Einflüsse behandeln können."

„Ich möchte sie nur bitten, mir ein paar Sachen zum Anziehen vorbeizubringen." Konstanzes Stimme hatte ihren Trotz verloren.

„Das ist verständlich. Sie sollen sich bei uns ja wohlfühlen. Was kann da besser helfen als die eigene Kleidung. Lassen Sie sich von Ihrer Mutter ein paar bequeme Sachen einpacken." Mit Verständnis versuchte Dr. Mayer das Vertrauen seiner Patientin zu gewinnen und ihr Sicherheit zu vermitteln.

„Darf ich in den Park gehen?"

„Natürlich. Solange Sie keine Anwendungen haben, können Sie sich hier frei bewegen. Sie sind ja nicht eingesperrt."

„Ich brauche dringend etwas frische Luft."

„Sie dürfen so oft Sie möchten hinausgehen. Verlassen Sie aber zu Ihrer eigenen Sicherheit das Grundstück vorläufig nicht."

Konstanze nickte zustimmend und sah den Mann, der ihr gegenüber saß, fragend an. „Muss ich mich abmelden, wenn ich rausgehe?"

„Sagen Sie nur auf der Station Bescheid, damit wir wissen, wo Sie sich aufhalten. Ich lasse Sie jetzt allein, damit Sie Ihre Mutter anrufen können. Wir sehen uns später zu einem weiteren Gespräch. Gehen Sie an die frische Luft und ruhen Sie sich vor allem aus. Sie sollten die Kopfschmerzen nicht auf die leichte Schulter nehmen."

„Danke, Herr Doktor. Wann soll ich wieder hier sein?"

„Die Stationsschwester wird Sie gegen 15.00 Uhr abholen. So können Sie nach dem Mittagessen erst etwas ruhen."

„Vielen Dank. Muss ich bei dem Telefon etwas beachten?"

„Drücken Sie zuerst die Null und warten Sie das Freizeichen ab." Dr. Mayer lächelte die junge Frau ermunternd an und verließ mit einem mulmigen Gefühl sein Büro. Ihm kam ein Spruch in den Sinn, der sich für ihn in diesem Moment bewahrheitete: „Man sieht sich immer zweimal im Leben."

Konstanze stand ohne zu zögern auf, nahm den Hörer in die Hand und drückte die Taste mit der Null. Sofort ertönte das Freizeichen und sie wählte die Nummer ihres Elternhauses in Trais-Münzenberg. Der Anruf wurde trotz lang anhaltenden Klingelns nicht entgegengenommen.

Sie wählte die Nummer von Susannes Büro in der Licher Firma. Am anderen Ende meldete sich die Sekretärin ihrer Stiefmutter. Diese teilte Konstanze mit, dass die Chefin unterwegs und nur über ihr iPhone erreichbar sei. Bevor die Sekretärin, die Konstanze seit vielen Jahren kannte, nach ihrem Befinden fragen konnte, hatte die junge Frau schon wieder aufgelegt.

Kapitel 60

Susanne genoss es, in der warmen Sonne zu sitzen. Mit geschlossenen Augen hielt sie ihr Gesicht in das helle Licht. Sie nahm einen tiefen Zug aus der Zigarette, die ihr Olaf angeboten hatte. Das Rauchen hatte sie vor Jahren aufgegeben. Doch nach dem, was sie in den letzten Stunden an Grausamkeiten erfahren hatte, brauchte sie etwas zur Beruhigung.

Olaf betrachtete sie still. Auf der einen Seite bedauerte er Susanne, auf der anderen Seite hatte sie seine volle Bewunderung. Sie war eine starke Frau, die wusste, was zu tun war. Das war ihm nach dem ausführlichen Gespräch klar geworden. Er verspürte Erleichterung, nachdem er sich seiner Geliebten anvertraut hatte.

Die Stille wurde durch den Klingelton von Susannes iPhone unterbrochen. Sie ignorierte das Läuten. Jetzt wollte sie weder von ihrer Sekretärin noch von Kunden in ihren Gedanken gestört werden. Nach dem vierten Klingelton schaltete sich die Mobilbox ein.

Wenige Sekunden später ertönte erneut der Klingelton ihres Handys. Susanne ließ es klingeln und vertraute auf ihre Mobilbox. Der Anrufer würde sich vertrauensvoll an das automatische Anrufsystem wenden, falls er etwas Wichtiges zu sagen hatte.

Nach weiteren fünf Sekunden störte erneut der durchdringende Klingelton die Stille.

„Willst du nicht mal rangehen?“, fragte Olaf. „Vielleicht ist es ja was Wichtiges?“

Genervt nahm Susanne das Handy vom Tisch und schaute auf das Display, auf dem eine ihr unbekannte Nummer mit Gießener Vorwahl zu sehen war. Ein Name war nicht mit übertragen worden. Sie las die Ziffern laut vor. „Die Nummer kenne ich nicht. Das kann nur ein Kunde sein, der sich beschweren will. Der soll warten."

Sie nahm Olafs Linke und legte sie an ihre Wange. Trost suchend schmiegte sie ihr Gesicht in die große Hand und küsste deren Innenfläche. Der Geruch seines herben, männlichen Rasierwassers stieg ihr in die Nase – Olafs wohlvertrauter Duft.

„Ich würde meine Hand jetzt gern woanders hinlegen." Olaf verging fast vor Verlangen nach einer Umarmung.

„Untersteh dich." Kaum hatte Susanne die nicht ernst gemeinte Drohung ausgesprochen, wurden sie von Olafs vibrierendem Handy unterbrochen.

„Das ist die Nummer, die du eben auf dem Display hattest. Wer hat sowohl deine als auch meine Handynummer?" Verunsichert schaute Olaf Susanne an. „Das hat doch was zu bedeuten. Soll ich rangehen?"

„Ja, melde dich. Irgendwas ist hier faul." Susanne war aufs Höchste alarmiert.

Olaf betätigte das grüne Telefonzeichen. „Ja", meldete er sich, ohne seinen Namen zu nennen.

„Olaf, ich bin es", hörte er Konstanzes gehetzte Stimme. „Ich brauche deine Hilfe."

„Konstanze, was ist denn los? Wo bist du?" Olaf legte den Zeigefinger an seine Lippen und bedeutete Susanne, sich ruhig zu verhalten.

„Ich bin in der Psychiatrie in Gießen. Die haben mich gestern hierher verlegt. Gerade eben habe ich mit dem behandelnden Arzt gesprochen. Ich wollte Susanne um Hilfe bitten, aber die kann ich nicht erreichen. Bitte, du musst mich hier rausholen. Ich habe Angst, dass man mich mit Medikamenten vollstopft."

Olaf hatte das Handy laut gestellt, sodass Susanne alles mit anhören konnte.

Susanne wollte Olaf das Gerät aus der Hand nehmen, doch mit einer abwehrenden Geste stoppte er seine Geliebte. Konstanze durfte trotz der Notsituation nicht erfahren, dass sie hier zusammensaßen.

„Kannst du dich frei bewegen? Darfst du das Grundstück verlassen?"

„Bis jetzt noch. Aber ich könnte wetten, dass die mich nur in Sicherheit wiegen wollen. Bitte hol mich hier ab und bring mich weg."

„Konstanze, bleib ganz ruhig! Geh jetzt ganz langsam zum Ausgang der Anlage. In der Ausfahrt wendest du dich nach rechts und folgst der Straße bis zur Esso-Tankstelle auf der gegenüberliegenden Straßenseite. Dort wartest du in der Einfahrt auf mich. Ich bin in zehn Minuten da und hole dich ab." Olaf redet ruhig, aber bestimmt auf die hilfesuchende Konstanze ein.

Susanne nickte zustimmend.

„Aber du weißt doch gar nicht, wo ich bin."

„Wenn du in der Psychiatrie in Gießen bist, kannst du nur in der Licher Straße sein. Eine andere psychiatrische Klinik gibt es hier nicht. Also mach dich auf den Weg. Aber verhalte dich möglichst unauffällig. Ich bin gleich bei dir."

„Ja, das tue ich. Bis gleich." Konstanze schluchzte.

Sie verließ das Behandlungszimmer von Dr. Mayer. Kurz darauf stand sie am Fuß der Treppe vor dem Gebäude. Sie atmete tief durch und versuchte sich zu konzentrieren. Als sie ihren Blick schweifen ließ, sah sie vor sich nur riesige Bäume, deren Blätter in der wärmenden Morgensonne glitzerten. Selbst so früh am Tag war es schon sehr warm. Vor Aufregung schlug ihr Herz doppelt so schnell wie sonst. Sie fühlte, wie es in ihrer Brust hämmerte. In welche Richtung musste sie gehen? Sie kannte sich hier nicht aus. Gespannt lauschte sie in den Park. Ein leichter Wind fegte durch die Äste und brachte etwas Abkühlung. In einiger Entfernung vernahm sie Fahrzeuggeräusche. Also musste dort eine Straße sein. Sie wandte sich nach rechts und ging langsam den Weg in Richtung der Geräusche. Der Weg war schmal und führte sie unter den hohen Bäumen hindurch bis zu einem weiteren Gebäude. Ein Schild an der Eingangstür verriet ihr, dass sich hier Konferenzräume und eine Cafeteria befanden. Ein junger Mann ging an ihr vorbei und öffnete die Eingangstür. Als er im Inneren des Hauses verschwunden war, wandte sich Konstanze erneut nach rechts. Sie ging zwischen geparkten Fahrzeugen hindurch bis zu einem anderen, niedrig gestreckten Gebäude. Hier kam sie nicht weiter. Sie konnte weder eine Ausfahrt noch einen Ausgang in der hohen Hecke gegenüber erkennen. Ratlos stand sie auf dem gepflasterten Hof. Den Motorengeräuschen nach zu urteilen musste sich die Straße direkt hinter der Hecke befinden. Sie drehte sich um und ging zurück über den Parkplatz, um an anderer Stelle erneut nach einem Ausgang zu suchen.

„Entschuldigen Sie, junge Frau, wären Sie so freundlich, mir zu helfen?“

Erschrocken drehte sich Konstanze in Richtung der Stimme. Schräg hinter ihr erblickte sie eine ältere, sehr gepflegt wirkende Dame. Ihr silbernes Haar umrahmte ein glattes Gesicht mit großen, dunklen Augen, die sie freundlich anlächelten. Konstanze hatte die Frau zuvor nicht bemerkt. Wo kam die denn auf einmal her? „Ja, gern“, sagte sie, „aber ich kenne mich hier leider nicht aus.“ Von Kind auf hatte man sie gelehrt, freundlich und hilfsbereit zu anderen Menschen zu sein. Sie ging auf die Dame zu.

„Das macht nichts. Ich muss zum Ausgang an der Licher Straße. Mein Mann wartet dort auf mich. Könnten Sie mich bitte dort hinbegleiten? Den Weg kann ich Ihnen zeigen.“

Unerwartet bot sich hier die Lösung für Konstanze. Sie würde zusammen mit dieser Frau zum Ausgang gelangen. Niemand würde vermuten, dass die junge Frau am Arm der älteren Person gerade versuchte, aus der Klinik zu entkommen.

Konstanze bot der ihr unbekannten Frau den rechten Arm. Langsamen Schrittes ging sie mit ihr bis zur Licher Straße.

„Wissen Sie, in meinem Alter ist man nicht mehr so gut zu Fuß“, erklärte die alte Dame.

Konstanze musste an ihre Großmutter denken, die leider viel zu früh an ihrem Kummer über den plötzlichen Unfalltod ihrer Tochter Irene verstorben war. Glücklicherweise war Susanne in Konstanzes Leben getreten und hatte sich um die Halbwaise gekümmert.

Einen besseren Ersatz für Mutter und Großmutter hätte sie gar nicht finden können.

Obwohl Konstanze die Frau nicht kannte, kam ihr diese seltsam vertraut vor. Sie unterhielt sich sehr angeregt mit ihr. Kurzzeitig vergaß sie ihren Kummer und den Grund ihres Hierseins. Eigentlich war der Weg zum Ausgang ganz leicht zu finden. Wahrscheinlich hatte die Angst, entdeckt zu werden, ihr den Blick auf den Weg verwehrt.

Als sie auf dem Bürgersteig an der großen Straße, die aus Gießen herausführte, angekommen waren, tätschelte die Frau ihren Arm. „Gehen Sie nur, mein Kind, und vielen Dank für Ihre Hilfe. Sie müssen dort entlang.“ Die Dame bewegte ihren Kopf in Richtung der Tankstelle.

Woher wusste sie, wohin Konstanze wollte?

„Sie werden Ihren Weg schon finden. Glauben Sie mir, alles wird gut.“ Die alte Dame lächelte sie liebevoll an.

In diesem Moment fuhr ein Smart an ihnen vorbei. Am Steuer des Kleinwagens erkannte Konstanze Olaf. Für einen Augenblick war sie abgelenkt. „Ich habe Ihnen zu danken“, sagte sie zu der Frau. Aber da war niemand. Konstanze sah sich um, blickte in alle Richtungen. Die alte Dame war nirgends zu sehen.

Das gibt es doch nicht!, dachte sie.

War sie denn jetzt total durchgedreht? Hatte sie sich das alles nur eingebildet? Das konnte sie niemandem erzählen. Wer sollte ihr so etwas glauben?

Schnellen Schrittes ging sie die Straße entlang. In einiger Entfernung stand der Smart auf dem Radweg am Straßenrand. Als sie näher kam, wurde die

Beifahrertür von innen aufgestoßen. Konstanze ließ sich auf dem Ledersitz neben Olaf nieder.

„Hallo, Konstanze, mit wem hast du denn da eben zusammengestanden?“

„Hast du die Frau gesehen?“, fragte sie Olaf schockiert.

„Ja, die hing doch an deinem Arm. Kanntest du sie?“

Konstanze blies die Luft aus. „Nee, kannte ich nicht. Die hat mich nur um Hilfe gebeten.“ Also war sie doch nicht durchgedreht. Erleichtert zog sie die Wagentür zu und schnallte sich an.

Olaf gab Gas, um seinen Schützling in Sicherheit zu bringen.

Nach einer Weile fragte Konstanze: „Olaf, glaubst du an Engel?“

„Na klar!“ Olaf lachte. „Einer sitzt neben mir.“

Kapitel 61

Vom Beifahrersitz vernahm Henne ein eindeutiges Schniefen. Unauffällig drehte er den Kopf zu seiner Beifahrerin. Zusammengekauert saß seine Kollegin neben ihm, eine Träne im Augenwinkel.

„He, Co, was ist denn los? Hast du Kummer?"

„Nichts, was dich etwas anginge."

Die Antwort passte nicht zu der sonst so lebenslustigen Co. Henne war verblüfft. „Muss ich mir Sorgen machen?", versuchte er es erneut.

„Nein, lass mich einfach nur in Ruhe. Du wärst der Letzte, mit dem ich darüber reden würde."

Henne war wie vor den Kopf gestoßen. Normalerweise pflegten sie einen freundlichen Umgangston. Natürlich gehörte die eine oder andere Frotzelei dazu. Doch eine Situation wie diese hatte er in den zwei Jahren, die sie nun zusammenarbeiteten, noch nicht erlebt. Irgendetwas musste gestern Abend nach Dienstschluss vorgefallen sein, von dem er nicht die leiseste Ahnung hatte. Sie hatten sich wie üblich voneinander verabschiedet, und da war noch alles wie gewohnt gewesen. Er wusste kaum etwas über Cosimas Privatleben, eben nur so viel, wie sie bereit war, ihm anzuvertrauen. Umgekehrt verhielt es sich genauso. Henne wollte seine Kollegin nicht mit privaten Dingen belästigen. „Ich würde dir gern helfen, wenn ich kann."

„Kannst du aber nicht. Da kann mir niemand helfen, und ein Mann schon gar nicht!"

„Aha, daher weht also der Wind. Dein Mann hat dich verärgert." Henne wollte einfach nicht aufgeben. Er befürchtete, dass Cosimas Sorgen die sonst so angenehme Arbeitsatmosphäre beeinträchtigen würden, und das konnte Henne überhaupt nicht gebrauchen. Es würde ihm nicht nur die Laune verderben, sondern auch den Spaß an der Arbeit. Deshalb war er für eine Aussprache. Gerade in der jetzigen Situation, wo die Krankheit seiner Mutter ihn belastete und er nicht wusste, wie es mit dem großen Haus und dem Garten weitergehen sollte. Auch für Erdmann musste eine Lösung gefunden werden. Er konnte den Dackel unmöglich ständig zur Arbeit mitbringen. „Gut", er gab sich geschlagen, als sie nicht reagierte, „ich lass dich fürs Erste in Ruhe. Aber tue mir einen Gefallen und lass nicht unsere Arbeit unter deinen Sorgen leiden. Dafür waren wir bis jetzt ein viel zu gutes Team."

„Nur keine Bange", erwiderte Cosima bissig, „das wird schon nicht passieren."

Wenige Minuten später parkte Henne seinen BMW vor dem Haus des verstorbenen Karl Bosch in Gambach. Am geschlossenen Hoftor lehnte ein Herrenfahrrad.

„Erdmann, du bleibst im Auto. Mach keinen Blödsinn. Herrchen ist gleich wieder da."

Erdmann schaute ihn unter seinen buschigen Brauen an und gab ein missbilligendes Grunzen von sich.

Bevor er an der Gartenpforte klingelte, rauchte Henne genüsslich eine Zigarette auf dem Bürgersteig und beobachtete Cosima, die wie ein Häufchen Elend neben ihm am Straßenrand stand. Nein, so hatte er seine sonst so kleine, quirlige Kollegin noch nie erlebt.

Auf Knopfdruck ertönte der automatische Türöffner. Henne stieß die Pforte auf und ging, von Cosima gefolgt, zum Haus. Die Haustür stand offen. Aus der Küche vernahm er Stimmen.

„Guten Tag, Frau Bosch." Die Frau saß mit dem Rücken zur Tür. Auf der gegenüberliegenden Seite hatte ein gut aussehender, groß gewachsener Mann Platz genommen. Seine blauen Augen blickten die Kommissare gütig an. Der Fremde musste sich nicht vorstellen. Instinktiv wussten Henne und Co, dass es sich um den Gemeindepfarrer handelte. Der Unbekannte stand auf und begrüßte die beiden mit einem festen Händedruck.

„Guten Tag, ich bin Christoph Meyer-Hentschel, der neue Pfarrer von Gambach und Ober-Hörgern. Ich habe Frau Bosch mein Beileid ausgesprochen und ihr meine Hilfe angeboten."

„Das ist ja nett von Ihnen", erwiderte Co sarkastisch, „die Hilfe kann sie auch gebrauchen." Die sonst so verbindliche Psychologin war nicht wiederzuerkennen. Irritiert schaute der Pfarrer die Kommissarin an. Sehr einfühlsam schienen die ermittelnden Beamten nicht zu sein, dachte er.

„Ich geh dann mal wieder, Frau Bosch. Wenn Sie Genaueres wissen, rufen Sie mich bitte an. Dann können wir über die Beisetzung reden." Daraufhin verabschiedete sich Pfarrer Meyer-Hentschel eilig und verließ das Haus.

„Frau Bosch, sind Sie in der Lage, noch ein paar Fragen zu beantworten?" Henne wandte sich an die

Witwe, die immer noch mit dem Rücken zu ihm saß. Er ging ein paar Schritte nach vorn und setzte sich auf den Platz, der soeben frei geworden war. Co blieb an die Küchenzeile gelehnt stehen.

Das Gesicht von Gabriela Bosch schien um Jahre gealtert. Tiefe Falten hatten sich in die Haut gefressen, die eine unnatürliche graue Farbe angenommen hatte. Mit glanzlosen, stumpfen Augen schaute sie den Kommissar an. Der Kummer der letzten Jahre und der plötzliche Tod ihres verhassten Mannes hatten Spuren in dem einstmals schönen Antlitz hinterlassen.

„Was wollen Sie noch von mir wissen?", fragte sie.

„Frau Bosch, zunächst einmal möchten wir Ihnen sagen, dass Ihr Mann einem plötzlichen Herztod erlegen ist. Er wurde nicht ermordet. Was uns jedoch irritiert, ist die Tatsache, dass ihm jemand unmittelbar nach seinem Ableben ein Messer in den Leib gerammt hat. Wir wollen wissen, wer das getan hat und warum!"

„Ist das jetzt noch wichtig?", fragte Gabriela Bosch tonlos.

„Natürlich ist das wichtig", kam es verärgert von Cosima, „oder glauben Sie, man darf Tote so einfach schänden? Vielleicht nennen Sie es auch ‚Störung der Totenruhe' – suchen Sie sich das Passende aus."

„Außerdem muss es dafür ja einen Grund geben, und den hätten wir gern gewusst", erklärte Henne der Witwe verständnisvoll.

Gabriela Bosch schwieg.

Erst eine ganze Weile später versuchte es Henne erneut. Freundlich fragte er: „Frau Bosch, waren Sie das mit dem Messer?"

In diesem Moment kam Victoria polternd die Treppe herunter. Ohne zu grüßen betrat sie die große Wohnküche und setzte sich auf einen freien Stuhl.

Hennes Frage blieb unbeantwortet.

„Was gibtsen Neues?", fragte Victoria auf Gambacher Platt.

„Ihr Vater ist am plötzlichen Herztod gestorben. Wir wollen wissen warum", erklärte Henne in einem eine Nuance weniger freundlichen Ton.

„War ja klar, der Alde hatt zu viel gefresse. Das musst so komme. Und mit dem Messer, des wisse mir aach net. Gelle, Mudder." Deutlich stand die unausgesprochene Drohung im Raum.

„Ihre Mutter hat uns die Frage noch nicht beantwortet."

„Die weiß aach nix. Die steht noch unner Schock", fuhr Victoria dazwischen und verhinderte damit, dass Gabriela Bosch etwas sagen konnte.

„Hatten Sie am Vorabend noch Besuch, Frau Bosch?" Henne erinnerte sich an die Bemerkung von Franziska Landmann, die wegen eines plötzlich anfahrenden Kombis vom Fahrrad gestürzt war.

„Nee, wer soll uns schon besuche?", mischte sich Victoria erneut ein.

„Na gut", Henne spürte, dass er hier und heute nichts ausrichten konnte, „wir möchten Sie bitten, morgen zur weiteren Vernehmung nach Friedberg in die Polizeidirektion zu kommen."

„Wieso? Sinn mir jetzt verdächtig?", blökte Victoria. „Der Alde war doch schon dod. Was sollen des noch?"

„Hier handelt es sich eindeutig um eine Straftat, die man nicht ungesühnt lassen kann."

„Mir denge ja gar net dran. Da frach ich jetzt erste Mal en Anwald. Mudder, du hältst des Maul jetzt", wies Victoria ihre Mutter zurecht.

„Wenn Sie morgen nicht freiwillig zu uns kommen, lassen wir Sie vorführen", klärte Cosima Mutter und Tochter auf. „Die Leiche Ihres Mannes können Sie in der Rechtsmedizin in Gießen abholen lassen. Der Beerdigung steht nichts mehr im Wege." Cosima verließ die Küche und ging in den Garten. Das Aussehen des Grundstücks passte zu ihrem eigenen Befinden. Die Blumen ließen die Köpfe hängen, die Pflanzen welkten vor sich hin – der Garten hatte dringend Wasser nötig. Die anhaltende Hitzewelle hatte den Boden vollkommen ausgetrocknet.

Henne folgte seiner Kollegin ins Freie. Im Hinausgehen zündete er sich eine Zigarette an. „Sollten wir nicht noch einmal die Nachbarn befragen? Wäre gut, wenn wir in Erfahrung bringen, wer am Vorabend so eilig das Haus verlassen hat."

„Die sind zwar schon von den Kollegen befragt worden, aber da wusste ja noch niemand von dem Fahrzeug", überlegte Co.

„Vielleicht war es gar nicht seine Frau, die Karl Bosch das Messer in den Leib gestoßen hat. Vielleicht hat er auch einen Herzkasper bekommen, weil ihn jemand erschreckt oder bedroht hat", ließ Henne seinen Gedanken freien Lauf.

„Das wäre schwer nachzuweisen. Ich denke, der lag da schon, als ihn jemand entdeckt und seiner Wut nachgegeben hat."

„Lass uns mal schauen, ob wir einen der Nachbarn erreichen."

„Mudder, ich sach dir nochemal, halt ja des Maul. Wenn du einem von der Schwangerschaft erzählst, krieje die gleich raus, mit wem ich es zu dun hatt. So leicht komme mir die Kerle nett devo. Ich will Kohle sehn. Is des klar?"

„Habe ich eine Wahl?" Gabriela schluchzte.

„Gud, dass du das geschnallt hast. Ich geh jetz und ruf mal den Typen an."

Victoria ließ ihre Mutter in der Küche zurück, stapfte die Treppe hinauf und ging in ihr Zimmer. Dass Gabriela ihr gefolgt war, um an ihrer Zimmertür zu lauschen, bemerkte sie nicht.

Schon nach dem zweiten Freizeichen meldete sich Fred Breitwieser. Nichts Böses ahnend, war der Vertriebschef der Firma Thorwald an sein Telefon gegangen.

„Hallo, Fred, hier ist Victoria. Du hast sicher schon gehört, was passiert ist." Victoria bemühte sich, in reinem Hochdeutsch zu sprechen.

„Sicher habe ich das gehört. Stand ja schon groß in der Zeitung", antwortete Breitwieser leicht ungehalten. „Was willst du?"

„Ich muss dich sehen. Wir haben einiges zu klären."

„Was zum Beispiel?"

„Wie es jetzt weitergeht. Ich brauche Unterstützung, oder was denkst du, wie ich mein Kind großziehen soll?"

„Okay, das sollten wir aber unter vier Augen bereden. Wann können wir uns sehen?“

„Möglichst bald. Es wäre unter den Umständen aber nicht gut, wenn du weiterhin hier ins Haus kommst. Wir müssen uns woanders treffen.“

„Vor Sonntag wird das nichts. Kannst du zum Waldrand bei den Aussiedlerhöfen kommen? Dann kriegt meine Frau nichts mit. Ich wollte sowieso zur Jagd gehen.“ Fast flehend klang die Stimme des großen, kräftigen Mannes.

„Um wieviel Uhr und wo genau?“ Victoria bemühte sich, einen geschäftlichen Ton anzuschlagen.

„Sagen wir um 10.00 Uhr. Dann können wir in Ruhe reden.“

„Gut. Sonntag um 10.00 Uhr am Waldrand“, wiederholte Victoria und betonte laut den Treffpunkt. Zufrieden mit sich beendete sie das Gespräch.

Gabriela, die genug gehört hatte, huschte in ihr Schlafzimmer, um nicht entdeckt zu werden. Ihr war klar, dass sie das Treffen verhindern musste. Die Verbindung zwischen diesem Fremden – seinen Namen hatte sie nicht verstanden – und ihrer Tochter musste ein Ende finden. Sie konnte nicht zulassen, dass Victoria so weitermachte wie bisher. Und das wollte sie ihr ersparen. Es war an der Zeit, sich zu wehren, das Ruder selbst in die Hand zu nehmen. Wenn sie jetzt nicht damit anfing, würde sie die nächsten Jahre unter der Herrschaft ihrer Tochter leiden. Die würde unterdessen ihr Geld auf dem Strich verdienen, während sie, Gabriela, auf ihr Enkelkind aufpasste. Nein, sie wollte sich nicht länger unterdrücken lassen. Sie wollte frei sein für neue Dinge, endlich arbeiten gehen, eigenes Geld verdienen und das bisschen Leben, das ihr noch blieb, genießen – wenn es denn möglich war. Nach dem ersten Schock über den Tod ihres Mannes hatte sie ausgiebig nachgedacht. Die trauernde, verstörte Witwe hatte sie nur gemimt. Für die Dummheit, die sie in ihrer Wut begangen hatte, wollte sie jetzt nicht auch noch büßen müssen.

Kapitel 62

„Meine Königin“, Heinz-Willi Kuserow baute sich in seiner ganzen Größe vor Julianes Schreibtisch auf, „hast du schon was von deinem Kommissar gehört?“

„Wenn du mich noch einmal ‚meine Königin‘ nennst, Heinz-Willi, dann bringe ich dich um. Und außerdem ist das nicht ‚mein Kommissar‘.“ Wutschnaubend haute Juliane wenig damenhaft auf ihre Schreibtischplatte. „Nimm bitte zur Kenntnis, dass ich glücklich verheiratet bin.“

„Das ist ja das Problem. Die besten Frauen sind immer schon verheiratet. Wie soll ich da eine abkriegen?“

„So auf jeden Fall nicht. Versuch es mal mit etwas weniger Schleimerei.“

„Würdest du mich dann heiraten?“ Heinz-Willi grinste von einem Ohr zum anderen.

„Heinz-Willi, du bist unmöglich.“ Juliane konnte sich das Lachen nicht verkneifen. „Hör auf, mich anzubaggern. Du bist nicht mein Typ.“

„Okay, lass mal wieder den Ernst rein. Gibt es was Neues in Sachen Gambacher Mord?“

„Nee, hab ‚meinen Kommissar‘ noch nicht angerufen“, bemerkte Juliane spitz. „Bis jetzt war ich mit dem Artikel über die Premiere der Burgfestspiele beschäftigt. Den wolltest du doch haben.“

„Gutes Stichwort. Ich habe auf dem Schreibtisch meines Onkels zwei Karten für die Premiere gefunden. Ich kann ihn wegen einer Terminüberschneidung leider nicht vertreten. Was ist mit dir? Willst du da morgen hingehen?“ Heinz-Willi schaute seine Angebetete erwartungsvoll an.

„Ich hab selbst zwei Karten. So was lass ich mir doch nicht entgehen.“

„Und was soll ich jetzt mit den Karten machen? Wäre doch schade, wenn die verfallen.“

„Ich hab ’ne Idee.“ Juliane schnipste mit den Fingern. „Ich rufe jetzt ‚meinen Kommissar‘ an und biete ihm die Karten an. Bei der Gelegenheit kann ich ihn fragen, ob es was Neues in der Mordsache gibt.“

„Meine Königin, du bist genial!“ Heinz-Willi warf ihr einen Handkuss zu.

„Verschwinde jetzt und lass mich endlich in Ruhe arbeiten.“ Juliane ergriff einen Kuli und warf ihn Heinz-Willi hinterher, als er gerade durch die Tür verschwand.

Die Nummer von Hauptkommissar Henneberg war besetzt. Juliane drückte die Taste für den automatischen Rückruf.

Wenige Minuten später meldete sich der Kommissar. Seine Stimme klang ziemlich genervt.

„Lieber Herr Henneberg, bei was habe ich Sie denn gestört? Sie klingen gar nicht gut.“

„Mein Dackel hat in meiner Abwesenheit den Innenraum meines Wagens zerlegt. Hier sieht es aus wie auf einem Schlachtfeld.“

„Warum lassen Sie den armen Kerl auch allein zurück. Stellen Sie sich mal vor, man würde das mit Ihnen machen. Geschieht Ihnen ganz recht.“ Juliane amüsierte sich köstlich.

„Bis jetzt fand ich Sie ganz sympathisch“, erwiderte Henne lachend. Seine schlechte Laune war ganz plötzlich verschwunden.

„Nun, bevor ich es mir ganz mit Ihnen verscherze, habe ich etwas Schönes für Sie.“

„Oh, heißt das, Sie gehen mal mit mir aus?“

„So was Ähnliches.“

„Da bin ich aber gespannt.“

„Morgen Abend ist die Premiere des Theaterstückes ‚Tod im Schatten der Burg‘ auf der Münzenburg. Ich habe eben gerade zwei Karten bekommen und wollte Sie und Ihre Kollegin einladen. Hätten Sie Zeit?“

„Auf jeden Fall. Meine Kollegin muss ich allerdings erst fragen. Sie ist heute nicht so gut drauf.“

„Okay, machen Sie das, aber geben Sie mir möglichst bald Bescheid. Ihren Dackel können Sie übrigens mitbringen.“

„War’s das?“

„Nee, ich wollte noch wissen, was es in Sachen Mord gibt.“

„Im Vertrauen und vorerst nur für Sie: Es war gar kein Mord. Karl Bosch ist an einem plötzlichen Herztod gestorben. Der hat nicht einmal mehr mitgekriegt, dass er auf den Boden gefallen ist.“

„Warum hatte der Fettwanst dann ein Messer im Bauch?“

„Das hat ihm jemand nachträglich da hineingerammt, der ziemlich wütend auf den Toten gewesen sein muss.“

„Ich tippe auf seine Frau“, stellte Juliane fest.

„Ich auch, aber bis jetzt können wir nichts beweisen.

Wir haben eben mit ein paar Nachbarn gesprochen. Die konnten den Kerl nicht leiden. Sind ihm aus dem Weg gegangen. Trotzdem hat er mit jedem von ihnen Krach angefangen. Aber das ist lange noch kein Motiv, dem Mann ein Messer in den Bauch zu rammen."

„Das traue ich hier auch niemandem zu. Obwohl ... man kann den Leuten ja nicht hinter die Stirn gucken."

„Wohl wahr. Aber wir werden schon herausfinden, wer so eine Wut auf den Dicken hatte."

„Finden Sie nicht auch, dass sich Münzenberg langsam zu einem mörderischen Ort entwickelt?"

„Kann man so sagen. Es gibt übrigens noch eine Überraschung: Vorgestern ist das Rad von Benjamin Dreiseitel aufgetaucht."

„Das ist ja der Hammer! Wo denn? Und wer hat es gefunden? Weiß man, wo der Junge ist?"

„Meine Güte, Sie sind ja schlimmer als ein Maschinengewehr."

„Nun erzählen Sie schon."

„Ein Mitarbeiter der Stadtverwaltung hat es entgegengenommen, konnte aber nicht sagen, wer es gebracht hat. Fingerabdrücke gibt es auch keine. Wir sind genauso schlau wie vorher."

„Wie blöd kann man denn sein, wo jeder weiß, dass dieses Fahrrad vermisst wird. Ich kann es nicht fassen. Bis jetzt habe ich die Leute bei der Verwaltung immer für ganz intelligent gehalten."

„War ja auch kein Mitarbeiter in dem Sinne, sondern eine ABM-Kraft. Sie kennen doch diesen Weiss-Alles. Der hat das Rad entgegengenommen. Den können wir jedoch im Moment nicht befragen, weil sich der Blödmann so zugedröhnt hat, dass er mit einer Alkoholvergiftung im Licher Krankenhaus liegt."

„Wann genau war denn das mit dem Fahrrad?" Vor Julianes geistigem Auge erschien der Mann, der am Dienstagnachmittag auf dem Hof der Stadtverwaltung mit Martin Weiss-Alles gesprochen hatte. Sie erinnerte sich an ihn als groß und attraktiv. Er hatte sie wohlgefällig beobachtet, als sie ein Schreiben in den Briefkasten der Stadtverwaltung eingeworfen hatte.

„Das muss am Dienstagnachmittag gewesen sein", erklärte Henneberg.

„Dann kann ich Ihnen vielleicht helfen." Juliane schilderte kurz die Begegnung auf dem Hof der Stadtverwaltung. „Der Mann ist mit einem Leichenwagen gekommen. Es war ein dunkler Kombi mit weißen Jalousien rundherum. Das Besondere an dem Wagen war, dass es sich um ein amerikanisches Fahrzeug gehandelt hat, ein Cadillac Superior. Ich habe mich gewundert, wieso jemand einen Cadillac als Leichenwagen nutzt."

„Können Sie sich an das Kennzeichen erinnern?"

„Nee, da habe ich nicht drauf geachtet."

„Erinnern Sie sich an eine Aufschrift an dem Fahrzeug?", bohrte Henne weiter.

„Hm, muss ich drüber nachdenken. Da stand was an der Seite. Geben Sie mir ein Weilchen. Sobald mir was einfällt, melde ich mich wieder."

Kapitel 63

Vor dem Seniorenheim in Butzbach traf sich Juliane mit ihrer Tochter. Franziska, der sich zu ihrer Freude die Gelegenheit geboten hatte, mit einer Freundin in Gießen shoppen zu gehen, wollte vor ihrer Abreise auch noch ihren Großvater besuchen. Es fiel dem Mädchen nicht leicht, den Verfall des alten Mannes mitzuerleben, auch wenn er in dem hellen, freundlich eingerichteten Heim bestens versorgt wurde. Die Pflegekräfte waren lieb zu ihm und sehr bemüht. Dennoch war die Demenz in den letzten zwei Monaten rapide vorangeschritten. Wer wusste, ob sie ihren Opa nach ihrem einjährigen Aufenthalt in den Staaten lebend wiedersehen würde.

Sie entdeckten den alten Mann im Gang. Er hatte das Gesicht zur Wand gekehrt und starrte auf den gelben Anstrich, als ob es da etwas Interessantes zu sehen gäbe.

„Hallo, Opi", rief Franziska.

Der Großvater drehte sich um. Augenblicklich ging ein Strahlen über sein Gesicht, als er seine Tochter und Franziska erkannte. Mit gebeugtem Oberkörper kam er den beiden mit kleinen, unsicheren Trippelschritten entgegen.

„Hallo, da seid ihr ja. Es gibt gleich Mittagessen."

In den Räumen roch es nach Blumenkohl und Fleisch. Geklapper von Tellern und Geschirr aus dem Gemeinschaftsraum kündigte die bevorstehende Mahlzeit an.

„Hallo, Opi, wie geht es dir?“ Franziska drückte dem Großvater einen Kuss auf die eingefallene Wange.

„Hallo, Helga. Wo warst du denn die ganze Zeit? Warst du einkaufen?“ Der alte Mann schaute seine Enkelin vorwurfsvoll an. „Warum lässt du mich denn immer so lange allein?“

Juliane hatte den Verdacht, dass ihr Vater Franziska mit seiner Frau verwechselte.

„Aber Opi, ich bin es doch – Franzi. Ich wollte dir auf Wiedersehen sagen. Du weißt doch, ich fliege am Samstag nach Amerika.“

„Nach Amerika!“ Der Großvater schaute sie mit großen Augen an. „Ja, da ist es schön.“

Juliane wusste genau, dass ihr Vater nie in den Staaten gewesen war. Er hatte sich Zeit seines Lebens geweigert, ein Flugzeug zu besteigen, zu groß war seine Angst vorm Fliegen. Allein das Motorengeräusch eines Flugzeuges konnte ihren Vater zu Tode erschrecken – ein Relikt aus Kriegszeiten, als er mit seiner Familie vor den nahenden Feinden die Heimat hatte verlassen und fliehen müssen.

„Kommt mit, ich stell euch meine Freunde vor.“ Er ergriff Franziskas Hand und zog sie schlurfend hinter sich her. Vor einem Gestell mit drei blauen Mülltonnen blieb er stehen.

„Darf ich euch meine Freunde vorstellen. Nett, nicht wahr?“ Der alte Mann meinte das ganz im Ernst.

Hilfesuchend sah Franziska ihre Mutter an.

Juliane schüttelt leicht den Kopf, so als wollte sie sagen: Nur nicht widersprechen, das versteht er sowieso nicht!

„Das ist ja toll, dass du hier schon Freunde gefunden hast“, antwortete Franziska.

„Wieso Freunde, das sind doch Mülltonnen. Willst du mich verscheißern?“ Wütend musterte der alte Mann seine Enkelin.

Franziska wusste bereits, dass ein plötzlicher Stimmungswechsel bei Demenzkranken normal war. Dennoch erschrak sie, ließ sich aber nichts anmerken.

„Komm, Vati, wir gehen jetzt zum Essen. Du hast doch bestimmt Hunger.“ Juliane fasste ihren Vater am Ellenbogen und schob ihn in Richtung Speisesaal.

„Lass mich in Ruhe. Ich habe deine Bevormundung satt, Helga.“ Er schüttelte Julianes Hand ab.

„Hallo, Gustav. Wie geht es uns denn heute?“ Eine Pflegekraft kam auf die drei zu. Sie nahm ihren Schützling bei der Hand und führte ihn zu seinem Platz. „Komm, Gustav, ich begleite dich. – Er ist heute nicht so gut drauf“, erklärte sie mit einem Blick auf Juliane. „Wollen Sie ihm das Essen anreichen?“

„Nein, wir müssen leider gleich wieder nach Hause. Es gibt noch so viel zu tun. Sie wissen doch, Franziska verlässt uns am Samstag für ein Jahr.“

„Stimmt, Sie hatten davon erzählt.“ Zu Franziska gewandt sagte sie: „Das ist schön für dich. Genieße es. Wir passen schon gut auf deinen Opa auf. Nicht wahr, Gustav?“

Die Situation hatte sich mit einem Mal entspannt.

Juliane lenkte ihren Wagen über die B 488 nach Gambach.

„Mir tut Opi richtig leid. Meinst du nicht, wir hätten ihn doch zu Hause behalten sollen?“

„Franzi, mir tut mein Vater auch leid, und ich weiß, dass es Leute in unserem Dorf gibt, die meinen, wir hätten ihn nicht ins Heim geben dürfen. Aber glaube mir, für ihn ist es besser so. Wir können ihm nicht helfen.“

„Ich geh nicht in so ein Heim“, erklärte Franziska trotzig. „Lieber bringe ich mich um.“

„Du hast hoffentlich noch ein bisschen Zeit und musst dir darüber jetzt keine Gedanken machen“, versuchte Juliane ihrer Tochter zu beruhigen.

„Opi hätte bestimmt gern noch etwas Spaß mit uns gehabt. Warum trifft es nur immer die Guten?“

„Wer will das denn entscheiden, wen es trifft und wen nicht. Leider steht das nicht in unserer Macht. Aber mich macht etwas ganz anderes traurig.“ Juliane merkte, wie ihr Tränen in die Augen stiegen.

„Was denn?“ Neugierig sah Franziska ihre Mutter von der Seite an.

„Na, dass er seinen Traum nicht verwirklichen konnte. Irgendwann stirbt er, ohne dass sich seine größte Sehnsucht erfüllt hat.“ Juliane konnte vor lauter Rührung nicht weitersprechen und zwang sich zu mehr Konzentration, um den Verkehr im Auge zu behalten.

„Was hatte er denn für einen Traum?“

„Er wollte so gern noch einmal in seine Heimat reisen, auf das Gut nach Ostpreußen.“

„Können wir das denn nicht mit ihm machen?“

„Nein, dafür ist es zu spät. Das würde er gar nicht mehr verstehen.“

„Das ist wirklich schade, Mama. Jetzt bin ich auch traurig."

„Deshalb, mein Kind, lebe du dein Leben und träume nicht. Nimm alles mit, was du kriegen kannst. Meine Unterstützung hast du."

„Ich fange doch schon damit an. Oder warum, glaubst du, will ich unbedingt für ein Jahr nach Amerika?"

„Recht hast du. Ich freue mich für dich."

Schweigend saßen sie nebeneinander, jede mit eigenen Gedanken beschäftigt.

Als sie in die Brückfeldstraße einbogen, kam ihnen der BMW von Hauptkommissar Henneberg entgegen. Juliane betätigte die Lichthupe und verlangsamte das Tempo.

Henneberg stoppte sein Fahrzeug. Surrend glitt die Seitenscheibe herunter. Er sah die Redakteurin freundlich an. „Hallo, schöne Frau, fertig mit der Arbeit?"

„Für heute ja." Juliane sah an dem Kommissar vorbei zu seiner Kollegin.

„Hallo, Frau von Mittelstedt. Kommen Sie morgen mit auf die Burg?"

„Ja, gern."

„Ich habe leider nur zwei Karten. Ich hoffe, das macht nichts."

„Mein Mann vermisst mich eh nicht. Also machen Sie sich keine Gedanken." Cosimas Stimme klang unendlich traurig.

Henne sah Juliane achselzuckend an. „Dann bis morgen Abend. Und falls Ihnen noch was zu dem Leichenwagen einfällt, lassen Sie es mich wissen."

Kapitel 64

Es war bereits 15.10 Uhr. Dr. Mayer wartete auf Konstanze, seine neue Patientin. Dank der Klimaanlage herrschte in seinem Büro eine angenehme Temperatur. Draußen war es nicht auszuhalten. Der Rekordsommer ließ zuweilen die Temperaturen auf über fünfunddreißig Grad steigen. Im Schatten der mächtigen Bäume konnte man es unter Umständen eine Weile im Park aushalten. Vielleicht hatte sich die junge Frau in der weitläufigen Anlage der Klinik verlaufen. Er griff zum Telefon und drückte die Kurzwahltaste von Station drei.

„Station drei, Schwester Marion."

„Schwester Marion. Was ist mit der neuen Patientin? Die sollte um 15.00 Uhr hier sein."

„Ich habe erst um 13.00 Uhr meinen Dienst begonnen. Davon weiß ich leider nichts. Die Patientin ist aber nicht in ihrem Zimmer. Sie wird auf dem Weg zu Ihnen sein", meldete die Stationsschwester pflichtbewusst.

„Danke. Wahrscheinlich haben Sie recht."

Ein ungutes Gefühl beschlich den Psychiater. Mehrfach drückte er die Wiederholungstaste seines Telefons. Zwei Festnetznummern und zwei Handynummern waren um 11.00 Uhr angewählt worden. Genau die Zeit, als er sein Büro verlassen hatte und Konstanze allein zurückgeblieben war, um mit ihrer Stiefmutter zu telefonieren.

Ein Klopfgeräusch an der Tür beruhigte ihn augenblicklich. Das musste Konstanze sein. Eilig sprang er auf und öffnete die Tür. Enttäuscht blickte er einer vollkommen fremden Frau ins Gesicht.

„Sie sind Herr Dr. Mayer, nehme ich an." Die platinblonde, gepflegte Dame ihm gegenüber lächelte ihn freundlich an.

„Ja, und wer sind Sie?", fragte Dr. Mayer leicht irritiert.

„Ich bin Susanne Thorwald, die Stiefmutter von Konstanze. Sie wurde gestern bei Ihnen eingewiesen."

„Das trifft sich gut. Ich warte auf Konstanze. Sie müsste jeden Augenblick hier eintreffen." Er trat zur Seite und bat die Frau ins Büro. „Nehmen Sie doch Platz."

Wenig später war Dr. Mayer in Susannes Pläne eingeweiht. Ihre darauf folgende angeregte Unterhaltung wurde vom Klingeln des Haustelefons auf Dr. Mayers Schreibtisch unterbrochen.

„Was gibt es denn?"

„Herr Thorwald ist auf Leitung eins. Er möchte Sie unbedingt sprechen. Soll ich ihn durchstellen?"

„Ja, machen Sie das." Dr. Mayer nahm das Gespräch entgegen. Er stellte das Telefon auf laut. Susanne verhielt sich still und hörte gespannt zu, was ihr Göttergatte mit dem Psychiater zu besprechen hatte. Sie konnte kaum glauben, was sie da hörte. Es war ungeheuerlich, was ihr Mann von dem Arzt verlangte. Wie konnte der eigene Vater so grausam zu seiner Tochter sein? Wie konnte er verlangen, dass ein anderer Mensch ihr das antat?

Nach Beendigung des Gespräches schmiedeten Dr. Mayer und Susanne Thorwald einen Plan, um

Konstanze zu helfen und jeglichen Schaden von ihr abzuwenden.

Susanne verließ die Klinik in der Gewissheit, dass es doch noch aufrichtige und ehrliche Menschen auf dieser Welt gab, Menschen, die nicht nur an sich selbst und ihren Profit dachten. Sie musste Olaf von ihrer Abmachung mit Dr. Mayer in Kenntnis setzen.

Dr. Mayer war froh wie schon lange nicht mehr. Nun konnte er wiedergutmachen, was er vor vielen Jahren wegen einer einzigen Dummheit verbockt hatte. Diesem Thorwald würde er dieses Mal nicht nachgeben. Er selbst hatte nichts mehr zu verlieren, Thorwald hingegen alles.

Kapitel 65

Auf der Bank vor ihrer Villa in Trais-Münzenberg sitzend, schaute Susanne gedankenverloren in die Abendsonne. Selbst zu dieser späten Stunde herrschte noch eine unangenehme Hitze. In diesem Jahr hatten die hochsommerlichen Temperaturen die Menschen in der Wetterau an die Grenzen ihrer Belastbarkeit gebracht.

Auffallend viele ältere Menschen waren im Laufe des Sommers ganz plötzlich gestorben. Ihr Kreislauf hatte die Hitze nicht vertragen. Selbst junge Menschen litten unter den saunaähnlichen Verhältnissen.

Während Susanne auf Erwin wartete, nippte sie an dem wohltemperierten Weißwein. In den letzten Tagen hatten sie sich nur selten gesehen. Susanne vermutete, dass Erwin ihr absichtlich aus dem Weg ging. Ahnte er etwa, dass sie über sein Vorleben Bescheid wusste. Sie hatte ihm keinerlei Anlass gegeben, dies anzunehmen. Bis auf Weiteres wollte sie ihn auch nicht wissen lassen, dass sie ihn durchschaut hatte. Im Gegenteil, sie musste ihn in Sicherheit wiegen, damit die Situation nicht eskalierte.

Nur die Tatsache, dass sie Konstanze an einem sicheren Ort in guten Händen wusste, konnte sie etwas beruhigen. Erwin Thorwald, das Monster, hatte keine Macht mehr über seine Tochter. Das Beste daran war, dass er nicht den geringsten Schimmer hatte, wo sich Konstanze befand. Er war der Überzeugung, dass sie sich dort aufhielt, wo er sie hatte hinbringen lassen. Dass der behandelnde Psychiater sie nicht so schnell aus seinen Fängen lassen würde – so lange nicht, bis sie wieder vergessen hatte, was ihr einst zugestoßen war und was der Vater ihr angetan hatte.

Konrad war, zutiefst betrübt über das Verhalten seiner Schwester, am Vortag abgereist. Er konnte nicht verstehen, warum sie sich ihm gegenüber so ablehnend verhielt, warum sie Schreikrämpfe bekam, sobald sie seiner ansichtig wurde. Nach dem frühen Tod seiner Mutter war Konstanze für ihn zum wichtigsten Menschen geworden. Seit Sonntag hatte ihre Beziehung jedoch einen tiefen Riss bekommen. Und er wusste nicht einmal warum.

Susanne war sehr traurig über diese Situation. Aber in diesem Stadium konnte sie Konrad noch nicht in ihr Vorhaben einweihen. Sobald die Angelegenheit bereinigt war, würde sie ihm alles erklären. Dann wäre auch Konstanze so weit, dass sie ihn nicht länger als Gefahr ansah, sondern als das, was er immer für sie gewesen war: der beste Freund, ihr innig geliebter Bruder.

Die Glocke des Kirchturms schlug elf Mal – noch eine Stunde bis Mitternacht –, als die große Mercedes Limousine ihres Mannes die Auffahrt hochgefahren kam. Der Wagen blieb vor ihr stehen. Die Fahrertür öffnete sich und Olaf stieg aus, um den Schlag für seinen Chef aufzuhalten. Über das Wagendach hinweg nickte er Susanne zu. Ohne sich etwas anmerken zu lassen, blinzelte sie mit dem rechten Auge. Sie hatte verstanden.

Kapitel 66

Am Freitagmorgen begann der Dienst für die Kommissare des K 10 in Friedberg im Besprechungszimmer im ersten Stock des Gebäudes im Grünen Weg. Außer ihren Notizen hatten sich die ermittelnden Kommissare große Tassen mit dampfendem Kaffee mitgebracht. Erdmann lag unterdessen zu Stückchens Füßen unter dem Schreibtisch. Ein großer Ventilator sorgte für frische Luft in ihrem Büro. Hier ließ es sich aushalten, schien Erdmann zu denken. Zwischen der Sekretärin des K 10 und dem struppigen kleinen Kerl mit den braunen Augen war eine tiefe Zuneigung entstanden. So hatte Henne wenigstens für eine Weile seine Ruhe.

Erster Kriminalhauptkommissar Wissmann leitete die Besprechung des K 10. „Also, Kollegen, was haben wir im Fall Karl Bosch für Erkenntnisse gewonnen? Henne, kannst du uns berichten?"

Henneberg nickte. „Fakt ist, Karl Bosch ist einem plötzlichen Herztod erlegen. Den hätte niemand mehr retten können. Der war schon tot, als er auf dem Rücken im Spargelbeet landete. Fakt ist auch, dass ihm jemand nach Eintritt des Todes das Spargelmesser in den Bauch gerammt hat. Das ist mit ziemlich großer Wucht geschehen, was wiederum auf eine emotionale Handlung hinweist. Heißt, eine ihm nahestehende Person muss dafür verantwortlich sein. Weder die Witwe noch die Tochter wollen etwas wissen, geschweige denn etwas bemerkt haben."

„Hier stellt sich aber doch die Frage, ob die Person gewusst hat, dass der Mann bereits tot war, oder ob sie davon ausgegangen ist, dass sie den am Boden liegenden Mann mit dem Messer töten würde."

„Das wissen wir bis jetzt noch nicht", sagte Henne. „Wir nehmen aber an, dass die Witwe etwas mit der Sache zu tun hat."

Hier unterbrach ihn der Erste Kriminalhauptkommissar: „Wieso nehmt ihr das an?" Er sah Henne und Co fragend an.

Co ergriff das Wort. „Als uns die Haustür von der Witwe geöffnet wurde, hat sie bei unserem ersten Besuch gesagt – ich zitiere: ‚Die Sau ist tot.' Sie hat uns ihre Hände hingehalten, so als wollte sie uns auffordern, sie mitzunehmen. Diese Geste ist doch ziemlich eindeutig."

Henne ergänzte: „Obwohl wir die Frau aus dem Bett geholt hatten und sie noch gar nicht im Garten gewesen war, hat sie immer wieder gesagt: ‚Die Sau ist tot.'"

„Habt ihr sie danach befragt?"

„Ja, aber an dem Morgen stand sie unter Schock. Sie war nicht wirklich ansprechbar", erklärte Henne. „Als wir ihr gestern die Nachricht vom natürlichen Tod ihres Mannes überbracht haben, haben wir sie auf das Messer angesprochen. Sie hat sich aber dumm gestellt. Gleich darauf wurde sie von ihrer Tochter daran gehindert, etwas zu sagen. Die wollte auf einmal erst mit einem Anwalt sprechen."

„Der Staatsanwalt will Anklage wegen Leichenschändung erheben", erklärte Erster Kriminalhauptkommissar Wissmann, „also bleibt da dran."

„Wir haben die Witwe und auch die Tochter zur weiteren Vernehmung hierherbestellt. Wir lassen von beiden Fingerabdrücke nehmen."

„Was ist bei der Befragung der Nachbarn herausgekommen? Könnte es auch einer von denen gewesen sein?" Wissmann blickte in die Runde der anderen Ermittler.

Einer der Sachbearbeiter übernahm die Berichterstattung. „Wir haben alle Nachbarn befragt. Die haben kein gutes Wort an dem Toten gelassen. Seit seiner Verrentung vor zehn Jahren hat er zu keinem von ihnen mehr persönlichen Kontakt gehabt, immer nur über einen Anwalt. Er hat mit jedem seiner Nachbarn prozessiert, ausnahmslos."

„Um was ging es denn bei diesen Prozessen?"

„Ach, um alles Mögliche – von Störung der Mittagsruhe bis hin zu Hundegebell vor 7.00 Uhr morgens, überhängenden Ästen und herabfallenden Äpfeln, Partylärm und Kindergeschrei. Eben die üblichen Nachbarstreitigkeiten, die man auch einfacher hätte lösen können. Aber dieser Herr konnte anscheinend nur auf diesem Weg mit seinen Mitmenschen kommunizieren. Bei der geringsten Störung hat er die Polizei in Butzbach angerufen. Die können auch ein Lied von ihm singen."

„Aber das ist noch nicht alles." Ein weiterer Ermittler schaltete sich ein. „Mir hat eine der Nachbarinnen erzählt, dass dieser Bosch seiner Frau verboten hatte, mit anderen zu sprechen. Sie durfte auch nicht arbeiten. Die Nachbarin vermutete zudem, dass Karl Bosch seine Frau geschlagen hat. Außerdem muss er sie kontrolliert haben. In der Mittagspause ist er oft nach Hause gekommen und hat nach einer halben Stunde das Haus wieder verlassen. Er hat für die Firma Thorwald in Lich gearbeitet. Hat Geräte in Metzgereien im Wetteraukreis gewartet und repariert." Der Sachbearbeiter unterbrach kurz und blickte suchend in seine Notizen. „Auch die Tochter hat offenbar nur wenige Kontakte", fuhr er fort. „Der Vater ist häufig mit ihr weggefahren und erst Stunden später wiedergekommen. Vor einigen Jahren ist sie ab und zu von einem fremden Mann in einer Luxuslimousine abgeholt und ebenfalls erst Stunden später zurückgebracht worden. Die Zeugin kannte den Mann aber nicht. Und schließlich ist in der letzten Zeit ein großer, kräftiger Mann bei der Familie Bosch ein- und ausgegangen. Ein anderer Nachbar, der natürlich überhaupt nicht neugierig ist, hat mehrfach einen silbernen Mercedes Kombi auf dem Bürgersteig vor dem Haus parken sehen. Er konnte sich sogar an das Nummernschild erinnern. Wir haben die Nummer überprüft. Ihr werdet es nicht glauben, das Auto ist auf die Firma Thorwald in Lich angemeldet. Ein mittleres Unternehmen, das Metzgereibedarf herstellt."

„Bingo!", schaltete sich nun Henne ein. „Eine weitere Zeugin hat uns erzählt, dass sie am Vorabend des Leichenfundes wegen eines plötzlich anfahrenden Kombis in Höhe des Hauses von Karl Bosch mit dem Fahrrad gestürzt ist. Ihrer Beschreibung nach handelt es sich vermutlich um dasselbe Fahrzeug."

„Wann war das?"

„Gegen 22.00 Uhr", antwortete Co. „Sie kam gerade mit dem Fahrrad vorbei, als der Fahrer des Wagens, ohne Rücksicht auf sie zu nehmen, einfach auf die Straße fuhr. Die Nummer des Wagens konnte das Mädchen nicht so schnell erkennen."

„Wissen wir, wer das Fahrzeug fährt? Offensichtlich ist es ja ein Firmenwagen."

„Wir haben bereits in der Firma nachgefragt, aber noch keine Auskunft erhalten. Wir fahren gleich im Anschluss nach Lich und kümmern uns darum."

Der Erste Kriminalhauptkommissar Wissmann reagierte nicht. Er war in Gedanken versunken. Plötzlich schnippte er mit den Fingern. „Ich hab's!"

Seine Mitarbeiter schauten ihn erstaunt an.

„Am Montag gab es doch diesen schweren Unfall auf der A 45 bei Münzenberg. Die Unfallverursacherin hieß Konstanze Thorwald. Ist das nicht ein merkwürdiger Zufall?"

„Was ist denn aus der Sache geworden?", wollte Henne wissen.

„Ruf doch mal die Kollegen vom K 33 an. Die ermitteln in der Angelegenheit", forderte Wissmann einen der Sachbearbeiter auf.

Der Angesprochene betätigte sein Telefon und sprach kurz darauf mit einem Ermittler vom K 33. „Konstanze Thorwald wurde nach dem Unfall mit Prellungen und einer schweren Gehirnerschütterung in die Asklepios Klinik in Lich eingeliefert", berichtete er kurz darauf. „Sie leidet unter einer retrograden Amnesie, vermutlich durch den Schock ausgelöst, und ist nicht vernehmungsfähig. Die Ärzte in Lich haben den Kollegen bisher den Zugang zu ihr verweigert. Sie bleiben am Ball und melden sich, sobald sie etwas Neues wissen."

Ein anderer aus der Gruppe rieb sich das Kinn. „Das ist wirklich merkwürdig“, sagte er. „Dieser Thorwald ist doch am Sonntag fünfzig geworden. Hat ’ne Riesenparty auf seinem Anwesen gegeben.“

„Kennst du den?“, fragte Henne.

„Ich bin aus Eberstadt, wie du weißt. Wer kennt den nicht bei uns in der Umgebung? Ein angesehener Mann. Seit dem Tod seiner ersten Frau ist er vor allem durch seine Hilfsbereitschaft aufgefallen. Er unterstützt ehemalige Strafgefangene, gibt ihnen Arbeit in seiner Firma, spendet ständig Geld für irgendwelche Hilfsprojekte und unterstützt die Butzbacher Tafel. So was halt.“

„An was ist denn seine erste Frau gestorben?“ Henne nahm Witterung auf. Der Name Thorwald tauchte ihm zu oft auf. Er versuchte einen Zusammenhang zwischen den Vorkommnissen herzustellen. Das war eine seiner Spezialitäten.

„Sie ist vor ein paar Jahren in Butzbach frontal gegen die Autobahnbrücke gedonnert und war sofort tot. Ihre Tochter hat den Unfall wie durch ein Wunder überlebt.“

„Du meinst Konstanze?“, wollte Co wissen. Sie hatte Henne beobachtet, der dem Kollegen aus Eberstadt gespannt zugehört hatte. Seine blauen Augen waren noch eine Schattierung dunkler geworden und seine Nasenflügel flatterten leicht. Co kannte diese Veränderung an Henne. Ab jetzt war er nicht mehr aufzuhalten.

Das Telefon im Besprechungsraum klingelte. Henne und Co wurden in ihrem Büro erwartet. Soeben waren Gabriela und Victoria Bosch in Begleitung ihrer Anwältin eingetroffen.

„Okay, machen wir fürs Erste Schluss. Ich denke, jeder kennt seine Aufgabe. Sobald ihr etwas in Erfahrung gebracht habt, informiert mich bitte." Wissmann entließ die Truppe. Seine Leute waren gut. Das wusste er. Ihnen konnte er hundertprozentig vertrauen. Kriminaloberkommissarin Cosima von Mittelstedt war eine echte Bereicherung für sein Team. Seit die Kriminalpsychologin vor zwei Jahren zum K 10 gekommen war, leistete sie gemeinsam mit Kriminalhauptkommissar Alexander Henneberg und mit Unterstützung der anderen Ermittler hervorragende Arbeit. Das K 10 in Friedberg konnte in den letzten beiden Jahren die höchste Aufklärungsquote verzeichnen. Darauf war er besonders stolz. Seiner Ernennung zum Kriminalrat dürfte nichts im Wege stehen.

„Du glaubst nicht, wer die Anwältin ist", sagte Stückchen mit einer unheilverkündenden Stimme, als Henne kurze Zeit später ihr Büro betrat, um kurz nach Erdmann zu schauen. Co war schon in ihr gemeinsames Büro vorausgegangen.

„Spann mich nicht so auf die Folter. Sag schon!"

„Die Rechtsanwältin mit dem Doppelnamen aus Münzenberg. Die Freundin von dieser Frau Dr. Dreiseitel."

„Die hat uns gerade noch gefehlt, diese Zimtzicke." Henne sah sich suchend um. „Wo ist denn dieser Dackel schon wieder?"

Stückchen rollte ein Stück mit ihrem Stuhl zurück, legte den Zeigefinger an ihre Lippen und deutete mit dem Kopf auf eine Stelle zu ihren Füßen.

Tatsächlich, dort lag Erdmann und rührte sich nicht. Er ignorierte sein Herrchen. Unter den Beinen von Stückchen war es viel schöner und ruhiger. Hier wollte er bleiben.

Kapitel 67

Langsam kam Konstanze zu sich. Vorsichtig räkelte sie sich in dem breiten Bett, bevor sie es wagte, die Augen zu öffnen. Sie sah sich darin um. Es war groß und mit weißen Möbeln eingerichtet. Die Wände und Vorhänge waren dazu passend in Weiß und Blau gehalten. Die Einrichtung erinnerte sie an Schweden.

Im Haus war es ruhig. Von außen war Vogelgezwitscher zu vernehmen. Konstanze richtete sich auf und sah durch die großen Fenster in den Garten. Ihre Gedanken gingen zurück zum Vortag, als Olaf sie hierhergebracht hatte. Er hatte ihr versprochen, dass sie an diesem Ort in Sicherheit sei. Niemand würde sie hier vermuten, würde hier nach ihr suchen.

„Du bleibst jetzt so lange hier, bis sich alles aufgeklärt hat." Mit diesen Worten hatte sich Olaf von ihr verabschiedet. „Deine Mutter wird dich morgen besuchen und dir Kleider zum Wechseln mitbringen."

Die Tür öffnete sich einen Spalt.

„Komm nur rein. Ich bin wach."

„Guten Morgen, meine Liebe. Hast du gut geschlafen?"

Die alte, groß gewachsene Dame betrat das Zimmer. Sie lächelte Konstanze freundlich an.

„Ja, ich fühle mich wunderbar."

„Hast du Hunger, mein Kind?" Obwohl Konstanze nicht mit der Frau verwandt war, hatte diese sie, solange sie sich kannten, „mein Kind" genannt.

„Ja, einen Bärenhunger. Weißt du, wann Susanne kommt?“

„Ich denke, bald. Bis dahin kannst du frühstücken.“

Kapitel 68

Amelie Werner hatte heute Morgen einen Job in Münzenberg zu erledigen, genauer gesagt im Stadtteil Ober-Hörgern. Sie musste Nora Bundschuh aus Frankfurt, der Interessentin der alten, komplett eingerichteten und zum Verkauf stehenden Mühle an der Wetter die Schlüssel bringen und ihr noch einiges erklären, bevor sie das Wochenende in dem Haus verbrachte, um sich davon zu überzeugen, dass es hier absolut ruhig war.

Amelie wurde bereits erwartet. Vor der Mühle parkte ein silberfarbener Opel Meriva mit Frankfurter Kennzeichen. Die daneben stehende Nora Bundschuh machte einen unsympathischen Eindruck. Schon beim Vorgespräch hatte Amelie das Gefühl gehabt, dass die Interessentin ausgesprochen unzugänglich sei. Die Nachbarn würden ihre Freude an der Frankfurterin haben.

Nora Bundschuh hatte bereits vorab erklärt, dass sie kein Interesse an der Nachbarschaft habe, geschweige denn Bekanntschaft mit den Leuten aus dem Dorf machen wolle. Sie wolle nur ihre Ruhe haben. Auch die Geschichte der Hausbesitzer und der tragische Tod des Sohnes interessierte sie nicht. Sie suche einen Platz, wo sie die Vergangenheit hinter sich lassen könne. Was auch immer das für eine Vergangenheit war, dachte Amelie, als sie auf die Frau zuging und ihr widerwillig die Hand reichte.

„Guten Morgen, Frau Bundschuh."

„Sie sind zu spät“, erwiderte diese ohne einen Gruß und tippte vorwurfsvoll auf ihre Armbanduhr.

„Dann wollen wir keine Zeit vergeuden. Lassen Sie uns hineingehen.“ Amelie dachte gar nicht daran, sich für ihre fünfminütige Verspätung zu entschuldigen. Sie öffnete die schwere Eichentür und ließ ihre Kundin eintreten.

Die alte, liebevoll eingerichtete Mühle war viel zu schade für eine so ungesellige Großstädterin. Aber Mani Wetz wollte das Objekt so schnell wie möglich loswerden. Auch ihm war es ein Anliegen, sich von seiner Vergangenheit zu lösen, und die hing unweigerlich mit der alten Mühle in Ober-Hörgern zusammen. Eine ungewöhnliche Gemeinsamkeit, die den beiden, Vermieter und Mieterin, innewohnte: Mani Wetz wollte weg aus Ober-Hörgern und Nora Bundschuh hielt nichts mehr in Frankfurt.

Amelie war froh, dass sie sich nach einer Stunde mit einem unterschriebenen Vorvertrag von ihrer Kundin verabschieden konnte. Sie war davon überzeugt, dass es kein Problem sein dürfte, den endgültigen Mietvertrag nach dem Wochenende abzuschließen. Die Mühle samt Einrichtung entsprach genau den Vorstellungen von Nora Bundschuh. Ein paar ruhige Tage in einer idyllischen Umgebung würde sie zudem davon überzeugen, dass das Leben in Münzenbergs kleinstem Stadtteil wirklich lebenswert war. Eine dicke Provision wartete auf Amelie. Darüber konnte sie auch die unangenehmen Seiten ihres Jobs vergessen. Jetzt freute sie sich erst einmal auf das Wochenende und die bevorstehende Theatervorstellung im Innenhof der Burg Münzenberg.

Kapitel 69

Alexander Henneberg war genervt. Bei der Vernehmung von Gabriela und Victoria Bosch hatten er und Co keine neuen Erkenntnisse gewonnen. Die Rechtsanwältin der beiden Frauen hatte alles abgeblockt. Ständig hatte sie die Witwe und ihre Tochter darauf hingewiesen, dass sie die Fragen nicht beantworten müssten, um sich nicht selbst zu belasten. Nach einer halben Stunde waren die Damen wieder davongerauscht. Die Fingerabdrücke, die sie von Mutter und Tochter genommen hatten, waren bereits auf dem Weg ins kriminaltechnische Labor. Henne war sicher, dass eine der beiden Hinterbliebenen für den „Dolchstoß“ verantwortlich war.

„Hallo, Stückchen, bist du wenigstens weitergekommen?“, fragte Henne beim Betreten des Büros von Frau Stückrath. Er hatte sie damit beauftragt herauszufinden, welches Bestattungsunternehmen in der näheren Umgebung einen amerikanischen Wagen zum Abtransport der Leichen benutzte. Da konnte es ja nicht so viele geben.

Stückchen hatte alle Bestattungsunternehmen im gesamten Wetteraukreis und in den Landkreisen Gießen und Wetzlar überprüft. Leider ohne Erfolg. Sie konzentrierte sich gerade auf die Städte Frankfurt und Offenbach. „Heute komme ich nicht weiter. Ich muss jetzt gehen. Du weißt ja, Henne, die Beerdigung meiner

Nachbarin. Am Montag nehme ich mir den Landkreis Offenbach und den Vogelsbergkreis vor." Schuldbewusst schaute sie Henne an. „Deinen Dackel musst du jetzt wieder selbst hüten." Sie zog Erdmann am Hinterteil unter ihrem Schreibtisch hervor. Bevor sie ihn hochheben konnte, um ihn noch einmal zu knuddeln, hatte der sich blitzschnell wieder in seine Höhle verzogen.

„He, Erdmann", sagte Henne mit einem Blick in Richtung des Verstecks, „du bist ein richtiger Verräter."

Erdmann brummte und kam nur zögernd wieder hervor. Er legte sich vor seinem Herrchen auf den Bauch und blickte diesen mit seinen großen Dackelaugen traurig an.

Kapitel 70

Endlich war es so weit. Nach monatelangem Proben wurde das Stück „Tod im Schatten der Burg“ auf der Freilichtbühne im Innenhof der Burg Münzenberg aufgeführt. Zur Premiere an diesem Freitagabend Mitte August hatte der Vorstand des Vereins alle wichtigen Persönlichkeiten aus Kultur, Politik und Wirtschaft eingeladen.

Auch Juliane hatte als zuständige Lokalredakteurin zwei Karten geschenkt bekommen. Sie freute sich schon seit Wochen auf das Theaterstück, das längst ausverkauft war. Obwohl ihre Älteste morgen ihre Reise zu einem einjährigen Aufenthalt in den Staaten antreten würde, konnte sie ruhigen Gewissens hier sein. Franziska feierte zu Hause ihren Abschied mit Klassenkameraden und Freunden. Die Koffer standen bereits gepackt im Ankleideraum unterm Dach, so dass sie am frühen Morgen ihre Tochter nur noch am Frankfurter Flughafen abliefern musste.

Doch Juliane wollte nicht an den bevorstehenden Abschied denken. Heute zog sie es vor, sich einfach nur zu amüsieren. Der Katzenjammer über die Abwesenheit ihrer Tochter würde sie noch früh genug ereilen.

Ihr Mann Walter hatte sie heute Abend ausnahmsweise einmal zur Freilichtbühne begleitet. Er hasste Massenveranstaltungen. Historische Theaterstücke verabscheute er zudem. Er bezeichnete sie als „Klamotten- und Perückenschinken“. Doch von den

Aufführungen auf der Burg war er jedes Mal wieder begeistert. Sein Respekt und seine Hochachtung galten der Stückeschreiberin, die aus Münzenberg kam und es prächtig verstand, die Zuschauer mit ihren Schauspielen zu begeistern.

Er beobachtete die Gäste, die sich im Burghof versammelt hatten und in Grüppchen bei einem Glas Sekt oder einem anderen Getränk beisammenstanden. Seine Frau, die jeden hier zu kennen schien, surrte wie eine Biene zwischen den Anwesenden umher und begrüßte den einen oder anderen Gast. Walter Landmann störte sich nicht daran. Er kannte seine Frau lange genug, um zu wissen, wie wichtig es ihr war, Netzwerke zu bilden. Er hingegen war lieber der stille Beobachter, der sich so seine Gedanken machte.

Immer weiter strömten die Menschen durch den Aufgang auf den Bergfried. Die Platzanweiser hatten alle Hände voll zu tun, die Fragen der ankommenden Zuschauer zu beantworten und sie zu ihren Plätzen zu geleiten. Die große Tribüne vor dem Falkensteiner Bau bot Platz für annähernd sechshundert Zuschauer. Zudem war eine Stuhlreihe vor der Tribüne aufgebaut. Dort würden die wichtigsten Gäste Platz nehmen. Sieben Aufführungen standen in den nächsten vierzehn Tagen auf dem Plan – ein Gewaltakt, der neben Disziplin eine hohe Leistungsbereitschaft aller Mitwirkenden erforderte.

Hinter den Kulissen wurde noch letzte Hand an Frisuren und Maske gelegt. Die Schauspieler fieberten dem Beginn des Stückes entgegen. Die Texte saßen ebenso gut wie alles andere, was sie sich in den letzten Wochen während der Proben erarbeitet hatten. Die Technik stand, die Akustik stimmte, die Mitarbeiter am Mischpult und an den Scheinwerfern fieberten ihrem Einsatz entgegen. Von den Helfern an der Kasse im Eingangsbereich der Burg bis hin zur Thekenmannschaft in dem eigens für die Burgfestspiele angefertigten Zelt waren alle auf die bevorstehenden Theatertage vorbereitet.

Die meisten Schauspieler und Helfer hatten sich Urlaub genommen, um dem ungeheuren Stress, den diese Spielzeit mit sich bringen würde, standzuhalten. Zudem wurde es abends spät. Nach den Aufführungen ging keiner der Schauspieler gleich nach Hause. Man blieb noch zusammen sitzen, um die Vorstellung Revue passieren zu lassen.

Walter kam zu dem Schluss, dass der Verein etwas ganz Besonderes war. Das, was anderswo von professionellen Mitarbeitern mit großem finanziellem Aufwand und der Unterstützung von Land oder Stadt geleistet wurde, wurde hier von einem Verein übernommen. Das war schon sehr beeindruckend. Man konnte mit Recht sagen, der Freundeskreis sei das Kulturamt der Stadt Münzenberg.

Walters Blick streifte durch den Burginnenhof auf der Suche nach seiner Frau. Er entdeckte sie vor dem Sektstand, umringt von mehreren Personen. Er kannte nur Julianes treue Freundin Amelie und ihre neue Bekannte Bettina. Juliane unterhielt sich angeregt mit einem Pärchen. In dem Mann erkannte er Kriminalhauptkommissar Alexander Henneberg, dessen Dackel Erdmann brav zu seinen Füßen saß. Die Frau musste seine Kollegin Cosima von Mittelstedt sein. Juliane hatte erzählt, dass sie die Karten ihres Chefs an die beiden Kommissare weitergegeben hatte. Ein Anzeichen von Eifersucht machte sich bemerkbar. Walter war aufgefallen, dass seine Frau eine gewisse Affinität für den gut aussehenden Kommissar hegte. Das behagte ihm gar nicht. Bisher hatte sie ihm noch nie einen Anlass für derartige Gefühle gegeben, doch dieses Mal verhielt es sich anders. Vielleicht sollte er zu der kleinen Gruppe stoßen, um deutlich zu machen, zu wem Juliane gehörte.

Er gesellte sich zu ihnen und ließ sich ein Glas Sekt reichen. Besitzergreifend legte er den Arm um Julianes Schulter, was ihm ihren erstaunten Blick einbrachte. Offenbar durchschaute sie ihn.

Aufmerksam hörte Walter dem Gespräch zwischen ihr und den beiden Kommissaren zu. Es ging um den vermissten Benjamin Dreiseitel, dessen Fahrrad letzte Woche wieder aufgetaucht war. Dackel Erdmann schnupperte neugierig an seinen Hosenbeinen.

„Hallo, Frau Landmann", hörte Walter plötzlich eine große, platinblonde Frau im Vorbeigehen sagen.

„Hallo, Frau Thorwald! Wohin so eilig? Trinken Sie doch ein Gläschen Sekt mit uns", forderte Juliane die Frau auf. Das war typisch für Juliane.

„Ich möchte nicht stören." Die Platinblonde überragte die Gruppe sichtlich. Obwohl Walter nicht gerade klein war, schien die Angesprochene mindestens einen Kopf größer zu sein als er.

„Das tun Sie nicht." Juliane reichte dem neuen Gast ein Glas Sekt. Sie stellte ihren Gesprächspartnern

Susanne Thorwald vor. Henne sträubten sich die Nackenhaare. Thorwald – dieser Nachname schien ihn zu verfolgen.

„Wie geht es Ihrer Tochter? Ist sie noch in der Klinik?“ Juliane wusste immer, was im Städtchen los war. Ihre Stärke war es, über ihre Mitmenschen bestens informiert zu sein.

„Danke, es geht ihr schon etwas besser. Sie ist jetzt in Gießen. Dort wird sie psychologisch betreut.“

„Dann wollen wir hoffen, dass sie bald wieder auf dem Damm ist. Zum Wohl, auf Ihre Tochter.“ Juliane hob ihr Glas in die Höhe und prostete den anderen zu. Die anderen taten es ihr gleich.

„Sie müssen wissen, Frau Thorwalds Tochter hatte am Anfang der Woche einen schweren Unfall. Gott sei Dank hat sie keine körperlichen Blessuren davongetragen.“

Co sah Henne wissend an. Henne nickte ihr unmerklich zu.

„Sie hat uns trotzdem einen ganz schönen Schrecken eingejagt“, warf Susanne Thorwald ein. „Sie konnte sich an nichts mehr erinnern.“

„Retrograde Amnesie“, bemerkte Co, „das ist normal. Das haben viele nach einem schweren Unfall. Ist auch gut so.“

„Da kommt wieder unsere Psychologin durch“, witzelte Henne.

Co warf ihm einen wütenden Blick zu.

„Ist ja schon gut.“ Henne lehnte sich mit einer Abwehrbewegung seiner Hände ein Stück zurück. Die Laune seiner Kollegin war immer noch auf dem Tiefpunkt.

Juliane war schon zu Beginn ihrer Begegnung aufgefallen, dass die Kriminalkommissarin nicht in bester Stimmung war.

Eine rothaarige, zierliche Frau mit Knubbelnase und einem verkniffenen Mund näherte sich der Gruppe. Mit ihrem Outfit fiel sie in der Menschenmenge auf. Zu einer pinkfarbenen Jacke trug sie knallgelbe Hosen. Ihre Füße steckten in Mokassins, die farblich zu ihrer Jacke passten. Über ihrer Schulter hing eine Louis-Vuitton-Tasche. Die war eindeutig echt, stellte Juliane fest.

„Oh Gott, schon wieder ein Fuchs und kein Gewehr", ließ sich Henne vernehmen, als er auf die auffallende Gestalt aufmerksam wurde.

„Henne, du bist unmöglich!", zischte Co in seine Richtung.

„Na, ist doch wahr. Hat die keinen Spiegel zu Hause?", wehrte sich Henne mit gespielt beleidigter Miene.

Susanne Thorwald musste so sehr über die Bemerkung des Kommissars lachen, dass sie den Inhalt ihres Sektglases verschüttete. „Diese nette Person ist meine Schwägerin Georgia Breitwieser."

Bevor Susanne die Herkunft des seltsamen Vornamens erklären konnte, stieß die Rothaarige zu der Gruppe. Susanne vollkommen ignorierend, sprach Georgia Breitwieser mit einer wachsweichen Stimme Juliane an: „Hallo, Juliane, meine Liebe. Dich habe ich ja schon eine Ewigkeit nicht mehr gesehen."

Juliane kannte Georgia aus früheren Zeiten. Sie hatten mal gemeinsam einen Bauchtanzkurs in Lich belegt.

„Hallo, Georgia, das kann ich auch von dir behaupten. Ich habe dich am Sonntag auf der Geburtstagsfeier deines Schwagers vermisst. Wie konntest du dir so ein Fest entgehen lassen?" Juliane konnte diese aufgeblasene Tussi nicht leiden. Aber sie war wie immer bemüht, zu allen gleichermaßen freundlich zu sein.

„Ich bin am Sonntag erst aus Mechiko zurückgekommen. Unsere Freunde leben dort."

„Wer muss aufs Klo?", fragte Henne und wirkte dabei vollkommen ernsthaft. Er verzog keine Miene. So eine arrogante Kuh!, dachte er. Platzte hier mitten herein, ohne zu grüßen. Und wieso sagte sie nicht einfach „Mexiko"? Diese Art von Leuten konnte er auf den Tod nicht ausstehen.

Cosima prustete los und auch Juliane konnte sich ein Lachen nicht verkneifen. Die Rothaarige warf Henne einen wütenden Blick zu und machte auf dem Absatz kehrt.

„Auweia, jetzt haben Sie meiner Schwägerin einen Schock versetzt. Das ist ihr noch nie passiert", klärte Susanne den Kommissar auf.

„Oh, es tut mir leid, wenn ich Ihre Schwägerin verärgert habe", erwiderte der ironisch.

„Das muss es nicht." Susanne lächelte. „Ich kann die kleine Kröte auch nicht ausstehen. Aber was tut man nicht alles, um den Frieden in der Familie zu bewahren."

Auch Amelie konnte sich einen Kommentar zu der Rothaarigen nicht verkneifen: „Hast kaa Dascherl net, bist kaa Mensch net." In einem übertriebenen Wiener Dialekt belustigte sie sich über die protzige Handtasche der soeben Entschwundenen. Sie hasste Frauen, die meinten, mit derart teuren Errungenschaften Eindruck zu schinden. Das hatten ihrer Meinung nach nur Leute nötig, die sonst nichts zu bieten hatten. Am meisten hasste sie es, wenn junge Mädchen mit imitierten Louis-Vuitton-Taschen herumliefen. Darüber konnte sie sich stundenlang aufregen.

Während sich die Frauen über Amelies Witz ereiferten, sprach Henne Susanne Thorwald an: „Ist Ihr Mann auch hier?“ Zu gern einmal wäre er dem Inhaber der Firma Thorwald begegnet, hatte er diesen Namen doch heute schon mehrmals gehört.

Susanne sah sich im Hof um. „Da drüben steht er. Unzweifelhaft an dem Dackel zu erkennen, der ihm gerade ans Bein pinkelt.“ Sie amüsierte sich köstlich. Wenn die anderen wüssten, wie sehr dies zur Gesamtsituation passte! Es schien ein Omen zu sein.

„Oh Gott, Erdmann. Bist du des Wahnsinns!“ Henne stürzte sich auf das Tier und zog es von Erwin Thorwald weg. Der Angepinkelte, der mit einigen Herren ins Gespräch vertieft war, hatte offenbar nichts von dem Attentat bemerkt. Ruhig unterhielt er sich weiter.

Indessen beobachtete Walter die Menschenmenge im Hof. Auch er hatte den Vorfall verfolgt und amüsierte sich ebenso wie die anderen.

Nur die Kommissarin blieb ruhig, fast abwesend. In ihrem Gesicht lag eine tiefe Traurigkeit verborgen.

Juliane wagte einen Vorstoß: „Frau von Mittelstedt, geht es Ihnen nicht gut? Sie machen heute so ein trauriges Gesicht!“

Cosima nickte. „Sie haben recht, Frau Landmann“, sagte sie betont leise. „Ich habe in meinem privaten

Umfeld eine Entdeckung gemacht, die ich nie für möglich gehalten hätte. Aber ich kann mit niemandem darüber reden."

„Wenn Sie eine Zuhörerin brauchen, stehe ich gern zur Verfügung."

Walter lauschte der Unterhaltung mit halbem Ohr.

„Damit kann ich niemanden belästigen. Das glaubt mir eh kein Mensch. Ich bin vollkommen verzweifelt. Ich wusste ja, dass es so etwas gibt, aber dass das mal mir passieren würde, hätte ich nicht gedacht", sprudelte es aus der zierlichen Kommissarin heraus. Ihr Pferdeschwanz wippte und ihre Stimme klang weinerlich.

Ein Gong ertönte. Er sollte die Zuschauer auffordern, ihre Plätze einzunehmen.

„Frau von Mittelstedt, wenn Sie morgen früh nichts vorhaben, stehe ich Ihnen gern zur Verfügung. Ich muss nur erst meine Tochter zum Flughafen bringen. Danach hätte ich Zeit für Sie."

Walter stöhnte innerlich. Seine Frau verstand es nicht nur perfekt, Netzwerke zu bilden, nein, sie verfügte zudem über ein ausgemachtes Helfersyndrom. Was auch immer das Gemüt der Kriminalkommissarin bewegte, Juliane würde es herausfinden und versuchen, ihr zu helfen.

„Na gut, vielleicht sollte ich wirklich mit jemandem reden, der mich nicht so gut kennt. Ein Fremder sieht manchmal mehr als jemand, mit dem einen zu viel Nähe verbindet."

„Also, abgemacht. Morgen um 9.00 Uhr im Café Pia in Butzbach. Da kann man gut sitzen und ungestört reden. Außerdem gibt es dort die besten Torten weit und breit." Juliane hielt der Kommissarin die rechte Hand hin. Die schlug erleichtert ein.

Der Gong ertönte ein zweites Mal.

„Juliane, wir sollten jetzt mal unsere Plätze einnehmen", mahnte Walter seine Frau.

Der Vorsitzende des Vereins, Dr. Mahler, und Bürgermeister Fink begrüßten die Zuschauer in Frack und Zylinder. Kurz darauf faszinierte das Schauspiel die Anwesenden mit seinen interessanten Dialogen und ungewöhnlichen Spielszenen. Die Kostüme waren sehenswert und versetzten die Zuschauer in die Zeit, in der das Schauspiel stattfand. Die Burg als Kulisse machte die Aufführung zu einem einzigartigen Erlebnis.

Die ersten beiden Akte vergingen im Nu. Dackel Erdmann lag brav unter dem Stuhl seines Herrchens in der ersten Reihe im Hof der Burgruine. Ab und zu schielte er nach oben und beobachtete misstrauisch die Falken, die den Westturm der Burg umkreisten.

Den ganzen Tag hatte eine schwüle Wärme geherrscht. Die feuchte und von der Sonne aufgeheizte Luft hatte im Laufe des Abends große Kumuluswolken gebildet. Wie überdimensionale Wattebäusche hingen sie am dunkler werdenden Abendhimmel. Der zu Beginn der Veranstaltung leichte Wind hatte an Stärke zugenommen. In der Ferne war Donnergrollen zu hören, während am Horizont verstärkt grelle Blitze sichtbar wurden.

Immer wieder schaute Dr. Mahler, der nicht nur der Vereinsvorsitzende, sondern auch der Regisseur des Schauspiels war, sorgenvoll zu dem immer bedrohlicher anmutenden Himmel. Obwohl man zu Beginn der Veranstaltung Regencapes ausgeteilt hatte, würden diese bei den zu erwartenden Schauern nicht viel helfen. Die Schauspieler ließen sich von dem herannahenden Unwetter nicht beeindrucken. Höchst professionell spielten sie einfach weiter.

Als hätte das Unwetter ein Einsehen mit den Akteuren, öffnet der Himmel erst mit dem letzten Applaus seine Schleusen und ließ heftige Regenmassen auf die Burg herniedergehen.

Die Mitwirkenden flohen in ihre Unterkünfte. Jene Zuschauer, die dem Gastronomiezelt am nächsten waren, suchten dort Unterschlupf. Andere fanden Schutz unter dem Torbogen in Richtung Ausgang. Wer keinen Schirm dabeihatte oder keinen sicheren Platz fand, wurde auf dem Weg zum Parkplatz bis auf die Knochen nass.

Die Gaststätten in Münzenberg blieben an diesem Abend leer. Jeder wollte nach Hause, um sich seiner nassen Kleidung zu entledigen. Alle waren sich einig, dass der Regen dringend nötig gewesen war. Froh darüber, dass man während der Vorstellung von dem Gewitter verschont geblieben war, tranken die Schauspieler und einige verbliebene Gäste noch so manches Bier.

Kapitel 71

Nora Bundschuh lag in ihrem Bett unter dem Dach der alten Mühle. Sie kuschelte sich in die Kissen und lauschte dem Regen, der aus dem nachtschwarzen Himmel auf die ausgetrocknete Erde prasselte.

Den ganzen Abend hatte sie bei einer Flasche Rotwein auf der großen Terrasse hinter der Mühle verbracht. Von hier aus hatte sie das herannahende Unwetter ungestört beobachten können. Immer wieder hatten grelle, gezackte Blitze die Silhouette der Burg in ein gleißendes Licht getaucht, und obwohl es ein unheimlicher Anblick gewesen war, hatte Nora das Naturschauspiel genossen.

Kurz bevor das Unwetter endgültig über der Wetterau losgebrochen war, war für einen Moment tiefe Stille eingekehrt. Die Welt schien den Atem anzuhalten. Kein Ast hatte sich geregt, die Vogelstimmen waren ohnehin längst verstummt. Als hätte irgendjemand einen Schalter umgelegt, hatten sich die Büsche und Bäume im Wind gebogen, während große Tropfen im Nu die Erde bedeckten.

Nora fühlte sich schon jetzt wohl in ihrer neuen Umgebung. Die Mühle mit den wunderschönen alten Möbeln würde ihre neue Heimat werden. Hier wollte sie die letzten Jahre vergessen, die Trennung von ihrem Mann, die Schmach, die sie erlitten hatte.

Durch das offen stehende Fenster wehte eine frische Brise. Die Fensterscheiben klirrten leise. Das erinnerte sie an ihre Kindheit im Taunus, wo oft Gewitter an den Bergen hängen geblieben waren. Nächtelang hatte sie im Schutz ihrer schweren Daunendecken wach gelegen und dem Donnergrollen gelauscht.

Die unbeschwerte, fröhliche Zeit mit ihren beiden Brüdern lag schon lange zurück. Noch während der Pubertät war sie mit ihrer Familie in die Enge der nahe gelegenen Großstadt Frankfurt gezogen. Als der landwirtschaftliche Betrieb die fünfköpfige Familie nicht mehr ernähren konnte, hatte der Vater dort eine Arbeit gefunden.

Nora war auch während ihrer Ausbildung und nach der Hochzeit mit einem Architekten in der Stadt geblieben, hatte hier ihre beiden Söhne zur Welt gebracht und sich ihr Leben so gut wie möglich eingerichtet. Bis zu dem Augenblick, in dem ihr Mann ihr das Verhältnis mit seiner Sekretärin gestanden und den Wunsch nach einer Trennung geäußert hatte, war ihr Leben durchaus in Ordnung gewesen. Doch dann war ihre kleine Welt von einem auf den anderen Moment zerstört worden. Zutiefst verletzt über die Ankündigung ihres Mannes und von Wut gepeinigt hatte sie einen Rosenkrieg gegen den erfolgreichen Architekten gestartet. Immerhin hatte er ihr diese schöne Mühle auf dem Land direkt an der Wetter in Ober-Hörgern beschert.

Hier wollte sie den Rest ihres Lebens verbringen. Sie brauchte keine weiteren Tage zum Probewohnen, denn sie war schon jetzt davon überzeugt, dass sie hierhergehörte. Am Montag würde sie den Mietvertrag unterzeichnen und ihr weiteres Leben planen.

Dass sie selbst einen großen Teil zur Trennung von ihrem Mann beigetragen hatte, verdrängte sie erfolgreich. Nora hatte ihn mit ihrer missmutigen Art regelrecht aus dem Haus getrieben. Nichts konnte man ihr recht machen. An allem hatte sie etwas auszusetzen. Ihren Missmut äußerte sie jeweils mit viel zu lauter Stimme. Widerspruch duldete sie keinen, weder von ihrem Mann noch von ihren beiden Söhnen. Sie redete jeden nieder oder fiel anderen einfach ins Wort. Sie war eine launische Person, die ständig mit herabhängenden Mundwinkeln herumlief. Ihre hagere Gestalt mit den kurzen Beinen und dem langen Oberkörper passte zu ihrem mageren Gesicht mit den tiefen Falten um den schmalen Mund. Ihre dunkelbraunen, fast schwarzen Augen schauten böse in die Welt. Die schmalen, zusammengekniffenen Lippen zeugten von übertriebenem Ehrgeiz, mit dem sie ihren Söhnen während ihrer Schulzeit zugesetzt hatte.

Nora selbst war ohne Zweifel überdurchschnittlich intelligent. Doch sie besaß keinerlei Gefühl für andere Menschen. Ständig trat sie in Fettnäpfchen oder beleidigte mit ihren schrillen Worten ihre Mitmenschen, ohne es selbst wahrzunehmen.

Sie hatte keine Freunde, was sie aber auch nicht weiter störte. Denn sie war der Meinung, niemanden zu brauchen. Auch ihre Söhne gingen ihr möglichst aus dem Weg. Während der unliebsamen Trennung ihrer Eltern hatten diese sich vollkommen zurückgezogen. Noras Entscheidung, aufs Land zu ziehen, hatten sie zur Kenntnis genommen.

Das gleichbleibende Rauschen des Regens ließ Nora schließlich einschlafen. Wenn sie nur annähernd geahnt hätte, was sie am nächsten Morgen erwartete, hätte sie nicht eine Sekunde die Augen geschlossen. Stattdessen schlief sie ohne Unterbrechung so tief und fest wie schon lange nicht mehr.

Kapitel 72

Um 6.00 Uhr klingelte Julianes Wecker. Obwohl sie nicht sehr gut geschlafen hatte, sprang sie mit einem Satz aus dem Bett. Der Gedanke an Franziskas bevorstehende Abreise ließ ihren Adrenalinspiegel in die Höhe schießen.

Vor der Schlafzimmertür wäre sie beinahe über Amiga gefallen, die so früh am Morgen noch nicht mit ihrem Frauchen gerechnet hatte. Amiga ignorierte die Frühaufsteherin und rollte sich knurrend auf die andere Seite. Als Juliane die Badezimmertür hinter sich geschlossen hatte, öffnete die Hündin auf den Hinterbeinen stehend die Schlafzimmertür. Leise schlich sie zum Bett und kroch in die noch warmen Kissen. Aus dem Nachbarbett war das gleichmäßige Schnarchen von Familienvater Walter zu hören.

Eine halbe Stunde später verließen Mutter und Tochter das Haus. Der Himmel hing grau über Münzenberg. Weiterer Regen war zu erwarten. Der Asphalt schimmerte feuchtgrau. Die Luft hatte sich abgekühlt. Mit einem Schlag schien es mit der Sommerhitze vorbei zu sein.

Sogar der Himmel weint, weil Franziska uns für ein Jahr verlässt, dachte Juliane. Sie durfte gar nicht an die bevorstehende Zeit denken.

Schweigend fuhren sie über die A 5 zum Frankfurter Flughafen. Die Autobahn war an diesem frühen Morgen noch leer und so erreichten sie ihr Ziel in dreißig Minuten.

Am Schalter der Lufthansa in Abflughalle A trafen sie die anderen Mitglieder der Reisegruppe. Von den Vortreffen kannte Franziska schon einige Mädels. Sie schloss schnell Kontakt mit anderen Menschen und fand überall Gleichgesinnte. Außer ihr war niemand in New Hampshire für das Austauschprogramm angemeldet. Aber das machte ihr nichts aus.

Juliane kam sich jetzt schon überflüssig vor. Franziska stand inmitten einer Gruppe Jugendlicher und tauschte ihre amerikanische Adresse mit einem großen, schlanken Mädchen aus Bad Homburg. Ihre neue Bekannte würde das kommende Jahr im Nachbarstaat Pennsylvania verbringen. Franziskas Gasteltern hatten in Philadelphia Verwandte, die sie regelmäßig besuchten. Einem Treffen der beiden Gastschülerinnen stand also nichts im Wege.

Juliane beobachtete, wie die Jugendlichen eincheckten. Obwohl noch mindestens zwei Stunden Zeit bis zum Abflug blieben, machte sich die Gruppe auf den Weg zur Sicherheitskontrolle. Juliane trottete wie ein Lamm brav hinterher.

Erst hier drehte sich Franziska suchend nach ihrer Mutter um. Mit Tränen in den Augen kam sie auf Juliane zu. Die beiden fielen sich in die Arme.

Ein „Ich hab dich lieb, mein Schatz" war das Einzige, was Juliane herausbrachte. Die schluchzende Antwort von Franziska sollte wohl „Ich dich auch" bedeuten.

Schließlich löste sich Franziska aus der Umklammerung ihrer Mutter, drehte sich um, hob im Weggehen noch einmal den Arm und verschwand in der Menschenmenge.

Juliane verharrte noch mindestens eine halbe Stunde an derselben Stelle. Dann machte sie sich auf den Weg nach Butzbach ins Café Pia.

Kapitel 73

Alexander Henneberg räkelte sich wohlig in den Kissen. Ein Blick auf seine teure Armbanduhr verriet ihm, dass er noch mindestens zwei Stunden weiterschlafen konnte. Heute war Samstag. Er hatte frei und wollte endlich alles erledigen, was in den letzten Wochen liegen geblieben war. Aber das konnte er auch in zwei Stunden noch tun. Nach der anstrengenden Woche würde er sich etwas Ruhe gönnen, um neue Kräfte zu sammeln.

Vor allem musste er im Laufe des Tages seine Mutter in der Kerckhoff-Klinik in Bad Nauheim besuchen und mit ihr klären, wer während ihrer Abwesenheit Garten und Haushalt versorgen sollte. Er hatte nicht die geringste Ahnung, wen er da ansprechen konnte. Um all diese Dinge hatte er sich nie kümmern müssen. Seit dem Tod seines Vaters hatte seine Mutter das Regiment übernommen und sich auch nicht reinreden lassen. Alexander hatte sich immer auf die rüstige alte Dame verlassen können. Sie war zwar nicht mehr gut zu Fuß, aber ihr Kopf funktionierte noch einwandfrei.

Auch sein Kühlschrank musste mal wieder aufgefüllt werden. In den letzten Tagen hatte er sich nur von Fast Food, das er irgendwo im Vorbeigehen erstanden hatte, ernährt. Nun überfiel ihn das Verlangen nach frischem Obst, leckerem Gemüse, knackigen Salaten und einem saftigen Steak. All das konnte er nachher auf dem Friedberger Wochenmarkt einkaufen. Er war schon lange nicht mehr auf der Kaiserstraße zwischen den Buden mit ihren zahlreichen Angeboten herumgelaufen – zu sehr hatte ihn in den letzten Jahren sein Job in Anspruch genommen. Er genoss den Ruf des erfolgreichsten Ermittlers im Hessenland, doch Familie und Freunde waren auf der Strecke geblieben. Auch die Liebe kam zu kurz. Er konnte sich nicht erinnern, wann er das letzte Mal ein ernsthaftes Date gehabt hatte. Ein paar One-Night-Stands hatten zwar seine sexuelle Begierde befriedigt, doch fürs Herz war nichts dabei gewesen.

Er musste an Juliane Landmann denken. Das wäre eine Frau nach seinem Geschmack – attraktiv, clever und humorvoll, eine tatkräftige Person. Doch die war leider schon vergeben. Die besten Frauen waren eben immer schon verheiratet. Und von verheirateten Frauen ließ er grundsätzlich die Finger. Das brachte nur Scherereien.

Seine Gedanken wurden von Erdmanns Grunzen unterbrochen, der auf dem Teppich vor seinem Bett schlief. Alexander drehte sich zur Seite und versuchte wieder einzuschlafen.

Als er gerade in das Reich der Träume eintauchte, vernahm er ein Kratzen an seiner Bettdecke. Bevor er das Geräusch einordnen konnte, landete Erdmann mit einem Satz neben ihm auf dem Bett. Der Dackel beugte sich über sein Herrchen und beschnüffelte ihn mit seiner feuchten Schnauze. Seine Barthaare kitzelten Alexander im Gesicht.

„He, Erdmann, lass das!“ Alexander wollte sich umdrehen und den Dackel wegschieben, doch der hatte mittlerweile sein Ohr entdeckt. Mit seiner langen Zunge leckte er die Ohrmuschel aus. Als ihm das zu langweilig wurde, knabberte er sanft an Alexanders Ohrläppchen. Eine erneute Mahnung seines Herrchens führte dazu, dass Erdmann endlich aufhörte, dafür aber seinen Kopf quer über Hennes Hals legte und es sich gemütlich machte. So schliefen beide nach kurzer Zeit wieder ein.

Kapitel 74

Pünktlich um 9.00 Uhr betrat Juliane das Café Pia in Butzbach. Seit der Eröffnung vor einem halben Jahr war sie Stammgast in dem gemütlich eingerichteten Kaffeehaus. Jeden Samstag traf sie sich hier mit ihrer Freundin Amelie. Bettina Jakobi, die Apothekerin aus Lich und Neubürgerin im Münzenberger Stadtteil Ober-Hörgern, war kürzlich zu ihnen gestoßen. Bei einer großen Tasse Cappuccino und einem leckeren Stück Torte tauschten sich die drei über Filme und Bücher sowie den neuesten Klatsch aus.

Pia, die Inhaberin, machte die besten Torten weit und breit. Juliane war regelrecht süchtig nach Schwarzwälder Kirsch und Maracuja-Sahne-Torte. Dieses Verlangen hatte ihr schon einige Pfunde zu viel auf den Hüften beschert. Dazu kam ab und zu ein Gläschen Sekt, das die Inhaberin der kleinen Runde spendierte.

Juliane war stets darauf bedacht, diesen Termin am Ende der Woche einzuhalten. Ihr Stammplatz war rechts vom Eingang in einer kuscheligen Ecke vor den großen Schaufensterscheiben. Von hier aus konnten sie und ihre Freundinnen das Geschehen auf der Straße beobachten und sich ungestört unterhalten.

Cosima von Mittelstedt erwartete Juliane bereits an einem Tisch links vom Eingang. Juliane war gespannt, was die Kommissarin so Schreckliches erlebt hatte.

Pia hatte Juliane bereits entdeckt und wunderte sich,

dass ihr Stammgast nach der freundlichen Begrüßung an einem anderen Tisch als üblich Platz nahm.

„Moin, Pia, hab was mit der Kommissarin zu bequatschen“, gab sie kurz als Erklärung in Richtung Kuchentheke ab. „Die beiden anderen kommen später.“

Pia wusste Bescheid. Die Ansage hieß so viel wie: Bitte nicht stören!

„Hallo, Frau von Mittelstedt. Sie sollten mal Pias leckere Torten versuchen. Dann geht es Ihnen gleich viel besser.“ Sie nahm auf der gegenüberliegenden Seite des Tisches Platz. Von hier aus hatte sie ihr Auto im Blick, das sie auf der Weiseler Straße vor dem Sonnenstudio geparkt hatte.

Das Gesicht der Kommissarin war von einer gräulichen Blässe gezeichnet. Dunkle Augenringe verrieten eine schlaflose Nacht. „Seien Sie mir bitte nicht böse, aber ich kriege momentan außer Kaffee nichts runter“, erklärte sie mit weinerlicher Stimme.

„So schlimm?“

Ein Nicken war die Antwort.

„Schade, vielleicht ein andermal.“

„Aber lassen Sie sich nicht aufhalten.“

Juliane konnte noch so schlecht drauf sein, essen konnte und musste sie immer. „Pia, bringst du mir bitte ein Hessenfrühstück. Ich habe heute Morgen noch nichts gegessen.“

Während Juliane genüsslich das Frühstück zu sich nahm, lauschte sie interessiert der Erzählung der Kommissarin. So manches Mal drohte ihr bei dem Gehörten der Bissen im Hals stecken zu bleiben. Es gab Menschen, die hatten schon seltsame Schicksale zu ertragen, dachte sie.

Kapitel 75

Der große ovale Tisch im Esszimmer war wie immer liebevoll gedeckt. Das Frühstück stand in Warmhaltebehältern bereit. Der Duft von gebratenem Speck und frischen Brötchen hing in der Luft. Hier fehlte es an nichts, weder an teurem Porzellan noch an einer geschmackvollen Tischdekoration, geschweige denn an sorgfältig zubereiteten Speisen.

Als Susanne den hellen Raum betrat, bemerkte sie sofort, dass der Esstisch nur ein Gedeck enthielt. Der Platz ihres Mannes war leer.

„Guten Morgen, Frau Thorwald. Ihr Mann hat bereits das Haus verlassen. Ich soll Ihnen ausrichten, dass er das Wochenende in Inheiden verbringen möchte."

Ungläubig starrte Susanne die Haushälterin an. In den fünf Jahren war es noch nie vorgekommen, dass ihr Mann ohne vorherige Ankündigung das Haus verlassen hatte. Er war zwar öfter über das Wochenende in Inheiden geblieben, doch hatten sie das jedes Mal vorher abgesprochen.

Gretel zuckte mit den Schultern. Auch ihr kam die ganze Sache spanisch vor. Seit dem Geburtstag am letzten Sonntag war so viel passiert. Alles hatte sich verändert. Die Familie schien nicht mehr in ihrer ursprünglichen Form zu existieren.

Konstanze war in der Psychiatrie in Gießen, Konrad abgereist, der Vater allein in Inheiden und seine Frau ahnungslos zu Hause. Wer wusste, wie lange sie noch ihre Stellung als Haushälterin behalten würde. Seit über zwanzig Jahren war sie hier im Haus beschäftigt, aber so etwas hatte sie noch nie erlebt. Die ersten zwei Jahre nach dem Tod von Erwin Thorwalds erster Frau waren nicht leicht gewesen. Mit dem Einzug von Susanne, der Frau aus dem Osten, war wieder Leben eingekehrt. Alles hatte sich normalisiert. Die letzten fünf Jahre waren problemlos verlaufen – bis zum Geburtstag ihres Chefs am letzten Sonntag. Was war denn nur passiert, das alle so sehr aus der Bahn geworfen hatte? Gretel sah Susanne ratlos an.

Susanne war ebenso ratlos. Was wollte Erwin in Inheiden? Gestern Abend waren sie noch gemeinsam zur Premierenfeier auf der Burg gewesen. Ihr Mann hatte sich angeregt mit Geschäftsfreunden unterhalten und das Theaterstück sichtlich genossen. Er hatte sich nicht einmal über den kleinen Dackel des Kommissars aufgeregt, der ihm ans Bein gepinkelt hatte.

Susanne hatte ihn auf der Heimfahrt um ein Gespräch am nächsten Tag gebeten. Er hatte zugestimmt, aber kein Wort von Inheiden gesagt. Wenn er wusste, dass sie von seinem Vorleben Kenntnis erlangt hatte, so hatte er sich dies zumindest nicht anmerken lassen. Wollte er jetzt Zeit schinden oder hatte er ihre Bitte einfach nur nicht ernst genommen?

Das Einzige, was Susanne beruhigte, war die Tatsache, dass ihr Mann Konstanze immer noch in der Psychiatrie in Gießen wähnte. Wenn er Kenntnis davon hätte, dass sie gar nicht mehr dort war, wäre seine Reaktion eine andere gewesen. Wieso war er sich nur so sicher?

Kapitel 76

Olaf steuerte die Limousine sicher durch die engen Straßen im alten Ortskern von Gambach. Sein Navi führte ihn bis zu einer kleinen Hofreite. Er hielt gegenüber eines grün gestrichenen Hoftores. Ein längerer Halt war hier unmöglich. Die Straße war so schmal, dass kein anderes Fahrzeug vorbeikam.

Er drückte den Knopf an der Sprechanlage, die rechts im Holz des Türrahmens eingelassen war.

Es knackte in dem Gerät: „Wir kommen gleich."

Zwei Minuten später erschien ein drahtiger, dunkelhaariger Mann mit einem Mädchen an der Hand. Das Kind war höchstens fünf Jahre alt. Ein niedliches kleines Ding mit dunkelbraunen Locken und großen braunen Augen. In seinem Sommerkleidchen sah es aus wie eine Puppe. Das Mädchen lächelte Olaf freundlich an. Vertrauensvoll hatte es seine kleine Hand in die seines Vaters gelegt und folgte ihm zu der Limousine.

Olaf hatte nicht gewusst, wen er für seinen Chef abholen und nach Inheiden in sein Sommerhaus bringen sollte. Beim Anblick des Mädchens wurde ihm schlagartig klar, was sein Chef vorhatte. Ihm wurde schlecht. Das konnte er nicht zulassen! Wieso machte der Vater des Mädchens so etwas mit?

Das Fenster des Hauses, aus dem der Mann gekommen war, öffnete sich. „Bitte bleib hier!", rief eine Frau dem Mann zu.

„Gib Ruhe und mach das Fenster zu!“, blaffte er zurück.

Das Mädchen drehte sich um und winkte der Mutter zu. Dann stieg es in den Fond des Wagens.

Während Olaf auch den Vater des Kindes einsteigen ließ, kam ihm eine Idee, wie er die Kleine vor ihrem Schicksal bewahren konnte. „Einen Moment, bitte“, rief er in den Wagen hinein, „ich muss nur noch mal kurz meinen Chef anrufen und ihm sagen, dass wir jetzt losfahren.“

Er entfernte sich ein paar Meter und wählte Susannes Nummer.

Kapitel 77

Nora hatte so tief und fest geschlafen wie schon lange nicht mehr. Als sie um 9.00 Uhr endlich aufstand, blickte sie in einen wolkenverhangenen Himmel. Der Sommer war vorbei. Aber das störte sie nicht. Auch der Herbst hatte schöne Tage, und außerdem gab es für sie kein schlechtes Wetter. Man konnte sich entsprechend jeder Wetterlage kleiden und rausgehen. Sie rannte die Treppe hinunter und verließ über die Terrassentür das Haus. Der Rasen glitzerte feucht vom Regen der vergangenen Nacht. Mit bloßen Füßen lief sie darauf herum. Solange sie denken konnte, hatte sie jeden Morgen Tautreten praktiziert, eine Tradition, die sie von ihrem Opa übernommen hatte. Sie war davon überzeugt, dass sie nur aufgrund dieser allmorgendlichen Übung keine Erkältung bekam und so gesund war wie ein Fisch im Wasser. Zudem ernährte sie sich ausgewogen mit viel Obst und frischem Gemüse. Sie würde ein Hochbeet mit Kräutern und Salat anlegen. Das würde ein herrliches Leben werden. Langsam erholte sie sich von dem Albtraum, der ihr das letzte halbe Jahr so schwer gemacht hatte, und merkte, wie die Belastung von ihr abfiel.

Sie ging auf den Mühlengraben zu. Aufgrund des lang anhaltenden Regens war der Wasserspiegel angestiegen. Ruhig lag das durch den Niederschlag aufgewühlte und braun gefärbte Wasser jetzt vor ihr in seinem Bett. Immer weiter Kreise über das feuchte

Gras ziehend spürte sie, wie Energie in ihren Körper floss.

Ein Geräusch riss Nora aus ihren Gedanken, ein Gurgeln, gefolgt von dem Knarren des alten Mühlrades, das seit dem Sturm im Juni stillstand. Ohne erkennbaren Grund bewegte sich plötzlich die wie ein Spiegel daliegende Wasseroberfläche des Mühlengrabens. Als hätte man von einem Katapult unter der Wasseroberfläche einen Gegenstand in die Höhe geschossen, teilte sich das Wasser, und mit einem „Blob" drang etwas Großes, Unförmiges an die Oberfläche, schaukelte eine Weile hin und her, um sich dann zu drehen und schließlich auf das Ufer zuzutreiben. Wie von Geisterhand begann sich das Mühlrad zu drehen – langsam, aber stetig. Das Plätschern des Wassers nahm dem Morgen die Stille.

Neugierig ging Nora auf die Uferböschung zu, um zu sehen, was sich dort im Wasser befand. Auf das, was sie Sekunden später im Mühlengraben erblickte, war sie jedoch nicht vorbereitet.

Ein aufgedunsener Körper trieb direkt auf sie zu. Der Kopf hing kahl im Wasser. Aus den leeren Augenhöhlen schälte sich ein kleiner Aal. Das Gesicht sah aus wie ein Blasebalg, war seltsam grün und doch irgendwie durchsichtig. Gleichzeitig stieg ein Geruch in ihre empfindliche Nase – eine Mischung aus Fisch und Käse, Verwesung und fauligem Wasser. Ekelhaft!

Eine halbe Ewigkeit starrte sie gebannt auf das unförmige Etwas, wie hypnotisiert, unfähig, sich zu bewegen. Als der Gedanke endlich ihr Bewusstsein erreicht hatte, dass vor ihr an der Uferböschung ein Toter dümpelte, stieß sie einen Schrei aus. Sie schrie, als ginge es um ihr Leben. Ihr Schrei durchdrang die Weiten der wunderschönen Auenlandschaft des Wettertales und lockte zahlreiche Nachbarn aus ihren Häusern.

Kapitel 78

Susanne zögerte nicht lange. Sie ließ das Frühstück stehen, holte ihr Motorrad aus der Garage und fuhr mit einem Affenzahn nach Inheiden. Eine Viertelstunde später stoppte sie ihre Rennmaschine vor dem Sommerhaus der Familie. Die Läden waren geöffnet. Also war jemand da.

Auf ihr lang anhaltendes Klingeln öffnete Erwin freudestrahlend die Tür. Die Mimik seines Gesichtes wechselte jedoch auf der Stelle von Fassungslosigkeit zu Wut und Zorn. Sprachlos stand er im Türrahmen. Diesen Gast hatte er am frühen Morgen nicht erwartet.

„Guten Morgen, Erwin. Erinnerst du dich, dass ich dich um ein Gespräch gebeten hatte? Wieso fährst du einfach weg?" Susanne lächelte ihren Mann freundlich an. Sie stellte sich ahnungslos.

Erwin stand wie angewurzelt auf seinem Platz. Was sollte er tun? Olaf würde gleich mit der Ware kommen. Er fieberte ihr schon entgegen. Er brauchte unbedingt etwas, konnte den Druck seiner Lenden nicht länger aushalten. Seine Frau machte ihm nun alles kaputt. Am Ende würde sie noch hinter sein lustvolles Geheimnis kommen.

„Was willst du hier?", raunzte er seine Frau wütend an. Die musste hier schnellstmöglich wieder verschwinden.

„Erwin, wir müssen uns unterhalten, und zwar jetzt." Susanne blieb auf ihrer Position. Erwin auch. Wie zwei Duellanten standen sie sich gegenüber, fixierten sich. Keiner war bereit nachzugeben.

„Bitte geh wieder. Ich habe heute keine Zeit für dich. Ich muss nachdenken.“ Zornig funkelte er seine Frau an.

„Hat dein Nachdenken etwas mit einem süßen kleinen Mädchen aus Gambach zu tun, das du gleich mit seinem Vater erwartest?“ Ebenso zornig fauchte Susanne zurück.

Eigentlich hatte sie nicht sofort mit der Tür ins Haus fallen wollen, doch die Unerbittlichkeit Erwins ließ ihr keine Wahl.

„Was meinst du? Ich verstehe nicht ganz“, nuschelte er nervös.

„Du weißt genau, was ich meine“, entgegnete sie ungehalten. „Und darüber müssen wir zwei sprechen. Mach endlich die Tür auf und lass mich rein!“ Susanne legte die Hand auf Erwins Brust und schob ihn ins Innere des Hauses. Entschlossen drückte sie die Tür hinter sich zu. „Geh ins Wohnzimmer und setz dich. Was ich dir jetzt zu sagen habe, wird dich nicht erfreuen“, forderte sie ihren Mann im Befehlston auf.

„Ich weiß gar nicht, was du hier willst“, giftete Erwin. Er unternahm einen erneuten Versuch, der peinlichen Situation zu entkommen: „Ich brauche einfach nur mal meine Ruhe. Wir können auch noch am Montag in der Firma reden. Geh jetzt bitte wieder und mach dir ein schönes Wochenende.“

„Erwin, du hast zwei Möglichkeiten. Die erste ist, du hörst dir an, was ich zu sagen habe. Die zweite ist, du schickst mich weg und empfängst deinen Besuch. Dann ist allerdings fünf Minuten später die Polizei hier und es wird richtig peinlich für dich.“ Mit unerbittlich forscher Stimme sprach sie zu ihrem Mann.

Erwins Gesicht verfärbte sich dunkelrot. Schweiß stand auf seiner Stirn. Seine Augen blickten Susanne ungläubig an.

„Woher weißt du von meinem Besuch?“, stotterte er verunsichert.

„Das ist egal. Du wirst das Mädchen nicht empfangen. Du wirst nie wieder ein kleines Mädchen anrühren.“ Voller Zorn schmetterte sie Erwin die Worte entgegen.

Erwin ließ sich auf der großen Ledercouch im Wohnzimmer nieder. Mit einem Schlag war ihm klar, dass er keine Wahl hatte. Offenbar wusste Susanne Bescheid. Er musste sich eine neue Taktik überlegen. So schnell würde er nicht aufgeben. Für heute jedoch musste er sein Vorhaben fallen lassen.

Olaf fuhr so langsam wie möglich über Trais-Münzenberg und Bellersheim nach Inheiden. Die Straßen waren noch leer und er hätte durchaus schneller fahren können. Doch er wollte Susanne genügend Vorsprung geben. Gut, dass er sie gleich erreicht hatte. Ihm war klar, dass er aufgrund seines Handelns seinen Job verlieren würde. Aber das war ihm jetzt auch egal. Er konnte doch nicht zusehen, wie ein so kleines, unschuldiges Ding missbraucht wurde.

Langsam steuerte er den Wagen durch die offen stehende Schranke in das Feriengebiet am Inheidener See. Hier war es noch ruhig. Der eine oder andere Feriengast lief mit einer Brötchentüte an der Straße entlang, ohne sich um die Luxuslimousine zu kümmern.

Vor dem Ferienhaus der Familie Thorwald war Susannes Rennmaschine aufgebockt. Also hatte sie es geschafft, vor ihm hier zu sein. Erleichtert stoppte er das Fahrzeug. Er ließ seine Fahrgäste aussteigen und zeigte auf die Haustür. „Dort werden Sie erwartet."

Der Hagere schaute ungläubig auf die Frau im Türrahmen. Es war nie die Rede davon gewesen, dass sonst noch jemand anwesend sein würde. Verunsichert grüßte er die große blonde Frau, die sich mit verschränkten Armen vor ihm aufgebaut hatte.

„Ist Herr Thorwald da? Wir haben einen Termin?", wagte er zu fragen.

„Herr Thorwald kann Sie nicht empfangen. Sie fahren jetzt wieder nach Hause. Wagen Sie es nicht, noch einmal hierherzukommen oder Kontakt mit meinem Mann aufzunehmen. Der Deal ist geplatzt. Ist das klar?" Zu dem Fahrer ihres Mannes, der lässig am Wagen lehnte, sagte sie im Befehlston: „Olaf, fahr die beiden wieder nach Hause!"

Der Hagere sah verunsichert von der Frau zu seiner Tochter, die er an der Hand hielt. Das Kind schaute unbekümmert drein.

Susanne neigte sich nach vorn und lächelte das hübsche Mädchen an. „Ich werde euch bald besuchen. Dann bringe ich dir was Schönes mit."

Der Hagere drehte sich um und ging mit seiner Tochter an der Hand zurück zum Wagen.

Bereitwillig öffnete Olaf ihm den Schlag.

Erleichtert sah Susanne den Mercedes ihres Mannes davonfahren. Um die Familie des Mädchens wollte sie sich nächste Woche kümmern. Sie würde das Jugendamt einschalten und dafür sorgen, dass dem Vater das

Sorgerecht für seine Tochter entzogen würde. Doch jetzt musste sie sich erst einmal um ihren Mann kümmern und ihre Angelegenheit regeln. Entschlossen ging sie ins Haus zurück.

Kapitel 79

Bernhard Weghaus war als Erster zur Stelle. Er war gerade dabei gewesen, seine neue Kaffeemaschine in Gang zu setzen, als er das Geschrei aus der Nachbarschaft hörte. Er wusste, dass die Mühle vermietet werden sollte und die neue Besitzerin übers Wochenende dort zur Probe wohnte. Die Immobilienmaklerin hatte es ihm gestern erzählt. Er hätte die Mühle gern gekauft, aber Jens, sein Sohn, hatte gesagt: „Papa, was willst du mit dem alten Gemäuer? Ich will nicht darin wohnen."

Dabei wäre Bernhard nach dem schrecklichen Tod seiner Frau Annedore und dem plötzlichen Ableben seines Schwiegervaters im Juni aufgrund des angetretenen Erbes durchaus in der Lage gewesen, die Mühle zu erwerben. Dann hätte er bestimmen können, was in der Nachbarschaft geschah. Neben dem Bungalow, in dem er wohnte, gehörten ihm nun die alte Hofreite seines Schwiegervaters und das Mehrfamilienhaus auf der anderen Straßenseite.

Das fing ja gut an, dachte er, als er über den nassen Rasen in Richtung der alten Mühle spurtete. Schon von Weitem sah er die neue Nachbarin am Rand des Mühlengrabens stehen. Sie starrte auf etwas im Wasser und schrie. Genau das hatte er befürchtet, dass so eine hysterische Großstadtzicke ihm in Zukunft auf die Nerven gehen würde.

Doch Sekunden später musste er Abbitte leisten. Was er da im Mühlengraben zu sehen bekam, ließ auch ihn erstarren.

Im Uferschilf hing eine Wasserleiche. Ihm war sofort klar, wer dieses unförmige, hässliche, stinkende Etwas war. „Das ist Benjamin", kam es über seine plötzlich blassen Lippen. „Das gibt es doch nicht. Da suchen die wochenlang überall auf der Welt nach diesem Mistkerl, und dann hängt der hier an der Uferböschung." Er schüttelte den Kopf und lachte hysterisch.

Sekunden später trafen auch sein Sohn Jens und einige der Nachbarn aus dem Mehrfamilienhaus am Ende der Mühlenstraße am Mühlrad ein. Sie näherten sich der Stelle, an der Nora und Bernhard auf einen Gegenstand im Wasser starrten. Ahnungslos blickten sie in den Mühlengraben, um sofort erschrocken einen Schritt zurückzuweichen. Bettina Jakobi, die Apothekerin aus Lich, drehte sich um und übergab sich.

Jens ergriff die Initiative. Er packte die immer noch schreiende Nora am Arm und schüttelte sie. „Um Himmels willen, beruhigen Sie sich doch!"

Doch die Frau konnte sich nicht beruhigen. Sie hatte einen Schock. Das bewies ihre blasse Gesichtshaut.

„Papa, mach doch was! Die geht mir mit ihrem Geschrei auf die Nerven", flehte Jens seinen Vater an, der immer noch auf die Wasseroberfläche stierte. Bernhard konnte seinen Blick einfach nicht abwenden. So etwas Schreckliches hatte er noch nie gesehen.

„Du musst ihr eine scheuern", kam es schließlich tonlos aus Bernhards Mund. Ohne Jens anzusehen, wiederholte er, diesmal mit Nachdruck: „Du musst ihr eine scheuern!“

Jens holte aus und schlug der Frau ins Gesicht.

Ungläubig starrte Nora Bundschuh den Jungen aus ihren dunklen Augen an und verstummte. Dann brach sie lautlos zusammen.

„Wir müssen die Polizei verständigen und einen Krankenwagen holen“, befand Bernhard und beugte sich über die Frau.

Die übrigen Nachbarn standen regungslos herum. Sie waren ob des Grauens, das sich so plötzlich in ihr Leben geschlichen hatte, unfähig, irgendetwas zu tun.

Kapitel 80

Erdmanns Kopf ruhte immer noch auf dem Hals seines Herrchens. Beide schliefen tief und fest und schnarchten um die Wette. Alexander träumte von einer Frau, Erdmann von einem großen, saftigen Steak. Sie hätten wahrscheinlich noch lange so einmütig im Bett gelegen, wenn sie nicht durch das Summen von Alexanders Handy geweckt worden wären.

Das zweite Mal in dieser Woche riss ihn sein Mobiltelefon aus seinem wohlverdienten Schlaf. Alexander versuchte sich aufzurichten, doch Erdmann knurrte und schmiegte sich noch enger an sein Herrchen. Der Kommissar bewegte seinen Arm in Richtung des kleinen Tisches neben seinem Bett. Von dort kam das Summen. Endlich hatte er das ruhestörende Etwas in der Hand. Dessen Display bewies ihm, dass es bereits nach 9.00 Uhr war.

„Henneberg", meldete er sich so klar und deutlich, wie es ihm möglich war.

„Alexander, du musst kommen. Du glaubst nicht, was passiert ist."

Die aufgeregte Stimme am anderen Ende der Leitung gehörte eindeutig seinem Freund Bernhard Weghaus aus Ober-Hörgern. Nachdem dessen Frau Annedore im Juni plötzlich verschwunden war, hatten die Ermittlungen ihn und Cosima im Zusammenhang mit dem Verschwinden des Jugendlichen Benjamin Dreiseitel schließlich zu ihren kläglichen

Überresten in Form von Knochenresten auf einem Acker in Ober-Hörgern geführt. Die Frau war verbrannt, ob bei lebendigem Leibe oder erst nach Eintritt des Todes, hatte nicht mehr zweifelsfrei festgestellt werden können.

Sein Freund Bernhard hatte die Nachricht vom Tod seiner Frau relativ gefasst aufgenommen. Dessen Schwiegervater dagegen war bei der Überbringung der Nachricht vom plötzlichen Ableben seiner Tochter auf der Stelle tot zusammengebrochen. „Bernhard, komm mal runter und sag mir, was passiert ist." Henne versuchte den Anrufer zu beruhigen.

„Die Sau ist tot", hörte er seinen Freund hysterisch lachend sagen.

Diesen Satz hatte der Kommissar diese Woche schon mehrfach gehört. Sofort musste er an den dicken Mann aus Gambach denken, den man auf dem Rücken liegend im Spargelbeet aufgefunden hatte.

„Wen meinst du denn? Ich verstehe nicht ganz."

„Na, den Jungen, den ihr die ganze Zeit gesucht habt. Der liegt hier tot im Mühlengraben." Bernhard spie die Sätze stoßweise aus.

Langsam dämmerte es Henne, was sein Freund ihm sagen wollte. „Meinst du etwa den Dreiseitel? Willst du mir das sagen, Bernhard?"

„Ja, genau den meine ich, den Dreiseitel. Der schwimmt hier im Mühlengraben. Du musst mit deinen Leuten nach Ober-Hörgern kommen."

„Du hast eine Wasserleiche gesehen?"

„Die sehe ich immer noch. Jetzt frag nicht so viel. Mach dich auf die Socken und komm her, verdammt noch mal! Mittlerweile kommen hier immer mehr Leute angefahren."

„Okay, bin schon unterwegs. Halte die Leute von der Stelle fern. Bis gleich."

Der Kommissar schob den seufzenden Erdmann von sich weg, knipste das Licht an und telefonierte. Er setzte eine Maschinerie in Gang, die in wenigen Minuten ganz Ober-Hörgern auf den Kopf stellen würde. Zum Schluss alarmierte er Cosima. Sie verabredeten sich an der alten Mühle.

Kapitel 81

Wie eine frische Brise kam Amelie ins Café Pia hereingeweht. Wie immer trug sie ein auffallend buntes Oberteil zu einer schicken Hose. Selbst die Schuhe passten farblich zu dem Rest ihres Outfits. Der Hauch eines teuren Parfums umgab sie. Frisur und Make-up waren perfekt. Auch wer Amelie nicht kannte, wusste sofort, dass er es hier mit einer Person zu tun hatte, die viel Wert auf ihr Äußeres legte.

Amelie entdeckte ihre Freundin Juliane in der linken Ecke mit der Kommissarin aus Friedberg. Ahnungslos ging sie auf den Tisch zu. Mit einem strahlenden Lächeln und einem lauten „Huhu" setzte sie sich auf den einzigen freien Stuhl. „Warum sitzt du denn heute hier? Gefällt dir unsere Ecke nicht mehr?", unterbrach sie Juliane und Cosima, die, im Gespräch vertieft, Amelies Ankunft gar nicht bemerkt hatten.

Leicht gereizt sah Juliane auf. „Guten Morgen, sagt man." Es war ihr gar nicht recht, dass Amelie schon hier war. Normalerweise trafen sie sich erst um 10.00 Uhr zu ihrer wöchentlichen Damenrunde. Das Gespräch mit der Kommissarin hatte sie zutiefst bewegt, und dazu passte das lockere Auftreten ihrer Freundin gar nicht.

„Moin, moin. Welche Laus ist dir denn über die Leber gelaufen?", fragte Amelie leicht verunsichert.

„Gar keine, aber ich würde mich gern noch einen Moment mit Frau von Mittelstedt unterhalten. Du bist zu früh."

Die Bedienung tauchte neben Amelie auf und fragte sie nach ihren Wünschen.

„Was habt ihr denn heute für gute Torten?“ Wieder ein strahlendes Lächeln.

Pia begann aufzuzählen: „Frankfurter Kranz, Maracujasahne, Schwarzwälder Kirsch, Käsesahne und ...“ Weiter kam sie nicht.

„Gut, ich nehme einen Eiskaffee.“ Amelie grinste über das ganze Gesicht. Pia schaute sie verblüfft an, entfernte sich dann aber kopfschüttelnd. Das war typisch für Amelie. Sie konnte alles durcheinanderbringen.

„Amelie, kannst du uns bitte einen Moment allein lassen? Ich muss noch was mit Frau von Mittelstedt besprechen“, forderte Juliane ihre Freundin in einem freundlichen, aber unmissverständlichen Ton auf.

Amelie schaute beleidigt von Juliane zur Kommissarin, erhob sich und ging zu ihrem Stammplatz.

Juliane sah ihr hinterher. Manchmal konnte Amelie mit ihrer Neugierde nerven. Ihr war jetzt schon klar, dass sie ab 10.00 Uhr am Damentisch in der anderen Ecke des Cafés keine Ruhe mehr haben würde. Amelie würde in ihrer speziellen Art, sie mit Fragen zu bombardieren und sie wie eine Zitrone auszuquetschen, nicht eher aufgeben, bis sie alles erfahren hätte. Doch das, was die Kommissarin ihr in der letzten halben Stunde anvertraut hatte, würde sie nicht preisgeben. Da konnte Amelie noch so lange bohren. Das ging sie nichts an.

„Stellen Sie sich vor, Frau Landmann, als ich letzte Woche abends nach Hause kam, habe ich einen Herrenslip in unserem Schlafzimmer gefunden, der eindeutig nicht meinem Mann gehörte.“ So hatte Cosima von Mittelstedt vor einer halben Stunde das Gespräch begonnen. „Als ich meinen Mann fragte, wie der Slip dahin käme, hat er mir ohne Umschweife oder Beschönigungen erklärt, dass er einen anderen Mann liebe.“

„Ja, und wem gehörte nun der Slip?“, hatte Juliane nachgehakt.

Frau von Mittelstedt hatte schwer an ihren Tränen geschluckt und war in ihrem Bericht fortgefahren. „Mein Mann hat mir gestanden, dass er mit einem Freund geschlafen habe, der schwul sei. Der habe ihn verführt. Der Slip gehöre dem Freund. Den habe er wohl in der Eile vergessen, als sie, Cosima, früher als erwartet nach Hause gekommen sei.“

„Ist Ihr Mann auf einmal schwul?“

„Nein, das ist er nicht. Das ist es ja gerade. Er liebe mich immer noch, sagt er. Aber er liebe auch den Freund. Er habe den Sex mit ihm richtig genossen, behauptet er. Das sei mal was anderes gewesen. Er hätte das selbst nie für möglich gehalten.“

„Also ist er bisexuell veranlagt?“, hakte Juliane erneut nach.

„Ja, so ist es. Er will ein Verhältnis mit diesem Freund haben und weiterhin mit mir zusammenwohnen.“

„Und was wollen Sie?“, hatte Juliane bestürzt gefragt.

„Das weiß ich nicht. Das ist ja das Schlimme. Ich liebe meinen Mann. Gegen eine andere Frau hätte ich ja noch kämpfen können, aber gegen einen Mann ... Wenn ich mir nur vorstelle, wie die beiden es miteinander treiben – das ist ja ekelhaft!“

„Na, das möchte ich mir gar nicht vorstellen", hatte Juliane zugegeben, obwohl das nicht gerade ein Trost für die verzweifelte Kommissarin war.

„Was würden Sie denn in so einer Situation tun?"

„Dem würde ich 'ne Bratpfanne übern Kopf hauen", empörte sich Juliane.

„Damit wäre das Problem aber auch nicht gelöst."

„Nee, für mich gäbe es nur eine einzige Möglichkeit: Ich würde mich von meinem Mann trennen. Nix gegen schwule Männer, aber ich wollte nicht mit einem Mann schlafen, der auch gleichzeitig Sex mit einem anderen Mann hat."

„Aber angeblich ist er ja nicht schwul. Er sagt, er würde mich immer noch begehren, aber im Moment wolle er den Sex mit seinem Freund ausleben."

„Egal – schwul oder bisexuell, so was geht gar nicht!", empörte sich Juliane erneut.

„Also würden Sie mir raten, mich von meinem Mann zu trennen?"

„Ganz ehrlich, Frau von Mittelstedt, ich an Ihrer Stelle würde ausziehen und mal eine Weile auf Abstand gehen. Dann können Sie am ehesten feststellen, ob Ihnen noch was aneinander liegt und ob Sie wieder zusammenkommen oder sich trennen. Wenn Sie jetzt mit Ihrem Mann zusammenbleiben und diese Liebschaft tolerieren, haben Sie verloren. Das wäre genauso, als wenn Ihr Mann eine andere Frau hätte."

„Jetzt bin ich richtig froh, dass wir keine Kinder haben. Ich habe schon immer geahnt, dass sich der Herrgott irgendwas dabei gedacht haben muss, dass ich nicht schwanger geworden bin. Vielleicht habe ich das instinktiv gespürt."

„Na ja, ob der liebe Gott was damit zu tun hat, will ich mal in Frage stellen, aber unser Körper ist schlauer, als wir denken."

So wäre das Gespräch weitergegangen, wenn nicht Amelie hereingeschneit wäre. Im Grunde konnte Juliane der Freundin dankbar sein, denn ihr war die ganze Sache unangenehm. Was sollte sie auch ernsthaft zu einer solch ungewöhnlichen Situation sagen? Sie selbst hatte in dieser Hinsicht keinerlei Probleme. Ihr drohte weder von weiblicher noch von männlicher Seite Konkurrenz. Sie war froh, dass sie einen so lieben, verständnisvollen und treuen Ehemann hatte, auf den sie sich jederzeit verlassen konnte.

Die Kommissarin wollte das Gespräch gerade fortsetzen, als sie ein Anruf erreichte. An ihrem Gesicht konnte Juliane die Überraschung über den Inhalt der Mitteilung erkennen.

„Es gibt Arbeit, Frau Landmann. Man hat in Ober-Hörgern eine Wasserleiche im Mühlengraben gefunden", berichtete die Kommissarin der verblüfften Juliane. Sie griff nach ihrer Tasche und verabschiedete sich in aller Eile.

Juliane legte einen Zwanzig-Euro-Schein auf den Tisch und verließ ebenfalls das Café. Amelie sah den hinauseilenden Frauen hinterher. Da war doch was faul! Sie sprang auf und folgte ihrer Freundin.

Kapitel 82

In aller Eile war Kriminalhauptkommissar Henneberg über die B 3 nach Bad Nauheim und von dort über die Landstraße nach Rockenberg gefahren. Er folgte der schmalen, kurvenreichen Landstraße von Rockenberg nach Münzenberg. Von dieser hatte man einen herrlichen Blick auf die gewaltige Stauferburg, die der kleinen Stadt Münzenberg den Namen verliehen hatte. Hoch über den Häusern ragten die beiden Rundtürme in den wolkenverhangenen Himmel.

Gestern Abend hatte er noch bei sommerlichen Temperaturen im Burginnenhof gesessen und sich das Schauspiel angesehen.

Trotz des nächtlichen Regens lag das Land braun und karg da. Die Felder waren abgeerntet. Der Sommer war mit einem Mal vorbei.

Zusammengerollt wie ein Embryo lag Erdmann auf der Rückbank und schlief. Henne hatte keine Zeit gehabt, den Hund zu füttern oder mit ihm Gassi zu gehen. Das musste warten.

Kurz vor Münzenberg bog er links von der Landstraße ab und fuhr durchs Feld nach Ober-Hörgern. Nebelschwaden erhoben sich aus den nassen Wiesen. Der kalte Regen hatte den warmen Boden abgekühlt.

Er parkte seinen Wagen vor der Absperrung über den Mühlengraben und öffnete die Scheiben einen Spalt breit. An Erdmann gerichtet, der inzwischen aufgewacht war, sagte er: „Du bleibst brav im Auto."

Über die Behelfsbrücke, die man über dem Graben errichtet hatte, ging er in Richtung der alten Mühle.

Nach dem schrecklichen Sturm im Juni, der das einstige, über hundert Jahre alte Brückenbauwerk zu großen Teilen weggerissen hatte, waren die Bauarbeiten eingestellt worden. Der Mühlengraben war wochenlang voller Wasser gewesen, das nur langsam abgelaufen war. Die Überreste der Brückenbögen hatten abgerissen werden müssen. Von dem ehemaligen wunderschönen Brückenbauwerk war nichts mehr übrig geblieben. Zudem musste die Stadtverwaltung erst einmal klären, wer für den Schaden beziehungsweise den Neubau einer Brücke aufkommen würde. Pläne dafür wurden erstellt und die Kosten ermittelt. Das dauerte, und so lange mussten sich die Ober-Hörgerner mit dieser Behelfsbrücke zufriedengeben.

Den wenigen Landwirten, die es in Ober-Hörgern noch gab, blieb seit Wochen nur ein Umweg, um auf ihre Felder jenseits der Wetter zu kommen. Die Fußballer konnten jedoch ohne Probleme zu Fuß über die Behelfsbrücke zu ihrem Wetterstadion gelangen. Das Dach des Fußballerheims, das der Sturm weggerissen hatte, war mittlerweile erneuert worden. Dem allabendlichen Treffen der Sportler stand somit nichts mehr im Wege.

In der Ferne hörte Henne das Mühlrad klappern und das Wasser im Mühlengraben rauschen. Vor der Mühle war der reinste Volksauflauf. Er vernahm laute, aufgeregte Stimmen. Auf der Mühlenstraße selbst standen Feuerwehrautos, Polizeifahrzeuge, Notarztwagen und verschiedene Rettungsdienste wie auf einer Perlenschnur aufgereiht. Der unvermeidliche Leichenwagen parkte vor Bernhards Garage. Wie makaber! Zwischen den Einsatzfahrzeugen waren zudem mehrere Privatwagen abgestellt worden. Der Fund der Wasserleiche hatte sich im Ort wie ein Lauffeuer herumgesprochen.

Auf der Behelfsbrücke stehend konnte Henne den Leichnam eines Menschen im Wasser sehen. Groß und unförmig hing er im Uferschilf.

Henne hatte Mühe, durch die Ansammlung Neugieriger hindurchzukommen. Er trug seinen Dienstausweis wie ein Schutzschild vor seiner Brust und bahnte sich seinen Weg durch die Menge, die nur zögernd den Weg für ihn freimachte.

Vor dem rot-weißen Absperrband auf dem Gartengrundstück, das zur alten Mühle gehörte, traf er auf Bernhard. Neben ihm stand seine Kollegin, Kriminaloberkommissarin von Mittelstedt, die nach Hennes Anruf sofort an den Fundort der Leiche geeilt war. Im Schlepptau hatte sie Juliane Landmann. Was machte die Redakteurin der Lokalzeitung denn schon wieder hier? Er freute sich zwar, sie zu sehen, war jedoch etwas irritiert, dass er die Dame bereits das zweite Mal in dieser Woche an einem Tatort antraf. Henne konnte ja nicht wissen, dass die beiden Frauen im Café Pia in Butzbach zusammengesessen hatten, als sein Anruf Cosima erreichte.

Auch die Spusi war bereits anwesend. In ihren weißen Schutzanzügen turnten sie über den feuchten Rasen. Sogar Frau Dr. Auf der Heide war schon vor Ort. Nur gut, dachte Henne, dass er Erdmann im Auto gelassen hatte. Nicht auszudenken, was diese Tussi für ein Theater gemacht hätte, wenn der Rauhaardackel hier aufgetaucht wäre.

Unverkennbar stieg ihm der Geruch von Tod in die Nase. Er hatte im Laufe seiner Dienstzeit bisher nur eine Leiche gesehen, die längere Zeit im Wasser gelegen hatte, aber den abartigen Geruch aus Käse, Fisch und fauligem Wasser hatte er nie vergessen können.

Zögernd ging er auf die Uferböschung zu und blickte in das Wasser des Mühlengrabens. Das Aussehen einer Wasserleiche war ihm zwar nicht fremd, dennoch schauderte es ihn beim Anblick der durchsichtigen, grünlich schimmernden Gesichtshaut. Auch wenn sich das Gesicht und der nun an einen Blasebalg erinnernden Körper durch das lange Liegen im Wasser verändert hatten, konnte Henne erkennen, dass es sich bei der Leiche um einen jüngeren Menschen handelte.

Wahrscheinlich hatte Bernhard recht und es war der Leichnam von Benjamin Dreiseitel, der vor ihnen im Wasser schwamm.

Kapitel 83

Feucht schimmerte der Asphalt unter den breiten Rädern ihrer Rennmaschine. Susanne Thorwald hatte die A 45 bei Münzenberg verlassen und war auf die B 488 links in Richtung Butzbach abgebogen. Nach dem unerfreulichen Gespräch mit Erwin in Inheiden wollte sie als Nächstes Konstanze besuchen und ihr das Ergebnis ihrer Unterredung mit ihrem Vater mitteilen.

Im Laufe des Tages würde ihre Freundin Andrea, die Psychotherapeutin aus Leipzig, eintreffen, um Konstanze abzuholen und sie in eine geeignete Klinik zu bringen, wo sie langfristig behandelt werden würde. So lange musste die junge Frau ihr Studium in Dresden eben unterbrechen. Erwin würde weder von dem Aufenthalt noch von dem Ort erfahren.

Nachdem ihr Mann keine Einsicht gezeigt hatte, war Susanne verbal auf ihn losgegangen. Voller Hass hatte sie ihn attackiert. „Erwin, ich weiß alles. Ich weiß, was du Konstanze angetan hast, und ich weiß auch, dass sich deine Frau Irene deswegen das Leben genommen hat. Du bist ein Schwein, ein Dreckschwein, ein ekelhaftes Monster!", hatte sie ihren Mann angeschrien. Susanne waren vor lauter Aufregung keine passenderen Schimpfworte eingefallen. „Und damit nicht genug, hast du weitere kleine Mädchen missbraucht. Wie konntest du nur? Du ekelst mich an." Sie hatte vor ihn auf den Boden gespuckt. „Wenn du nicht willst, dass ich dich anzeige und die ganze Sache auffliegt, wirst du genau das tun, was ich dir sage. Und glaube mir, ich tue das nicht deinetwegen, sondern einzig und allein deinen Kindern zuliebe. Und auch, um den kleinen Mädchen die Scham zu ersparen. Aber ich werde mich um die Mädchen kümmern und dafür sorgen, dass sie psychologisch behandelt werden."

Stumm hatte Erwin seine kreischende Frau angestarrt.

„Du wirst dich aus der Firma zurückziehen und die Geschäfte mir und Fred überlassen, bis Konrad so weit ist, dass er die Leitung übernehmen kann. Du wirst dich in Behandlung begeben. Meine Freundin wird dir einen entsprechenden Sexualtherapeuten empfehlen. Und wage es ja nicht, noch einmal ein kleines Mädchen zu belästigen!" Mit erhobenem Zeigefinger hatte sie ihm gedroht.

Woher hatte sie all diese unerfreulichen Details erfahren?, hatte Erwin sich gefragt. Mit offen stehendem Mund hatte er seiner Frau zugehört. Ausgerechnet Fred, seinem Schwager, sollte er die Firmenleitung übergeben. Der war doch auch nicht besser als er. Gut, Fred stand nicht auf kleine Mädchen, aber die Dinger, die er vernascht hatte, waren ebenfalls blutjung und noch Jungfrauen gewesen. Aber das behielt er im jetzigen Stadium für sich. Fred konnte ihm vielleicht noch von Nutzen sein. Außerdem musste er erst die Sache mit Karl Boschs Tochter Victoria bereinigen.

„Wir werden allen sagen, dass du dich aus gesundheitlichen Gründen zurückziehen musstest. Ist das klar?"

Erwin war total perplex, sodass er unfähig war zu antworten.

„Ob das klar ist, habe ich gefragt?", wiederholte Susanne wütend ihre Frage.

Erwin nickte zermürbt. Was blieb ihm anderes übrig, als gute Miene zu bösem Spiel zu machen – vorläufig.

„Komm ja nicht noch einmal nach Trais-Münzenberg. Ich werde dir deine Sachen hierherbringen lassen. Am Montag sehen wir uns in der Firma. Ein Anwalt wird da sein und einen entsprechenden Vertrag aufsetzen. Falls du dich nicht nach meinen Anweisungen richtest, gehst du in den Knast. Darauf kannst du dich verlassen. Und dann machen die bösen Jungs dort mit dir das, was du mit den kleinen Mädchen gemacht hast, du Schwein!"

Erwin hatte nicht darauf reagiert. Es war ihm nichts eingefallen, womit er sich hätte verteidigen können.

„Eigentlich hättest du es verdient, dass man dir in den Arsch ..." Susanne konnte nicht weitersprechen. Denn das, was ihr Mann getan hatte, war zu ungeheuerlich. Dafür fehlten ihr die Worte. Ihr Zornesausbruch hatte sie alle Energie gekostet. Sie hatte sich plötzlich müde und ausgelaugt gefühlt. Ohne ein Wort des Abschieds hatte sie sich auf dem Absatz umgedreht und das Haus verlassen. Donnernd war hinter ihr die schwere Eingangstür ins Schloss gefallen.

Vor der Tür war Susanne in Tränen ausgebrochen. Wie hatte ihr Mann seiner eigenen Tochter nur so etwas Grauenhaftes antun können? Konstanze war damals noch ein kleines Kind gewesen, das den Schutz der Eltern brauchte. Stattdessen hatte der eigene Vater die Hilflosigkeit des Kindes ausgenutzt und die Sauerei auch noch fotografiert.

Die Bilder hatte Susanne auf der Diskette entdeckt, die in den Heften gesteckt hatte und die ihr die Autobahnpolizei am Montag nach dem Unfall mit den anderen Sachen ausgehändigt hatte. Zuerst hatte sie nicht glauben können, was sie da sah, doch nachdem sie mit Dr. Mayer und anschließend mit Konstanze selbst gesprochen hatte, musste sie die schreckliche Wahrheit akzeptieren.

Nach der Aussage des Psychiaters hatte Konstanze die Geschehnisse von damals bis letzten Sonntag tief in ihrem Inneren vergraben. Erst während der Geburtstagsfeier ihres Vaters waren die Bilder des Grauens mit einem Schlag wieder in ihr Bewusstsein gedrungen. Auslöser der Erinnerung war ihr eigener Bruder gewesen. Konrad hatte sich seit ihrem letzten Treffen im Frühjahr einen Schnurrbart wachsen lassen. Dadurch war er zum Ebenbild seines Vaters in jüngeren Jahren geworden. Konstanze hatte geglaubt, ihren eigenen Vater zu sehen, wie er sich ihr als Kind unsittlich genähert hatte.

Mit einem Mal war Konstanze auch klar geworden, wieso sie immer ein ungutes Gefühl gehabt hatte, wenn ihr Vater in ihrer Nähe war, warum sie so unruhig schlief und von seltsamen Albträumen geplagt wurde, warum sie jeden jungen Mann, der ihr zu nahe kam, abwies und warum sie sich ohne erkennbaren Grund die Arme aufkratzte.

Das alles hatte Dr. Mayer Susanne erklärt.

Susanne hatte sich mittlerweile etwas beruhigt. Als sie in Wölfersheim auf die A 45 aufgefahren war, hatte sie ihre Maschine kurzzeitig aufgedreht und war eine längere Strecke mit zweihundert Stundenkilometern über die Autobahn gerast. Schließlich hatte sie sich besonnen und das Tempo gedrosselt.

Kurz vor der Einfahrt nach Ober-Hörgern fielen ihr auf der linken Seite im Feld blaue und gelbe Blinklichter auf. Aus der Ferne konnte sie eine lange Schlange von Fahrzeugen erkennen. Irgendetwas musste dort passiert sein. Aber das interessierte sie im Moment nicht.

Plötzlich überholte sie ein dunkelgrüner Jaguar älteren Baujahrs. Wie ein Pfeil schoss er an ihr vorbei und fuhr mit überhöhter Geschwindigkeit in den Ort hinein. Das fest installierte Radargerät reagierte auf das hohe Tempo des Rasers mit einem grellen Blitz. Das würde ein schönes Foto und eine saftige Strafe geben.

Mitten im Ort, kurz vor der Abzweigung in die Brunnenstraße, bremste der Jaguar ab und bog ohne zu blinken vor einem herannahenden Auto nach links ab. Dem Fahrer des entgegenkommenden Wagens blieb nur die Vollbremsung. Sein Wagen rutschte mit quietschenden Reifen auf die Gegenfahrbahn, wo er stehen blieb. Der Mann am Steuer hupte wütend.

Doch der Raser nahm den Protest nicht wahr. Er war bereits in der Mühlenstraße angekommen, wo er sein Auto hinter dem letzten Fahrzeug stehen ließ und in Richtung der Menschenansammlung rannte, dorthin, wo man die Wasserleiche entdeckt hatte. Auch die Polizeibeamten, die versuchten, das Chaos zu überblicken, konnten ihn nicht aufhalten.

Kopfschüttelnd sah Susanne dem Raser hinterher. Instinktiv reagierte sie auf die Situation und lenkte ihre Maschine ganz nach rechts an den Fahrbahnrand. Als hätte sie es geahnt, sah sie, wie der Jaguar in der Ortsmitte einem entgegenkommenden Fahrzeug die Vorfahrt nahm, das durch eine Vollbremsung auf ihre Fahrbahnseite geriet. Susanne konnte haarscharf an dem Wagen vorbeischlingern, gab Gas und brachte die Maschine wieder in die Spur.

So ein Vollidiot! Immer wurde auf die Motorradfahrer geschimpft, dabei waren die Autofahrer auch nicht besser. Am Ortsausgang von Ober-Hörgern gab sie ordentlich Gas und fuhr in Richtung Butzbach davon.

Kapitel 84

„Fred, kannst du nach Inheiden kommen? Wir müssen reden."

„Wieso denn schon wieder? Es ist doch alles gesagt."

„Es gibt eine neue Entwicklung."

„Nun sag schon, was ist los?"

„Nicht am Telefon. Mach, dass du herkommst. Es brennt!" Erwin hatte sich von seinem ersten Schreck erholt. Nachdem seine Frau wie eine Furie aus dem Haus gerannt war, hatte er sich an der Bar bedient. Der rauchige Geschmack des über dreißig Jahre alten Single Malt Whisky beruhigte seine Nerven. Er legte auf und schaute minutenlang mit dem schweren Kristallglas in der Hand auf den See hinaus.

Die Oberfläche des Gewässers lag da wie ein Spiegel, umgeben von hübschen kleinen Holzhäusern mit gepflegten Gärten, in denen nette Familien wohnten, die hier am Wochenende Ruhe und Erholung suchten.

Dunkle Wolken zogen über das Wochenendgebiet hinweg. Über Nacht hatte es sich merklich abgekühlt. Die Hitze der letzten Tage war einer frischen Brise gewichen.

Noch immer rasten die Gedanken in Erwins Kopf. Woher wusste Susanne von seiner Neigung? Außer Fred hatte doch niemand eine Ahnung von seiner abartigen Veranlagung. Über viele Jahre hinweg war es ihm gelungen, diese Tatsache geschickt zu verbergen. Nie hatte er die Mädchen nach Hause kommen oder sich in der Öffentlichkeit mit auch nur einem von ihnen sehen lassen.

Hier in Inheiden hatte er sich mit den kleinen Dingern vergnügt, während ihre Väter draußen vor der Tür warteten, um anschließend den Lohn in Form von Bargeld entgegenzunehmen. Ausnahmslos hatten sie ihm bereitwillig ihre Töchter überlassen und nie ein Wort darüber verloren. Sie hätten sich selbst in Schwierigkeiten gebracht, wenn sie etwas von der gegenseitigen Vereinbarung hätten nach außen dringen lassen.

Er konnte sich nicht vorstellen, dass sein Schwager ihn verraten hatte. Wenn ihm, Erwin, die Mädchen nicht mehr gefielen, weil ihre Körper rundliche Formen entwickelten, hatte er sie Fred bereitwillig überlassen. Der stand mehr auf knackige Hintern und schwellende Brüste. Warum sollte der ihn also verraten?

Oder sollte Olaf etwas bemerkt haben?

Selten hatte er ihn damit beauftragt, eines der Mädchen zu ihm zu bringen. Sie waren außerdem immer in Begleitung ihrer Väter hier erschienen. Nein, das konnte er sich nicht vorstellen. Olaf war ihm treu ergeben. Er hatte dem Exknacki nach einer langjährigen Haftstrafe im Butzbacher Gefängnis als Einziger eine Chance gegeben und ihn als Fahrer eingestellt. Der Hüne, der bei einer Schlägerei zu fest hingelangt hatte, war für schwere Körperverletzung mit Todesfolge für mehrere Jahre im Knast gewesen.

Olafs Mutter war nach Butzbach gezogen, um in der Nähe ihres Sohnes zu sein. Sie hatte ihn regelmäßig im Gefängnis besucht. Wegen guter Führung war ihm das letzte Drittel seiner Strafe erlassen worden. Die strengen Bewährungsauflagen konnte er dank der Anstellung bei Erwin Thorwald problemlos einhalten. Olaf hatte sich nie wieder etwas zuschulden kommen lassen. Warum sollte er also so dumm sein, seine Lebensstellung zu gefährden und seinem Chef etwas anhängen zu wollen?

Doch woher wusste Susanne Bescheid? Woher wusste sie, dass er, Erwin, seine eigene Tochter missbraucht hatte? Sollte sich Konstanze ihr anvertraut haben? Woher hatte sie die Diskette, die er vergeblich gesucht hatte? Der einzige Beweis, der ihn entlarven konnte.

All die Jahre nach dem Tod seiner ersten Frau war er sich absolut sicher gewesen, dass niemand etwas von dem bemerkt hatte, was damals in der Traiser Villa vorgefallen war. Geschickt hatte er seinen Mitmenschen den trauernden Witwer vorgespielt, dessen Frau aus völlig unerklärlichen Gründen durch einen tragischen Unfall den Tod gefunden hatte.

Man hatte ihn für seine Ruhe und Besonnenheit in diesen schweren Zeiten bewundert und aufrichtig mit ihm getrauert. Niemand hätte ihm zugetraut, dass er seine Frau in den Tod getrieben hatte. Außer dem behandelnden Psychiater hatte zudem niemand etwas gewusst. Und der hatte Schweigepflicht, nicht nur wegen des Eids, den er geschworen hatte, sondern auch, weil er, Erwin, ihn in der Hand hatte. Auch jetzt war er ihm wieder zu Diensten und würde dafür sorgen, dass Konstanze dichthielt.

Wie konnte Susanne es überhaupt wagen, so mit ihm zu sprechen? Er war Erwin Thorwald, ein erfolgreicher Unternehmer, millionenschwer, ein Gönner, der an seine

Mitmenschen dachte, großzügige Spenden überreichte und sozial Schwache unterstützte. Er war ein angesehener Bürger der Gesellschaft mit zahlreichen Verbindungen zu höchsten Kreisen. Einige Jahre hatte er sogar im Traiser Kirchenvorstand mitgewirkt. Erst kürzlich hatte er den Kinderspielplatz durch eine neue Schaukel aufgewertet. Viele seiner Angestellten verdankten es ihm, dass sie wieder eine Arbeitsstelle und den Weg zurück in die Gesellschaft gefunden hatten. Ganz absichtlich hatte er immer wieder aus der Haft entlassene Menschen mit hohen Bewährungsauflagen eingestellt, weil diese ihm ergeben und von ihm abhängig waren. Wer wollte ihm denn da ernsthaft ans Bein pinkeln?

Susanne sollte sich nicht allzu sicher sein. Er würde dafür sorgen, dass sie ab Montagmorgen kleinere Brötchen buk. Dazu brauchte er die Hilfe seines Schwagers. Und der würde sie ihm nicht verweigern. Der hatte im Moment selbst genug Sorgen. Und er brauchte Geld. Das konnte er kriegen, aber dafür musste er eine Gegenleistung erbringen.

Sobald Fred hier eintraf, würde er ihm seinen Plan erklären. Es war ganz einfach. Und es würde Susanne schachmatt setzen. Da konnte sie noch so viele Anwälte herbringen. Die brauchte sie dann selbst. Es sei denn, er würde ihr großzügig verzeihen und darüber hinwegsehen, dass sie angeblich versucht hatte, ihn zu betrügen. Dann sollte sie mal sehen, wer hier die Firma verlassen musste. Bisher hatte er seinen Kopf noch aus jeder Schlinge gezogen.

Kapitel 85

Entnervt legte Fred die F.A.Z. zur Seite und ging auf die Terrasse. Sein Schwager bereitete ihm große Sorgen. Ständig hatte er, Fred, sich ihm zur Verfügung zu halten. Sobald Erwin ein Furz quer lag, musste er springen.

Sicher war er Erwin zu großem Dank verpflichtet. Er hatte ihm nach dem Konkurs seiner Firma in Butzbach eine zweite Chance gegeben und ihm die Stelle des Vertriebsleiters angeboten.

Er musste sich noch nicht einmal groß anstrengen. Die Firma für Metzgereibedarf in Lich lief von allein. Auf dem Markt gab es kaum Konkurrenz. Er verdiente gut und hätte eigentlich ein sorgenfreies Leben führen können.

Die gemeinsame Leidenschaft für junges Gemüse und zartes Fleisch schweißte die beiden auf Gedeih und Verderb zusammen. Fred hatte Erwin immer wieder kleine Mädchen besorgt. Für viel Geld hatten deren Eltern ohne Skrupel ihre Töchter angeboten.

Er hatte das stets geschickt eingefädelt. Die Anbieter wussten nicht, für wen ihr Kind bestimmt war. Sobald die Mädchen frauliche Formen annahmen, hatte Erwin die Lust an ihnen verloren und sie ausgewechselt. Zuletzt hatte er sich mit Victoria, der Tochter von Karl Bosch, vergnügt, bis auch sie allzu weibliche Rundungen angenommen hatte. Seitdem ging er, Fred, bei Victoria ein und aus, die ihm alles bot, was ihn gelüstete.

Victorias Körper hatte sich im letzten halben Jahr rasant entwickelt und das Mädchen ging nur allzu bereitwillig auf seine Wünsche ein.

Für Erwin war schnell ein neues süßes, kleines Ding gefunden. Durch Zufall war Fred auf die Tochter des Hageren gestoßen. Heute Morgen hatte sie seinem Schwager zu Diensten sein sollen. Ob irgendwas nicht geklappt hatte? Oder warum hatte Erwin in aller Frühe angerufen und ihn nach Inheiden bestellt?

Fred verspürte nicht die geringste Lust, schon wieder in das Wochenendgebiet zu fahren. Der einzige Grund, der ihn dennoch aus dem Haus trieb, war seine Frau Georgia. Die ging ihm tierisch auf die Nerven. Ihr dämliches Geplapper machte es ihm unmöglich, sich auf die Zeitung zu konzentrieren. Ihn interessierte es nicht im Geringsten, mit wie vielen Schlägen sie einen Ball einlochte oder wer alles auf dem Golfplatz rumturnte. Auch die neuesten Modetrends konnten ihn nicht vom Hocker reißen.

Hilfesuchend sah er zur Burg hinauf. Die grauen Basaltquader hoben sich nur schwach von dem dunklen Augusthimmel ab. Schwarze Vögel kreisten vor den Fensterhöhlen des Falkensteiner Baus. Die düstere Ansicht trug auch nicht gerade zur Aufhellung seiner Stimmung bei.

Der Blick auf die Salzwiesen vor Ober-Hörgern überraschte ihn. Im Hintergrund nahm er blinkende Blaulichter wahr. Was da wohl wieder los war?

„Fred, weißt du schon, dass wir neue Nachbarn bekommen?“, unterbrach Georgia seine Gedanken.

„Nee, woher denn?“, brummte er missmutig.

„Stell dir vor, Frau Dr. Dreiseitel hat ihre Praxis an ihre ehemalige Mitarbeiterin, Frau Dr. Reinheimer, verkauft. Die fängt im September an", plapperte seine Frau munter weiter. „Ist das nicht prima? Dann haben wir endlich wieder eine Ärztin in Münzenberg."

„Na, toll, dann kann ich wieder sehen, wie ich von meinem Grundstück komme. Das eine sage ich dir gleich, die soll ihren Patienten von Anfang an beibringen, dass sie nicht vor meiner Tür zu parken haben."

„Die Straße gehört allen. Hier kann jeder parken, wo er will."

Jahrelang hatte sich Fred darüber geärgert, dass die Patienten von Frau Dr. Dreiseitel, der Allgemeinmedizinerin aus der Nachbarschaft, alle Straßen im Eiloh zugeparkt hatten, sodass man kaum sein Grundstück verlassen konnte, geschweige denn ohne Schwierigkeiten bis zur Hauptstraße kam. Immer wieder hatte er die Ärztin aufgefordert, ihre Patienten zu bitten, Rücksicht auf die Anwohner zu nehmen. Doch das hatte die feine Dame nicht interessiert. Dafür sei sie nicht zuständig, hatte sie jedes Mal geantwortet und ihm die gleiche blöde Antwort gegeben wie seine Frau – die Straße sei schließlich für alle da.

Nach dem Verschwinden ihres ältesten Sohnes Benjamin im Juni hatten sich die Dreiseitels getrennt. Frau Dr. Dreiseitel hatte ihre Praxis quasi über Nacht aufgegeben und war nach Graz gezogen. Im Eiloh war endlich Ruhe eingekehrt. Damit hatte Münzenberg aber auch eine gute Ärztin verloren. Seitdem hatte das große Haus auf der anderen Straßenseite leer gestanden. Jetzt würde der ganze Zirkus von vorn beginnen.

Kapitel 86

Henne hatte die Faxen dicke. Waren denn die Kollegen von der Bereitschaftspolizei nicht in der Lage, die Leute fernzuhalten? Immer näher rückten ihnen die Neugierigen auf die Pelle. Mittlerweile war die Mühlenstraße von wild durcheinander parkenden Autos verstopft. Die ganze Umgebung schien sich hier versammelt zu haben. Den Einsatzleiter der Bereitschaftspolizei hatte er schon seit längerer Zeit nicht mehr gesehen.

Nora Bundschuh, die Frau, die die Wasserleiche entdeckt hatte, wurde immer noch von der Notärztin behandelt. Sie lag mit einem schweren Schock im Notarztwagen. Es war nicht möglich, sie zu befragen. Der Abtransport über die Mühlenstraße war durch die parkenden Fahrzeuge ebenfalls unmöglich.

Von allen Seiten strömten die Leute herbei. Mittlerweile war auch die Behelfsbrücke über den Mühlengraben von Neugierigen belagert. Auf der anderen Seite der Wetter standen jede Menge Autos in den Wiesen. Die dazugehörigen Fahrer betrachteten das Szenario vom Fußballfeld des Wetterstadions.

Irgendein netter Zeitgenosse musste die Nachricht vom Fund der Wasserleiche über Facebook verbreitet haben. Diese neuen Medien waren Fluch und Segen zugleich, dachte Henne wütend.

Zu allem Überfluss stellte jetzt so ein Vollidiot auch noch seinen Jaguar mitten in den Weg. Wild fuchtelnd verließ ein weißhaariger älterer Mann das Fahrzeug. So schnell es ihm durch die parkenden Fahrzeuge möglich war, lief er auf die Menschenmenge zu, die sich hinter dem Absperrband befand.

Henne herrschte einen der am nächsten stehenden Bereitschaftspolizisten an: „Mann, sorgen Sie endlich dafür, dass die Leute hier verschwinden. Wie sollen wir denn unsere Arbeit machen?“

„Die Leute wollen einfach nicht gehen. Wir warten auf Verstärkung. Der Einsatzleiter kümmert sich gerade darum“, kam es knapp von dem Beamten zurück.

In diesem Moment trafen tatsächlich mehrere Mannschaftswagen der Bereitschaftspolizei aus Lich ein. Über einen engen, schwer zu befahrenden Feldweg hatten sie den Weg hierher gefunden. Anders war die Zufahrt zur alten Mühle im Moment nicht möglich. Aus den sich öffnenden Schiebetüren sprangen junge Polizisten, die sich sofort unter die Menschenmenge mischten. Hier und da war ein „Gehen Sie jetzt bitte nach Hause, hier gibt es nichts zu sehen!“ zu hören.

Manchmal hasste Henne seinen Beruf. Jetzt war es wieder so weit. Ausgerechnet an einem Samstag, dem einzigen Tag in der Woche, an dem man Privates erledigen konnte, musste diese Wasserleiche auftauchen. Hätte die nicht bis zum Montag warten können? Er stand hier auf der feuchten Wiese, seine neuen Lederschuhe waren durchweicht, die Hosen unten herum nass. Seine Stimmung war auf dem Nullpunkt. Jetzt begann es auch noch zu nieseln. Am liebsten hätte er seinem Ärger Luft gemacht.

„Lassen Sie mich durch, Sie Vollidiot!“, hörte Henne den Weißhaarigen schreien. Einer der jüngeren Polizisten versuchte den Mann am Durchkommen zu hindern und ihn zurückzudrängen. Dieser jedoch schlug mit seinen Fäusten dem Polizisten gegen die Brust. „Ich bin der Großvater des Toten. Sie werden mich nicht aufhalten!“, brüllte er mit vor Wut verzerrtem Gesicht.

Henne glaubte sich verhört zu haben. Wie kam der Mann denn darauf, dass es sich bei dem Toten um seinen Enkel handeln könnte? Er gab dem Bereitschaftspolizisten ein Zeichen. „Schon gut, lassen Sie den Mann durch. Ich kümmere mich um ihn.“ Er ging auf den älteren Herrn zu. Im Näherkommen erkannte er ihn. Es war der Großvater von Benjamin Dreiseitel.

„Herr Kommissar, ist es wahr, dass Sie meinen Enkel gefunden haben? Stimmt es, dass er tot ist? Wer hat ihn umgebracht?“ Aufgeregt kamen die Fragen aus dem Mund des alten Herrn geschossen.

„Herr Dreiseitel, bitte beruhigen Sie sich. Hier wurde eine Wasserleiche ans Ufer geschwemmt. Wir wissen noch gar nicht, um wen es sich handelt.“

„Die Tochter unserer Nachbarin hat es im Internet gelesen. Da stand, dass man Benjamin gefunden hat. Die schreiben so was nicht, wenn es nicht stimmt“, gab der alte Herr energisch zu bedenken.

Dachte ich es mir doch, überlegte Henne, dass einer dieser Halbwüchsigen die Nachricht in einem der sozialen Netzwerke verbreitet hat. Es waren ja auch genügend Jugendliche hier. Sogar auf der Loggia des Mehrfamilienhauses gegenüber drängten sie sich, um über das Geländer nach unten zu schauen und das Geschehen zu beobachten.

„Herr Dreiseitel, im Internet wird so einiges geschrieben. Deshalb muss es aber noch lange nicht stimmen."

„Wer soll es denn sonst sein? Es passt doch alles zusammen!"

„Bitte fahren Sie wieder nach Hause. Wir müssen die Leiche zunächst einmal bergen. Dann werden wir sie in der Rechtsmedizin untersuchen. Erst danach können wir sagen, um wen es sich handelt und woran derjenige gestorben ist." Flehend richtete Henne die Worte an den alten Herrn. Wenn er herausfand, wer diesen Mist verzapft hatte, konnte derjenige was erleben! Fehlte nur noch, dass auch noch das Fernsehen hier auftauchte. Henne hatte den Gedanken noch nicht zu Ende gedacht, als er einen Kameramann und einen Toningenieur auf der Wiese hinter dem Absperrband entdeckte. Das durfte doch nicht wahr sein! Waren hier denn alle verrückt?

Henne winkte seiner Kollegin zu, die gerade zu ihm herübersah. „Co, bitte kümmere du dich um Herrn Dreiseitel. Er soll wieder nach Hause fahren. Wir werden ihn informieren, sobald wir etwas Genaueres wissen", beorderte er seine Kollegin in barschem Ton.

„Bitte, meine Herren, hören Sie auf zu filmen. Ich gebe Ihnen gern ein Interview, sobald wir etwas wissen", wandte er sich nun an das Kamerateam, bemüht, ein wenig freundlicher zu sein.

„Okay, wir haben schon genug im Kasten. Können Sie noch ein paar Sätze zu dem ganzen Schlamassel hier sagen?", wollte der Toningenieur wissen und hielt dem

Kommissar ein mit einem buschigen Überzug versehenes Mikrofon direkt vor die Nase.

„Ich sagte Ihnen doch schon, ich gebe Ihnen gern ein Interview, sobald wir Genaueres wissen. Im Moment möchte ich mich nicht zu der Angelegenheit äußern." Sein Ton wurde energischer, als er fortfuhr: „Und jetzt verschwinden Sie aus meinem Sichtfeld, bevor ich unangenehm werde!"

Henne hatte noch etwas zu erledigen und trat ein paar Schritte zur Seite. Er wählte die Nummer seiner Perle. „Stückchen", sprach er wenig später in sein Handy, „egal ob Samstag oder nicht – bitte setz dich ans Telefon und finde raus, wer in der Umgebung einen amerikanischen Leichenwagen fährt. Ich muss dringend wissen, wer dieses verdammte Fahrrad bei der Stadtverwaltung von Münzenberg abgegeben hat. Und es hat nicht bis Montag Zeit!"

„Was ist denn los, Henne? Du bist ja ganz außer Atem. Muss ich mir Sorgen um dich machen?"

„Was los ist, fragst du? Die Hölle ist los! Man hat in Ober-Hörgern eine Wasserleiche gefunden. Allem Anschein nach handelt es sich dabei um den jungen Dreiseitel."

„Auweia, das Kaff kommt ja nicht aus den Schlagzeilen."

„Das kannst du aber laut sagen. Mir steht der Ärger bis zur Unterkante Oberlippe."

„Okay, ich mach das für dich. Es ist doch okay, wenn ich das von zu Hause aus erledige? Ich habe meinen Computer schon angeschmissen."

„Tu, was du willst, aber tu es bitte – und zwar pronto!“

„Okay, Chef. Bin schon dabei. Melde mich, sobald ich was weiß.“

„Und sag nicht immer ‚okay‘, klar?“, ermahnte sie Henne.

„Okay, Chef.“

Kapitel 87

Auf dem Schrenzer in Butzbach war es ausgesprochen ruhig. Susanne hatte mit ihrem Motorrad kurzfristig die morgendliche Stille durchbrochen, als sie die Kleeberger Straße hinaufgefahren war, um kurz darauf vor dem Haus von Olafs Mutter zu halten. Sie bockte die Maschine auf, nahm ihren Helm ab und entledigte sich der schweren Lederjacke.

Ohne dass sie überhaupt geklingelt hatte, wurde die Haustür geöffnet. Konstanze kam auf sie zu. Susanne fiel sofort auf, dass ihre Stieftochter einen besseren Eindruck machte als in den Tagen zuvor. Ihr Gesicht wirkte frisch und rosig. Die dunklen Augenringe waren verschwunden.

„Hallo, meine Liebe!" Susanne drückte Konstanze fest an sich. „Ich bin so froh, dich zu sehen. Wie geht es dir?"

Konstanze erwiderte die Umarmung. Am liebsten hätte sie sie gar nicht wieder losgelassen. „Danke, mir geht es gut. Mach dir keine Sorgen, bei Olafs Mutter bin ich bestens aufgehoben."

In diesem Moment kam die alte Dame aus dem Garten. Sie lächelte erfreut, als sie Mutter und Tochter so beisammenstehen sah. Was für ein schönes Bild! Wie gern hätte sie so eine Familie gehabt. Leider hatte es ihr Olaf durch seine Dummheit vermasselt. Aber sie wollte sich nicht beklagen. Durch Susannes Freundschaft und Konstanzes Zuneigung wurde sie zumindest etwas entschädigt.

„Hallo, Margarete. Wie geht es euch beiden denn so?"

„Uns geht es prima, nicht wahr, Konstanze?", wandte sich die alte Dame an das Mädchen, „von mir aus könnte sie bei mir bleiben. Ich habe sie so gern um mich." Sie legte Konstanze den Arm um die Schulter und zog sie leicht an sich.

Konstanze ließ sich die Geste der Zuneigung nur zu gern gefallen und schmiegte sich an Olafs Mutter. Wie Großmutter und Enkeltochter, kam es Susanne in den Sinn.

Margarete war tatsächlich wie eine Großmutter für Konstanze. Als sie noch jünger gewesen war, hatte Olaf sie oft mit hierhergenommen. Margarete hatte immer Zeit für sie gehabt, hatte mit ihr gespielt und ihr Geschichten erzählt. Wann immer es möglich gewesen war, war Konstanze von der Schule hierhergelaufen. Das Weidig-Gymnasium lag um die Ecke. Schade, dass sie die lieb gewonnene alte Dame heute noch verlassen musste.

„Kommt doch herein", forderte Margarete die Frauen auf. „Deine Freundin müsste ja auch bald hier sein, Susanne."

Sie nahmen in dem gemütlichen Esszimmer Platz. Alles erinnerte hier an ein schwedisches Landhaus – die weißen Möbel, die hellblauen Gardinen, die hellen Holzdielen und die geteilten Fenster. Mitten auf dem Tisch stand ein silberner Samowar. Margarete versorgte alle mit Tee und fragte Susanne: „Möchtest du mit Konstanze allein sein?"

„Nein, nein, bleib hier, Margarete. Was ich Konstanze zu sagen habe, kannst du ruhig mit anhören."

Margarete ließ sich an dem schweren Holztisch nieder und lauschte Susannes Worten.

Susanne berichtete ausführlich von dem Gespräch mit Erwin. Konstanze hörte mit finsterer Miene aufmerksam zu. Unbewusst begann sie, sich an den Armen zu kratzen. Nach einer Weile kullerten vereinzelte Tränen über ihre Wangen.

„Soll ich aufhören?", wandte sich Susanne besorgt an das Mädchen. „Vielleicht ist das alles zu viel für dich."

Konstanze schüttelte den Kopf, unfähig zu sprechen.

Margarete stand auf und ging zu ihr. Sie nahm das Mädchen in die Arme. Trostsuchend drückte sich Konstanze an sie und schluchzte herzzerreißend. Während sie am ganzen Körper zitterte, streichelte ihr Margarete sanft den Rücken und sprach beruhigend auf sie ein.

Susanne stiegen bei dem Anblick ebenfalls die Tränen in die Augen. Sie langte über den Tisch und ergriff Konstanzes Hand.

So fand Olaf die drei Frauen wenige Minuten später vor. Unbemerkt hatte er das Esszimmer betreten. Wenn nicht alles so traurig wäre, hätte er sich an dem Bild, das sich ihm darbot, erfreuen können. Die Szene hatte etwas Anheimelndes, Familiäres, etwas, das er gern gehabt hätte, das er so oft vermisste. Er räusperte sich.

Erschrocken fuhren die drei Frauen auseinander.

„Olaf, du bist es! Meine Güte, hast du uns erschreckt", tadelte ihn seine Mutter.

„Entschuldigt bitte, das war nicht meine Absicht." Der große Mann machte ein betretenes Gesicht.

„Hallo, Olaf." Konstanze sah den Hünen aus feuchten Augen an.

„Hallo, Olaf", begrüßte auch Susanne Margaretes Sohn, und ihre Stimme klang eine Nuance zu liebevoll. Selbst der Dümmste hätte bemerken müssen, dass Susanne mehr für ihn empfand, als sie bisher gezeigt hatte.

Auch das noch, dachte Margarete, die ein gutes Gespür für das Zwischenmenschliche hatte. Bisher waren ihr die Gefühle der beiden füreinander verborgen geblieben.

Selbst Konstanze war es in ihrem Kummer aufgefallen, dass Olaf und ihre Stiefmutter eine große Zuneigung füreinander empfanden.

Einen Moment verharrten alle in ihrer Stellung. Es war, als hätte jemand die Zeit angehalten.

Das Klingeln an der Haustür erlöste sie aus ihrer Erstarrung. Andrea, die Psychotherapeutin aus Leipzig, stand vor dem Haus und bat um Einlass.

Kapitel 88

Fred war schließlich nach Inheiden aufgebrochen. Das Geschnatter seiner Frau hatte er nicht länger ertragen. Erwin erwartete ihn schon. Eine Alkoholfahne schlug Fred entgegen, als ihm die Tür geöffnet wurde. Aus glasigen Augen sah ihn sein Schwager an.

„Schön, dass du dich auch schon blicken lässt", lallte Erwin ironisch.

Trotz seines Alkoholkonsums erklärte Erwin seinem Schwager nun in deutlicher Sprache seinen Plan. Dieser war genial, das musste Fred zugeben, doch ihm war nicht wohl bei der Sache.

„Erwin, meinst du nicht, es wäre an der Zeit, aufzugeben. Mir ist nicht wohl bei der Sache. Ich bin mir nicht sicher, ob sich Susanne das gefallen lässt. Ich glaube, dass sie alle Hebel in Bewegung setzen wird, wenn du auf ihre Forderungen nicht eingehst. Sie ist eine starke Frau."

„Die wird am Montag ganz schnell kleine Brötchen backen, wenn sie hört, was wir ihr vorwerfen. Steuerhinterziehung ist schließlich kein harmloses Delikt."

„Dagegen steht dein Missbrauch von kleinen Kindern."

„Pah, das muss sie mir erst mal beweisen."

Fred wusste nur von den Mädchen, die er Erwin besorgt hatte. Dass Erwin vor vielen Jahren seine eigene Tochter regelmäßig missbraucht und sich seine Frau Irene, Freds Schwester, deshalb in den Tod gefahren hatte, ahnte er nicht. Erwin hatte damals auch ihm, seinem Schwager, perfekt den trauernden Witwer vorgespielt. Von den Aufnahmen hatte Fred ebenfalls keine Kenntnis.

Diese Tatsache und die verschwundene Diskette waren die einzigen Schwachpunkte bei der Sache. Wie hatte er auch nur so dumm sein können, seine eigene Tochter in aufreizenden Posen zu fotografieren und die Bilder auf seinem Computer abzuspeichern? Gab es nicht genügend pornografisches Material im Internet? Irene hatte die Datei durch Zufall entdeckt und die Bilder auf eine Diskette kopiert. Die Datei hatte er längst gelöscht, doch die Diskette mit den Bildern war seit Irenes tödlichem Unfall verschwunden. Eines Tages hatte er herausgefunden, dass Konstanze im Besitz dieses eindeutigen Beweises war. Doch er hatte trotz aller Anstrengungen die Diskette nicht finden können. Nun befand sich diese offenbar in Susannes Besitz, und die erpresste ihn damit. Aber er wäre nicht Erwin Thorwald, erfolgreicher Unternehmer, wenn er das so einfach hinnehmen würde.

„Also, Fred, sieh zu, dass du die Sache geregelt kriegst. Fahr jetzt in die Firma und mach dich an die Arbeit. Du hast keine andere Wahl. Denk an Victoria und das Kind."

„Gut, ich helfe dir. Aber das kostet dich ein hübsches Sümmchen."

„Ja, ja, schon gut. Reichen 50.000 Euro? Wann wirst du diese Sache regeln?"

„Ich bin morgen früh mit Victoria am Waldrand in Gambach verabredet. Ich wollte eh mal wieder auf die Jagd gehen. Dann werde ich die Sache aus der Welt schaffen."

„Du wirst doch keinen Blödsinn machen?“

„Was meinst du mit ‚Blödsinn‘?“

„Na, du wirst das Mädel doch nicht umbringen?“

„Bist du des Wahnsinns? Natürlich nicht. Aber ich muss ihr unmissverständlich klarmachen, dass sie einmal eine größere Summe von mir kriegt und dann Ruhe zu geben hat.“

„Verschwinde jetzt“, forderte Erwin seinen Schwager auf. „Ich brauche meine Ruhe. Muss nachdenken.“

„Du solltest nicht so viel trinken.“ Fred deutete auf die Whiskyflasche, die halb geleert auf dem Wohnzimmertisch stand.

„Das geht dich gar nichts an. Mach, dass du rauskommst. Wir sehen uns am Montag.“ Erwin öffnete die Haustür und wartete, bis Fred mit seinem Auto verschwand.

Fred fuhr über Hungen nach Lich in die Firma. Alles in ihm sträubte sich gegen das Vorhaben. Er befürchtete, dass damit die Sache eskalieren könnte. Susanne würde sich so etwas nicht gefallen lassen. Erwin schätzte seine Frau falsch ein. Die würde kämpfen wie eine Löwin.

Der Firmenparkplatz war leer. Fred stellte seinen Kombi direkt vor dem Eingang des Bürogebäudes ab. Mit Hilfe seiner Chipkarte und eines persönlichen Codes öffnete er die Eingangstür. Im Inneren des zweistöckigen Verwaltungskomplexes war es ruhig. Hier hielt sich am Wochenende niemand auf. Der Sicherheitsdienst kam erst bei anbrechender Dunkelheit, um seinen Kontrollgang zu machen. Fred hatte also genügend Zeit, die Unterlagen zu manipulieren. Mit seiner Chipkarte hatte er Zugang zu allen Räumen.

Im obersten Stockwerk öffnete er die Tür zu Susannes Büro. Er ließ sich an ihrem Schreibtisch nieder und startete den Computer. Das Passwort hatte Erwin ihm verraten. Auch wenn es für ihn ein Leichtes war, die Konten entsprechend zu manipulieren, fühlte er sich nicht wohl bei der Sache. Susanne tat ihm leid. Doch er saß so tief mit in der Scheiße, dass ihm jetzt nichts anderes übrig blieb. Hochkonzentriert arbeitete er mehrere Stunden an Susannes PC.

Kapitel 89

Stückchen hatte den Landkreis Offenbach ergebnislos unter die Lupe genommen und sich dann dem Vogelsbergkreis zugewandt. Sie rief das in Ruppertsburg ansässige Bestattungsunternehmen von Otto Meermann an.

„Bestattungsunternehmen Otto Meermann, Ralf Meermann am Apparat. Was kann ich für Sie tun?", meldete sich eine tiefe Männerstimme.

„Guten Tag, hier spricht Frau Stückrath von der Polizeidirektion in Friedberg. Ich suche ein Bestattungsunternehmen, das über einen amerikanischen Leichenwagen verfügt. Sie haben nicht zufällig einen Cadillac Superior aus den fünfziger Jahren in Ihrem Unternehmen?"

Das war ja eine sonderbare Anfrage. Ralf Meermann, der in Abwesenheit seines Onkels die Geschäfte führte, schmunzelte. Sollte tatsächlich jemand Wert darauf legen, dass ein Dahingeschiedener in einem amerikanischen Straßenkreuzer abgeholt wurde?

„Ja, da haben Sie Glück. Wir verfügen über ein solches Fahrzeug. Ich kenne auch keinen anderen Bestatter, der solch einen Wagen besitzt. Sie müssen wissen, mein Onkel, dem die Firma gehört, ist ein großer Liebhaber von alten amerikanischen Autos."

„Ja, ja, schon gut", unterbrach Stückchen die Erklärung des Mannes am anderen Ende der Leitung, „das interessiert mich nicht. Ich muss etwas ganz Bestimmtes wissen."

„Dann schießen Sie los mit Ihrer Frage. Ich will Ihnen gern behilflich sein, wenn ich kann."

Ohne Umschweife fragte Stückchen den Mann: „Haben Sie oder Ihr Onkel am Dienstag dieser Woche ein gelbes Rennrad bei der Münzenberger Stadtverwaltung in Gambach abgegeben, und haben Sie dieses Rad in Ihrem Leichenwagen transportiert?"

„Oh je, ich weiß, dass das nicht so toll war. Ich hätte das Rad auf dem Anhänger transportieren sollen. Kriege ich jetzt etwa Ärger?"

„Nein, es interessiert uns nicht im Geringsten, wie Sie das Rad transportiert haben. Ärger kriegen Sie allerdings, wenn Sie mir jetzt meine Fragen nicht beantworten."

Leicht verunsichert forderte Ralf Meermann die Dame von der Kripo auf, endlich die Fragen zu stellen, auf deren Antwort sie so dringend angewiesen war.

„Also noch einmal von vorn", begann Stückchen mit ihrer Befragung. „Sie haben das Rad am Dienstag in Gambach bei der Stadtverwaltung abgegeben?"

„Ja, das habe ich."

„Bei wem?"

„Na, bei diesem Martin Weiss-Alles. Es war ja sonst niemand mehr da. Der Typ hat mir versprochen, dem Ordnungsamt mitzuteilen, wer das Rad abgegeben hat. Hat er das etwa nicht getan?", entrüstete sich Ralf Meermann. „Ich hatte gleich so ein ungutes Gefühl, als ich es ausgerechnet diesem Typen übergeben musste. Ich hatte erwartet, dass sich daraufhin jemand bei mir melden würde. Aber komischerweise hat niemand angerufen."

„Die nächste Frage ist wichtig. Bitte beantworten Sie sie ganz ehrlich. Wo haben Sie das Rad her und seit wann befand es sich in Ihrem Besitz?"

Eine ganze Weile schwieg Ralf Meermann. Ihm war die Sache ausgesprochen peinlich.

„Herr Meermann, sind Sie noch da?"

„Ja, ich bin noch da", kam es zögerlich zurück. „Ganz ehrlich, mir ist die Sache etwas unangenehm."

„Hören Sie, auf Ihre Gefühle kann ich jetzt keine Rücksicht nehmen. Sie können mit Ihrer Aussage unter Umständen zur Aufklärung eines Kriminaldeliktes beitragen. Also noch einmal: Wo haben Sie das Rad her? Oder soll ich Ihnen gleich die Kripo ins Haus schicken?", bohrte Stückchen energisch weiter.

„Ist ja gut. Ich will Ihnen gern sagen, was ich weiß."

Ralf Meermann sprach seine Worte wohlüberlegt: „Es war an einem Sonntag Anfang Juni dieses Jahres. Da habe ich morgens ganz früh auf einer Brücke in Ober-Hörgern dieses Rad gefunden. Ich hab mich umgeschaut, ob irgendjemand da ist, dem das teure Teil gehören könnte. Aber da war niemand. Und da hab ich es genommen und bin damit weggefahren."

„Wohin denn?"

„Na, hierher, zu meinem Onkel nach Ruppertsburg. Das hat zwei Tage gedauert. Ich war schon ewig kein Rad mehr gefahren."

„Und Sie sind sicher, dass Sie niemanden gesehen haben?"

„Ja", kam es ganz bestimmt von Ralf Meermann, „da war keine Menschenseele. Ich hab mich ja auch gewundert, wieso jemand so ein wertvolles Rennrad auf einer gesperrten Brücke stehen lässt."

„Sie meinen die Brücke über den Mühlengraben in Ober-Hörgern?"

„Ich meine die Brücke, die damals gesperrt war. Da standen rot-weiße Baken auf beiden Seiten und über dem Asphalt lagen Bohlen. Das Rad lehnte an der linken Brückenmauer."

„Sagen Sie mal, haben Sie wirklich keine Ahnung, wem das Rad gehört?"

„Nein, wie sollte ich denn? Ich sagte doch bereits, dass ich niemanden gesehen habe. Ich hab das Rad genommen und bin fortgefahren. Das war für mich die Gelegenheit, von dem Ort abzuhauen. Seitdem stand das Rad unbenutzt in der Scheune meines Onkels."

„Wieso mussten Sie denn abhauen?"

„Hören Sie, ist das so wichtig?"

„Ja, allerdings. Lesen Sie etwa keine Zeitung, Mann?"

„Ich habe ziemlich viel durchgemacht im Frühjahr dieses Jahres. Meine Firma ist pleitegegangen. Meine Frau hat sich von mir getrennt und meine Kinder wollten plötzlich auch nichts mehr von mir wissen. Ich habe alles verloren. Wissen Sie, wie das ist, wenn man als hoch angesehenes Mitglied der Gesellschaft plötzlich abrutscht, wenn niemand mehr was von einem wissen will, wenn die einstigen Freunde einen plötzlich nicht mehr kennen? Ich habe auf der Straße gelebt. Meinen Sie etwa, da hätte ich Muße gehabt, die Zeitung zu lesen? Damit habe ich mich höchstens zugedeckt."

„Oh, das tut mir leid."

„Das muss Ihnen nicht leidtun. Ich war selbst schuld an meinem Unglück. Aber seit ich hier in Ruppertsburg bei meinem Onkel lebe, geht es wieder bergauf."

„Das freut mich für Sie. Ich möchte Sie bitten, nicht das Haus zu verlassen. Wahrscheinlich werden sich meine Kollegen in der nächsten halben Stunde mit Ihnen in Verbindung setzen."

„Kriege ich jetzt Ärger, weil ich das Rad mitgenommen habe? Ich wollte es nicht stehlen." Ralf Meermann sah seine gesicherte Zukunft im Bestattungsunternehmen seines Onkels dahinschwinden.

„Das fällt nicht in unser Ressort. Darum kümmern sich unsere Kollegen vom Dezernat für Diebstahl." Mehr wollte Stückchen dem Mann nicht sagen.

„Kann ich sonst noch was tun? Ich habe jetzt wirklich ein schlechtes Gewissen." Sein Tonfall untermauerte seine Aussage. Stückchen glaubte ihm.

„Ja, Sie können mir noch mal das genaue Datum sagen, wenn es geht."

„Ich sagte doch, es war Anfang Juni. Um genauer zu sein, der erste Sonntag im Juni. Das Datum weiß ich nicht auswendig. Das kann man ja überprüfen."

„Da sind Sie sich ganz sicher?"

„Ganz sicher."

Eilig verabschiedete sich Stückchen von Ralf Meermann und rief Henne an.

„Henne, ich hab's. Stell dir vor, ein Mann namens Ralf Meermann aus Ruppertsburg, der Neffe eines Bestattungsunternehmers, hat das Fahrrad in den frühen Morgenstunden am Sonntag, dem 6. Juni, an sich genommen und ist damit in den Vogelsberg gefahren." Sie erzählte Henne ausführlich von dem Gespräch und ließ nichts aus.

„Hat der Mann auf dich einen glaubwürdigen Eindruck gemacht?"

„Absolut. Ich glaube nicht, dass er mich angelogen hat. Außerdem lässt sich die Geschichte, die er mir erzählt hat, überprüfen."

„Lass mal, ich fahre in den Vogelsberg und spreche selbst mit dem Mann, falls es notwendig sein sollte. Wie es aussieht, ist der Junge, den wir hier aus dem Wasser gefischt haben, ertrunken."

„Das ist ja komisch." Stückchen überlegte. „Zu dem Zeitpunkt, als der Mann das Rad gefunden hat, war doch gar kein Wasser im Mühlengraben."

„Das ist allerdings sonderbar. Aber was das zu bedeuten hat, finden wir auch noch heraus", versicherte ihr Henne.

Kapitel 90

Henne wandte sich wieder an Frau Dr. Auf der Heide, die Rechtsmedizinerin aus Gießen, und seine Kollegin Co, die völlig erschöpft und hungrig auf der Wiese am Mühlengraben standen.

Es war bereits früher Nachmittag. Vorsichtig lugte die Sonne durch einzelne Wolkenlücken und ließ etwas Wärme durch.

Auf Drängen der Einsatzkräfte waren die Schaulustigen verschwunden. Die Mannschaftswagen der Bereitschaftspolizei hatten vor wenigen Minuten die Mühlenstraße verlassen.

Der Leichnam des jungen Mannes war längst geborgen und befand sich auf dem Weg in die Rechtsmedizin.

Die Spurensicherung hatte ihre Arbeit auf der Wiese und in der näheren Umgebung beendet. Bedingt durch die vielen Neugierigen am Fundort, die das Gras niedergetrampelt hatten, hatten jedoch keine eindeutigen Spuren gefunden werden können.

Frau Dr. Auf der Heide hatte nach einer vorsichtigen Begutachtung mitgeteilt, dass der Tote sehr wahrscheinlich ertrunken sei. Seltsam sei die Fraktur des Halswirbels, den sie außerdem zweifelsfrei feststellen konnte. Sie schätzte, dass er etwa sechs bis acht Wochen im Wasser gelegen hatte. „Genaueres kann ich Ihnen erst nach der Obduktion sagen. Und was haben Sie gerade eben erfahren?“, wandte sie sich in einem für sie außergewöhnlich freundlichen Ton an Henne.

„Wir haben den Mann, der das Rad nach Gambach gebracht hat, gefunden." Henne gab die Neuigkeiten preis. „Stückchen hat mich auf etwas aufmerksam gemacht, das von großer Bedeutung sein könnte."

„Was denn?", fragte Co zermürbt.

Frau Dr. Auf der Heide hörte interessiert zu.

„Der Mann hat das Fahrrad am Sonntagmorgen, dem 6. Juni, gefunden. Da war der Mühlengraben leer. Wegen der Brückenbauarbeiten hatte man das Wasser abgelassen. Bei dem Unwetter am 8. Juni, also zwei Tage später, wurde der Mühlengraben überflutet."

„Wenn diese Wasserleiche identisch ist mit dem gesuchten Benjamin Dreiseitel, wo war der Junge dann so lange?"

„Das ist die alles entscheidende Frage. Jetzt sind wir wieder am Anfang", stellte Henne fest.

„Wir sollten erst mal herausfinden, ob es sich bei dem Toten tatsächlich um Benjamin handelt", meinte Co, „vorher bringt uns das doch alles nicht weiter." Die Kommissarin quengelte etwas. Sie war hungrig und plagte sich mit Kopfschmerzen. Außer dem Kaffee heute Morgen bei dem Treffen mit Frau Landmann hatte sie noch nichts zu sich genommen.

Ein anthrazitfarbener BMW näherte sich der Wiese. Bürgermeister Fink und Stadtbrandinspektor Roth stiegen aus und kamen auf die Kommissare zu.

„Guten Tag, Herr Kommissar." Fink reichte Henneberg die Hand.

„Guten Tag, Herr Bürgermeister. Sie hatte ich eigentlich schon eher hier erwartet." Henne drehte sich zu dem Stadtbrandinspektor und begrüßte auch ihn mit Handschlag.

„Wir kommen gerade vom Landesparteitag. Ging leider nicht eher“, entschuldigte sich Fink.

Roth mischte sich ein. „Was oder wen haben Sie denn nun gefunden?“

„Vermutlich die Leiche von Benjamin Dreiseitel.“

„Im Mühlengraben?“

„Im Mühlengraben.“

„Kann man schon sagen, wie er zu Tode gekommen ist?“ Fink schaute betreten.

„Ertrunken.“

Co und Frau Dr. Auf der Heide traten zu dem ungleichen Trio. Man nickte sich gegenseitig zu.

„Frau Dr. Auf der Heide, unsere Rechtsmedizinerin“, Henne deutete mit dem Kopf auf die Ärztin, „hat zudem festgestellt, dass der Tote eine Fraktur des Halswirbels erlitten hat.“

„Und wie lange lag der da im Wasser?“, richtete Roth seine Frage an die Rechtsmedizinerin.

„Nach vorsichtiger Schätzung würde ich sagen, sechs bis acht Wochen.“

Fink und Roth sahen sich an. Sie hatten die Augenbrauen hochgezogen.

Henne bemerkte den Blick, den die beiden austauschten. „Fällt Ihnen dazu etwas ein, meine Herren?“, fragte er.

„Nicht direkt.“ Der Stadtbrandinspektor sagte das mehr zu sich selbst. Sein Blick glitt über den Mühlengraben. Ihm war deutlich anzusehen, dass er über etwas nachgrübelte.

„In unserem Städtchen ist ja ganz schön was los in der letzten Zeit", ließ sich nun Bürgermeister Fink vernehmen.

„Das kann man wohl sagen. Hier wimmelt es nur so von Toten. Wir könnten an diesem Ort eine Niederlassung unseres Kommissariats aufmachen. Was halten Sie davon, Herr Bürgermeister?", witzelte Henne.

„Na, ich will doch hoffen, dass das wieder aufhört. Gibt es eigentlich schon irgendwelche Erkenntnisse in Sachen Karl Bosch?"

„Der ist ganz allein in das Reich der Toten eingegangen." Henne grinste breit.

Die Rechtsmedizinerin ergänzte: „Das Messer hat ihm wahrscheinlich seine Frau nachträglich in den Bauch gesteckt."

Mit großen Augen sah Henne Frau Dr. Auf der Heide an und fragte empört: „Wie kommen Sie darauf? Davon wissen wir ja noch gar nichts."

„Die Fingerabdrücke auf dem Messer sind eindeutig der Frau des Toten zuzuordnen, und so, wie diese angebracht sind, hat sie ihm das Messer zweifelsfrei in seinen dicken Bauch gerammt."

Henne schnaubte wütend. „Ist ja schön, dass wir das auch schon erfahren!"

Co nickte zustimmend. „Wieso haben Sie uns das nicht schon längst gesagt?"

„Ja, wann denn? Ich habe die ganze Nacht an der Auswertung gearbeitet, und jetzt bin ich seit Stunden hier, um mich um Ihre Wasserleiche zu kümmern." Frau Dr. Auf der Heide funkelte Henne grimmig an. In ihrem Blick war wieder ihre übliche Abneigung zu erkennen.

„Also ist der dicke Bosch gar nicht ermordet worden!" Das war eher eine Feststellung als eine Frage, die Bürgermeister Fink äußerte.

„Damit hätten wir zumindest einen Fall geklärt. Um den Rest muss sich nun der Staatsanwalt kümmern", erklärte Henne.

„Sind wir jetzt fertig?", wollte Co wissen. „Mir ist vor Hunger schon ganz schlecht. Ich brauche dringend was zwischen die Zähne, sonst kippe ich um." Die blasse Gesichtsfarbe der Kommissarin unterstrich ihre Worte.

„Nee, sind wir nicht. Wir müssen noch in den Vogelsberg fahren und Herrn Meermann wegen des Rads befragen", gab Henne patzig zurück. Er war total genervt von dem heutigen Tag. Auch sein Magen machte sich schon seit Längerem mit stechenden Schmerzen bemerkbar. Ihm war ganz flau und er hätte liebend gern ein saftiges Dreihundert-Gramm-Steak verdrückt. Außerdem musste er Erdmann abholen. Er konnte den Dackel ja nicht die ganze Zeit bei Juliane Landmann lassen, die sich freundlicherweise am Morgen angeboten hatte, das quirlige Kerlchen aus dem Auto zu befreien und zu sich nach Hause mitzunehmen. „Lassen Sie sich Zeit. Ich bin bis um 16.00 Uhr zu Hause. Dann gehe ich zum Hopfenfest in den ‚Adler'. So lange können Amiga und Erdmann im Garten toben. Da stören sie niemanden", hatte sie zu ihm gesagt.

Stadtbrandinspektor Roth unterbrach seine Gedanken an den treuen Gefährten: „Meinen Sie den Meermann aus Butzbach, der seit Juni verschwunden ist?"

„Wie, ist hier noch einer verschwunden?", stöhnte Co laut auf. „Wieso wissen wir nichts davon?"

Roth lachte. „Nur keine Bange, Frau Kommissarin. Hier handelt es sich wohl nicht um einen Kriminalfall, sondern um jemanden, der abgetaucht ist, weil er den Hals nicht voll genug kriegen konnte."

„Jetzt mal langsam", unterbrach ihn Henne, „ich blicke hier bald nicht mehr durch. Können Sie mir freundlicherweise erklären, wer dieser Meermann ist."

„Ralf Meermann war ein erfolgreicher Finanzmanager aus Butzbach. Er hat die oberen Zehntausend – sofern es die hier gibt – beraten. Gemeinsam mit diesem Windhund Weiss-Alles, so munkelt man, hat er sich verspekuliert. Irgendwelche dubiosen Anlageobjekte. Er war aber immerhin so fair und hat sein Privatvermögen an seine Kunden ausgezahlt. Danach war er pleite. Die haben ihn dann aber alle hängen lassen, genauso wie seine Familie und Freunde. Schließlich hat er auf der Straße gelebt und seit Juni wurde er nicht mehr gesichtet. Es hat ihm aber auch niemand auch nur eine Träne nachgeweint."

„Und der soll jetzt das Rad gefunden haben? Oder wieso wollen Sie den befragen?", wollte nun Bürgermeister Fink von dem Kommissar wissen.

„So, wie es aussieht, hat Meermann das Rad von Sebastian Dreiseitel in den frühen Morgenstunden am Sonntag, dem 6. Juni, an sich genommen und ist damit nach Ruppertsburg zu seinem Onkel gefahren. Seitdem stand das Ding dort in der Scheune rum. Nun, wo es dem Mann offenbar wieder besser geht, hat ihn sein schlechtes Gewissen veranlasst, das Rad hierher zum Ordnungsamt zu bringen. Das wissen Sie ja, Herr Bürgermeister."

„Ja, ja, das ist mir bekannt. Leider wussten wir nicht, wer das Rad abgegeben hat, weil dieser Weiss-Alles, der es entgegengenommen hat, niemandem etwas sagen konnte.“ Bürgermeister Fink war die ganze Sache offensichtlich peinlich. Normalerweise arbeiteten seine Angestellten höchst zuverlässig und zufriedenstellend. Er hätte diesen Weiss-Alles erst gar nicht als ABM-Kraft einstellen dürfen. Wo der auftauchte, gab es nur Scherereien.

„Herr Henneberg, Sie haben uns doch vorhin erzählt, dass Ihre Sekretärin Sie auf etwas aufmerksam gemacht hat. Ich glaube, da einen Zusammenhang zu erkennen.“

Alle sahen gespannt zu Frau Dr. Auf der Heide. Bis jetzt hatte die Rechtsmedizinerin nur schweigend zugehört.

„Sie sagten doch, das Rad sei am Sonntagmorgen entwendet worden. Der Junge ist vermutlich Samstagnacht verschwunden.

Die Wasserleiche – nehmen wir mal an, es handelt sich hierbei um den jungen Dreiseitel – weist eine Fraktur des Halswirbels auf, der aber nicht todesursächlich war. Der Tote ist eindeutig ertrunken. Also muss doch irgendetwas zwischen Samstagnacht und Sonntagmorgen hier am Mühlengraben vorgefallen sein.“

„So sehe ich das auch.“ Henne presste die Lippen zusammen und dachte konzentriert nach.

Eine Weile herrschte Stille. Jeder der Anwesenden schien einen Gedanken zu spinnen, wie es zu dem unnatürlichen Todesfall des Jugendlichen gekommen sein mochte.

„Mir fällt da was ein", warf Stadtbrandinspektor Roth in die Runde.

„Ja, schießen Sie los", ermunterte ihn Henne. Sein Jagdinstinkt war geweckt und ließ ihn sogar seinen Hunger vergessen.

Co betrachtete ihren Kollegen von der Seite. Sie spürte, wie Henne Witterung aufnahm. In dieser Beziehung glich er einem wilden Tier, das sich nicht aufhalten ließ, bis es seine Beute erlegt hatte. Der Tag war noch lange nicht zu Ende.

Kapitel 91

In der Bahnhofstraße in Gambach war kein Parkplatz mehr frei. Die ausgewiesenen Parkbuchten waren alle belegt. Selbst die Parkverbotszonen waren zugeparkt. Teilweise standen die Autos gegen die Fahrtrichtung auf dem Bürgersteig.

„Sollen wir mal die Kollegen aus Butzbach zu Hilfe holen?“ Henne grinste ob seines nicht ernst gemeinten Vorschlages Co frech an.

„Untersteh dich, Henne. Dann hast du gleich das ganze Dorf gegen dich.“

„Was interessieren mich diese Bauern?“, meinte Henne höhnisch.

„Na, na, etwas mehr Respekt, bitte!“, ermahnte ihn Co. „Friedberg ist ja nun auch nicht gerade der Nabel der Welt.“

Henne lenkte seinen BMW weiter die Straße hinauf, nahm die Linkskurve und fuhr Richtung Holzheim. Erst in der Waldstraße konnte er sein Auto auf dem Parkplatz vor dem Friedhof abstellen.

Als die beiden Kommissare schließlich das Tor zum Hof des Gasthauses „Zum Adler“ in der Bahnhofstraße öffneten, schlugen ihnen die typischen Kneipengeräusche entgegen. An der Theke war kein Platz mehr frei. Henne ließ seinen Blick über die Gäste schweifen. Mit Hopfen umrankte Holzsäulen versperrten ihm die Sicht. Er konnte Juliane Landmann und ihren Mann nirgendwo sehen, bemerkte aber mehrere Augenpaare, die ihn neugierig musterten. Henne spürte, wie ihm jemand auf die Schulter tippte.

„Herr Kommissar, wir sitzen da hinten.“ Als er sich umdrehte, sah er Juliane Landmann vor sich stehen. Sie deutete auf einen Tisch vorn im Hof, der in eine Nische eingebettet stand. Auf der Eckbank, die den Tisch von drei Seiten umgab, saßen mehrere Personen, die er nicht kannte.

„Kommen Sie, wir haben noch zwei Plätze für Sie freihalten können“, forderte sie Henne und Co freundlich auf, ihr zu folgen.

„Du meine Güte, was ist denn hier los? Ist das samstags um die Zeit immer so voll?“ Co spielte damit auf die für einen Kneipenbesuch noch recht frühe Stunde an. Es war gerade mal kurz vor halb fünf.

„Nehmen Sie erst mal Platz“, forderte Juliane Landmann die Kommissare auf und wies auf die beiden leeren Hocker, die vor dem schweren Holztisch standen.

Henne hatte kaum Platz genommen, als ihm Erdmann auf den Schoß sprang und damit begann, ihn freudig den Hals und das Gesicht abzuschlecken.

„Ist ja gut, mein Dicker.“ Liebevoll tätschelte Henne den Rücken seines Rauhaardackels.

„Mein Gott, ist das aine Liebe. Der kriejt sich ja gar net mie ain.“ Ein großer, breitschultriger Mann, der auf der Eckbank gegenüber saß, beobachtete das Schauspiel belustigt.

Juliane Landmann bemühte sich indes, den Gästen am Tisch die beiden Kommissare vorzustellen. Alle nickten den Neuankömmlingen freundlich zu.

„Ihr stellt euch am besten selbst vor“, sagte Juliane zu den anderen Gästen am Tisch.

„Mir misse erste moal was drinke. Doan giht des vehl laichter.“

Co blickte den Breitschultrigen mit großen Augen an. Um die Uhrzeit konnte sie noch keinen Alkohol vertragen, zumal sie noch nichts im Bauch hatte.

„Angelika, komm moal ebei.“ Winkend beorderte der Mann die Bedienung an den Tisch.

„Ei Gude, was wolltern drinke?“, fragte Angelika, die wohlbeleibte Bedienung.

„Bring e moal en Bembel unn e Flasch Wasser“, bestellte der Breitschultrige ungefragt.

„Entschuldigen Sie, Angelika, können Sie mir bitte die Speisekarte bringen. Ich muss erst mal was essen. Ich sterbe sonst vor Hunger“, meldete sich Co zu Wort.

Die Bedienung lachte herzlich, ebenso alle anderen am Tisch.

Co sah von einem zum anderen. Was gab es denn da so blöd zu lachen? Wäre sie doch einfach nur nach Hause gefahren. Stattdessen hatte sie sich von Henne überreden lassen, mit ihm in die Kneipe zu kommen, wo er Frau Landmann und ihren Mann treffen wollte. Er hatte ihr ein großes, saftiges Steak versprochen. Also hatte sie ihr Auto in Ober-Hörgern stehen lassen und war mit ihm nach Gambach gefahren, damit er hier seinen Dackel wieder in Empfang nehmen konnte.

Juliane hatte den irritierten Blick der Kommissarin amüsiert zur Kenntnis genommen.

Auch die Bedienung hatte ihre Irritation bemerkt. „Ich heiße nicht Angelika, sondern Margit“, klärte sie

Co auf, „Berti sagt grundsätzlich zu jeder Bedienung Angelika.“

„Das verstehe ich nicht.“ Co war jetzt noch mehr verunsichert.

„Müsse Se auch net“, meinte nun die neben dem Breitschultrigen sitzende Frau, „mein Mann nimmt die Leut gerne mal uff de Oarm.“

„Was ist denn heute überhaupt los? Warum sind um diese Uhrzeit schon so viele Leute hier?“, mischte sich Henne ein, der langsam etwas ungeduldig wurde.

„Heute ist Hopfenfest. Das findet jedes Jahr um diese Zeit statt. Da gibt es was Gutes zu essen und nachher auch noch Musik“, erklärte Juliane den Kommissaren.

Henne drehte sich um und schaute sich erneut im Hof um. Sein Blick blieb an der Theke hängen. Dort saßen mehrere junge Leute. Jeder von ihnen hatte ein Handy in der Hand und drückte darauf herum. „Kann mir mal einer sagen, wieso die alle auf ihr Handy starren, anstatt sich zu unterhalten?“, fragte er.

„Das fragen wir uns auch. Aber das ist heute leider so. Die Jugendlichen reden nicht mehr miteinander. Sie informieren sich gegenseitig über Facebook oder Twitter“, erklärte der rechts von Henne am Kopfende des Tisches sitzende Mann in reinem Hochdeutsch. Damit hob er die neueste Ausgabe eines Smartphones in die Höhe.

Henne betrachtete den Mann interessiert. Sein Äußeres ließ nicht unbedingt darauf schließen, dass es sich hier um einen Einheimischen handelte. Seine polierte Glatze zierte eine auffällige Sonnenbrille. Auf der Brust seines T-Shirts machte sich der Schriftzug einer Edelmarke aus Amerika breit. Noch so einer, der Geld für ein völlig überteuertes T-Shirt ausgab, dachte Henne. „Und wer sind Sie?", fragte er den Mann.

„Entschuldigen Sie bitte, ich bin noch gar nicht dazu gekommen, mich vorzustellen. Ich bin Heinz-Willi Kuserow, der Chef unserer Königin."

„Königin? Ich verstehe nur noch Bahnhof." Co brach in hysterisches Gelächter aus. Sie konnte sich gar nicht mehr beruhigen. Sie hatte Hunger, sie hatte Kopfweh, ihr war schwummrig ... Auf einmal war ihr alles zu viel. Die Ereignisse der letzten Tage, die unerfreuliche Wendung in ihrer Beziehung, der neue Todesfall – und dann noch der Fund der Wasserleiche. Vor ihren Augen begann es zu flimmern.

„Hier, trinken Sie das mal. Ich glaube, Sie sind unterzuckert." Die Frau von Berti hielt ihr ein Glas mit Johannisbeerschorle vor die Nase. Ihr war die plötzliche Blässe im Gesicht der Kommissarin aufgefallen. Aus eigener Erfahrung wusste sie, was das zu bedeuten hatte.

Im gleichen Moment rief Berti nach der Bedienung: „Angelika, bring e moal schnäll was zoam easse. Die jung Fra he kollabiert uus sonst."

Mit letzter Kraft ergriff Co das Glas und trank es in einem Zug leer.

„Hier, nehmen Sie auch noch meine Cola." Heinz-Willi Kuserow schob der Kommissarin sein Glas hin. Co griff bereitwillig zu und leerte auch dieses Glas in kürzester Zeit. Danach ging es ihr tatsächlich etwas besser. Die schwarzen Kreise vor ihren Augen verschwanden allmählich.

Margit kam an den Tisch zurück und stellte ein Körbchen mit frischem Bauernbrot und Schmalz vor

Co. „Hier, nehmen Sie das fürs Erste. Mit dem Essen dauert es noch etwas. Das Buffet wird gerade im anderen Hof vorbereitet."

„Greif zou un lassts auch schmeacke", forderte Berti in seinem unnachahmlichen Gambacher Dialekt die Kommissarin auf zuzugreifen.

Co stürzte sich auf das Brot, bestrich es dick mit Schmalz und biss herzhaft hinein.

Henne betrachtete sie von der Seite und tat es ihr gleich. „Da sehen Sie mal, wie es uns geht", sprach er wenig später mit vollem Mund, „vor lauter Ermittlungen kommen wir nicht mal zum Essen."

Mit vollen Backen nickte Co zustimmend.

In diesem Moment öffnete sich das Hoftor. Henne blickte kurz auf. Er glaubte nicht richtig zu sehen. In der Öffnung erschien niemand anderer als der vom Suff gezeichnete Martin Weiss-Alles. Ausgerechnet der Mann, den sie in den letzten Tagen vergeblich zu sprechen versucht hatten. Er musste also wieder aus dem Krankenhaus entlassen worden sein.

Henne boxte seiner Kollegin in die Seite und bewegte den Kopf in Richtung Tor. Als Co den Mann am Hofeingang erkannte, stellte sie die Kaubewegung kurzzeitig ein. Juliane drehte sich um und folgte dem Blick des Kommissars. Auch Walter, Berti und seine Frau sowie ihr Chef schauten nun in die Richtung. Alle bis auf Heinz-Willi, der den gerade eben erschienen Mann nicht kannte, verzogen abfällig das Gesicht.

„Den braucht auch kein Mensch", entschlüpfte es Juliane.

„Unter Umständen müssen wir ihn noch mal vernehmen“, ließ sich Co, die inzwischen eindeutig gestärkt war, vernehmen.

„Ja, aber nicht jetzt“, bestimmte Henne. „Das muss bis Montag warten. Morgen werden wir erst einmal Ralf Meermann aufsuchen. Es gibt noch viele ungeklärte Fragen.“ Er zog es vor, das Berufliche für heute hintan zu stellen. Ralf Meermann würde ihnen schon nicht durch die Lappen gehen.

Ohne Vorwarnung schoss Erdmann unter Hennes Sitz hervor und stürzte sich auf Martin Weiss-Alles, der immer noch am Eingang stand und seinen Blick suchend über die Gäste schweifen ließ. Erdmann baute sich vor dem Mann auf und bellte ihn wütend an. Seine Nackenhaare standen aufrecht.

„Du blödes Vieh, verzieh dich!“ Mit einem heftigen Tritt versuchte sich Weiss-Alles zur Wehr zu setzen.

Erdmann jaulte auf. Sein Bellen wurde jetzt noch lauter und wütender. Anstatt sich zurückzuziehen, rückte der kleine Rauhaardackel dem Angreifer weiter auf die Pelle. Martin Weiss-Alles ging rückwärts auf das Hoftor zu und verschwand genauso plötzlich, wie er gekommen war. Erdmann verzog sich mit einem letzten Beller wieder unter den Holzschemel, auf dem Henne saß. Einen Augenblick war es still im Hof der Gaststätte. Die Gäste hatten den Zwischenfall beobachtet.

„Jetzt wollen wir uns erst mal wieder vertragen.“ Damit hob Juliane eines der gerippten Apfelweingläser, die mittlerweile mit dem goldgelben Äppelwoi, wie man hier sagte, von Angelika-Margit aus dem großen

Bembel gefüllt worden waren. „Prost." Juliane stieß mit allen am Tisch an.

Henne, mittlerweile ebenfalls gestärkt, und Co taten es ihr gleich.

„Genau, wolle me uus widder vertraae", ließ sich auch Berti vernehmen und grinste Co verschwörerisch an.

„Wieso denn vertragen?", fragte Co verunsichert. „Mir war gar nicht bewusst, dass wir uns gestritten hätten."

„Madche, doa musst noch vehl lerne." Berti setzte das Glas an die Lippen und leerte es in einem Zug. „Ach, tut des goat."

„Das sagt man hier so, wenn man sich zuprostet", erklärte Juliane der Kommissarin. „Man sagt: ‚Wollen wir uns wieder vertragen?'"

„Oder: ‚Haste mal en Moment Zeit für mich?'", setzte Berti noch einen drauf.

„Das kann ich ja schlecht zu Ihnen sagen", meinte Juliane lachend zu dem Kommissar.

„Och, das wäre mir auch recht gewesen. Für Sie hätte ich mir gern Zeit genommen, Frau Landmann." Henne zwinkerte der attraktiven Juliane zu.

Co boxte ihn in die Seite.

„Schon gut, Co. Ich beherrsche mich. Aber nach so einem Tag muss ja auch mal ein Witz erlaubt sein. – Nicht wahr, Herr Landmann?", wandte er sich nun an Walter, der wie immer still dasaß und das Geschehen misstrauisch beäugte.

Die Gesellschaft der beiden Kommissare war Juliane recht angenehm, lenkte sie die Unterhaltung doch von der Sehnsucht nach ihrer Tochter Franziska ab, die erst seit dem Morgen aus dem Haus war und die sie jetzt schon vermisste.

Erst Stunden später verließen Henne und Co mit Dackel Erdmann, der erstaunlicherweise nach dem „Attentat" auf diesen Widerling die ganze Zeit friedlich unter dem Tisch geruht hatte, das Lokal in der Gambacher Bahnhofstraße.

Juliane hatte einen Taxiunternehmer bestellt, der die Kommissare sicher nach Friedberg bringen sollte. Ganz unbeabsichtigt hatten die Ermittler in der netten Gesellschaft das eine oder andere Glas Äppelwoi zu viel getrunken. Sogar „Handkäse mit Musik" hatte Co probiert, ein typisches Gericht aus der Region.

Der Aufforderung, Berti in den Kuhstall zu folgen, waren sie jedoch nicht nachgekommen. Sie versprachen aber, ohne zu ahnen, worum es sich bei diesem ominösen Kuhstall handelte, ihrem neuen Freund, den Besuch desselben in Kürze nachzuholen. Schließlich würden sie die Ermittlungen noch mehrmals nach Gambach und Ober-Hörgern führen.

Kapitel 92

Susanne löste sich aus Olafs Umarmung, nahm sich eine Zigarette aus der Packung auf dem Nachttischschränkchen und zündete sie an. Tief inhalierte sie den Rauch und reichte dann die Zigarette an Olaf weiter.

Olaf und Susanne waren am späten Nachmittag nach Trais in die Villa der Thorwalds gefahren. Außer ihnen hielt sich niemand hier auf. Erwin war in Inheiden, Konrad an seinem Studienort und Konstanze mit Susannes Freundin, der Psychotherapeutin, auf dem Weg nach Leipzig. Die Haushälterin hatte übers Wochenende frei.

Susanne hatte für Erwin einige Kleidungsstücke in einen Koffer gepackt und Olaf damit nach Inheiden geschickt. „Stell ihn einfach vor die Tür. Ich schicke Erwin eine SMS, damit er Bescheid weiß. Du musst ihm nicht begegnen."

„Das möchte ich auch nicht. Ich habe trotz allem ein komisches Gefühl. Er hat mich immer gut behandelt und mir aus einer schwierigen Lage geholfen. Ich bin ihm trotz allem zu großem Dank verpflichtet. Verstehst du das?" Olaf hatte sie wie ein waidwundes Tier aus seinen blauen Augen angesehen.

„Ich weiß, was du denkst, Olaf. Genau das ist ja seine Masche. Er hat allen möglichen Leuten aus der Patsche geholfen und sie damit bei Laune gehalten. Deshalb konnte er auch immer tun und lassen, was er wollte", sprach Susanne eindringlich auf Olaf ein.

Nachdem Olaf von seinem unliebsamen Kurierdienst aus Inheiden zurückgekehrt war, hatten sie sich stundenlang auf dem breiten Bett im Gästezimmer geliebt. Dabei hatten sie die Welt um sich herum und die unerfreulichen Ereignisse der letzten Tage vergessen. Ein kühler Luftzug drang in das fast dunkle Zimmer und streichelte die erhitzten Körper.

„Was wird aus uns, Susanne?“, fragte Olaf und fuhr mit einem Finger über die Linien ihres neuen Tattoos.

„Keine Ahnung. Es ist zu früh, etwas dazu zu sagen. Jetzt müssen wir erst einmal die andere Sache regeln, ohne zu viel Scherben zu hinterlassen. Ich werde mich nach einer Weile von Erwin trennen und mir einen anderen Job suchen.“

„Habe ich dann noch einen Platz in deinem Leben?“ Olafs Stimme klang weinerlich.

„Olaf“, Susanne richtete sich auf, „ich habe dir das noch nie gesagt. Aber ich liebe dich und möchte gern mit dir zusammen sein. Doch lass mir bitte etwas Zeit. Wir dürfen jetzt nichts überstürzen.“

Olaf durchströmte ein nie gekanntes Gefühl. Eine Glücksträne rann über seine Wange. „Ich habe alle Zeit der Welt“, er flüsterte fast, „und ich warte so lange, wie du willst. Du kannst dich in allem auf mich verlassen.“ Ganz behutsam hatte der Hüne seine Worte gewählt. Zärtlich zog er seine Geliebte zu sich heran. Eng umschlungen schlief das Liebespaar ein.

Erwin Thorwald ging es in seinem unfreiwilligen Asyl nicht so gut. Olaf hatte ihm am Nachmittag einen Koffer mit Bekleidung vor die Tür gestellt. Nach allem, was er für den Hünen getan hatte, hatte der ihm als Erster den Rücken gekehrt.

Der viele Whisky konnte ihn auch nicht über seine missliche Lage hinwegtrösten. War er zunächst noch davon überzeugt gewesen, dass er sich mit Hilfe seiner vielen einflussreichen Freunde aus der unangenehmen Situation würde befreien können, hatte ihm ein Anruf bei Dr. Mayer, dem Psychiater der Gießener Klinik, ganz schnell klargemacht, dass er gewaltig auf dem Holzweg war. Mayer würde, wenn es nötig wäre, auspacken. Er hatte ihm unmissverständlich zu verstehen gegeben, dass er sich nicht länger wegen einer dummen Sache, die vor so vielen Jahren passiert war, von Thorwald erpressen lassen würde. Er hatte sich auf die Seite von Susanne und Konstanze geschlagen.

Kapitel 93

„Guten Morgen, Fredi." Eine gut gelaunte Georgia betrat das Speisezimmer mit einer Kanne frisch aufgebrühten Kaffees.

Bei der Erwähnung seines Kosenamens läuteten bei Fred sämtliche Alarmglocken. Er ließ die Sonntagszeitung der F.A.Z. ein wenig sinken und brummte ein undeutliches „Guten Morgen". In einem superengen schwarzen Minikleid hüpfte seine Frau auf hochhackigen Pumps vor ihm herum. Für ihr Alter sah sie noch ganz adrett aus, dachte er. Kein Wunder bei den vielen Schönheitsoperationen und Kosmetikterminen, die sie zwischen ihren vielen Reisen wahrnahm. Er vertiefte sich wieder in die aktuellen Nachrichten.

„Fredi, kannst du nicht mal deine Zeitung für einen Moment aus der Hand legen und dich mit mir unterhalten?" Ohne Punkt und Komma redete Georgia nun auf ihren Mann ein. „Stell dir vor, ich war gestern einkaufen und habe ein tolles Schnäppchen gemacht. Meine Freundinnen werden verrückt, wenn ich ihnen davon erzähle."

Fred verdrehte hinter der Zeitung die Augen. Was konnte das wohl sein, von dem Georgia sprach? Die hundertste Tasche oder das dreihundertste Paar Schuhe? Seine Frau belegte bereits ein ganzes Zimmer mit diesen Utensilien. Er wusste ja, dass sie mit ihren Einkaufsorgien ihre Kinderlosigkeit kompensierte. Sie hatte keine Kinder kriegen können.

„Fredi, willst du gar nicht wissen, was es ist?" Georgia schmollte.

Nein, wollte er nicht. Er wollte nicht hören, was sie schon wieder Unsinniges angeschafft hatte. Jede ihrer Ausgaben schmälerte sein Vermögen, das er sich in den vergangenen Jahren erwirtschaftet hatte. Bis jetzt war es ihm egal gewesen. Hauptsache, er konnte seiner Leidenschaft frönen und sich mit jungen Mädels vergnügen. Doch das kostete Geld – viel Geld, wie er immer wieder feststellen musste.

Gut, dass Erwin ihm gestern die fünfzigtausend Euro gegeben hatte, mit denen er Victoria ruhigstellen sollte. Davon würde er ein Sümmchen für sich einbehalten. Victoria würde sich auch mit der Hälfte zufriedengeben. Danach müsste er sich nach einem anderen jungen Ding umsehen. Denn mit der schwangeren Victoria wollte er ganz bestimmt keinen Sex mehr haben.

Seine Frau hatte er schon seit Jahren nicht mehr angerührt. Mit zunehmendem Alter hatte er das Interesse an ihr verloren. Für seinen Geschmack war sie viel zu dünn. Mit ihren ständigen Diäten war sie schlank und rank geblieben. Das gefiel ihm gar nicht. Er liebte üppige Formen, pralle Brüste, wohlgeformte Hintern und breite Schenkel, zwischen denen er seine Männlichkeit versenken konnte. Ihn störte es gar nicht, wenn die Mädels noch unerfahren und ein wenig naiv waren.

„Was hast du heute vor, mein Schatz?" Wenn ihn seine Frau mit „mein Schatz" ansprach, verfolgte sie meistens eine bestimmte Absicht. „Kommst du mit auf den Golfplatz, Fredi? Du bist jetzt schon länger nicht mehr dort gewesen."

„Georgia, du weißt ganz genau, dass ich das Getue der Leute dort nicht mag. Ich fahre in den Wald. Der Bock ist offen. Dir würde es auch guttun, wenn du mal in den Wald gehen würdest, anstatt nur auf englischem Rasen herumzutrampeln." Fred provozierte ganz absichtlich einen Streit. Ihm war es wichtig, dass er sich so schnell wie möglich aus dem Staub machen konnte. Er hatte sich am Vormittag mit Victoria am Waldrand oberhalb der Aussiedlerhöfe von Gambach verabredet, um ihr das geforderte Geld zu übergeben. Von dort hatte er zudem einen herrlichen Blick über die Wetterau. Vom Hochsitz konnte er in Ruhe das Wild beobachten und darauf harren, dass ihm ein Bock vor die Flinte geriet.

Kapitel 94

Gabriela hatte sich den Wecker gestellt. Sie wollte vor ihrer Tochter wach sein, um sie daran zu hindern, sich mit dem Fremden zu treffen. Sie würde an ihrer Stelle an den Waldrand fahren und mit dem Mann sprechen. Freiwillig würde Victoria nicht auf die Verabredung verzichten.

In den letzten Tagen, genau genommen seit dem Tod ihres Mannes, hatte Gabriela über vieles nachgedacht. Sobald alles geregelt wäre, würde sie das Haus verkaufen und in ihr Heimatland zurückkehren, das sie all die Jahre vermisst hatte. Sie sehnte sich nach der kargen Landschaft und der rauen See, dem schmackhaften Essen und der einfachen Freundlichkeit der Menschen. Der Krieg war lange vorbei. In ihrem Land war wieder Normalität eingekehrt. Auch wenn von ihrer Familie niemand mehr lebte, wollte sie den Rest ihres Lebens dort verbringen. Die Sehnsucht nach ihrer Heimat war nie erloschen, sie hatte sie lediglich verdrängt. Doch in den letzten Tagen war sie schmerzlich in ihr Bewusstsein zurückgekehrt.

Ein Poltern im Zimmer nebenan riss sie aus ihren Gedanken. Victoria musste aufgestanden sein. Eilig erhob sie sich und betrat ohne anzuklopfen das Zimmer ihrer Tochter.

Victoria sah ihre Mutter erschrocken an.

„Guten Morgen, Victoria. Wieso bist du schon so früh wach?“ Gabriela stellte sich unwissend. Dass sie das Telefonat mit dem fremden Mann belauscht hatte, würde sie nicht preisgeben.

„Mir ist schlecht“, keifte Victoria.

„Kein Wunder, du bist ja auch schwanger. Da ist das ganz normal“, versuchte es Gabriela freundlich.

„Ach nee, was du net sachst. Da wär ich nie druff gekomme.“

„Victoria, können wir uns denn nicht normal unterhalten? Wir müssen doch jetzt zusammenhalten. Dein Vater ist tot“, sagte sie in ihrem harten Akzent.

„Ebe, deshalb ham mir jetz auch weniger Geld und deswege werd ich mir das woanners hole.“ Mit einem giftigen Blick sah Victoria ihre Mutter an.

Gabriela wollte noch nicht über ihre Pläne, das Haus zu verkaufen und anschließend das Land zu verlassen, reden. „Du wirst gar nichts tun“, bestimmte sie, und ihr Ton klang ungewöhnlich fordernd. „Du bleibst hier! Wir werden deinen Vater beerdigen und dann weitersehen. Bis dahin wirst du nichts unternehmen, ist das klar?“

„Du hast mir gar nix zu sage.“ Spöttisch spie Victoria ihrer Mutter die Worte entgegen.

„Das werden wir ja noch sehen. Du bleibst heute in deinem Zimmer. Ich bringe dir was zu essen. Du verlässt auf keinen Fall das Haus.“ Damit baute sie sich mit der erhobenen Rechten drohend vor ihrer Tochter auf.

Der Schlag gegen ihre Brust traf Gabriela vollkommen unvorbereitet. Sie geriet ins Wanken und stolperte rückwärts gegen die Tür, die dabei zuschlug. In ihrem Rücken spürte sie den Türgriff. Sie drehte sich um und zog mit einer schnellen Handbewegung den Schlüssel aus dem Schloss, öffnete die Tür und eilte auf den Flur. Bevor Victoria reagieren konnte, hatte Gabriela die Tür von außen verriegelt. Den Schlüssel zog sie vorsichtshalber ab.

„Eh, Mudder, mach die Dür uff oder es bassiert was", schrie die Eingeschlossene und hämmerte mit den Fäusten gegen die Tür.

Gabriela reagierte nicht auf den Wutausbruch. Während sie sich fertigmachte, um das Haus zu verlassen, ignorierte sie die Hasstiraden, die ihr Victoria aus ihrem Zimmer entgegenschleuderte. Sie wusste, dass ihre Tochter nichts unternehmen konnte. Weder die Zimmertür noch die schrägen Dachfenster würden ihr eine Flucht ermöglichen.

Bevor sie das Haus verließ, holte sie das große Fleischermesser aus der Küche. Erwin hatte es zum Abschied aus seinem Arbeitsleben von der Firma Thorwald geschenkt bekommen. Nicht dass sie es benutzen wollte, aber sicher war sicher, dachte sie sich.

Gabriela machte sich schließlich auf den Weg an den Waldrand oberhalb der Aussiedlerhöfe. Sie war schon lange nicht mehr allein mit dem Auto unterwegs gewesen. In den vergangenen Jahren hatte Karl ihr nur erlaubt, in seinem Beisein zu fahren. Dabei hatte er sie ständig gerügt. Sie fahre zu langsam, sie fahre zu weit in der Mitte, sie sei sowieso zu allem zu blöd. Jedes Mal hatte sie das Auto verunsichert wieder in der Garage abgestellt. Heute fuhr sie das erste Mal ohne das ständige Gemecker ihres Mannes. Sie fühlte sich frei.

Kapitel 95

Fred war es schließlich gelungen, sich aus den Fängen seiner Frau zu befreien. Nachdem sie sich zum wiederholten Male über ihre unterschiedlichen Lebensauffassungen gestritten hatten, war er in seinen uralten Mercedes Jeep, den er früher nur für die Jagd benutzt und aus Sentimentalität behalten hatte, gestiegen und nach Gambach gefahren.

Im oberen Teil der Holzheimer Straße, kurz nach der Einmündung in die Waldstraße, kam ihm ein dicker BMW mit Friedberger Kennzeichen entgegen. Ohne hinter dem abgestellten Fahrzeug auf seiner Seite stehen zu bleiben, war der einfach weitergefahren und hatte ihn zum Halten gezwungen. Da Fred die geforderten dreißig Stundenkilometer nicht eingehalten hatte, musste er ziemlich in die Eisen steigen, um den Jeep zum Stehen zu bringen. Dabei rutschte der Plastikbeutel mit den fünfundzwanzigtausend Euro vom Beifahrersitz in den Fußraum. „Immer diese Angeber!", brummte er.

Langsam lenkte er den Jeep aus Gambach heraus, bog links ab in Richtung Altstädter Feld, durchquerte die Brücke unter der A 5 und folgte dem Weg vorbei am Ölbrünnchen bis zur „Russekaut". Seinen altersschwachen fahrbaren Untersatz ließ er am Wegrand stehen. Das Geld und sein Handy blieben im Fahrzeug zurück. Er nahm sein Jagdgewehr und die entsprechende Munition aus dem Kofferraum. Niemand außer ihm und Victoria würde am frühen Morgen hier vorbeikommen. Die Maisfelder waren noch nicht abgeerntet und mit Vorliebe hielten sich hier Wildschweine auf. Da die Tiere das ganze Jahr über Nahrung auf den Feldern und im Wald fanden, warfen die Sauen zu allen Jahreszeiten – im Gegensatz zu früher, als die Natur sich noch streng an die Jahreszeiten gehalten hatte. Es war also nicht ausgeschlossen, dass eine Bache mit ihren Frischlingen seinen Weg kreuzte. Ein Braten vom Jungwildschwein wäre auch nicht zu verachten. Fred folgte dem ausgefahrenen Weg zwischen Wald und dem gegenüberliegenden Maisfeld und ging auf den Hochsitz zu. Von hier aus wollte er, bevor es zur Geldübergabe kam, noch eine Weile in Ruhe die Landschaft beobachten und vielleicht einen Blick auf den einen oder anderen Bock erhaschen. Die Anmut der Tiere konnte ihn jedes Mal aufs Neue begeistern.

Fred glaubte, in dem Feld zu seiner Rechten ein Rascheln zu vernehmen. Das kurz darauf folgende Grunzen bestätigte seine Vermutung, dass sich in der hoch stehenden Frucht eine Rotte Wildsauen befand. Vorsicht war geboten. Man durfte die Tiere nicht in ihrem Lebensraum stören, sonst konnten sie ziemlich unangenehm werden. Ganz schnell wurde dann aus dem Jäger ein Gejagter. Leise schlich er in gebückter Haltung am Rand des Feldes entlang. Greifbar nah war er an den Hochsitz herangelangt.

Das plötzliche Klingeln seines Handys durchschnitt die Stille. Lang anhaltend bimmelte es im Inneren des Jeeps. Durch die offen stehenden Fenster war es weithin hörbar. Gestört von dem ungewohnten Geräusch, suchten sich die Wildschweine einen Weg durch den Mais und steuerten direkt auf den Eindringling zu. Für Fred brach die Hölle los.

Die junge Frau drückte auf die Austaste ihres Mobiltelefons. Wütend feuerte sie das teure Teil auf das ungemachte Bett. Mist, wo war der Kerl nur? Warum ging er nicht an sein Handy? Es war nicht mehr lange hin bis zur verabredeten Zeit. Da musste er doch erreichbar sein, zumal er nie ohne sein Mobiltelefon aus dem Haus ging. Was sollte sie denn jetzt nur machen?

Kapitel 96

Henne ermahnte sich, vorsichtiger zu sein. Beinahe hätte er den Jeep gerammt, dem er die Vorfahrt verweigert hatte. Sein Kopf fühlte sich bleischwer an. Der süffige Apfelwein, den er gestern in der Gambacher Kneipe wie Wasser getrunken hatte, war ihm nicht bekommen. Co schien es nicht viel besser zu ergehen. Schweigend saß sie neben ihm. Ihr Gesicht hatte eine käsige Blässe.

Nach einer anstrengenden Woche waren die beiden Kommissare mit ihren neuen Freunden im Gasthaus „Zum Adler" versackt. Der Abend hatte sich recht lustig gestaltet und sie hatten so nebenbei einiges über die Marotten der Gambacher erfahren. Da weder Henne noch Co in der Lage gewesen waren, danach noch nach Friedberg zu fahren, hatten sie sich bereitwillig von einem Taxi nach Hause bringen lassen.

Berti, ihr neuer Duzfreund, hatte sich bereiterklärt, sie am Morgen in Friedberg abzuholen und sie zu ihrem Auto nach Gambach zu bringen. Der Mann, groß und breit wie ein Baumstamm, hatte nach einer kurzen Nacht bestens gelaunt an Hennes Tür geklingelt. Während der Fahrt nach Gambach war er bemüht gewesen, seine Passagiere etwas aufzuheitern.

Trotz Brummschädels mussten Henne und Co heute Morgen nach Ruppertsburg in den Vogelsberg fahren, um Ralf Meermann zu befragen. Henne blieb nicht einmal Zeit, sich nach seiner Mutter zu erkundigen, die noch immer in der Kerckhoff-Klinik lag. Und auch der Spaziergang mit Erdmann musste ausfallen – schon wieder! Seit Tagen waren sie nicht um den Block gegangen und in ihrer Lieblingskneipe auf einen Absacker für Henne und ein Leckerli für Erdmann eingekehrt. Doch Erdmann störte dies offensichtlich nicht. Ihm schien das neue, abwechslungsreiche Leben an der Seite seines Herrchens gut zu gefallen. Bereitwillig folgte er ihm überall hin. Mit einigen kleinen Ausnahmen benahm er sich recht ordentlich – mal abgesehen von der Tatsache, dass er am Freitagabend auf der Burg einem Mann ans Bein gepinkelt hatte. Und natürlich dem kleinen Ausrutscher von gestern Abend im Gasthaus, wo er sich auf Martin Weiss-Alles gestürzt und diesen wütend angebellt hatte, als der unvermutet dort aufgetaucht war.

Co kam die Dienstfahrt an diesem Sonntagmorgen sehr gelegen. So konnte sie ihrem Mann aus dem Weg gehen und hatte noch etwas Zeit, darüber nachzudenken, wie es mit ihnen weitergehen sollte.

„Was hältst du von der Theorie des Stadtbrandinspektors?"

Das Ermittlerduo war fast in Ruppertsburg angekommen, als Henne das Gespräch mit seiner Kollegin suchte. „Könnte schon so gewesen sein. Der Junge hat sein Rad über den Behelfsbelag der Brücke geschoben, ein Brett ist zur Seite gekippt und er ist nach unten gestürzt. Das Rad musste er zwangsläufig loslassen."

„Der Typ hat sich wahrscheinlich den Halswirbel gebrochen, war aber nicht gleich tot, was bedeuten würde, dass er mindestens drei Tage dort unten im Dreck lag, ohne dass ihn jemand entdeckt hat."

„Grausig. Stell dir doch mal vor, der hat alles mitbekommen, was um ihn herum geschehen ist, und konnte sich nicht bemerkbar machen. Was dem wohl alles durch den Kopf gegangen ist in diesen drei Tagen?“ Co überfiel eine tiefe Traurigkeit. Vielleicht hätte der Junge gerettet werden können.

„Der hat seinen Tod vor Augen gehabt. Am Dienstag wurde er dann durch das in den Mühlengraben einlaufende Wasser erlöst. Er ist im Bach ertrunken“, sinnierte Henne.

„Ja, da stimme ich dir zu. So ist es wahrscheinlich gewesen.“

Henne fuhr auf den Hof des Bestattungsunternehmens von Otto Meermann. Hier wurden sie bereits von Ralf Meermann erwartet, der an dem schwarzen Cadillac Superior lehnte.

Das Ermittlerduo unterhielt sich bei mehreren Tassen Kaffee mindestens eine Stunde lang mit dem Neffen des Geschäftsinhabers. Den Aussagen Ralf Meermanns zufolge konnte es nur so gewesen sein, wie der Stadtbrandinspektor vermutet hatte.

„Kriege ich Ärger wegen unterlassener Hilfeleistung?“, wollte Meermann von den Kommissaren wissen.

„Das glaube ich nicht. Sie konnten ja nicht wissen, dass der Junge da unten lebendig begraben war.“ Henne war von seiner eigenen Wortwahl überrascht. Ja, so war es wohl gewesen. Der Junge war unter der Brücke im Mühlengraben von Ober-Hörgern lebendig begraben gewesen. Ob Benjamin Dreiseitel wohl seine Lebenseinstellung und sein Verhalten gegenüber anderen Menschen geändert hätte, wenn er gefunden worden wäre und sein Leben damit eine zweite Chance bekommen hätte?

„Und was ist mit dem Rad? Schließlich habe ich es entwendet." Ralf Meermann ließ die Sache keine Ruhe. Sein Gewissen plagte ihn. Hätte er doch nur genauer nachgesehen. Der Junge könnte noch leben.

„Sie haben es ja nicht in der Absicht an sich genommen, es zu stehlen. Sonst hätten Sie es wohl kaum zurückgebracht. Dennoch wird sich das Dezernat für Diebstahl damit befassen müssen." Co versuchte dem offensichtlich angeschlagenen Ralf Meermann Mut zu machen.

„Auch wenn dieser Dreiseitel ein kleiner Drecksack war, macht mich die ganze Sache doch etwas traurig." Co fand die Tatsache, dass jemand drei Tage lang bewegungslos ohne Flüssigkeit und Nahrung in einem Dreckloch gelegen hatte, ohne dass jemand auf ihn aufmerksam geworden war, ungeheuerlich. Welche Gedanken mussten dem Jugendlichen durch den Kopf gegangen sein? Hatte er geweint, gefleht oder sogar gebetet? Hatte er Besserung gelobt, wenn er nur aus seiner misslichen Lage befreit werden würde?

„Die ganze Sache ist sonderbar. Tröste dich einfach damit, dass er seine gerechte Strafe bekommen hat. Er hat seinen Mitschüler, dem er was in die Flasche gekippt hat, auf dem Gewissen. Vermutlich ist er sogar schuld am Tod von Annedore Weghaus, deren Körper auf dem Holzhaufen verbrannt ist. Nicht zu vergessen der Selbstmord seines Freundes Sebastian. Auch der hätte nicht sein müssen."

„Du hast schon recht. So einen seltsamen Fall hatten wir noch nie. Dieses Münzenberg bringt sonderbare Verbrechen hervor."

„Du sagst es." Henne nickte. „Auch der Tod dieses dicken Karl Bosch mit dem Messer im Bauch ist ungewöhnlich."

„Da sind wir doch fertig, oder?", wollte Co wissen.

„Denke schon. Darum soll sich der Staatsanwalt kümmern. Falls er Anklage wegen Leichenschändung oder Störung der Totenruhe erheben will, bitte schön. Und für den Fall, dass die Frau einen gescheiten Anwalt hat, wird ihr nicht viel passieren."

Während der restlichen Fahrt nach Ober-Hörgern, wo Co gestern ihr Auto hatte stehen lassen, überlegten sie, warum die Frau von Karl Bosch ihrem Mann das Spargelmesser in den Bauch gerammt hatte. Dass sich dieses Rätsel innerhalb der nächsten vierundzwanzig Stunden lösen würde, konnten sie nicht ahnen.

Kapitel 97

Die Sonne stand schon tief am Himmel und ließ ihr goldenes Licht über die Landschaft gleiten. Der kalte Regen am Vortag war einer spätsommerlichen Wärme gewichen. Herbststimmung lag in der Luft.

Die beiden Jugendlichen fuhren kreuz und quer über die Stoppelfelder auf den Wald zu. Rechts von ihnen lagen die Aussiedlerhöfe im Altstädter Feld. Mit ihren Mountainbikes konnten sie sich auch außerhalb der geteerten Wege fortbewegen. Mühelos strampelten sie über die abgeernteten Felder entlang der Russekaut.

Sie gingen einer neuen Sportart nach – Geocatching. Was man früher gemeinhin als Schnitzeljagd gekannt hatte, war nun zur Jagd mittels eines mit GPS ausgestatteten Handys mutiert. Die versteckten Gegenstände fand man anhand vorgegebener Koordinaten. Man entnahm sie schließlich der Erde, um sie für andere Freunde des Geocatching an einem neuen Ort zu platzieren.

Das im Handy installierte GPS-System des einen Jungen zeigte deutlich die Koordinaten an, denen sie mühelos folgten. Hier ganz in der Nähe musste der gesuchte Gegenstand sein. Sie waren gespannt darauf, was sie dieses Mal finden würden. Dabei kam es gar nicht so sehr auf den Wert der Fundsache an, sondern auf den Erfolg, das Versteck aufgedeckt zu haben.

„Wir müssen über den Weg. Ich glaube, da oben am Waldrand ist es“, rief der Junge mit dem Handy seinem Freund zu.

„Mist, da steht ein Jeep!“, entrüstete sich dieser. „Wenn wir Pech haben, ist uns gerade einer zuvorgekommen.“

Sie folgten dem Betonweg den Hang hinauf. Hinter dem Jeep, der an einer Wegmündung parkte, legten sie ihre Räder vorsichtig am Wegrand ab. Immer das Handy vor Augen gingen sie nun den ausgetretenen Weg entlang. Sekunden später blieben sie vor einem leblosen Körper stehen.

Kapitel 98

Um 19.40 Uhr an diesem Sonntagabend klingelte das Ermittlerduo Henne und Co an der Tür der Villa von Fred Breitwieser im Eiloh des Stadtteiles Münzenberg. Was für ein merkwürdiger Zufall, dachten sie. Ausgerechnet gegenüber dem Haus der Familie Dreiseitel befand sich das Haus des Getöteten.

Um 17.30 Uhr war Henne mittels Handy informiert worden, dass zwei Jugendliche eine blutüberströmte Leiche mit einem Messer im Bauch gefunden hatten.

„Lassen Sie mich raten: Die Leiche liegt in einem Stadtteil von Münzenberg: Ober-Hörgern, Gambach oder vielleicht Trais-Münzenberg. Das hatten wir noch nicht. Stimmt's?" Er hätte zu gern das verdutzte Gesicht des Überbringers der Nachricht gesehen.

„Stimmt. Die Leiche wurde am Gambacher Waldrand gefunden. Woher wissen Sie das?", hatte der Polizeibeamte am anderen Ende verwundert gefragt.

„Dieses Kaff verfolgt mich in meinen schlimmsten Albträumen. – Wo genau finde ich Sie also?" Henne ließ sich die Lage des Altstädter Feldes im Stadtteil Gambach nennen und lauschte der Erklärung, wie er von Gambach aus zum Fundort der Leiche gelangen würde.

Seine Mutter, der er endlich einen Besuch in der Klinik abgestattet hatte, zeigte sich verständnisvoll. „Geh nur, mein Sohn", hatte sie gesagt, „das kenne ich ja von deinem Vater. Der war nicht umsonst Polizeioberrat.

Aber pass auf Erdmann auf. Dass der mir ja nicht zu kurz kommt!"

Henne hatte ihr einen Kuss auf die Wange gedrückt und eilig das Krankenhaus verlassen. Noch während er dem Ausgang zustrebte, rief er Co an.

Erdmann, der ein Schläfchen auf dem Rücksitz gehalten hatte, zeigte sich erfreut über die Wiederkehr seines Herrchens. Wenige Minuten später stoppte Henne den Wagen vor Co, die wartend am Straßenrand an der Kaiserstraße in Friedberg stand.

„Das ist doch nicht normal, dass wir innerhalb weniger Tage schon wieder eine Leiche in Münzenberg haben. Wenn das noch einmal passiert, quittiere ich den Dienst", sagte Henne, während Co in den BMW einstieg.

„Ich finde das langsam auch merkwürdig. Das grenzt ja fast schon an Hexerei", stimmte die Kollegin zu.

„Um Gottes willen, nimm dieses Wort bloß nicht bei den Einheimischen in den Mund. Du hast doch gestern Abend erst gehört, dass die letzte Hexe vor zweihundertfünfzig Jahren verbrannt worden ist."

Schon von Weitem hatten sie die blinkenden Blaulichter gesehen. Zügig waren sie durch die Felder den Berg hinaufgefahren, um wenige Minuten später vor den rot-weißen Absperrbändern stehen zu bleiben. Außer zwei Streifenbeamten von der Butzbacher Polizeistation waren nur ein Rettungswagen sowie ein Einsatzfahrzeug der Feuerwehr vor Ort. Henne wunderte sich. Offenbar hatte keiner der Jugendlichen eine Meldung über die sozialen Netzwerke gesendet, denn sonst hätte es hier schon wieder von Schaulustigen gewimmelt wie am Tag zuvor in Ober-Hörgern.

„Was haben wir hier?", fragte Henne den Beamten, der bereitwillig das Absperrband anhob, um ihn und Co durchzulassen. Auf dem Weg, gegen einen schwarzen Jeep gelehnt, saßen zwei Jugendliche. Ihre Gesichtsfarbe erinnerte an ein weißes Bettlaken. Neben ihnen hockte ein Rettungssanitäter. Henne ahnte bereits, dass ihm der Tod erneut ein schauriges Bild bieten würde.

„Die beiden Jungs haben den Toten beim Geocatching gefunden und uns gleich informiert", erläuterte der Polizist.

„Beim was?", fragte Co irritiert.

„Beim Geocatching. Das ist die moderne Version der Schnitzeljagd. Ich erkläre dir später, was es mit dem neumodischen Kram auf sich hat."

Henne winkte ab. „Wissen wir schon, um wen es sich bei dem Toten handelt?", schoss er gleich die nächste Frage ab.

„Der Jeep ist auf einen Mann namens Fred Breitwieser, wohnhaft in Münzenberg, zugelassen. Die Straße heißt Im Eiloh."

Henne schüttelte den Kopf. Gefolgt von dem Polizisten ging er auf den Hochsitz zu, an dessen unterem Ende ein großer Mann mit beträchtlichem Leibesumfang auf dem Rücken lag. Aus seinem Bauch ragte ein Fleischermesser. Sofort kam ihm der tote Karl Bosch in den Sinn. Die Szene ähnelte derjenigen, die sich ihnen vor wenigen Tagen im Spargelbeet vor dem Haus der Familie Bosch geboten hatte. Auch im Bauch von Karl Bosch hatte ein Messer gesteckt. Was hatte das zu bedeuten?

Der Körper des Dicken war über und über von getrocknetem Blut befleckt. Ein rötliches Rinnsal verlief über die Wange des Toten. Bei näherer Betrachtung fiel Henne auf, dass der Körper vor allem im Lendenbereich und an den Oberschenkeln stark geblutet haben musste. Die ursprüngliche Farbe der Hose war dort nicht mehr zu erkennen. Unter dem Körper hatte sich eine Lache aus Blut ausgebreitet, die ebenfalls eingetrocknet war. Dicke, grünlich schimmernde Schmeißfliegen surrten über den offenen Wunden. Dem getrockneten Blut nach zu urteilen musste die Leiche hier schon seit Stunden liegen.

„Du meine Güte, das sieht ja aus wie auf einer Schlachtbank." Angewidert verzog Henne das Gesicht.

Co warf nur einen kurzen Blick auf das Opfer, drehte sich dann um und schluckte schwer.

„Ich vermute", machte sich der Polizist bemerkbar, „dass der Mann von einem Wildschwein angegriffen wurde." Er deutete auf den Unterkörper des Toten.

„Ach, und die Wildsau hat ihm zu guter Letzt das Messer in den Bauch gerammt?" Henne sah den Polizisten an, als ob der nicht alle Sinne beisammen hätte.

„Nein, natürlich nicht", erwiderte der Angesprochene verärgert, „aber die Verletzungen im Lendenwirbelbereich und an den Oberschenkeln deuten darauf hin. Wo das Messer herkommt, kann ich Ihnen auch nicht sagen. Hier in den Maisfeldern sind immer Wildschweine unterwegs. Und es ist allgemein bekannt, dass diese Tiere ziemlich angriffslustig sind, wenn man sie stört", erklärte er besserwisserisch.

„Das Messer hat sich der Tote dann also selbst in den Bauch gerammt, denn die Wildsau kann es ja nicht gewesen sein", folgerte Henne ironisch.

„Ich gehe davon aus, dass das jemand anderes erledigt hat", entgegnete der Polizeibeamte grimmig.

„Dort auf dem Weg sind Spuren von Tieren, und hier im Gras", er deutete auf heruntergetrampelte Grashalme mitten auf dem Weg, „finden sich Blutspuren."

„Okay, da soll sich mal die Spusi drum kümmern. Die müssten ja jeden Moment hier sein. Und Sie", wies Henne den Polizisten an, „passen auf, dass da keiner reinlatscht. Wir kümmern uns derweil um die Jungs und nehmen den Jeep in Augenschein."

Beim Jeep angekommen, ging Henne in die Hocke und sprach die Jungs an. „Habt ihr irgendjemanden oder irgendwas hier im Feld gesehen?"

Aus stumpfen Augen in blassen Gesichtern glotzten ihn die Jugendlichen an, als ob sie seine Frage nicht verstanden hätten. Die beiden standen eindeutig unter Schock. Hilflos blickte Henne zu dem Rettungssanitäter.

Der schüttelte den Kopf. „Wir haben ihnen schon eine Beruhigungsspritze verabreicht. Aus denen werden Sie im Moment nicht viel rauskriegen."

„Sind Sie so gut und schaffen die Jungs vom Jeep weg? Wir müssen da mal ran." Während Henne das sagte, klingelte ein Handy im Inneren des Wagens.

Co öffnete die Tür auf der Beifahrerseite und entdeckte das Handy auf der Mittelkonsole. Sie griff danach und nahm das Gespräch an. „Hallo", sagte sie klar und deutlich.

„Hallo, wer issen da? Fred, bist du des? Wo stecksten du? Warum meldsden dich net? Ich wart schon de ganze Dach“, hörte Co eine aufgeregte Frauenstimme am anderen Ende der Leitung. Die Stimme kam ihr bekannt vor.

„Hallo, wer issen da? Fred, sach doch emal was.“

Co fiel es wie Schuppen von den Augen. Die Stimme und der Gambacher Dialekt gehörten zu Karl Boschs Tochter Victoria! Bevor sie noch etwas sagen konnte, hatte die Anruferin das Gespräch beendet.

Co ließ sich die eingegangenen Anrufe anzeigen und stellte fest, dass die gleiche Nummer heute schon mehrfach auf diesem Handy angerufen hatte. Diese und andere Anrufe waren jeweils unbeantwortet geblieben.

„Das war Victoria Bosch. Sie hat schon ein paar Mal versucht, diese Nummer zu erreichen. Was will die denn von Fred Breitwieser?“, ließ sich Co vernehmen.

Erneut sah sie in das Wageninnere. Im Fußraum vor dem Beifahrersitz entdeckte sie eine Einkaufstüte aus Plastik. Sie staunte nicht schlecht, als sie den Inhalt auf dem Beifahrersitz ausleerte. Vor ihr lag ein dickes Bündel Hundert-Euro-Scheine. Auf einer locker um das Geld gelegten rosa Banderole las sie: „50.000 Euro“. Co konnte nicht widerstehen und zählte nach. Fünfundzwanzigtausend Euro. Wo war der Rest?

Erst nach mehrmaligem Klingeln öffnete Georgia Breitwieser schließlich die Haustür. Sie war vor wenigen Minuten vom Golfen nach Hause gekommen und hatte sich etwas frisch machen wollen, als es unaufhörlich läutete.

Ein später Besucher passte ihr gar nicht in den Kram. Sie wollte in Ruhe den Abend genießen, vor dem Kamin ein gutes Glas trockenen Weißweins trinken und ein paar Garnelen zu sich nehmen. Ihr Mann war nicht im Haus. Wer wusste, wo der sich wieder herumtrieb. Eigentlich wollte sie es gar nicht wissen. Von ihr aus konnte er bleiben, wo der Pfeffer wuchs. Nach der unerfreulichen Szene heute Morgen hatte sie die Nase gründlich voll von diesem Geizkragen.

Vor der Tür standen ein gut aussehender, groß gewachsener Mann mittleren Alters und eine kleine, zierliche Frau mit blondem Pferdeschwanz. Georgia maß die beiden mit einem abschätzenden Blick.

„Frau Breitwieser, wir kommen von der Kriminalpolizei. Ich bin Hauptkommissar Alexander Henneberg, und das ist meine Kollegin, Cosima von Mittelstedt." Als Identitätsbeweis hielt Henne der arrogant dreinschauenden Frau seinen Dienstausweis vor die Nase. Ihr Blick verriet ihm, dass sie sich schon einmal gesehen hatten. Sofort fiel Henne ein, wo und wann das gewesen war: am Freitagabend auf der Burg vor Beginn des Schauspiels. Die auffallend gekleidete Rothaarige hatte von ihren Freunden in „Mechiko" gesprochen. Er erinnerte sich deutlich an ihr affektiertes Getue. Sie war verwandt mit einem aus der Gruppe, mit der er zusammengestanden hatte. Er konnte sich aber nicht mehr erinnern, zu wem der Anwesenden sie gehörte.

„Frau Breitwieser, können wir einen Moment hereinkommen?" Henne musterte nun seinerseits die vor ihm stehende Frau. In ihrem Golf-Outfit machte sie eine gute Figur.

„Das passt mir jetzt gar nicht. Außerdem ist mein Mann nicht im Haus", versuchte die ahnungslose Georgia die Besucher abzuwimmeln.

„Das ist uns bekannt. Deshalb müssen wir ja mit Ihnen reden." Hennes Gesichtsausdruck ließ keinen Zweifel daran, dass es sich hier um eine ernsthafte Angelegenheit handelte.

Georgia Breitwieser trat einen Schritt zurück und ließ die Kriminalkommissare eintreten. In der gemütlichen Wohnhalle bot sie ihren unerwarteten Gästen in schweren Clubsesseln aus Leder, die vor einem mannshohen, offenen Kamin standen, Platz an.

Henne schaute sich neugierig um. An den Wänden hingen Tierfelle und über dem Kamin das Geweih eines Zwölfenders. Beachtlich!

Ganz ruhig und gefasst nahm die Frau die Mitteilung vom Tod ihres Mannes auf. Nichts ließ erkennen, dass sie überrascht oder gar schockiert war. Ihre Miene veränderte sich nicht – kein Zucken in den Augen, keine Tränen, kein Ausdruck der Trauer.

„Ich muss meinen Schwager informieren", sagte die Witwe vollkommen ungerührt, „und unsere Freunde in Mechiko anrufen."

Selbst in diesem Moment spielte die Frau ihre Rolle perfekt, dachte Henne.

„Das können Sie gleich tun. Wir hätten vorher noch ein paar Fragen." Henne hakte gar nicht erst nach, ob sie sich in der Lage fühle, ihre Fragen überhaupt zu beantworten.

„Ich wüsste nicht, was ich Ihnen zu sagen hätte." In einem herablassenden Ton ließ Georgia Breitwieser Henne abblitzen und griff zum Telefonhörer.

Co legte ihre Rechte auf die Hand der verdutzten Georgia Breitwieser und nahm ihr den Hörer ab. „Oh, da fällt uns jede Menge ein, gnädige Frau“, sagte sie mit einem süffisanten Lächeln.

„Also gut, was wollen Sie wissen? Bringen wir es hinter uns.“

Co war sprachlos vor so viel Gefühlskälte. Sie überließ Henne die nächste Frage.

„Was wollte Ihr Mann dort oben am Waldrand?“

„Na, was wohl? Er ging zur Jagd.“

„Hatte Ihr Mann Feinde?“

Georgia schüttelte den Kopf.

„Benahm sich Ihr Mann in der letzten Zeit anders als sonst?“

Wieder schüttelte die Frau das Haupt.

„Können Sie sich vorstellen, dass Ihr Mann erpresst wurde?“

Die Witwe sah den Kommissar aus großen Augen an. „Nein, natürlich nicht“, entrüstete sie sich.

„Wir haben Geld im Jeep Ihres Mannes gefunden. Nach vorsichtiger Schätzung dürfte es sich um etwa fünfundzwanzigtausend Euro handeln. Können Sie uns sagen, wieso Ihr Mann eine so große Summe bei sich hatte?“

Nun verlor Georgia Breitwieser die Fassung. „Dieser Drecksack! Mich hält er knapp und erzählt mir ständig, ich solle nicht so viel Geld ausgeben.“ Sie fletschte die Zähne wie ein Hund, dem man einen Knochen zu entreißen versuchte. Ihre Augen funkelten böse. Die Selbstsicherheit und Blasiertheit, die sie eben noch zur Schau gestellt hatte, waren verständnisloser Wut und unbändigem Zorn gewichen. Die Tatsache, dass ihr Mann über Geld verfügte, von dem sie offensichtlich nichts gewusst hatte, ließ sie vollkommen außer Kontrolle geraten. „Was ich mir dafür alles hätte kaufen können ...", stöhnte sie.

Geldgeiles Miststück!, schoss es Co durch den Kopf. Nicht zu fassen, was diese neureichen Leute für Probleme haben!

Ob so viel Gefühlskälte schüttelte Henne angeekelt den Kopf. „Jetzt reicht es mit Ihrem Selbstmitleid, Frau Breitwieser", giftete er. „Dass Ihr Mann tot ist, scheint Sie nicht sonderlich zu berühren, oder?"

„Was wird denn aus dem Geld?" Die Witwe ließ seine Frage unbeantwortet. „Das steht ja jetzt wohl mir zu", erwiderte sie stattdessen.

„Das werden wir noch sehen. Erst einmal müssen wir feststellen, woher es kommt."

Plötzlich sackte Georgia in sich zusammen und fing an zu schluchzen. Sie schlug die Hände vor das Gesicht. Undeutlich vernahmen die Kommissare: „Was soll denn bloß aus uns werden? Unser schönes Leben, alles futsch!"

Henne sah Co an. Sein Blick sagte alles: Die geht mir auf die Nerven!

Co zuckte mit den Schultern.

„Frau Breitwieser, wo waren Sie heute den ganzen Tag?" Henne musste diese Frage stellen.

„Ich?" Georgia zeigte sich empört. „Ich war auf dem Golfplatz. Den ganzen Tag – meine Golf-Freunde können das bezeugen. Sie glauben doch nicht ..." Ihr versagte die Stimme.

„Frau Breitwieser, wen können wir denn für Sie informieren? Es muss sich jemand um Sie kümmern." Co berührte Georgia sacht an der Schulter.

Georgia schüttelte die Hand ab, als ob es sich dabei um eine lästige Fliege handelte.

„Mein Schwager, Erwin Thorwald in Trais-Münzenberg, muss informiert werden. Das sagte ich doch schon." Mit Tränen in den Augen antwortete sie trotzig. „Und dann muss ich unsere Freunde in Mechiko anrufen."

Henne war kurz vorm Platzen. Wenn die Dame des Hauses jetzt noch einmal das Wort „Mechiko" in den Mund nahm, konnte er für nichts mehr garantieren.

Schon wieder Thorwald! Co zog die Augenbrauen hoch. Das konnte doch kein Zufall sein. Die Todesfälle Karl Bosch und Fred Breitwieser, die Anrufe von Victoria Bosch auf dem Handy, das viele Geld – da musste es doch einen Zusammenhang geben.

Henne erinnerte sich an Susanne Thorwald. Mit ihr hatte er am Freitagabend im Innenhof der Burg Münzenberg über Georgia Breitwieser gesprochen. Vor seinem Auge sah er Erdmann, der Erwin Thorwald, welcher seinem Schwager körperlich sehr ähnlich war, ans Hosenbein gepinkelt hatte. Wie passte da Victoria Bosch ins Bild?

„Bevor wir Sie in Ruhe lassen, muss ich noch eines wissen. Was hatte Ihr Mann mit Victoria Bosch zu tun?" Henne kam Co mit dieser Frage zuvor.

„Kenne ich nicht. Wer soll das sein?" Aus glasigen Augen sah Georgia Henne an.

„Die Tochter von Karl Bosch, einem ehemaligen Kollegen Ihres Mannes aus Gambach. Er ist letzte Woche plötzlich verstorben."

„Die Kollegen meines Mannes kenne ich nicht. Die interessieren mich auch nicht." Georgia hatte zu der ihr eigenen Blasiertheit zurückgefunden.

„Nun gut, dürfen wir uns hier noch ein wenig umsehen? Hat Ihr Mann ein Arbeitszimmer?" Co stand auf.

„Dürfen Sie nicht." Georgia dachte gar nicht daran, den Kommissaren Einblick zu gewähren. Sie wollte erst nachsehen, ob sich in der Villa nicht noch mehr Geld befand.

Kapitel 99

Susanne hatte den ganzen Tag damit verbracht, einen Vertrag aufzusetzen, den sie Erwin am nächsten Morgen zur verabredeten Zeit im Beisein von Fred in der Firma vorlegen würde. Sie wollte sich, ebenso wie Konrad und Konstanze, damit entsprechend absichern sowie Schaden von der Firma und den zahlreichen Mitarbeitern abwenden.

Fred sollte kommissarisch als Geschäftsführer fungieren, bis Konrad sein Studium beenden und in der Lage sein würde, die Geschäftsleitung zu übernehmen. Eigentlich hatte sie vorher mit Fred sprechen, ihn warnen wollen. Doch sie hatte ihn tagsüber weder zu Hause noch auf seinem Handy erreichen können. Auf seine Gefühle konnte sie jetzt keine Rücksicht nehmen. Wenn er sich von dem ersten Schock erholt hätte, würde er sie mit Sicherheit unterstützen.

Erwin sollte nur dann ungeschoren davonkommen, wenn er sich an die Bedingungen in dem Vertrag hielt. Er hatte zu verschwinden, sich einer Therapie zu unterziehen und für immer über das Vorgefallene zu schweigen. Außerdem würde ihn die Sache eine Stange Geld kosten. In dem Vertrag verlangte sie unter anderem, dass er einen sechsstelligen Betrag an eine Institution zu stiften hatte, die sich um missbrauchte Kinder kümmerte.

Im Grunde war es eine Ungerechtigkeit, dass ihr Mann, dem sie jahrelang vertraut hatte, ungestraft davonkam. Doch wem nützte es letztendlich, wenn er im Gefängnis saß? Die ganze Angelegenheit würde groß und breit durch die Presse gehen. Konstanze müsste gegen ihren eigenen Vater aussagen. Daran würde sie zerbrechen. Die Kinder könnten sich nirgendwo mehr sehen lassen, sie selbst wäre blamiert und die Firma würde wahrscheinlich den Bach runtergehen und damit mehrere Hundert Menschen in die Arbeitslosigkeit führen.

Susanne hatte alles bis in kleinste Detail ausgearbeitet. Erwin blieb gar nichts anderes übrig, als das Schriftstück zu unterzeichnen. Die Diskette mit den Bildern befand sich in sicheren Händen.

Am meisten ärgerte sie sich über sich selbst, weil sie all die Jahre nichts von Erwins Veranlagung bemerkt hatte. Nie hatte sie auch nur den geringsten Verdacht geschöpft. Vor allem fragte sie sich, wann und wo er die Mädchen missbraucht hatte. Er konnte doch nur die Geschäftsreisen als Vorwand benutzt haben.

Sie schämte sich wegen ihrer schlechten Menschenkenntnis. Doch ihre Freundin Andrea hatte ihr beteuert, dass ihre Gefühle ganz normal seien.

Wichtig war jetzt vor allem, dass Konstanze geholfen wurde und Konrad nach Möglichkeit nichts davon erfuhr. Vor ihm musste die Sache geheim bleiben. Denn so, wie sie ihren Stiefsohn einschätzte, würde der den Vater nicht einfach davonkommen lassen. Er würde eine Bestrafung fordern, auch wenn er selbst dabei zu Schaden käme.

Susanne griff nach ihrem Autoschlüssel. Sie wollte zum Kloster Arnsburg fahren, um sich dort mit Olaf und seiner Mutter zum Abendessen unter den großen Linden in der „Klostermühle" zu treffen. Olaf hatte seiner Mutter das Liebesverhältnis gebeichtet, woraufhin die alte Dame darauf bestanden hatte, mit den beiden ein ernsthaftes Gespräch auf neutralem Boden zu führen.

Das Läuten des Telefons hielt Susanne auf. Sie ging zurück in die Diele und nahm den Hörer vom Festnetzanschluss. Was sie in den nächsten Sekunden zu hören bekam, machte all ihre Pläne zunichte.

Kapitel 100

Henne stand auf dem Bürgersteig vor der Villa von Fred Breitwieser. Im Juni hatte er während den Ermittlungen im Fall Dreiseitel mehrfach hier gestanden. Auch jetzt ging sein Blick zur Burgruine über den Dächern von Münzenberg. Falken umkreisten die beiden Rundtürme, die der Burg den Namen „Wetterauer Tintenfass" gegeben hatten.

Er rauchte eine Zigarette und beobachtete Erdmann, der auf dem Pflaster entlangwackelte, hier und da stehen blieb, um vertraute Gerüche zu beschnüffeln, sein Bein zu heben und die Stelle mit einem kurzen Strahl zu markieren. Der Dackel hatte es gut, ging es Henne durch den Kopf. Der hatte mit all den menschlichen Abgründen nichts zu tun und musste sich nicht täglich mit arroganten, selbstsüchtigen Individuen herumplagen. Der konnte den ganzen Tag schlafen und fressen, Gassi gehen und sich verwöhnen lassen. Im nächsten Leben wollte er ein Dackel werden.

Wenig später traf Susanne Thorwald vor dem Haus ihres Schwagers auf Kommissar Henneberg. „Haben Sie eine Vermutung, wer das getan hat?", spielte sie auf das Messer im Leib des Toten an. Henne hatte ihr am Telefon berichtet, was passiert war.

„Keine Ahnung. Wir wissen ja noch nicht einmal, ob es todesursächlich war."

„Was passiert denn jetzt?", wollte Susanne wissen.

„Das Übliche: Untersuchungen, Befragungen, Ermittlungen eben."

Henne starrte vor sich hin. In Gedanken war er bei Victoria Bosch, die sie als Nächstes aufsuchen wollten. „Kennen Sie eine Familie Bosch aus Gambach? Genauer gesagt, einen Karl Bosch oder eine Victoria Bosch?"

„Karl Bosch? Das ist doch der Mann, der letzte Woche getötet wurde. Wenn ich mich recht erinnere, hatte der auch ein Messer im Bauch. So habe ich es zumindest gelesen."

„Sie erinnern sich richtig. Aber kennen Sie ihn oder seine Tochter auch?"

„Nein, ich weiß nur, dass er früher mal für meinen Mann gearbeitet hat. Aber das muss lange her sein. Da war ich noch nicht in der Firma."

„Und sonst fällt Ihnen nichts zu dieser Familie ein?"

„Nein, tut mir leid." Susanne kam plötzlich ein schrecklicher Gedanke. „Wie alt ist denn die Tochter von diesem Karl Bosch?"

„Die ist sechzehn. Ein ausgebufftes Luder für ihr Alter."

„Wie meinen Sie das?" Susanne horchte auf.

„Ach, nur so." Henne schüttelte den Kopf.

„Ich geh dann mal zu meiner Schwägerin."

„Was ist eigentlich mit Ihrem Mann? Kommt der auch?"

Susanne hielt kurz inne. „Der ist übers Wochenende verreist. Er kommt erst morgen früh zurück. Vorher kann ich ihn auch nicht erreichen", log sie den Kommissar an. Was hätte sie ihm im jetzigen Stadium auch sagen sollen?

„Wo sind Sie heute gewesen?", fragte Henne zu seiner eigenen Verwunderung.

Geschockt sah Susanne den Kommissar an. „Sie glauben doch nicht im Ernst, dass ich meinem Schwager etwas angetan hätte?“

„Sorry, reine Routinefrage.“ Henne grinste und nahm einen letzten tiefen Zug aus seiner Zigarette. Den Stummel schnippte er mit den Fingern in den Gulli.

Er pfiff, und Erdmann, der mittlerweile bis zum Ende der Straße gewackelt war, kam mit einem Affenzahn und wehenden Ohren angesaust.

„Ich war den ganzen Tag zu Hause – allein.“ Susanne bückte sich und kraulte Erdmann den Nacken. Der Dackel grunzte zufrieden und sah sie mit seinen großen braunen Augen treu ergeben an. Als Zeichen seiner Zuneigung begann er damit, Susannes Hand abzulecken.

„Du bist ein Guter.“ Nochmals tätschelte sie Erdmann den Kopf. Dann ging sie hoch erhobenen Hauptes ins Haus.

Die Frau log nicht, sinnierte Henne. Erdmann hätte erkannt, wenn mit ihr was faul war. Sein Vater hatte immer gesagt: „Achte auf den Hund, wenn jemand ins Haus kommt. Der zeigt dir sofort, ob derjenige in Ordnung ist oder nicht.“ Das hatte sich bisher stets bewahrheitet. Vielleicht sollte er zukünftig Erdmann zu den Vernehmungen mitnehmen. Darüber musste er nachdenken. Was wohl sein Chef zu dieser Idee sagen würde?

Co kam aus dem Haus der Breitwiesers und trat zu Henne auf den Bürgersteig. Sie betrachtete ihn stumm. In ihrer Hosentasche vibrierte es. Umständlich holte sie ihr Handy hervor und nahm das Gespräch an. Gespannt lauschte sie der Stimme am anderen Ende.

„Henne“, sagte sie zu ihrem Kollegen, als sie das Telefonat beendet hatte, „wir sollten Frau Bosch einen Besuch abstatten. Frau Dr. Auf der Heide hat mich soeben informiert, dass das Fleischermesser im Bauch von Herrn Breitwieser mit großer Wahrscheinlichkeit auch wieder postmortal dort hingelangt ist. Sie ist gerade am Tatort. Außerdem lässt sie uns ausrichten, dass ein Zeuge aufgetaucht ist, der am Vormittag, so gegen 11.00 Uhr, einen weißen Mercedes gesehen haben will, der die ‚Russekaut‘, was immer das ist, heruntergefahren ist. In dem Auto hat angeblich eine Frau total verkrampft hinter dem Lenkrad gesessen und wie irre vor sich hingestarrt. Der Mann musste ins benachbarte Feld ausweichen, weil sie mitten auf dem Weg fuhr und ihn gar nicht wahrgenommen hat.“

„Langsam schließt sich der Kreis.“ Henne nickte seiner Kollegin zu. „Lass uns die Sache zu Ende bringen. Die Auflösung finden wir bei der Familie Bosch.“

Kapitel 101

Vor dem Haus der Familie Bosch standen zwei Streifenwagen. Ein Streifenbeamter stand rauchend neben seinem Fahrzeug.

„Was ist hier los?“, fragte Henne den Mann.

„Nachbarn haben uns gerufen. Die Tochter des Hauses hat randaliert. Ihre Mutter hat sie wohl in ihrem Zimmer eingesperrt.“

Co und Henne schauten sich verblüfft an: „Das wird ja immer besser.“

Sie gingen an einem weißen Mercedes vorbei, der vor der Garage abgestellt war. Es war ein neues Modell der B-Klasse. Der Wagen war total eingestaubt.

Wie hatte sich ein Rentner wie Karl Bosch so einen Wagen leisten können? So viel konnte der doch gar nicht verdient haben, geschweige denn an Rente bekommen haben. Irgendetwas machte er falsch, grübelte Henne.

Ein weiterer Streifenbeamter stand vor der Haustür. „Tachchen auch“, grüßte er die Ankommenden grinsend und deutete mit dem Daumen auf die Tür hinter sich. „Das sind Zustände hier, tsetsetse...“ Kopfschüttelnd öffnete er den Kommissaren die Tür und ließ sie eintreten.

Sofort hörten sie das Gezeter von Victoria Bosch, das aus der Wohnküche kam. Ihre Mutter saß mit verheultem Gesicht in sich zusammengesunken auf einem Stuhl. Ihr rechtes Auge zierte ein Veilchen. Zwei Polizistinnen standen zwischen den Frauen.

„Was ist hier los?“, fragte Henne streng.

„Das haste jetz davon, jetz komme auch noch die Kommissare“, keifte Victoria ihre Mutter an.

„Sie halten die Klappe“, herrschte Henne die junge Frau an, „oder ich lasse Sie auf der Stelle einsperren. Ist das klar?“

Victoria ließ sich nicht entmutigen: „Dazu habbe se gar kei Recht.“

„Jetzt reicht es. Nehmen Sie bitte die junge Dame und gehen mit ihr nach nebenan“, befahl Henne den Polizistinnen in unmissverständlichem Ton.

Co gab Henne mit einem Blick zu verstehen, dass sie die Befragung von Frau Bosch übernehmen wolle. Bereitwillig überließ Henne ihr die Aufgabe. Hier musste man behutsam vorgehen, und ihm war klar, dass er im Moment nicht die notwendige Geduld aufbringen würde.

Co zog sich einen Küchenstuhl heran und setzte sich neben Gabriela Bosch, die wie ein Häufchen Elend wirkte. „Frau Bosch, können Sie uns sagen, was hier los ist? Warum haben Sie Ihre Tochter eingesperrt?“ Behutsam legte sie einen Arm um die weinende Frau.

Gabriela Bosch blieb stumm. Co schaute Henne an. Der blickte betreten zu Boden.

„Frau Bosch, sollen wir einen Arzt rufen oder irgendjemanden, dem Sie vertrauen, mit dem Sie reden können?“, versuchte es Co erneut.

Schluchzend antwortete Gabriela: „Können Sie bitte Pfarrer Meyer-Hentschel anrufen. Ich möchte eine Beichte ablegen.“

„Frau Bosch, wir brauchen keine Beichte, sondern Ihre Aussage“, fuhr Henne aufgebracht dazwischen.

Co stoppte ihn augenblicklich mit der erhobenen Rechten und schüttelte den Kopf. „Frau Bosch, haben Sie eine Telefonnummer von dem Pfarrer?"

„Neben dem Telefon auf dem Block."

Während sie auf den Pfarrer warteten, telefonierte Henne noch einmal mit der Rechtsmedizinerin und dem Staatsanwalt, der ebenfalls den Tatort aufgesucht hatte.

Der Tote war mittlerweile abtransportiert worden. Genau wie im Fall Karl Bosch hatte man den Leichnam aufgrund seines Leibesumfangs in einem festen Tragetuch vom Tatort entfernen müssen und in die Rechtsmedizin nach Gießen bringen lassen. Hierbei war die Gambacher Feuerwehr behilflich gewesen.

Am Tatort waren im Gegensatz zum Vortag nur wenig Neugierige aufgetaucht. Die Eigentümer der Aussiedlerhöfe waren erschienen, um ihre Hilfe anzubieten, sowie der Zeuge mit seinem Roller.

Der junge Pfarrer sah in seinem dunklen Anzug und dem weißen Kragen sehr anziehend aus. Schade für die Damenwelt, sinnierte Co. Wieso musste ein so toller Typ ausgerechnet katholischer Pfarrer werden?

„Frau Bosch möchte nur in Ihrem Beisein mit uns sprechen." Mit diesen Worten empfing Co den Geistlichen. Sie verschwieg ihm, dass Gabriela Bosch eigentlich eine Beichte ablegen wollte.

„Ja, das ist schon in Ordnung", sagte er gütig, als er sich auf einem der freien Küchenstühle niederließ. „Ich habe in den letzten Tagen mehrfach mit Frau Bosch gesprochen und will Ihnen gern behilflich sein."

„Henne, bitte setz dich auch", forderte Co ihren Kollegen auf, „damit wir beginnen können."

Mehr als eine Stunde sprach Gabriela Bosch zu den Kommissaren und dem Pfarrer. In ruhigem Ton berichtete sie von ihrem jahrelangen Martyrium, den Gewalttätigkeiten ihres Mannes, den sexuellen Übergriffen und schließlich auch von dem Verhältnis ihrer Tochter zu ihrem eigenen Vater und einem weiteren Mann.

Immer wieder tauschten Henne und Co ungläubige Blicke aus. Der Pfarrer hatte eine Hand von Gabriela Bosch genommen und ermunterte sie stets aufs Neue, weiterzusprechen.

Fassungslos erfuhren die drei Zeugen, dass der Verstorbene sein kleines Mädchen jahrelang zu einem weiteren, Gabriela Bosch fremden Mann gebracht hatte. Was dieser mit dem Kind angestellt hatte, konnte sie nur erahnen. Karl Bosch hatte immer wieder das Haus mit Victoria, die wie ein Püppchen gekleidet war, verlassen und war stundenlang mit ihr weggeblieben. Danach hatte er stets größere Geldbeträge zur Verfügung gehabt. Finanziell sei es ihnen danach besser gegangen. Victoria hatte alles von ihrem Vater bekommen, was sie verlangte. Aber sie war ohne Freunde aufgewachsen. Die Lehrer hatten sich mehrfach beklagt, dass Victoria bösartig und gemein auf andere Kinder reagierte. Doch keiner der Pädagogen hatte bemerkt, dass es sich hierbei um einen Hilfeschrei handelte. Das einstmals so süße Mädchen war aggressiv gewesen, hatte mitunter nach seiner Mutter geschlagen und sie verspottet.

Karl Bosch hatte nicht gewollt, dass andere Leute in sein Haus kamen. Gabriela wiederum hatte nicht mit den Nachbarn sprechen oder allein das Haus verlassen dürfen. Lediglich in seinem Beisein war es ihr möglich gewesen, das Haus – meist nur zum Einkaufen – zu verlassen. Einen Arzt hatte sie schon seit Jahren nicht mehr aufgesucht.

Ihre einzige Freude, so erzählte sie, sei der Garten gewesen. Hier hätte sie viele Stunden zugebracht. Das Fernsehen sei ihr zudem ein Trost gewesen. Sie kannte sämtliche Serien, die derzeit gesendet wurden. Durch diese konnte sie zumindest erahnen, was in der Welt vorging.

Sie sei streng katholisch erzogen worden und hätte gern sonntags die Kirche besucht. Doch auch das hatte ihr Karl Bosch untersagt. Den Rosenkranz hatte er vor ihr versteckt, sodass sie nur heimlich ein Gebet sprechen konnte. Über eine Bibel verfügte sie nicht.

„Als ich meinen Mann dann im Spargelbeet gefunden habe, hat sich die aufgestaute Wut in mir entladen. Ich habe nicht weiter nachgedacht und ihm einfach das Spargelmesser in den Bauch gestoßen. Ich weiß, dass das nicht richtig war. Aber glauben Sie mir, danach habe ich mich besser gefühlt. Befreit von einer unglaublichen Last."

„Und warum haben Sie auch Fred Breitwieser ein Messer in den Bauch gestoßen?" Co setzte das jetzt einfach mal voraus.

„Heißt so der Tote am Waldrand?"

„Ja." Co nickte.

„Ich kannte den Mann nicht. Victoria hatte sich mit ihm um 10.00 Uhr am Waldrand verabredet. Ich habe am Donnerstag ein Gespräch der beiden belauscht. Daher wusste ich von dem Treffen. Aber ich wollte nicht, dass meine Tochter weiterhin Kontakt zu dem Mann hat."

„Und deshalb haben Sie ihn umgebracht?" Henne stellte die Fangfrage ganz behutsam.

„Nein, nein!" Entsetzt sah Gabriela den Kommissar an. „Ich habe ihn nicht umgebracht. Das müssen Sie mir glauben."

Nach einer Weile des Schweigens ermunterte der Pfarrer die Frau erneut zum Weitersprechen: „Frau Bosch, vertrauen Sie uns. Erzählen Sie, wie es war. Wir wollen Ihnen doch helfen."

„Ich bin also dorthin gefahren. Da stand ein schwarzer Geländewagen am Wegrand – von dem Fahrer keine Spur. Also ging ich ein Stück den Weg entlang und sah, wie ein Keiler einen Mann attackierte. Immer wieder stieß das Tier dem Mann mit seinen Hauern in die Beine. Der Mann schrie entsetzlich und versuchte den Keiler abzuwehren. Aber er hatte keine Chance. Mir war klar, dass ich ihm nicht helfen konnte, wenn ich mich nicht selbst in Gefahr begeben wollte. Also verhielt ich mich still und wartete ab. Was hätte ich auch tun sollen?" Fragend schaute Gabriela den Pfarrer an.

Der nickte ihr aufmunternd zu.

Nach einer Weile sprach sie weiter. „Als der Mann am Boden lag, lief der Keiler in den Wald. Der Mann wimmerte. Ich ging zu ihm und beugte mich über ihn. Er streckte seine Hand nach mir aus. ‚Victoria', flehte er mich an, ‚du musst mir helfen.' Er hat mich wohl mit meiner Tochter verwechselt." Wieder verstummte die Frau.

„Und dann, was war dann?" Co konnte die Frau nur zu gut verstehen.

„Dann hat er ganz schrecklich gezittert. Auf einmal ist sein Kopf zur Seite gefallen und ein Schwall Blut kam aus seinem Mund. Ich habe ihn angestoßen, aber er sagte nichts mehr."

Wieder Schweigen.

Pfarrer Meyer-Hentschel streichelte Gabrielas Hand.

„Ich habe fast eine ganze Stunde dort gesessen. Alles um mich herum war so still. Ich konnte gar nichts mehr denken. Als ich die Kirchenglocken läuten hörte, kam ich wieder zu mir."

Behutsam stellte Co die alles entscheidende Frage: „Und dann haben Sie Fred Breitwieser das Messer in den Bauch gerammt?"

„Ja, dann habe ich ihm das Messer in den Bauch gerammt und bin davongerannt."

Henne seufzte. Aus den Augenwinkeln bemerkte er, dass Victoria die Küche betreten hatte. Betroffen standen die beiden Polizistinnen hinter der jungen Frau. Sie hatten alles mit angehört.

„Du hast den Vater meines Kindes umgebracht! Du Mörderin!", schrie Victoria plötzlich und wollte sich auf ihre Mutter stürzen. Die beiden Polizistinnen reagierten sofort und hielten die Tobende an den Armen zurück, brachten sie ins Wohnzimmer und drückten sie auf die Couch.

„Ich habe ihn nicht umgebracht. Die Sau war schon tot", sagte die Mutter zu ihrer Tochter. „Aber es war wie bei meinem Mann. Diese unglaubliche Wut, diese Machtlosigkeit, das Ausgeliefertsein ...“, wandte sie sich nun wieder an die Kommissare. Gabrielas Kopf schlug hart auf den Küchentisch auf. Ihre ganze Verzweiflung machte sich in einem Weinkrampf Luft. Ihre Schultern hoben und senkten sich. „Glauben Sie mir“, sie hob den Kopf und blickte Henne weinend an, „ich wollte ihn nicht umbringen. Ich wollte ihn doch nur bestrafen für das, was er uns angetan hat. Aber die Sau war schon tot!“ Die letzten Worte presste sie unter Schluchzen hervor.

Pfarrer Meyer-Hentschel sah die beiden Kommissare an: „Ich denke, das reicht für heute. Die Frau braucht Hilfe.“

„Ja“, Co nickte, „und die Tochter auch. Ich bin dafür, dass wir die beiden fürs Erste in einer psychiatrischen Einrichtung unterbringen. In der Untersuchungshaft haben die nichts zu suchen.“

„Okay, ich rede mit dem Staatsanwalt.“ Henne ging nach draußen, zündete sich die unvermeidliche Zigarette an und befreite Erdmann aus dem Auto. Der Dackel lief streunend durch den Garten der Familie Bosch. Dort, wo letzte Woche noch ein Toter gelegen hatte, wühlte er im Sand.

Nach dem Gespräch mit dem Staatsanwalt fuhren Co und Henne nach Lich ins Krankenhaus, um Nora Bundschuh zu besuchen.

Unterwegs telefonierte Co mit Juliane Landmann, mit der sie seit dem Vorabend per Du war. „Hallo, Juliane, wie hast du den gestrigen Abend überstanden?“

„Danke, mir geht es wieder ganz gut. Ich glaube, ich hatte einen im Tee."

„Nicht nur du. Hast du was von deiner Tochter aus Amerika gehört?"

„Ja, mittlerweile hat sie sich gemeldet. Sie ist gut angekommen. Ihre Gastfamilie scheint ganz nett zu sein."

„Das ist prima. Vielen Dank auch noch mal für das Gespräch gestern Morgen im Café Pia. Ich denke, ich werde mich von meinem Mann trennen." Co sah aus den Augenwinkeln, dass Henne sie beobachtete.

„Ist wohl das Beste, was du im Moment tun kannst", antwortete Juliane. „Ich wünsche dir viel Kraft."

„Danke, die kann ich gebrauchen. Mach's gut." Co beendete das Gespräch und sah zu Henne, der sie erstaunt anschaute. „Habe ich irgendwas verpasst?", fragte er besorgt.

„Nee, nicht wirklich. Ich erkläre es dir in den nächsten Tagen in Ruhe."

Henne hielt direkt vor dem Eingang der Asklepios-Klinik in Lich, zeigte dem verdutzten Pförtner seinen Dienstausweis und fragte nach der Zimmernummer von Nora Bundschuh.

Nora Bundschuh lag allein im Zimmer. Ihr Gesicht war blass, aber sie war ansprechbar. Dennoch wollten die Kommissare sie nicht lange mit Fragen quälen. Sie ließen sich kurz schildern, an was sich die Frau erinnerte, und baten sie, in den nächsten Tagen im K 10 in Friedberg vorbeizuschauen, um alles zu Protokoll zu geben.

Co konnte sich jedoch nicht verkneifen, ihr eine letzte Frage zu stellen: „Werden Sie die alte Mühle nun mieten?"

Nora Bundschuh schaute sie an, als wäre sie von allen guten Geistern verlassen: „Nein, das werde ich bestimmt nicht! Dieses Erlebnis würde mich immer wieder einholen. Ich werde mich nach einem anderen Objekt umsehen müssen."

Mit dieser Antwort war Co zufrieden.

Nach einer langen Arbeitswoche kehrten die beiden Kommissare nach Friedberg zurück.

Co fand eine leere Wohnung vor und begab sich früh zu Bett.

Henne machte, begleitet von Erdmann, einen langen Spaziergang, der in seiner Lieblingskneipe auf einen Absacker endete – und ein Leckerli für Erdmann.

Kapitel 102

Gabriela und Victoria Bosch wurden noch am gleichen Abend in verschiedenen psychiatrischen Einrichtungen in Hessen untergebracht. Wer der dritte Mann in dem jungen Leben von Victoria Bosch gewesen war, kam trotz intensiver Nachforschungen nicht heraus. Victoria selbst hatte ihn nicht mit Namen kennengelernt, geschweige denn gewusst, wo die „amourösen" Treffen stattgefunden hatten.

Alexander Henneberg hatte zwar Erwin Thorwald in Verdacht, doch er konnte ihm nichts nachweisen.

Die Asche von Karl Bosch wurde wenige Tage nach seinem Tod in aller Stille in einem anonymen Urnengrab auf dem Gambacher Friedhof beigesetzt. Pfarrer Meyer-Hentschel hatte sich um alle Formalitäten gekümmert. Weder Gabriela noch Victoria nahmen an der Beisetzung teil.

Erwin Thorwald war so schockiert über den Tod seines Schwagers und heimlichen Verbündeten, dass er am Montag bereitwillig auf alle Forderungen seiner Frau einging. Er gab gegenüber Susanne zu, dass das Geld, das man bei Fred gefunden hatte, von ihm stammte. Fred hatte damit Victoria zum Schweigen bringen sollen. Auch die Manipulation der Konten, die Fred in seinem Auftrag am vergangenen Samstag vorgenommen hatte, räumte er ein.

Auf Susannes Frage, ob er sich mit Victoria vergnügt hätte, gab er keine Antwort. Ebenso wenig wie auf die Frage, wie viele Mädchen er – außer seiner Tochter Konstanze – für seine schmutzigen Spielchen benutzt hatte.

Susanne hielt sich an die Zusage, nichts über den Missbrauch seiner Tochter zu verraten, einzig und allein um Schaden von ihr und der Familie fernzuhalten. Obwohl ihr bewusst war, dass es nicht richtig war, beugte sie sich zähneknirschend der Vereinbarung. Zunächst schien es so, als ob Erwin Thorwald tatsächlich ungeschoren davonkommen würde.

Fred Breitwieser, der nach der Attacke durch den Keiler verblutet war, wurde einige Tage später unter großer Anteilnahme der Bevölkerung auf dem Münzenberger Friedhof beigesetzt.

Erwin Thorwald hielt eine würdige Trauerrede für seinen Schwager. Niemand der Trauergäste ahnte, dass der Verstorbene jahrelang sexuelle Kontakte zu unmündigen Mädchen unterhalten hatte. Zum Schutz von Victoria Bosch hielt man diese Tatsache vor der Öffentlichkeit geheim. Man konnte ihn dafür ja nicht mehr zur Rechenschaft ziehen.

Als Trost für Georgia, die nach dem Tod ihres Mannes von dem Verhältnis zu der jugendlichen Victoria erfuhr, überließ Erwin Thorwald seiner Schwägerin großzügig die fünfzigtausend Euro.

Juliane Landmann, die unter den Trauergästen weilte, fand wieder einmal die Aussage bestätigt, dass auf Beerdigungen am meisten gelogen wurde. Obwohl nichts von den Vorwürfen gegen den Verstorbenen an die Öffentlichkeit gedrungen war, wusste sie aus sicherer Quelle, dass die Lobeshymnen, die Erwin Thorwald zum Besten gab, nicht gerechtfertigt waren.

Das erfolgreiche Ermittlerduo Henne und Co hatte sich ebenfalls am Grab eingefunden. Henne drehte sich der Magen um, als er hörte, wie Thorwald die Verdienste seines Schwagers pries. Wenn er gewusst hätte, dass sein Verdacht zutraf, hätte er Thorwald wahrscheinlich eigenhändig das Maul gestopft.

Die zahlreichen Trauergäste waren tief beeindruckt. Nicht nur von dem würdevollen Nachruf, sondern auch von der verschleierten Witwe, die während der gesamten Zeremonie herzzerreißend schluchzte.

Als sich unter den Klängen von „So nimm denn meine Hände" die Flügeltüren der Trauerhalle öffneten und der mit roten Rosen bedeckte Sarg von sechs starken Männern zu Grabe getragen wurde, folgte die Trauergemeinde schweigend. Hinter dem Pfarrer ging die Witwe, gestützt von ihrem Schwager Erwin und Schwägerin Susanne. Henne und Co hielten sich abseits und beobachteten die Szene aus angemessener Entfernung.

Nach dem Vaterunser wurde der weiße Sarg in das Grab herabgelassen. Freds Breitwiesers Jagdkameraden brachten ihm das letzte Ständchen. Auf ihren Jagdhörnern bliesen sie: „Die Sau ist tot".

Georgia Breitwieser trat einen Schritt vor und warf unter Schluchzen Sand auf den Sarg ihres Mannes.

Minutenlang verharrte sie an dem offenen Grab. Sie dachte darüber nach, was sie mit den fünfzigtausend Euro anstellen würde.

Erwin ließ seiner Frau den Vortritt, die es ihrer Schwägerin gleichtat und Sand auf den Sarg warf. Schließlich trat er, der allseits beliebte und geachtete Unternehmer, an das offene Grab seines Schwagers. Mit grimmiger Miene blickte er auf die roten Rosen. Mit Erwins Tod war sein bittersüßes Geheimnis in der Versenkung verschwunden. Niemand würde jemals erfahren, was die beiden miteinander verbunden hatte. Ein boshaftes Lächeln schlich sich auf sein Gesicht. Aus den Augenwinkeln sah er, wie Susanne ein Taschentuch aus ihrer Jackentasche zog. Etwas Schwarzes, Flaches fiel neben ihm ins Gras. Erwin durchfuhr ein grauenvoller Schreck. Er spürte, wie plötzlich Übelkeit in ihm hochkroch. In seinen Ohren summte es. Die Welt schien still zu stehen. Nach einer nie gekannten Hitzewelle folgte bittere Kälte. Die Erde begann sich zu drehen und sein großer, massiger Körper fiel vornüber ins offene Grab. Mit einem lauten Plumps landete er auf dem Sarg seines Schwagers.

Die letzten Noten des Liedes „Die Sau ist tot“ erklangen und gingen im Geschrei der Trauergäste und dem monotonen Verkehrslärm der dem Friedhof nahe gelegenen Autobahn unter.

Epilog

Konstanze Thorwald schob den rechten Flügel des schmiedeeisernen Tores zum Traiser Friedhof auf. Quietschend bewegte sich das schwere Teil in den rostigen Angeln. Die junge Frau ging den Kiesweg entlang bis zum Familiengrab der Familie Thorwald. Hier ruhten ihre Eltern Erwin und Irene, die im Abstand von sieben Jahren verstorben waren.

Konstanze war seit dem Tod ihres Vaters nicht mehr in Trais gewesen. Sie hatte sich damals an ihren Studienort Dresden zurückgezogen, ihr Studium beendet und mit Hilfe eines geduldigen Psychotherapeuten die schrecklichen Dinge, die ihr als kleines Kind widerfahren waren, verarbeitet. Vergessen konnte sie sie nicht, verzeihen erst recht nicht, aber so weit verdrängen, dass sie ein einigermaßen normales Leben an der Seite ihres Mannes führen konnte.

Sie hatte sich während der jahrelangen Behandlung in ihren Psychotherapeuten verliebt – und er sich in sie. Die beiden lebten mit ihrer gemeinsamen Tochter Irene in einer wunderschönen Jugendstilvilla in Dresden mit Blick auf die Elbe. Konstanze ging es gut.

Zu ihrem Bruder Konrad, der nach Beendigung seines Studiums die Firma für Metzgereibedarf in Lich übernommen hatte, pflegte sie ein herzliches Verhältnis. Konrad hatte nie erfahren, was seiner Schwester in jungen Jahren widerfahren war. Er hatte die Erklärung

Konstanzes, dass sie an einer vorübergehenden Depression gelitten habe, akzeptiert.

Susanne, die sich nach dem Eintritt Konrads in die Firma Thorwald mit ihrem Geliebten Olaf an die Ostsee zurückgezogen hatte, traf Konstanze regelmäßig. Sie war immer noch wie eine Mutter für die junge Frau und eine Großmutter für Irene.

Heute hatte Konstanze noch etwas zu erledigen. Sie wollte sich endgültig von einer großen Last befreien, auch wenn das, was sie vorhatte, ungewöhnlich war. Die Tatsache, dass ihr Vater ausgerechnet im Familiengrab neben ihrer geliebten, so früh verstorbenen Mutter beigesetzt worden war, ließ ihr keine Ruhe. Susanne hatte ihr immer wieder erklärt, dass dies der letzte Wille ihres Vaters gewesen sei, den man nicht ignorieren könne, auch wenn er noch so ein abscheuliches Verbrechen begangen habe.

Als kleines Mädchen hatte sie sich den Himmel immer als Paradies vorgestellt, in das nur die guten Menschen Einkehr fanden. Es war ihr stets ein Trost gewesen, dass die bösen Menschen in der Hölle schmorten. Die Aussage der Pfarrerin, Gott nehme sich aller Menschen gleichermaßen an, auch der Schlechten, und dass ihr Vater womöglich in den Himmel käme, hatte sie bei der Trauerfeier völlig aus der Fassung gebracht.

Aus der mitgebrachten Plastiktüte nahm sie eine Schaufel und grub im Knien ein Loch in die Graberde. Mit einem weiteren Griff in die Plastiktüte holte sie ein Nudelholz hervor und legte es in die Vertiefung, die sie sogleich sorgfältig mit Erde bedeckte. Sie schmunzelte und stellte sich vor, wie ihre Mutter, die es zu Lebzeiten nicht geschafft hatte, sie zu beschützen, mit dem Nudelholz in der erhobenen Hand den Vater durch den Himmel jagte.

Konstanze erhob sich und ging zurück zum Auto, in dem ihr Mann und ihre Tochter auf sie warteten. Lächelnd nickte sie den beiden zu.

Aufstellung der handelnden Personen

Alexander Henneberg: Kriminalhauptkommissar beim K 10 in Friedberg, Henne genannt

Cosima von Mittelstedt: Kriminaloberkommissarin beim K 10 in Friedberg, Co genannt

Frau Stückrath: Sekretärin beim K 10, liebevoll Stückchen genannt

Frau Dr. Auf der Heide, arrogante Rechtsmedizinerin aus Gießen

Erwin Thorwald: erfolgreicher Unternehmer einer Firma für Metzgereibedarf in Lich

Susanne Thorwald: zweite Frau von Erwin, liebevolle Stiefmutter von Konrad und Konstanze

Irene Thorwald: erste Frau von Erwin, Mutter von Konrad und Konstanze, verstarb vor sieben Jahren bei einem Autounfall

Konrad Thorwald: Sohn von Erwin aus erster Ehe, Student

Konstanze Thorwald: Tochter von Erwin aus erster Ehe, Studentin, zurückhaltend

Fred Breitwieser: Bruder von Erwins erster Frau Irene und somit Erwins Schwager

Georgia Breitwieser: Freds arrogante Ehefrau

Karl Bosch: feister, unbeliebter Frührentner aus Gambach

Gabriela Bosch: Karls Ehefrau, stammt aus dem ehemaligen Jugoslawien

Victoria Bosch: Tochter von Karl und Gabriela, vorlaut und frech

Olaf: Fahrer von Erwin Sandrock

Margarete: Olafs Mutter

Gretel: Haushälterin der Thorwalds

Juliane Landmann: Lokalreporterin, Mutter von drei Töchtern

Walter Landmann: Julianes ruhiger und besonnener Ehemann

Franziska Landmann: eine der drei Töchter von Juliane und Walter

Heinz-Willi Kuserow: Redakteur und Interimschef von Juliane

Martin Weiss-Alles: ABM-Kraft bei der Stadtverwaltung in Münzenberg, versoffene Kreatur

Ralf Meermann: ehemaliger Unternehmer aus Butzbach, der jetzt im Vogelsberg lebt

Benjamin Dreiseitel: 16-jähriger Jugendlicher, der seit Juni des Jahres verschwunden ist

Nora Bundschuh: Frau aus Frankfurt, die die alte Mühle in Ober-Hörgen mieten will

Andrea: Jugendfreundin von Susanne, wohnhaft in Leipzig, Psychologin

Amelie Werner: Freundin von Juliane, Immobilienmaklerin

Bernhard Weghaus: Freund von Alexander Henneberg

Dr. Mayer: Psychiater, arbeitet in der Psychiatrischen Klinik in der Licher Straße in Gießen

Zorka: Wirtin der „Gud Stubb“ in Münzenberg

Pia: Inhaberin des Café Pia in Butzbach

Margit: „Angelika“ genannt, Bedienung des Gasthofs „Zum Adler“

Pfarrer Meyer-Hentschel: neuer Pfarrer von Gambach

Bürgermeister Fink, Erster Kriminalhauptkommissar Wissmann, Stadtbrandinspektor Roth und weitere Personen

Und nicht zu vergessen: Erdmann und Amiga, zwei liebenswerte Vierbeiner